BELIEF

信仰

纪硕鸣 著

作家出版社

吴仁宝老书记

生命不等于呼吸　重在精神的延续

——吴协恩

老书记与吴协恩书记

老书记走访村民家庭

老书记在田头调研

老书记与炼
钢工人交流

老书记与纺
织女工交谈

老书记深情寄
语华西青年

华西"桥文化"

华西鸟瞰

华西实验学校

华西文体活动中心

华西农民公园"世界图"

华西夜景

华西村博物馆

华西科技大棚

华西农民别墅

华西有机农业

目 录

精 神 的 丰 碑

——《信仰》序

刘济民

　　资深媒体人纪硕鸣先生最近出版了一部大书，书名《信仰》。这是为纪念华西村吴仁宝老书记逝世五周年、诞辰九十周年特约出版的一部专著。

　　改革开放以来，写吴仁宝同志的文章、书籍、影视作品、新闻报道，等等，铺天盖地，如潮如涌，难计其数。写老书记，如何选择新颖的主题，不是太容易的。我们欣喜地看到纪硕鸣先生以独到的视角，别具一格的选材，真诚质朴的笔法，集中地触及到了仁宝同志思想、境界、精神层面那些丰富多彩、鲜活生动的往事。读纪先生这部书，确有一种翻山越岭、登高望远、攀登人生新境界的感觉。

　　建村五十六年来，特别是改革开放四十年来，仁宝同志领导下的华西村，发生了翻天覆地的变化。已经有一百五十多个国家和地区的几千万人到华西来考察、学习、参观、培训、旅游度假、体验生活。近几年，华西村每年接待中外宾客达二百万人次。

　　全国各地、世界各国的人们到华西来，在这个总面积不到一平方公里、总人口只有一千五百多人、曾经特别贫穷落后的小村庄，人们在中国农村的最基层，在中国共产党的最基层，见证了创建新中国以来，特别是改革开放以来震动全国的辉煌巨变、震惊世界的天下奇迹！

　　人们在华西村看到的不只是日益增长的丰厚的物质财富，不只是优美圣洁的环境、文明和谐的社会和村民们富裕幸福的生活，人们尤其体验到一种伟大的精神，那就是吴仁宝精神。

　　什么是吴仁宝精神？我们从纪先生的这部书里看到，吴仁宝精神就是敢于担当、善于担当的精神，就是超时奋进的精神，就是忘我奉献的精神，就是坚定信仰、坚守信念的精神。

仁宝同志是敢于担当、善于担当的楷模。我同仁宝同志交往三十年。在我的记忆里，并没有听他讲过"敢于担当"这个词。其实他是做得比说得更好，他是敢于担当、善于担当的伟大实践者。为了使华西村村民彻底摆脱贫穷落后的面貌，为了使华西村村民真正实现共同富裕、过上有着足够体面和尊严的好日子，他把全体村民的艰难愁苦和美好愿望都扛到自己的肩上，自觉地担起了一个真正共产党人的崇高责任和神圣使命；自觉地做到不是当官享受，而是当家受累，他是全村的当家人。他把全村的许许多多的难题都破解了，很精彩，很神奇，很有创意；村民为之欢呼，国人为之感动，世界为之震惊，人们视之为经典。这就叫敢于担当、善于担当。

仁宝同志不只是与时俱进，他更是超时奋进，他是真正的奔跑在时间前面的人。他说："我别的事不想，我专门想老百姓的事；让老百姓过上好日子，是我最大的幸福。"他说："我最爱好的就是工作。"为了兑现他的这些庄严承诺，他几十年来都是拼命工作，超时工作。他是把一天当两天用，每天工作十多个小时。他还说："我平时不去想自己活多少年，而是想我有生之年怎么去多做工作，为人民服务。"就是为了追求他所说的那种"最大的幸福"，他耗尽了自己一生的精力和才智，硬是累病了，累倒了，累死了！这就叫超时奋进！

仁宝同志不只是无私奉献，他更是忘我奉献。他是真正的爱民如子、亲民如子、惠民如子；他是真正的"心里只装着别人，唯独没有自己"；他是真正做到了"四不"：不要我个人这个大富翁，不拿全村最高的工资，不拿全村最高的奖金，不住全村最好的房子。他甚至把上级历年批准给他的一亿五千万元奖金，全部捐献给了村集体。社会上有人认为吴仁宝搞家族制。他对我说："我这一家是为老百姓服务。不是为自家，是为大家。这样的家庭，我看多一点好。"他有四儿一女，还有女婿，个个能干，个个优秀。他多次对我说："我吴仁宝如果搞个体，早就是亿万富翁了。我不搞个体。我要华西村的农民家家都成为大富翁。"为了别人，为了华西村村民，他什么都舍得。

1974年，华西有一家农民十二岁的独生儿子掉河里淹死了，全家人痛不欲生。老书记说："我有四个儿，给他一个。"毅然决定把自己十一岁的小儿子送给了这家农民。这个小儿子就是现任华西村党委书记吴协恩。他从不考虑个人和家庭的得失。为了村民，为了别人，为了事业，他真正做到了忘却自我，忘却家庭，甚至忘却自己的一切。这就叫忘我奉献！

仁宝同志始终坚定信仰，坚守信念，说到做到。他一直生活在农村，工作在农村，到他带领村民大规模创业时已经五十多岁了。他就是个普通的农民，普通的共产党员，普通的基层干部。他是既平凡又伟大，既普通又神奇。他说："一个人要有信仰。我就信仰共产党。我就坚信社会主义，坚信共产主义。"几十年来，有人骂他，告他，诬陷他，打击他，嘲讽他，挖苦他；面对持续不断的曲折艰险、冤屈磨难，他都淡然处之、一笑了之，都挺过来了！为了社会主义、共产主义的宏伟大业，为了村民的富裕幸福，他不畏难，不犹豫，不懈怠，不停滞，初心不改，坚定不移，从不左顾右盼。他始终高举共产党员的大旗，带领华西村的共产党员和村民们，昂首阔步，一路前行，终成大业。这就叫坚定信仰，坚守信念。

信仰、信念是吴仁宝精神的灵魂。那是一种强大的力量，是一种智慧的力量。吴仁宝老书记始终坚定信仰、坚守信念，才有了敢于担当、善于担当；才有了超时奋进、忘我奉献。正是那样的信仰，那样的信念，那样的实践，铸就了非凡的吴仁宝精神，成就了"天下第一村"的华西伟业。

我特别敬重仁宝同志那一心为民的家国情怀、敢为人先的历史担当；特别敬重他那崇高的思想境界、奇特的政治智慧、圣洁的道德人品。常言道：人无完人，做人做事很难十全十美。我看不见得。吴仁宝就是完人；他所做的一切善事、好事，一切利国利民的事，就是十全十美，就是尽善尽美，就是做到了极致！

仁宝同志是用他一生的勤劳和智慧，为华西人写下了"富民大业"的精彩篇章。

人们从华西村的奇迹感悟到，一个共产党的基层干部，一旦拥有了吴仁宝老书记那种伟大的精神，能走多么远，能飞多么高，能激发出多么巨大的潜能，能战胜多么恶劣的艰难险阻，能攀登上什么样的高峰，能创造出多么丰厚的物质财富！

我经常想到仁宝同志。想到老书记，总会想到天堂。真有天堂吗？我是不相信有天堂的。我相信共产党，我相信共产主义。如果真有天堂，我看华西村就是离天堂最近的村庄。

人们在华西村看到了真正的人间天堂。老书记曾表示："在我有生之年，我一定要把什么叫共产主义做给全国人民看看。"为了华西村村民实现更高水平的富裕幸福，老书记确实是把他的整个生命贡献给了他毕生追求的伟大的共产主义事业。我们在华西村看到了正在喷薄欲出的共产主义的曙光。

在全国，像华西村那样的六十多万个行政村中，华西村的生产力水平是最高的，是最富有的。那里没有贫富差别，没有城乡差别，也没有工农差别，正在缩小体力劳动和脑力劳动的差别。

华西村实行股份合作制。村民收入有三个来源：社会主义的按劳分配、社会主义初级阶段的按资本分红和共产主义的按需分配。按需分配部分已占到村民人均收入的20%以上，还在逐年增加。

华西村村民是爱党爱国爱华西、爱亲爱友爱自己，村民是真正的主人。

华西是"有福民先享，有难官先当"。那里的干部是真正的公仆。干部和村民相互信任，相互尊重，平等相处，亲如家人。

那里没有贫穷，没有愚昧。那是乡村里的繁华城市，城市里的美丽乡村。

那里没有恐惧，没有贪腐，没有仗势欺人，没有巧取豪夺，没有刑事犯罪。

那里空气清新，环境优美，人文和谐，充满活力。那里的村民是真正的安居乐业。

那是一片净土，一片沃土。那里是圣洁的殿堂，是村民的福地，真正的人间乐土。

吴仁宝老书记带领华西村村民创造了日益增长的、巨大的物质财富。尤其宝贵的是，他给华西村村民，给全国人民，给全世界的劳动人民，留下了极其厚重的精神财富。那是一座顶天立地的精神的丰碑，根植在华西村民的心中，巍然耸立在中华大地上。

吴仁宝精神犹如一盏明灯，老书记走了，灯依然亮着，把那条践行社会主义、通向共产主义的富裕、幸福、美丽的华西之路照耀得金光灿烂、无比辉煌！

最可欣慰的是，在吴协恩书记领导下的华西村，一如既往，坚定对共产党的信仰，坚持社会主义、共产主义的方向，坚持老书记为华西村设定的改革路径，带领华西村的共产党员和村民们，高举习近平新时代中国特色社会主义思想的伟大旗帜，踏着老书记的足迹，弘扬吴仁宝精神，以更加昂扬的姿态，更加奋发有为的业绩，依然走在新时代的最前列，为实现中华民族的伟大复兴，正在坚定不移地向着共产主义的宏伟目标，奋勇前进！

我相信，纪硕鸣先生的这部大书，一定能够让更多的人，从更深的层面、更高的境界，更深刻地理解华西村这一切辉煌的背后，是吴仁宝老书记那坚定的信仰、牢固的信念，是老书记丰富的内心世界所焕发的巨大的精神力量。这种宝贵的精神力量一旦影响到更多人，辐射到更多地方，必将产生更强大的力量，带来更大范围的深刻变化。

二〇一七年十二月写于无锡

前　言

　　踏进"天下第一村"的江南华西，满目所见，除了令人震撼的成排欧式别墅显示的富裕，道路旁、楼宇间、广场显眼处充满理想、激励情操的标语、告示、箴言展示的一种精神力量，更为令人瞩目。看得出，在这一块富饶土地上生活，华西村的理想，华西人的追求是这个群体的主旋律。为信仰和理想奋斗生活，让他们不单富有，且更为充实。

　　初时，和中国大部分农村没有两样。1961年建村，华西村村民在荒芜的土地日出而作，日落而息。那时的华西，集体积累1764元，欠债两万元，一人一天只有半斤口粮。生活穷，农作苦，是当时华西村村民的真实写照。

　　幸运的是，华西村有一位带头人——村党支部书记吴仁宝，他接受共产党的教育，有理想、有抱负。感恩共产党拯救了生活在社会底层的农民，相信在社会主义的制度下，农民可以改变一穷二白的模样，农民可以在自己广袤的土地上创造美好生活。

　　年轻的吴仁宝站在改造华西的第一线，带领华西村村民从改造山河开始，填沟池，平坡地，对世代耕作的土地治水改土，用劳动换来高产，建成高产稳产的"吨良田"，也让华西人可以温饱。

　　温饱不是吴仁宝的初衷，农民要致富，不能只在田埂走。吴仁宝发展多种经营，走农副工商综合发展道路。1969年，华西村偷偷办起了小五金厂，这在当时属"资本主义尾巴"，会挨批的。吴仁宝因此"欺上瞒上"，领导来检查了就停工下田，领导走了马上进厂开工。所以华西村的工厂有了别号，叫作"开关厂"。

　　也就在开开关关中，这个小厂，十年中实现了三百多万元的产值。吴仁宝尝到了农村工业化的甜头，坚定了他无工不富的发展观。从农工并举到工业化、城市化、国际化，华西走上了宽阔的中国特色社会主义新农村之路，收获了满满的成果。

经历了七十年代"造田"，八十年代"造厂"，九十年代"造城"，新世纪"育人"的不同阶段，华西中国特色社会主义新农村露出曙光。

2012年，华西村上缴国家税收8.59亿元、村民人均收入达到8.8万元。华西村村民住上了起码每家四百多平方米的别墅，开上了小车，过上了中国农村最幸福的日子。吴仁宝说："华西人不借钱，家家有钱。但是不多，没有亿万富翁，最少的百把万，最多的只有一千万，我们叫共同富。"吴仁宝让富起来的华西没有暴富，没有土豪，没有贫富差距。

"贫穷不是社会主义，少数人富，多数人穷，也不是社会主义。"吴仁宝从三十来岁当上华西村党支书开始，想的就是"解放全人类"，要让华西村村民共同富裕。他强调，要发展经济，走共同富裕之路。吴仁宝的名言就是："个人富了不算富，集体富了才算富；一村富了不算富，全国富了才算富。贫穷不是社会主义，少数人富，大多数人穷，也不是社会主义。所以，要发展经济，走共同富裕之路。共同富先要集体富，共同富必须家家富，共同富更需精神富，共同富必须先富带后富。"

多么有信仰、有理念的思想者；多么有理想、有抱负的中国农民。

华西的掌舵手，认准了走下去。这条路并非一帆风顺，充满着坎坷和险峻。走下去，除了勇气还需要智慧。在中国社会主义发展中有不少的重要转折点，吴仁宝都以自己坚定的信仰和坚持的信念，认定了，走自己的路、做对的事。

改革开放之初，农村实行包产到户，中国大多数农村集体的土地分散给村民耕种。吴仁宝坚持不分，他坚持着集体经济，走以集体力量致富之路；乡镇企业改制，集体企业迈向民营，吴仁宝也坚守着不动摇。如果改制，吴仁宝和吴家的子孙都有可能成为亿万富翁，成为土豪。吴仁宝不为所动，因为他的理想和理念是坚持共同富裕。

吴仁宝的人生轨迹，一以贯之的就是：坚定共产主义信仰、高举社会主义旗帜、行走集体主义道路、迈向共同富裕目标。

在信仰缺失，信念退潮的环境下，吴仁宝成为坚守信仰的勇士，难能可贵的共产主义理想的忠诚卫士。他说："一个人要有信仰。我就信仰共产党，信仰马克思主义。我一直没有动摇信仰，如果说我动摇了，也可能就没有今天的华西。"

信仰象征着人类的理想，代表着人类不断探索追求的渴望，因为那里有我们未来将踏足的寄托，鬼斧神工的辉煌，碧海青天的梦想。为自己的信仰奋斗终生是充实的，是快乐的。吴仁宝就是这样一位仁人志士。

纵观吴仁宝这一生以及他所创下的华西奇迹，支撑吴仁宝在每一个节点上可以持之以恒的到底是什么？毫无疑问，吴仁宝留下的宝贵遗产是精神，需要思考的是，到底什么才是他真正有价值的核心思想？

将之归纳为一个"信"字可能最为贴切。信，是一个人的价值观，一种生存状态、生活态度，是人与人，人与社会，群体与群体之间的纽带。人因信而聚，人也会因不信而散。中国共产党近百年的历史、经历可谓曲折，九死一生，历经危难的这一"生"，是因为始终可以得到群众的支持，都是因为"信"，信共产党，信社会主义。得民心者得天下！

以信待己才有自信。自信，是一个人智慧、能力、经验、气质诸多因素的一种综合体现，是人的一种品格，一种修养。虽然人不可太自信，太过自信会陷于刚愎自用。但人更不可没有自信，从某种意义上说，失去自信，终将失去江山。

以信待人，不信思信，不信待人，信思不信。对人诚恳守信，即使别人原先不信任，也会转为信任。反之亦然，不守信，原先相信者都会转而不信离去。

习近平总书记2014年3月在兰考指导工作时引用"塔西佗陷阱"的论述时指出："如果群众观点丢掉了，群众立场站歪了，群众路线走偏了，群众眼里就没有你，真的到了那一天，就会危及党的执政基础和执政地位。"

塔西佗陷阱是古罗马历史学家塔西佗的观点，他认为，公权部门缺少公信力，无论政府说什么，都会被认为是假的、坏的。《之江新语》中指出，"企业无信，则难求发展；社会无信，则人人自危；政府无信，则权威不立"。

吴仁宝得民心的关键在于"信"，他相信群众，与中央和老百姓两头保持一致。这一生，吴仁宝所言所行都有"信"的深深印记，一生"信"贯穿。在华西，吴仁宝有充分的威望，他说的话，哪怕是错话、假话，村民都信，都会照做，他说"所以我不能讲错话"。他和华西村民的纽带就是互信。吴仁宝的一生，讲信仰、讲信念、讲信心、讲信任、讲信誉。

信仰是人对人生观、价值观和世界观的选择和持有。吴仁宝相信共产党，坚持举社会主义的旗，走集体经济的路，迈向共同富裕，这是他一生的追求。他说，"不管到哪个地方，你要有信仰，要让当地老百姓富起来，只要这样子，你就能够成功，就能够发展，老百姓就拥护。"

信念是指一个人坚信某种观点的正确性，并支配自己行动的个性倾向。由吴仁宝作词的华西村村歌的第一句："作为共产党员，要让老百姓先富，这才是真正的共产党员。"吴仁宝接着讲："农村要持续发展，党员干部要起带头作用，要坚定理想信念，坚信社会主义。""华西的天，是共产党的天，华西的地，是社会主义的地。"铿锵有力，代表了吴仁宝一路走来不离不弃的信念。

信心是指对行为过程的反应。吴仁宝信守"一个共产党员就是为民利益的一面旗帜。无论任何时候，我坚信一点，共产党是要为大多数人民谋幸福的"。他还满腔热情，很有信心地表示，"在我有生之年，我一定要把乌托邦变成现实，我一定要把什么叫作共产主义做给全国人民看。"吴仁宝没有说空话，曾任国务院副秘书长、前无锡市委书记的刘济民是吴仁宝的好朋友，他分析华西现状后就提出：华西已经是共产主义初级阶段。

信任是一种依赖关系。值得信任的个人或团体意味着他们寻求实践政策，道德守则，法律和其先前的承诺。吴仁宝说："我个人对幸福定义是，人民的幸福就是我的幸福，人民的健康就是我的健康，人民对我们党的信任就是我对党的信任。如果只有我一个人对党信任，其他老百姓不对党信任，那是我的失职，没有尽到我的责任。"吴仁宝和村民们互相信任度极高，这是华西今日的基石。

信誉是信用和声誉的表述。吴仁宝要求华西人，"以信为本，三守三真。'三守'就是守法、守约、守信誉；'三真'就是说真话、售真货、定真价。"他是宁肯天下人负我，我绝不负天下人。这就是华西这面旗帜得以长久不倒的铁律。

中国先进典型千千万，唯独华西不倒翁。吴仁宝和华西民众一起树立起来的"天下第一村"，半个世纪以来红旗飘扬。这个江南小村庄里不断演绎的奇迹引起了全国上下，乃至世界的关注。不过，与其说大家是被华西经过艰辛曲折和奋斗后的富有吸引，不如说更好奇它确立的共同富裕的目标以及实践是如何做到的。《信仰》期待揭示的，就是老书记吴仁宝缔造出华西奇迹的秘密武器，他的核心价值！

2013年，习近平总书记首度提出构建"人类命运共同体"以来，五年间他已在多个重要场合提及百余次。2017年12月1日，中国共产党与世界政党高层对话会在北京召开。会上，习近平总书记指出："人类命运共同体，顾名思义，就是每个民族、每个国家的前途命运都紧紧联系在一起，应该风雨同舟，荣辱与共，努力把我们生于斯、长于斯的这个星球建成一个和睦的大家庭，把世界各国人民对美好生活的向往变成现实。"

吴仁宝、华西村是将共同富裕作为人类命运共同体的纽带，作为信仰、信念和追求。这样的核心价值，华西村的始创人吴仁宝，直至他的继任者吴协恩都一直牢牢把握。携手共同富裕，因为人类命运风雨同舟、荣辱与共。

第一章 吴仁宝的"华西梦"

一个人要有信仰。我就信仰共产党，信仰马克思主义。我一直没有动摇信仰，如果说我动摇了，也可能就没有今天的华西。我最满意、最看重的是先进共产党员的这个奖励。不管到哪个地方，你要有信仰，要让当地老百姓富起来，只要这样子，你就能够成功，就能够发展，老百姓就拥护。

——吴仁宝

1. 临终遗言

2013年3月18日夜，一声惊雷在华西村村民中炸开。享有"天下第一村"美誉的华西村前党委书记、为华西村赤胆忠心操劳了一辈子的老书记吴仁宝离去了。因病医治无效，那颗为华西村的变迁跳动一生的心脏，静止在了吴仁宝生活居住了几十年的江南老宅中，享年八十五岁。

在弥留时刻，这位受人尊敬的老书记吴仁宝留给世人最后的遗言却只是一句话："开会。现在开始，不要来翻花样了。"

"开会"，是要沟通各方、是要统一思想、是要凝聚共识、是要制订和推进华西村的百年发展目标。"开会"是老书记吴仁宝数十年率领华西村村民越沟过坎，克敌制胜，走向共同富裕的法宝。"开会"，也是老书记永不言休要做的一件重要的人生大事。

到了临终那一刻，人生谢幕时讲什么？是随意表述，还是日久思绪？事实上，即使昏沉，人生最后一句话也会很清晰地表达，而最后表达的也一定是最想说的。英国文学史上最杰出的戏剧家威廉·莎士比亚说过，"一个人的临终遗言就像深沉的钟声一般，自然有一种征服灵魂的力量"。

但这种征服灵魂的力量，通常很多时候是被灵魂所征服。日本有这样一位年轻的临终关怀护士大津秀一，他在亲眼看见、亲耳听到一千例患者的临终遗憾后，写下了《临终前会后悔的25件事》一书。

书中所写临终最为遗憾的是：没有做自己想做的事。"人们临终前最常说的一句话就是，人这一辈子啊，太短了。"有人削尖脑袋往上爬，有人辞官归故里；有人自甘平庸，也有人孜孜以求。人生有很多活法，千万别被别人的价值观"绑架"，不要把别人希望你过的生活当作是你想要的生活。想谈恋爱，现在就行动吧；想学点什么，现在就开始吧。

其中，"没有注意身体健康""没能谈一场永存记忆的恋爱""没有留下自己生存过的证据"等，则是临终者的"人生至悔"。

人在走向生命的终点时，都留下了自己的遗憾，只是，不同的人有不同的遗憾。

据说，无产阶级思想家卡尔·马克思在生命的弥留之际，看护问他有没有遗言，他回答说：遗言是给那些生前还说不够的人说的。（Last words are for fools who haven't said enough）这句话本身就是警世遗言，没有遗言成为马克思留下的最后遗言。

不过，一生诉说真理、追求真理的马克思，对人生遗言还是没有讲完整道明白。他没有想到的是，遗言，除了有生前说不够的，还有生前做不完的。人生多彩，有些人的遗言其实不是想"说"什么，最后的话，不是要交代什么，而是要继续"做"的表达！

十八至十九世纪的德国音乐家贝多芬生前耳聋二十载，日夜盼望复聪，直至临终还断断续续地说："到了天堂，我就能听得见了。"闻者无不泪下。革命家孙中山留下最后一句话"和平，奋斗，救中国"。他英年早逝，还有未竟的事宜。

华西村老书记吴仁宝临终的话，其实就是想要继续奋进，这是他一生中做得最多，亦从不后悔的事。他想"现在开始，不要来翻花样了"，他要华西人无论环境发生怎样的变化，都要坚守华西村几十年来追求的信仰和理想、追求"共同富裕"目标不动摇。吴仁宝不会如常人般在临终之际后悔人生，他有超乎常人的境界。

简短的临终话是在吴仁宝离世前两天说的。那是2013年3月16日的晚上，围拢在床边的亲友听到吴仁宝用微弱的声音说"帮我，帮我"。在子女们的帮助下，老人稍微坐了起来。戴着氧气面罩的吴仁宝说了一句："开会"。"现在开始，不要来翻花样了。"又慢慢躺下，闭上眼睛后，就再也没有睁开过。这就是他留在这个世界上的最后一句话。也是吴仁宝在世时常说的、常做的。

"现在开始，不要来翻花样了。"弥留之时，吴仁宝的思路还是很清晰，做事要求实事求是，脚踏实地干，不要来虚的，"不要来翻花样"。实实在在奔向共同富裕的目标，这是他和华西人毕生的追求。

老书记在临终前的追求，展示出世人少有的灵魂征服者的力量。

就这一句话，吴仁宝是用自己最后的生命来表达。这不仅是他人生最后的遗言，还是他一辈子的誓言。"开会"研究奔向"共同富裕"，是他用一生奋斗给后人留下的诺言。吴仁宝的遗言，是以一生奋斗、一生追求写就的。

村民们难以接受的是，这一切来得太突然。不过是两年前的事，吴仁宝去北京开会，身体还健壮得可以当天打来回。一路上随身带着他喜欢的茶叶蛋充饥。打道回府回到村里，他立即召集村干部们开会，虽然上了年纪，但一点儿也看不出他的身体有什么异样。

2012年12月17日，他亲自率领一百多名村干部骨干成员，来到北京国家博物馆参观"复兴之路"大型展览。大家都没有在意，吴仁宝健壮的身体出了问题。很少生病的吴仁宝，那天高烧39℃。受疾病折磨的身体发出强烈预警，可他却以感冒视之，仍带领着大家"中气十足"地宣誓"有难官当，有福民享；伟大复兴，重任在肩"，激励大家为实现"华西梦""中国梦"而奉献。全然不顾病魔缠身，不在乎年迈体虚的事实，还是拼足劲奔大华西直至全国的全面小康、共同富裕。

吴仁宝抽了一辈子的烟，却很少剧烈地、长时间地咳嗽。2013年的元旦前后，从不被当回事的病魔再次找上门来，那几天，吴仁宝感觉身体异常，日夜咳嗽。一直以雄辩著称、网上戏称"话痨"的他，如今常于滔滔不绝之际，被自己的咳嗽打断，剧烈时甚至咳得喘不过气来。

1月6日是星期天，从来不做体检的老书记在家人的再三劝说下，才去"华西体检中心"检查。晴天霹雳的结果，病情居然显示是"肺癌"，而且是晚期。

医生建议说，老书记年纪大了，又是癌症晚期，只能保守治疗。子女们建议他立刻去上海大医院，但不知是"敬畏天命"，还是故意逃避，老书记总是摇摇头说："年初太忙，事情太多，等忙完了，再去吧，总是这么一回事嘛！"

随后的一个月，从1月6日到2月6日，似乎预感到时日无多，平时每日就休息几小时的吴仁宝，工作比往常还拼命。从组织党员干部到周边村慰问困难户，到拟定华西新一年发展规划，从组织大家反复"吃透"十八大精神，再到亲自把关审读《华西月刊》大样，每天都铆着劲，拧紧工作发条，只想多做些事，给后人留下更多。

华西特色艺术团团长计丽静清楚记得，2月3日是小年夜，那天一大早，就接到老书记的电话，"今天是小年夜，我请大家吃饭。"依老书记的习惯，很少与人吃饭，即使是上级领导来，他都不会陪吃饭。

计丽静召集团员和老书记餐叙。饭桌上，吴仁宝热情得有些异样，老书记给带着孩子的团员每人一千元压岁钱。这一餐饭，现在想来，似乎就是告别宴。

此时，老书记身边的工作人员从他的言谈举止中，已经明显感觉到他是在忍受着剧痛坚持工作，要抓紧"开会"。

可以明显看出，2013年春节过后，老书记是拼了命的好像要和时间赛跑。知道得病后的两个月，迫不及待地要把自己的经验、心得，他的人脉、他的智慧传承给大家。"你听不懂，他常常发急。"

华西村接待办的何苇回忆，吴仁宝最后一次给他们开会，是在3月4日早上七点，那天讨论了即将出版的《华西月刊》三月号。他建议把二月公司的经济资料加上去。

似乎知道自己时日不多，能拖一天是一天。一直拖到3月5日的班子成员会议开完后，实在拖不下去了，吴仁宝才答应去上海看病。没想到，从此他就再也没能从病床上走下来。

3月6日，已经卧床不起，突然无法进食的吴仁宝出现了昏迷状况，紧急送往上海华东医院治疗，当日院方便下发了三次病危通知书。

住进上海华东医院几天后，采取措施，用了药，老书记忽然有了点精神，清醒后所讲的第一句话，仍是要回华西开会。他叫陪护将他手上的针管拔掉，说要回华西研究事情，以极大的意志命令似的说："我要回去开会，传达'两会'精神，这是大事情，谁敢耽搁！"

3月11日，凌晨四点了，已经全身不能动弹的吴仁宝，从昏迷中苏醒了过来，他沉思一会儿后，十分费力地对驾驶员瞿小兴说："通知新书记，安排党委委员、纪委正副书记、五个总支书记，包括全体正副厂长，一起到上海来开个会，叫孙海燕将'一号文件'带过来，所有开会人员的车费我来付，你赶快去通知、去落实！"没过多久，就急切地问瞿小兴，电话打通没有、打通没有，一连问了三次，直到又一次昏迷。

从3月6日住进上海华东医院，到3月13日夜里十一点多，吴仁宝悄悄地从医院回到华西老家，他最后的日子在医院只待了一个星期。一心记挂的还是华西村，他要和华西村、华西人在一起。

3月13日深夜十一点，老书记从医院回到家里，进门第一句话就是"叫周丽来，报告写好了吗？叫她主持会议"。

吴仁宝走到了生命的最后时刻，脑子里装的还全是开会，全是工作。3月14日早上五点多，华西龙希大酒店副总经理戴立明来到老书记家里看望他。"下午三点半开会，有事情要安排。"插着氧气管，老书记用微弱的声音向他布置工作。

无论是半清醒状态，还是昏昏沉沉的状态，病中神志不清，胡言乱语中的他执意要工作人员带他去华西的"民族宫"，说那里还有各地游客等着他演讲呢。

　　3月15日晚上八点左右，因为呼吸衰竭，老书记显得非常痛苦，胸部剧烈地起伏。华西村党委副书记周丽在一旁拿出《人民日报》和《新华日报》念给他听。吴仁宝露出满意的神色，还把头侧过来，听着两篇报道，他慢慢安静了下来，听完以后就睡着了。

　　吴家这么大一家子，四代同堂，在生命的最后时刻，老书记吴仁宝没有交代过家事。吴仁宝的女儿吴凤英说："从父亲病重起，我陪了十八天，父亲很坚强，那么折磨人的绝症，他没有喊一声痛，还强撑着精神，跟周围那么多人讲了那么多事，讲来讲去都是村事、时事、天下事，就是没有一句家事，对自己的身体、对家人、对家族的后事没有留下只言片语。"

　　吴仁宝的大儿子吴协东也表示："我父亲在生病期间，没有讲过一声痛苦，在语言中也没有说过一声痛，也没有交代过一次家事、个人私事，对村里不放心的话，也从来没有说过。"

　　"在上海华东医院，问老书记对家人有什么要交代，老书记始终没回答。"吴仁宝的四子吴协恩证实了大哥和姐姐的说法，在最后一段时间，吴仁宝想到的是华西的乡亲们，是那些来华西参观的游客们。3月13日，是吴仁宝在上海住院的最后一天。这一整天，老书记只要一醒来，嘴里就念叨着："要把大华西的村民安排好！"

　　吴仁宝生病，直到在上海治疗，知道吴仁宝病情的也不到十个人。他从上海华东医院回来后，才把身体状况透露给江阴市领导。

　　在弥留之际，他执意从上海华东医院回到华西村。执掌华西村几十年，吴仁宝给华西村留下什么更明确的话语？

　　现任华西村党委书记、吴仁宝四儿子吴协恩透露，父亲去世时的确留有遗言，叮嘱他继续带领村民走共同富裕的道路，建设大华西，实现华西百年村的梦想。

　　老书记弥留之际，似有放心不下。协东、协恩两位兄弟带领何建南、包丽君这两位村干部一起，在老书记床前做出宣誓，表示要"继承老书记遗志，信仰社会主义、信仰集体经济，带领老百姓共同致富，请老书记放心！"宣誓结束后，老书记才安然离去。

临终之时，吴仁宝的遗言没有悔意，没有遗憾，只想"不要来翻花样了"，只想继续走向共同富裕。走共同富裕的道路，这是吴仁宝以自己全部的生命写下的，希望后人继续未竟的事业和梦想。

人生如梦，吴仁宝是用自己的生命和才华书写了一部华西村共同富裕的大剧。"不要来翻花样了"地奔向"共同富裕"是他一生追求和留给后人的"遗言"，也是他孜孜求索的"共同富裕"人生价值观，这既是他为自己撰写的墓志铭，更是他留给华西村乃至中国改革发展，实现中华民族伟大复兴的最大"遗产"。

2．梦想永续

习近平总书记指出，"何为中国梦，我以为，实现中华民族伟大复兴，就是中华民族近代以来最伟大的梦想。"

实现伟大的中国梦是每一个中国人的责任，吴仁宝亦义不容辞，当仁不让。然而吴仁宝的"中国梦"是具体而现实的，他一生追求的"梦"就是"共同富裕"。先是华西村村民如何走上"共同富裕"，再是如何让更多人走上"共同富裕"之路。需要突出强调的是，吴仁宝不仅始终坚守"共同富裕"的梦想，而且始终实践着"共同富裕"，走集体主义的经济发展之路。所以，如果说"共同富裕"是吴仁宝的终生不离不弃的梦想，那么如何实现"共同富裕"则是吴仁宝对这个时代做出的最大贡献。

在吴仁宝的人生字典里，写下了这样的誓言：共同富裕。被称为"天下第一村"的华西，一直走在中国富裕小康的前列。吴仁宝之所以能够把"共同富裕"作为自己一生奋斗的目标，他的理想、他的信念。是因为，他不仅以一个普通农民的身份全程经历了新中国农村的历次变迁，而且以一名中国共产党的干部身份，感受到起伏变迁中自己的责任与担当。

1957年江阴县撤区并乡，原属瓠岱乡的华西村改属华墅乡，改称华墅乡第二十三高级社，吴仁宝任第二十三高级社党支部书记。1958年8月，第二十三高级社与其他三个高级社合并，改称跃进社，吴仁宝改任跃进社党支部书记。

1961年10月15日，华士人民公社十七大队拆分为四个生产大队。因地处华士人民公社最西边，得名华西大队，吴仁宝任大队书记。

1949年，中国人民解放军挥师南下，4月21日强渡长江，年轻的吴仁宝和乡亲们载歌载舞迎来了救星共产党，迎来了亲人解放军。在土地改革中，吴仁宝家分得了2.4亩耕地，这位翻身做了土地主人的青年农民第一次有了属于自己的"财产"，也让这位从小遭受贫穷磨难，还生活在贫穷中的农民，有了向贫穷告别的期盼。

翻身做主的农民最懂得感恩，吴仁宝把自己朴实诚挚的爱，全情倾注在给了他土地的共产党，倾注于给了他新生活的共和国。他暗自承诺，要跟着共产党，报答新中国。

没多久，吴仁宝还没在自己的土地上播下种子，鸭绿江边烽烟四起，出于保家卫国，也急于要知恩图报的吴仁宝毅然报名参加志愿军。此时，吴仁宝的母亲刚刚过世，儿子协东未满周岁，老婆在务农。不过，一心为着国家而放下小家的吴仁宝，想的是国破家危。安稳的日子是共产党给的，此时就是最好的报答机会。

满怀期待报名参军，但在体检时却未能过关，吴仁宝的严重关节炎拖了他的后退，壮志难酬。这让吴仁宝懊悔了好久。但以另一种方式报答、感恩的思想也由此在吴仁宝心中扎根。

1954年10月，吴仁宝加入中国共产党，成为了无产阶级先锋队中的一员。在入党宣誓时，他举起右手，坚毅表示，要为共产主义奋斗终生！共产党就是为穷苦人民谋幸福，共产主义就是消灭了人剥削人，人压迫人的不平等。这一刻，他深知，无产阶级不仅要解放自己，还有解放全人类的责任。这或许就是吴仁宝坚持"共同富裕"的初心，这或许也是吴仁宝内心深处深藏爱意，要帮助穷人走上富裕道路的强烈渴望。他要坐实一个无产阶级战士的职责，脚踏实地"不再翻花样"。

马克思在《共产党宣言》的引言中说，"一个幽灵，共产主义的幽灵，在欧洲上空徘徊"，而此时，这个幽灵，这个共产主义的幽灵，在吴仁宝看来，是那么的神圣和责任重大。

共产主义（英语：communism）是一种共享经济结合集体主义的政治思想，主张消灭私有产权，并建立一个各尽所能、按需分配的生产资料公有制（进行集体生产），而且主张一种没有阶级制度、没有国家和政府的社会。在此一体系下，土地和资本财产为人民共同所有。其主张劳动的差别并不会导致占有和消费的任何不平等，并反对任何特权。这些基本解说，在吴仁宝看来就是一句话："什么叫共产主义？全人类幸福就是共产主义。"

在吴仁宝的价值观中，全人类幸福，或者实在地可以称作"共同富裕"。这是一个整体目标，要整体发展，不能偏废。这是一种信仰和理想，支撑他迈行。

不过，事与愿违的是，改革开放的市场经济发展，不断刺激人的物欲膨胀，而精神世界却越加的萎靡，幸福感麻木。信仰危机已成为一个严峻的不可忽视的问题。人们甚至将马克思提出的共产主义理想等同"乌托邦"。

"乌托邦"（Utopia）本意是"没有的地方"或者"好地方"。延伸为还有理想，不可能完成的好事情，其中文翻译也可以理解为"乌"是没有，"托"是寄托，"邦"是国家，"乌托邦"三个字合起来的意思即为"空想的国家"。

今天讲"乌托邦"往往有一个更加广泛的意义。它一般用来描写任何想象的、理想的社会。有时它也被用来描写今天社会试图将某些理论变成实现的尝试。

在吴仁宝眼中，"理想国"是一种梦，但却是一个可以追求的生活目标。梦想不是挂在嘴边炫耀的，而是需要认真探索和实践，在实践中可以探索出一种体制、一种制度、一种发展模式、一条接近理想的道路。

有这样的理想，不管多不容易，吴仁宝都要去尝试，都要去实践。吴仁宝信仰的共产主义，最终是干出来而不是想象出来的。

吴仁宝不信邪，不管有多艰难，他践行永不放弃的梦想，一定要让共产主义成为现实，要让华西村村民拥有理想，让理想国变为得以享受的现实生活。吴仁宝说，"在我有生之年，一定要把乌托邦变成现实，一定要把什么叫作共产主义，做给全国人民看看。"因为，在党旗下他高举右手时作了宣誓，曾经有过庄严的承诺。

吴仁宝的大儿子吴协东最了解父亲。他说，共产主义思想在父亲脑子里根深蒂固，小时候他告诉我们，"跟着共产党是金光道，小农经济是独木桥，要达到楼上楼下电灯电话，要吃到牛奶饼干"。吴仁宝描绘的共产主义，吴协东小时候很相信的，到了六十年代初期，不太相信了，因为吃野菜吃红花草，吃不饱。

不过，吴仁宝仍坚持着这一崇高的理想，并不断身体力行地实践自己的追求。

吴协东懂得父亲那一份梦想的坚持，懂得父亲那一份"共同富裕"的情怀。有一次，他看到一本书，介绍以色列的乌托邦，向父亲推荐。

以色列一个农村社会组织叫基布兹，相当于共产主义的小社会。

基布兹是以色列的一种集体小区，过去主要从事农业生产，现在也从事工业和高科技产业。

基布兹的目标是混合共产主义和锡安主义的思想，建立起乌托邦小区。小区里的人没有私有财产，工作没有工资，衣食住行教育医疗都是免费的。外人可以自愿加入基布兹，里面的成员也可以自愿退出，退出的时候可以领到一笔退出费以回报对小区的贡献。

吴仁宝让吴协东带人去考察。当时，中国和以色列还没有外交关系，吴协东通过熟人介绍找到中国在以色列的办事处，在办事处主任的安排下带了五个人前往考察，回来向吴仁宝做了汇报。吴仁宝没有作声，他想的是，人家千好万好，不如自己干好。他相信自己干，坚持自己的信仰追求，实现自己的梦想。

怎么干？吴仁宝坚持集体经济，集体所有、集体所享，共有共享是他追梦的价值指向，追梦的路。

今天，互联网时代才有的"共享"概念，在吴仁宝有梦时就形成了。吴仁宝说："建设新农村必须壮大集体经济，集体经济强大了，就能集中力量办大事。"事实证明，吴仁宝就是以共产主义为理想、以社会主义为旗帜、以共同富裕为目标、以集体主义为道路，缔造出华西村的"神话"。

同名电影《吴仁宝》以华西村吴仁宝老书记的生平事迹为原型，集中展现了吴仁宝老书记带领华西人从贫穷走向富裕的历程。影片的主题就是集体主义精神与道路的探索实践。今天，已经是一部分人先富起来的中国，尤其是贫富差距逐渐拉大的现实，社会普遍希望走向"共同富裕"的发展轨道，吴仁宝的故事更值得深思。

电影开片，用黑白片的形式展示了上世纪五十至七十年代，华西村支部书记吴仁宝带领全村百姓，艰苦奋斗、战天斗地、改造自然的壮丽画面。观点鲜明地告诉观众，华西村在上个世纪由吴仁宝带领，通过集体经营凝聚了人心、人力，以大干快上，走上了富裕之路，摘掉了华西村的贫穷帽子。

在抓革命促生产的年代，吴仁宝率领的华西村，其主旋律却是抓生产促革命。这不是对着干，而是为了那个永不熄灭的梦想。

该影片更值得关注之处是揭示了改革开放后三十多年的华西，仍然在集体主义道路上，由量变到质变，由质变再到全面变化的发展过程。

1978 年，全国农村实行改革，在以推行大包干、分田到户为时尚的境况下，以吴仁宝为代表的华西村，顶住了四周都是分田到户的风潮，抓住中央文件中的各地根据实际情况"宜统则统，宜分则分，统分结合"的条款，硬是据理力争，以"华西村集体家业规模已很大，只能统不能分，分了就祸村殃民"为理由，进而果断做出了"土地不分，人心不散，统筹规划，加快发展"的治村原则。

实际上吴仁宝这样做是冒着很大风险的。当时全国分田单干是"一阵风""跟着干"，不少地方都在跟风，大搞分田单干，不跟风，不单干的，就是不改革，就是对抗改革，就会面临"不换思想就换人"厄运。很多人为了保乌纱帽，许多集体经济发展很好的不宜分、不想分、不该分的村，因顶不住压力，放手毁了集体经济。所幸，华西村遇到了开明的上级领导，保留了华西村集体经济的延续，使这棵正在茁壮的"集体经济大树"免受夭折和毁坏，也为中国解决"三农"问题，走向共同富裕，保留了一个日后声震华夏、名扬海外的"天下第一村"。

吴仁宝坚信，只有社会主义才能救中国。所谓社会主义即是奉行属于公有制的集体经济。在广袤的中国农村，如果说前三十年计划经济还不能充分说明农村集体经济有广阔的未来和发展空间，那么，三十多年的改革开放中，坚持保留以集体经济为主导建设新农村的华西村，以无可争议的超越小康阶段，走入共同富裕的事实，雄辩地证明，集体经济是中国社会主义新农村发展不能偏离的方向。

在吴仁宝看来，集体主义之所以是解决中国农村贫穷的利器，是因为它能够集中力量办大事。华西村在发展过程中，有一道道难关要过和一场场硬仗要打，靠一家一户或少数人的力量是办不到的。举全村之力才能办成事，才能排除险阻攻克难关。集体主义能医治一盘散沙，是克制个人主义的法宝，是华西村有别于分田到户单干的高招。集体主义可兼顾全方位发展，是一个改变居住、优化生活环境、丰富文化生活、多产业并举，物质文明和精神文明两手抓的方向。它凝聚了党支部一班人的无数智慧和心血，展示出集体主义众人拾柴火焰高的协作精神与成果。

2007年9月7日，中共十七大代表吴仁宝应邀做客强国论坛与网民对话。网友"偶尔喝多不算坏"问：华西村发展到今天集体主义精神是最主要的，你们是如何保持这种集体经济的？

吴仁宝表示，华西的发展从现在来看，主要是走集体经济的路。要说华西，我们发展经济，以公有制为主，又加强思想教育，始终坚持走"共同富裕"的道路。走向"共同富裕"，我看必须要公有，如果"公"一点都没有，那这个共同富裕实现的风险很大。一旦经济上遇到困难，我看要出大事，所以还是有集体比没集体要好。

集体主义比较好，是因为，集体主义可以做到协调发展和可持续发展。由于集体主义的公有性质，在这片土地上生长的人特别是这个群体的当家人，必须对这片土地和这片土地上的人负责，其发展必须要有长远打算和规划，兼顾当前利益和长远利益、当代人利益与下一代人利益。这就避免了个人顾个人、吃祖宗饭断子孙路、只顾眼前不顾长远的短期行为，从而做到可协调和可持续发展。

集体主义是可以满足需要的发展，它使一切美好愿望都可能成为现实。华西村的发展着眼的是以人为本，谋求的是全村人的幸福，最大限度地满足村民的需要。华西村的发展过程中，必须考虑高效、低耗、低碳、治污等一系列环节，做到量力而行，留有余地，以确保全村人的幸福指数。所以，华西村真正做到了人与人，人与社会，人与自然的和谐相处。

当然，华西村的集体主义，在社会崇尚个体经济道路的一段时期中，曾引来了众多的质疑和诟病。有人说，在这个典型背后，鲜为人知的是，华西村已经成为吴仁宝家族控制的企业。有学者整理了四十二年来华西历任村干部的名单，发现华西村最高掌权者始终是吴仁宝，以此证明吴仁宝的"霸道"。

批评华西的，归根到底，是不清楚华西集体主义的整体运作过程。讲一个小故事，华西村发展了，走资本市场的金融之路是进一步发展的必然选择，但吴仁宝不认同，最后华西村领导班子讨论表决，吴仁宝的意见没有被大多数人接受，他也只能保留自己的意见。"华西村"A股股票1999年在深圳上市，华西村股份有限公司成为全国第一家以村命名的上市公司，被誉为"中国农村第一股"。

华西村撑起一个上市集团，进入中国企业500强，营业收入超500亿，但吴仁宝和他的子女没有进入富豪榜的。吴仁宝曾经说，"如果我吴仁宝搞个体，华西这些财富就是我一家的了。"

吴仁宝说："社会主义和共产主义是我们共产党人坚定不移的理想，我们一生中可能不会实现，但我们一生中可以去实践。"

3. 穷则思变

现实生活是残酷的，贫穷可以改变人。有的人在贫穷中沉默，有的人则在贫穷中奋起。沉默者一生贫穷，奋起者寻求改变。

吴仁宝这一代中国人，年轻时，绝大多数是品味着贫穷滋味过来的。他们饿过、冻过，上无片瓦下无寸土，双脚踩着的是他人地。因为穷过才懂得翻身的珍贵，因为穷过，才知道追求的希望。对吴仁宝来说，穷而认命，则永生永世走在贫穷路上；穷而思变，则能够翻身走向富裕的未来。

光明日报出版社出版的《吴仁宝箴言》中，第一条就是吴仁宝讲信仰。在崇拜物质、信仰金钱、抛弃精神价值的年代，吴仁宝绝不避嫌，大声说出信仰共产党和共产主义，誓言追寻社会主义一辈子没有动摇过。

有记者曾经不解地问，这是为什么？您究竟是如何在年轻的时候确立这种信仰的？

吴仁宝很认真地回答了这个直面人生的宏观问题，他说："我是经过旧社会的，做过小生意，遭遇过盘剥勒索、物资被抢等种种困难。新中国成立的时候我就相信共产党，相信社会主义，一辈子没有动摇过。目标是方向，精神是力量。人的目标坚定了，就不会动摇。做事情反而好做，人最怕的，是没目标、没信仰、没原则啊！"

记者接着追问：那您又是靠什么坚持这么多年的信仰？

吴仁宝语重心长地说："我穷过来的，看到有人穷我就心疼，最大的心愿就是让穷人过好日子，这是我的原动力。"

"让穷人过好日子"，这个朴素追求的"原动力"，是吴仁宝永远不愿再走贫穷回头路的永恒动力。吴仁宝经常讲，那个年代，和中国的亿万农民一样，每日能有半饱以维生的三餐已是大幸了，那真是穷够了！穷透了！穷怕了的年代！

吴仁宝，1928年11月17日出生于江苏省江阴县华墅乡吴家基一个只有三户人家、七口人的一户贫穷农户家。那个时候的华西村，138户人家，却有125人当长工、做童养媳、去讨饭，住的是"泥垛墙、茅草房，挡不住风、遮不住雨"。全村八百多亩土地，分割成一千三百多块。起伏不均的土地，旱季枯黄一片，雨天大水茫茫。

华西人缺吃少穿，走路打晃，更令人担忧的是，不知道前景在何方。"穷透了"三个字浓缩了华西过去的全部历史。华西村村民常用一首歌谣来概括当时的穷况:"日均只有半斤粮,有女不嫁华西郎。"说尽无奈、道尽心酸。

年近七十岁的朱咪英是前华西村党委常委,也做过村委会副主任,主管外来员工住宿的工作。年纪越大越常回忆起年轻时的工作生活场景,尤其是艰苦奋斗的那段日子。

回忆起那个时候的苦日子,她还清楚记得,有一次跟老公商量要去买盐,翻遍所有家当,最后只找出两分钱。当时盐价是一斤一角四分,她家连一斤盐都买不起。那时候,有盐有酱油有萝卜干,就好得不得了。说句实话,现在扔掉的东西都比那时候吃的东西好多了。

因为穷,吴仁宝经历过骨肉分离,小弟龙宝出生没多久就被人抱走;因为穷,十一岁的吴仁宝离开私塾去做放牛娃;因为穷,十四岁的吴仁宝要冬天砍柴、夏日摸鱼捕虾,还要做萝卜干、豆腐干等小买卖糊口。年幼的他曾经到无锡、上海等大城市进货,遇到流氓地痞,货被抢走。吴仁宝只能回到农村当长工。他生在农村,长在农村,也在农村过着贫穷的生活,他注定也只能在农村这块土地上成长,寻找机会。

毛泽东1957年所著《关于正确处理人民内部矛盾的问题》中指出,"世界上最愿意改变自己地位的是无产阶级,其次是半无产阶级,因为一则全无所有,一则有也不多。"毛泽东所言,验证了"穷则思变"这一颠扑不破的真理。这则成语,原指事物到了尽头就要发生变化。现指在穷困艰难的时候,就要想办法改变现状。不过,并不是所有人穷到头就能改变的,关键还是看穷是否能思变。

华西村就是从贫穷走来,吴仁宝就是为追寻改变贫穷现状,一鼓作气干了几十年。率领华西村走向富裕,他是让华西坐实"天下第一村"的"老书记"。吴仁宝开始用自己颇具哲理且顺口的语言,梳理并为自己的人生定位,不失风趣和幽默感:"回顾过去,我的人生经历,可以概括为三个阶段:看当家、跟当家、自当家。"

这"三当家"的过程,就是吴仁宝实践中思变的过程。在实践中不断思考,在思考中又不断实践,在思考实践中寻找改变的机会。

解放前的二十年,年幼的吴仁宝学习打工看人家怎么当家,家境可以的时候,吴仁宝曾经在农村上过三处私塾,那是七岁到十一岁时，相继受教于周宏金和吴葵阳两个先生；离开私塾，从十一岁到十七岁，吴仁宝在村子中四户人家当长工，品尝过各种酸甜苦辣。上世纪五十年代初到六十年代初，有了土地，他是跟着当家：奋力耕耘属于自己的土地，他为了集体的利益而不惜万般辛劳。从六十年代后期开始，他以华西村支部书记开始自当家：率领村民，创新思想、追寻理念、与时俱进，执着创造共同富裕的新农村。

吴仁宝从小就是一个有理念和理想的人，早在吴仁宝上私塾的时候，当私塾教师周宏金老先生问他将来想做什么工作，他斩钉截铁地回答道：长大想做种田的神仙。即使今日，这样的回答也会令人忍俊不禁。周宏金当时就倍感惊奇，更引来周围同学们的冷嘲热讽。中国历来瞧不起种田的农民，所有职业中，农民排位最低。"万般皆下品，唯有读书高"，有钱的孩子读书，就为做官，可做人上人，"满朝朱紫贵，尽是读书人"。

吴仁宝读书不为官，读书为"做种田的神仙"，听起来颇有些匪夷所思甚至鼠目寸光；但对吴仁宝而言，一个农民因为穷而思变，首要的是要改变的是农民穷困。农民自然以种田为生，吴仁宝称自己是个"裤腿上一辈子甩不掉泥巴的农民"，把田种好才是本分。

"做种田的神仙"这样的追求，看起来朴实，甚至好笑。但这是一个庄稼汉与生俱来对土地的厚重情结，对乡村的无尽热爱，以及生长于大地之上的一种胸襟、气度、坦然和智慧。也由此奠定了吴仁宝以后率领华西村共同富裕的思路、道路及出路的农民梦想。

早年，华西穷，穷得连一个名称都没有。吴仁宝家也一样穷，他的母亲朱玉娥七个儿子，有的病死，有的淹死，有的溺死，有的送人，最后只剩下两个，原因就是一个"穷"字；他的家庭食不饱腹，衣不避寒；他的祖父吴发祥、父亲吴寿坤之所以为他起名"仁宝"，其意也是希望他能给全家带来好运，招财进宝，富而行仁，有财有德。

直到1961年10月华西大队初建时，有一段历史数据记录下它的贫困状况：158家农户，667口人，但耕地只有800多亩，还被水洼河沟分割成1300多块，粮食平均亩产609斤，集体积累1764元，欠债两万元。整个村子，泥垛墙、茅草棚，一眼望去，破破烂烂。泥路弯弯曲曲，田块高低不平。一首华西歌谣道尽酸涩："高的像斗笠顶帽，低的像浴锅塘，半月不雨苗枯黄，一场大雨白茫茫。"

华西的苦况不改变，华西人只能永远生活在贫困中。当上书记不久的吴仁宝，想的就是要改变华西农民贫穷一辈子的窘况，要立足农民、农业、农村，解决华西农民的温饱问题，他发誓，华西农民不能徘徊在饥饿的贫困线。

因为贫穷，要凝聚人心并不容易，华西设村不久，集体的力量还不能体现，接二连三地发生离开集体的事件，刺痛了吴仁宝。

村里农具坏了，请村里唯一的木匠来修，他外出挣钱去了；第二次再去请他，他不见，叫老婆出来挡驾；第三次再上门请他，他干脆拉下脸说："若要我为集体出力，除非集体收入超过我单干"。吴仁宝三顾茅庐，竟然请不动一位木匠，他领导的华西集体，竟然不在一个木匠的眼中。华西再穷也是一个集体，集体竞争不过个体，支撑起这片天的精神力量不就垮了？

另有一位力气大、肚皮也大的村民孙龙泉，吃不饱饭，抛开集体的农活儿，去捕鱼捉虾，换点粮食，填饱肚皮。哥哥劝他，劝不醒；亲戚挡他，挡不住；吴仁宝和干部们说他也说服不了。他怨脚下这片土地怎么这样不养人，叫自己受着饥饿的折磨，恨自己身为华西人。他一气之下，怀着绝望的无奈，背井离乡，逃荒到浙江嘉兴去落户了。

集体经济为什么没吸引力，已是共产党的天下了，孙龙泉为什么还要背井离乡？那是因为穷，但穷要思变，穷是可以改变的。这景况，对吴仁宝冲击很大，他暗下决心，一定要改变华西贫穷落后的面貌。

吴仁宝思考的是，农民要变，就应该站在这片土地上变，要让这块生长着贫穷的土地，顽强地萌生求变、求富的渴望。吴仁宝穷则思变，就是从"做种田的神仙"开始。

他与群众一起制订规划，要与天斗，与地斗，平整土地，创新良田。吴仁宝让干部统统带头，规定每个人平整土方量。平整土地可是力气活儿，没日没夜，一个晚上睡四个小时已经算好的了。那个时候，华西大队被称为"做煞大队"，"做煞"就是做得要死了，做得像"死"人一样。

七队，地处华西大陆中心，地少人多，洼地、土墩多，是出名的穷队，群众"穷则思变"更为迫切。吴仁宝来到七队，同干部群众一起，搬走十三个茅草丛生的荒土墩，填平三条弯弯曲曲的废河浜，平高田填洼地二十亩，并采取发展养猪、养羊广积肥料等措施，熟化平整后的生土。

1965年的秋天，七队收获的果实是，这方水稻亩产猛跳到1050斤，人均收入比1964年增加了40元。一晃到了1972年，华西大队提前七年实现十五年规划，二百多户社员全部住进新盖的瓦房。到1978年，华西又攀上了新的高峰：粮食三季年亩产达到2720斤，每个社员的居住面积超过了二十平方米。

那时候，吴仁宝已经发挥集体的优势，让华西村村民分享集体成果。幼儿园入托、小学到高中的学费，全部由大队负担；社员理发、洗澡不花钱；看病、缝衣、修鞋收半费；蔬菜免费供应，每天由专人送到户；妇女生孩子或计划生育动手术，给予假期，假期内工分照记，还发给营养费；丧失劳动力的老人或五保户，不仅由大队供应口粮、柴草、蔬菜，每月还发给零用钱。

从农业变革开始，吴仁宝始终没有离开过农村，就在这块土地上思考变的方式，寻找变的机会。过去求变是因为穷，因为不想再在穷苦中生活，到后期，他带领华西求变，不是因为穷，而是因为要让更多人走出穷困富裕起来。

吴仁宝虽然读书不多，但他的思辨敏锐，思考积极，思想活跃，大家都称吴仁宝是思想家。吴仁宝笑说："我并不想做什么思想家，而是要做实干家。对我个人来说，人家给我的头衔很多，但是我呢只能承认一个，一个什么？实干家。我只有实实在在去干。要说理论家也好，企业家也好，这些呢我不能担当。到底什么叫理论？到底什么叫企业？这里面文章很多，我不肯戴这个帽子。所以我是实干，干部都应该是实干的，实干可以干对，可以干不对，也可以改过来，没有关系的。"

我们都穷过，我们都期待过变，但能不能变，不在你是否"穷"过，也不在你是否"思变"过，而在于你思变之后，接下来做什么。吴仁宝告诉后来者，穷则思变，重要的是思变后要脚踏实地地去改。

改变，改变，改了才会变！

邓小平指出，"贫穷不是社会主义，发展太慢也不是社会主义；平均主义不是社会主义，两极分化也不是社会主义。"

吴仁宝赞同这个理，坚信，贫穷不是社会主义，少数人富，大多数人穷，也不是社会主义。他说："无论任何时候，我都坚信一点，共产党是要为大多数人民谋幸福的。什么是社会主义？人民幸福就是社会主义。"社会主义制度是为人民幸福的制度，但现实生活中，更需要这个制度的执行者、服务者。吴仁宝就是其中最优秀的一个。

吴仁宝是要告诉社会，中国的农民具有极大的改变社会的能力。无论如何，在中国乡村社会，那些并不缺乏想象力、创造力、洞察力和执行力，同时又充满幸福愿景和发展意识的农民，都在以寻求某种程度的突破方式探索适合自己的发展道路，他们需要合适的带头人。

中国农民、农村求变愿望迫切，但是，无数事实表明，在数以千百计的改革尝试中，在最初的"原始积累"过程中，只有那些最具不忘初心、脚踏实地、具共同富裕理想、重视集体力量和执行力量的农民和农村地区，方能以各种灵活的方式获得成功，并最终实现将传统的农村共同体推进到现代意义的农村社会。吴仁宝和他率领改变的华西村就是其中一个典型的代表。

4. 变则求进

因为穷而思变，因为变而求进。

华西村五十多年的发展过程中，求变求进是吴仁宝一直追逐的步伐，变与不变则是吴仁宝推动华西发展的辩证法。

改变华西村的落后面貌，改变华西人的贫穷生活，带动周边村共同富裕，吴仁宝"求变"的辩证哲学思想奠定了华西村变迁的基石。马克思主义的辩证论告诉我们，事物是普遍联系与永恒发展的，变是绝对的，不变则是相对的。华西建村至今就是一个"变"字，由穷变富、由小变大，就是在勤奋、探索、尝试、创新、实践的过程中不断奋进，在前进与发展中发生"大变"。

这是一个既艰辛又充满喜剧性的巨变。吴仁宝是从担任一个穷村的党支部书记开始的，村民人均年收入不足54元。

到2005年，全村实现销售收入超300亿元，每户村民的存款最低100万元。2010年，华西村实现销售收入512亿元，人均纯收入达8.5万元。而同期，上海市城市居民家庭人均可支配收入也不过3万元多点。到2012年，华西村实现销售收入524.5亿元、上缴国家税收8.59亿元，人均年收入8.8万元。这是不少城里人都望尘莫及的。村民从住草屋到别墅，从脱贫到富起来，家家起码都是百万富翁。吴仁宝付出心血的村庄，到了收获的季节。

到2017年的华西，家家有存款，每户村民的存款少则数百万元多则上千万元；户户有汽车，少则一辆，多则三辆；家家户户花卉满院，芳香扑鼻，歌声不断，老老少少欢天喜地。变为求发展，变又是吴仁宝改进现状谋求发展的不变定律，这又是吴仁宝主导华西村发展过程中可以看到的一条始终不变的轨迹。这五十多年来，不变的又是那么的坚定不移：坚持共产主义的信仰，走集体主义道路实现"共同富裕"。正因为有这样的不变定律，才促使华西为摆脱贫穷不断求变、求进。

据记载，华西村的发展，历经了如下几个阶段：

1961年至1978年是第一阶段。1961年华西建村，正逢"三年自然灾害"，以贫穷为起点，所能依赖的只是贫瘠的土地，华西人共同经历了最初一段相当贫苦的岁月。到1964年，席卷全国的"农业学大寨"运动兴起，华西人在为集体奉献的精神感召之下，投入到了忘我的生产劳动中去。这种堪称壮烈的集体努力，带来的回报亦是相当可观：十年（1964—1973）提前完成了村庄的第一个十五年规划，土地平整提前完成，大队统一核算，新村落成，华西人草房变瓦房。此后五年（1973—1978），华西人又提前十年完成了村庄的第二个十五年规划，获得了"全国农业先进集体"称号，声名鹊起。奠定了再起飞的基础。自1969年起，华西人在吴仁宝的带领下悄悄办起了"华西五金加工厂"，以后又陆续办起了农具厂、编织厂等七八个小厂，直接向工业化走去。

1978年至1992年是第二阶段。1978年改革开放，是中国当代历史划时代的一年，"分田到户"的农村经济改革对于人民公社惯性下的农村而言可谓是巨变，但是华西却在村领导带领下，不轻言分田。他们仍然选择了集体经济，土地依然归集体所有，而且这一次他们走了工业化的道路。1978年到1984年间，在已有的工业底子上，他们又陆续兴办了小织布厂、钢板厂等十多个小型企业，农民开始变成工人，村庄开始城镇化建设，平房变成楼房。此后四年间（1985—1988），华西经济进一步扩张，成立了农工商联合社，与上海企业联营成立四大工厂，村庄产值首次过亿。到1992年止，华西村形成了棉纺、发电、锻造、化工等六大产业系列，工业化在这个村庄里已初步完成。华西从"集体农业"走向了完全的"集体工业"的开端。

1992年开始走上第三阶段。这是华西村工业大发展的时期，新建华西工业园区，成立江苏华西企业集团公司，新建投资项目都在千万以上，年年完成目标，拥有八大公司，六十多家企业。1999年集团下属华西村股份有限公司上市。2004年、2005年、2006年华西村更是以200亿元、300亿元、400亿元的销售收入和增长率让整个中国为之动容。

五十余年的艰苦奋斗，吴仁宝把昔日的"穷华西"，建设成一个"五容"（山容、河容、田容、厂容、村容）美丽，"五子"（票子、房子、车子、孩子、面子）幸福，"五业"（农业、工业、商业、建筑业、旅游业）兴旺的新华西。

不仅如此，吴仁宝坚持"共同富裕"的理念，始终做到富了"三不忘"：不忘国家，不忘集体，不忘左邻右舍及经济欠发达地区，为中西部地区培训基层干部；在宁夏、黑龙江建成两个"省外华西村"，无偿移交给当地政府；先后通过"一分五统"方式，纳入周边二十个村共同发展，带动3.5万名村民走共富之路。2006年，他又提出"村帮村、户帮户，核心建好党支部，最终实现全国富"的思路，与全国各地的近四十万名农村基层干部进行了互学交流。

就华西的组织结构而言，华西目前是对外三套班子、对内一套人马的集中管理模式：村行政班子、企业行政班子统一接受华西党委领导，党委成员兼集团公司、村委职务。而集团公司下属一切单位的方方面面均由集团公司统一管辖。

华西村的绝大部分企业，都隶属于江苏华西集团有限公司，该集团公司是村委会控股的公司。华西坚持以按劳分配为主体。吴仁宝说："采用多种形式的分配方法，确保村民收入年年递增。收入递增，但贫富差距不增，华西最少的人家也超过了100万元资产，最多也只有1000万。"

吴仁宝对华西实行公私合作制，这是他的发明，包括了集体控股、个人参股、享受分红。吴仁宝说，"我们村民的收入有'三个来源'：一是社会主义的按劳分配，工资奖金，多劳多得，奖金中的80%作为资本参股，厂在股金在，实际上就是发扬艰苦奋斗的精神；二是共产主义的按需分配，每个村民各项福利加在一起，每年至少3800元；三是社会主义初级阶段的资本分红，'少分配多积累，少拿现金多入股'的分配机制，有效地促进了企业的快速发展，并促使村民更快地走上富裕的道路。村民每年奖金的80%入股，是风险抵押金，合情、合理、合法。我认为这是很有效的管理方式。这里面包括制约机制。'三害'：嫖、赌、毒，华西都没有，制约得现在都很好嘛！"

华西村在处理积累与分配的问题上一直坚持这样一个原则：少分配、多积累，少拿现金、多入股。对承包企业的超利润部分实行"二八"分成，二成上交村里，八成归企业分配。留给企业的部分，10%奖给厂长，30%奖给管理人员，30%奖给职工，30%作企业积累。

四十年一瞬间，人间沧海变桑田。华西人三十九年的艰辛创业时曾经总结了八大变化：村民变精、村庄变新、土地变多、产品变优、集体变富、生活变好、贡献变大、环境变美。初步建成了社会主义现代新农村，成为江南田园风光旅游中心。华西富裕了，但吴仁宝探寻共同富裕，不等于绝对平均主义，存在不太大的差别是客观的。刚刚合并进来的其他村庄村民，收入水平提高比较快，但是不可能一下子就和老村民享受一样的待遇。吴仁宝说："共同富不是一样富，是有差距的富；如果你要求一样富，实际是平均主义，平均主义就要导致一样穷，所以我们拉开档次。"

华西村自己富了不忘带动周边村富，这是实践吴仁宝共同富裕的梦想，他说，"村帮村户帮户，核心建好党支部，最终实现全国富"。强村可以通过带动弱村，寻找到新的发展空间。从2001年开始，华西村通过"一分五统"，陆续帮带周边二十个自然村共同发展。

早在九十年代初，华西村就率先在全国先后成为"别墅村""轿车村""彩电村""计算机村"等，现已拥有四十多项"全国第一"。人人就业，安居乐业。

吴仁宝在领导华西发展和建设的长期实践中，不仅创造了巨大的物质财富，也创下了大量的精神财富，被赞誉为"农民政治家""农民思想家""农民语言大师"。他曾担任多届党的全国代表大会代表、全国人大代表，荣获全国劳动模范、全国优秀共产党员、全国"双百"人物、全国第三批保持共产党员先进性教育活动首个重大典型、"100位新中国成立以来感动中国人物"等荣誉称号。

五十多年来，华西村不冒进，没有跨越式发展，而是稳中求变，稳步求进。吴仁宝说："发展经济在前面，人民生活质量在前面，你就能够不落后，只能向前，你认定了一个目标，就不能松懈，不能怕这怕那。"他还说："我们华西党员干部将这种坚定的理想信念，转化为难苦创业、真抓实干、造福于人民的实际行动，把经济迅速发展起来。"

吴仁宝是一个坚定的理想主义者，认准了一个真理，看准了一个目标，他执着前行，带领华西村村民共同致富是他一生的执着追求；他，又是一个勇于创新求变的实干家，脚踏实地，凭着永不言败的精神和顽强拼搏的斗志，在改变中脱颖而出，带领村民缔造了"天下第一村"的辉煌传奇。

5. 百年老店

华西村398号大门上，贴着一副对联："百姓幸福我幸福，百年老店事业成"。这是吴仁宝生活了几十年的老屋，华西村村民家家户户都住上了别墅，老书记依然住在他的老屋。不愿搬离的原因，多种多样，吴仁宝自有自己幸福的标准，门上那副对联所写，正是吴仁宝一直要努力奋斗的目标。

吴仁宝缔造的华西传奇，让百姓幸福走上共同富裕之路，但在吴仁宝的富裕设计中，这还远远不够。吴仁宝的共同富裕，不仅面要广，受惠者要众，还要能经受考验，经久不衰。营造百年老店，这是吴仁宝的梦。

在不断创造富裕奇迹之后，华西村发展可持续，保持长久优势成为绕不过的一个话题。华人的历史故事不断演绎着"富不过三代"的宿命，在共同富裕的追求中行走了五十多年，吴仁宝提出了把华西建成"百年老店"的重要命题，逐梦华西，让华西版的"中国梦"推陈出新，实现华西的可持续发展。

华西的百年并不是不能实现的梦。华西食品酿造厂的酿造技术就有百多年的历史，长盛不衰。1999年之前的华士酿造厂是社办企业、铁饭碗，吴仁宝以独到的眼光要并购，职工们反对端泥饭碗。

2000年工厂倒闭，吴仁宝把一百多年历史的酿造技术接过来，捡拾起别人丢下的，变"废"为宝。用东北的非转基因大豆和面粉提炼，采用先煮然后发酵，再在厂房屋顶上晒的传统工艺，制出成品。瞿小兴介绍，这一酿造技术传承百多年，要历经三四年的时间，才生产出具百年历史的华西酱油、冰油。华西正以诚实守信，守住了这块百年老店的金字招牌。

这样的"百年老店"，华西有三个。近百年历史的华西针织厂以品质取胜经久不衰，成为百年老店的根基所在；远眺华西，景色优美，在大自然中屹立近千年的华西龙砂山，以生态环保的自然景观唱响华西超百年老店的序曲。吴仁宝感悟，华西是一个品牌，持续才有生命力。

2004年2月，美国导演比尔·艾伦豪夫带领《沿江的机遇》拍摄组来到华西采访拍摄。这个六年前曾到过华西的美国导演感叹华西永葆发展动力的发展奇迹，已经走在富裕之路的华西，依然在努力向前。

"美国人曾经写过一本书叫《重新发现中国》，现在我真的感觉到要重新发现华西。今天的华西，发展的速度，给我太多的惊讶！生活在这里的人们，应该为有这样一个村庄而感到自豪！"比尔·艾伦豪夫感慨万分。

比尔·艾伦豪夫只见证了华西五年的飞速发展，但从上世纪七十年代"一个欣欣向荣的生产大队"，到如今名闻遐迩的"天下第一村"，那时华西村高速发展已接近四十年。而今，又过了十来年，华西稳步向前已经五十多年的历史，正树立、正迈向百年华西的目标。

"百年老店"的理念成为吴仁宝留给华西村的重要财富。目标一百年的华西，第一个保持思想永远不变；第二个人民要幸福；第三个要遵纪守法。

接棒而上的吴协恩书记，承接的不仅是吴仁宝华西发展的思想、理念，还有吴仁宝未竟的百年事业、老书记百年华西的梦。华西村早就实现了百亿村的目标，在吴协恩看来，"百亿，可能昙花一现；百年，才是长盛不衰"。这是父亲吴仁宝的遗愿，是老书记的临终交代。

华西共同富裕的愿望至少要有一百年的持续发展，这个站得高、看得远的目标，华西村的二代书记，二代掌门人都有底气、有期盼、有信心去攀登。

华西村已经走过了五十余年历程，留下了历经半个世纪的风雨征程，也留下了老书记吴仁宝的宝贵财富。华西村创下的中国社会主义新农村建设的奇迹，铸就了华西村老书记吴仁宝中国共产党人卓越的世纪传奇。成就很辉煌，但创业历程充满艰辛，吴仁宝始终以一个共产党人的博大胸怀、非凡胆略和宏大气魄，倾注了自己人生的全部智慧、精力和心血。他把造福人民作为毕生追求，秉持坚定的理想信念、顽强的拼搏精神、独特的发展思路和高尚的人格魅力，团结带领华西人民高举旗帜，艰苦创业，开拓创新，举世瞩目的不仅是辉煌成就。吴仁宝几十年积累的这种创造精神需要继续；这种富裕目标需要永续；这种理想信念需要传承。这正是可以行走在百年华西康庄大道上的核心价值。

其实，在中国广袤的神州大地，经历"三年自然灾害""文革"改革开放及社会主义新农村建设不同时期，形形色色不乏社会主义新农村样板，学者们对此类头顶"光环"或极具典型意义的村庄还是怀有极大兴趣的。前有农业学大寨，后有安徽凤阳小岗村因首先在中国实行"大包干"而闻名全国。这些典型各有各的特点，但有些"典型"昙花一现，连争议声都消失了。华西村至今依旧不倒，经久不衰。因为，吴仁宝能坚持自己的理想，不放弃自己的梦想。

如果问华西这面旗帜为什么几十年不倒的话，吴仁宝的体会是："因为我们始终做到了'三不倒'，即'难不倒''夸不倒'和'吓不倒'。"

有人戏称吴仁宝以及他率领创下奇迹的华西村是一个"不倒翁"，"不倒翁"是无论在何状态下都能稳稳站立，始终屹立不倒的原因是重心在下。在下的重心就是它的核心价值。吴仁宝也有他的重心，坚持共产党的信仰，信守集体主义，坚决走共同富裕的道路，应该是吴仁宝一直坚持的最为重要的"重心"，是一直可以取胜、不走邪路的不二法宝。他以信仰和理念形成可以长期站立不倒的优势，这种优势经过数十年的磨炼，成为迈向百年华西的核心价值。

有人总结，华西能长盛不衰，是因为华西坚持内部建设把关，使华西建成了一个坚强堡垒。制度和机制是基础，是动力；以人为本的科学发展是关键，这包括领路人的核心作用，党组织的战斗堡垒作用，党员干部的带头作用，人力资源开发的重要作用。用吴仁宝最通俗的一句话概括是"醒得快、起得早、干得稳"。

如果归纳，华西的长盛不衰直驱百年华西，大概是因为：

1. 华西始终坚持社会主义原则方向，努力发扬"艰苦奋斗，团结奋进，服从分配，实绩到位"的华西精神，走共同富裕之路。

2. 华西始终坚持提高物质文明水平的同时，也致力于提高精神文明的水平。重视教育与管理制度相结合，教育与重罚相结合，从精神上提高村民积极向上的风貌。通过循序渐进、潜移默化，抓理想信念和社会公德教育。宣传培养社会主义思想感情，关心集体和国家，孝敬长辈、尊老爱幼、团结协作精神，同心同德，群策群力，克服困难，早成正果。

3. 华西始终坚持着力提高科学文化水平。目前，华西聘用六位享受国务院特殊津贴的高层次人才、数十位海外工程技术人员，集团公司拥有高级职称专业人才五十五名，全村聚集高校毕业生创新创业五千多人，实现了平均每一平方公里的土地上就有一百六十名大学生的"人才高密度"。

4. 华西始终在探索解决分配不公、用人不公、发展缓慢问题。党员干部坚定社会主义理想信念不动摇，始终做到名利少得，加强团结，无私奉献。只要有真才实学，从"世情、国情、村情"出发，既同中央和地方保持一致，又不违背老百姓意愿，实事求是。

2012年11月29日，习近平总书记在参观《复兴之路》展览讲话时首次提出"中国梦"。此后，他在一系列平实但又厚重的讲话中，详细阐述了"中国梦"。他说，实现中华民族伟大复兴，是中华民族近代以来最伟大的梦想；"中国梦"就是中国各族人民大团结的力量，"中国梦"是民族的梦，也是每个中国人的梦；"中国梦"归根到底是人民的梦，必须紧紧依靠人民来实现，必须不断为人民造福；要充分发挥各方面英模人物的榜样作用，大力激发社会正能量，为实现"中国梦"提供强大精神动力。

在此种意义上，华西村可以说是"中国梦"的一个杰出代表，是"中国梦"的一个鲜活生动的缩影。吴仁宝老书记用他毕生的奋斗，不仅圆了华西人的"华西梦"，也为全国各地农村实现"中国梦"提供了一个可资借鉴的生动样本。

恰如美国《纽约时报》记者迈克·魏尼斯所评价的那样："中国人普遍知道华西村是一个行之有效的社会主义集体：生产资料的公有不仅实现了人人平等，还让老百姓走上了共同富裕之路……居民们将他们的钱投入集体的锅里，共享他们购买的所有新企业的收益。由此，华西村创造了中国社会主义的奇迹。"

农民自有农民的性格，这种对集体主义独特认识的独特性格，恰恰成为华西始终与众不同，始终充满活力的个性。以此为自身发展铺开了一条朝向百年发展的红地毯。

第二章　华西发展的基本法

我是看历史、看现实，也看未来。作为一个村要经济发展，一定要凝聚人心，一定要有一个严格的制度，如果没有制度就不成方圆。现在整个农村社会值得去研究，一盘散沙，有人说农村要什么制度不制度？我说，如果没有制度，老百姓苦的还是苦，留在社会上做坏事的人多。什么道理？因为没有人管了，有本事的都出去了：大本事的到国外去了，中本事的到城里了，没有本事的在社会上游荡了。我们华西没有这样的，为什么这样？就是我们有好的制度、好的班子和好的机制。

——吴仁宝

1. 规划华西

"百年老店"是吴仁宝高瞻远瞩对华西未来发展的期待，是为后人传承、实现华西梦的百年规划。"百年老店"规划犹如一道金光，闪亮照耀着华西的未来；又似一条红毯，铺就了华西前行的路。有谋略、有设想、有目标，吴仁宝率领华西村每走一步都是先谋而后动，即使他百年后，依然为华西发展设立了明确的目标。

不打无准备之仗，这是吴仁宝的智慧，也是他实践中摸索的实践准则。华西村如何发展，吴仁宝心中自有一盘棋，每走一步都在他的规划之中。中国改革开放之初，中央倡导改革不怕走弯路，摸着石头过河。吴仁宝早已运筹帷幄，让华西"轻舟"穿越万重山。华西有吴仁宝这位总设计师，这也是华西总能适时把握时代发展脉络，走在时代前面的原因。

吴仁宝明白一个村干部的责任："政策水平最重要，要掌握政策，第一时间就要了解中央。中央精神我们了解得早。因为没有开会之前，中央老早信号就出来了，新闻里就有了。所以，我天天看新闻，天天研究新闻。有了新政策，等到省里、市里安排贯彻下来，我早已经落实了。这样，我们就先走一步，你不能等，不要等中央开会，再到省里开会，再等市里开会，再等县里开会，一等就过时了。别人还没有做，我就已经做了，但我并不是创新，我主要是听中央的。"

用有规划的发展去追求确定的目标，是吴仁宝改变贫穷发展农业时总结的重要经验。作为中国社会主义现代化新农村建设典型的华西村，在曾经的一个又一个"五年规划"中创造了世所罕见的成就。

1964年，穷怕了的吴仁宝开始了对华西村前途的思考，他下定决心，"我何不重造山河，彻底改变华西贫穷的面貌？"此时，《人民日报》发表了《大寨之路》的报道，详细介绍了大寨大队在贫瘠的山梁上，自力更生，艰苦奋斗，发展生产的事迹。

吴仁宝找到了改天换地的精神力量。在群众大会上，他提出了两个问题让村民讨论。"华西和大寨，谁的基础条件好？""大寨人能做到的，我们华西人为什么不能做到？"最后吴仁宝用自身的实践成果回答了这两个问题。

即使是一个几百号人的小村，吴仁宝认为，也需要有发展的目标。他认为，共产党领导中国人民推翻了三座大山，一开始就制订了明确的革命纲领，确立了具体的革命目标。现在领导我们搞建设，既有长远目标也有一个个具体的五年规划。工人建工厂、建大桥、造机器，都离不开"设计图"。要彻底改变华西的生产条件，建设社会主义大农业，也要有一个全面长远的规划。

为了制订一个符合华西实际的发展规划，吴仁宝带领干部和群众代表，在1964年冬天，踏遍全大队一千三百多块田地、四十多条河沟、十二个村庄。一边勘测，一边商量，田块怎样平整比较恰当，新河开在哪里比较有利，新村建在哪里比较适宜。在吴仁宝的引导下，大家认为，高高低低的田地要整平，弯弯曲曲的河道要开直，星星点点的村落要集中。现场边走、边看、边议，重造山河、重建华西的规划，逐渐明朗起来。

经过发扬民主，反复讨论，终于制订出一幅符合村情的《华西大队学大寨十五年发展远景规划图》。一个小村，为什么制订规划，而且一定就是十五年？吴仁宝自有他的盘算。吴仁宝说："想的目标越远，精神越足，这叫精神的动力；如果想得短了，就像我们年纪大的，想的是再过几年要走了，那可能就挫伤积极性了。要想远点，干劲足点。"

规划出来了，有人不相信能实现。据说，当初有一位队长还摸了摸吴仁宝的额头说，"你是不热晕头了，亩产一吨粮，这怎么可能呢？"

吴仁宝认准了一条理，他就是一个要把不可能变为可能的人。为了便于宣传，让群众入心入脑，一记就牢，吴仁宝又把规划的主要奋斗目标概括为"五个一工程"：

干部群众有一个爱国家、爱集体的社会主义思想；

开挖一条灌排两用的华西河；

治土改水，建设一片高产稳产的农田；

每亩年产一吨粮；

建设一个社会主义新农村。

早在上世纪六十年代，这"五个一工程"的规划，是在精神文明主导下的物质文明建设。是一个要把华西人的命运紧抓在华西人自己手里，彻底改变华西贫穷面貌的宏伟蓝图！用现代的发展眼光来审视，这份蓝图有着丰富的社会主义内涵，它是当代农民智慧和思想的结晶，凝聚着华西人对富裕的追求。它更是华西登上新台阶的行动纲领，正是这一近期目标与远期目标相结合的规划，把华西带入了一个崭新的发展阶段。那时，就可以一目了然吴仁宝具有的战略思维。

从1964年到1966年，吴仁宝带领华西人打胜了水利建设的第一仗。主要工程是开挖引水河，建立机灌站，并根据机灌要求，筑干渠，填废河，苦战了三年，使排灌直通大河，块块田能灌上大河水，改变了过去排灌依赖小水塘的局面，做到了能排能灌，旱涝保收，粮食年亩产1200斤，提前完成了《规划》第一阶段的任务。

1965年，吴仁宝和华西大队都成为当时苏州地区和江苏省的农业生产先进典型。1975年，华西大队粮食亩产突破"三纲"（2400斤）。同年，向国家交售粮食94万斤，平均每亩交售1090斤；出售肉猪750头，家禽2.3万只，蛋品1.8万斤，菜兔3000只。工副业已达28.2万元，已占全年总收入的54.4%，集体积累已经有60万元。新村落成，华西人草房变瓦房。"做煞大队"变成远近闻名的幸福大队。

此后，华西人又提前十年完成了村庄的第二个十五年规划（1973—1987），获得了"全国农业先进集体"称号，声名鹊起。值得注意的是：自1969年起，华西人就在吴仁宝的带领下悄悄办起了"小五金厂"，以后又陆续办起了农具厂、编织厂等，不断提升村庄的经济水平。

来华西参观的人感叹：同顶一片蓝天，同踏一块土地，同是共产党领导，同是社会主义制度，华西也没什么特殊的自然条件，也没有享受什么大自然特殊的恩赐。吴仁宝和华西人更没有三头六臂，为什么华西经济和社会发展比我们那里要先进得多？谜底在哪里？

那是因为，吴仁宝不仅是华西村发展的总设计师，而且更是将华西发展的蓝图变为现实的引领者、实践者。吴仁宝的秘密武器，只是依照蓝图脚踏实地干。

制订规划，设定建设蓝图，是画在纸上的，只有抓落实，实实在在干才能变理想为现实。吴仁宝说，我个人的看法：华西的东西人家能否借鉴，有没有好的特殊经验？实际没有。要说学习华西，就是两个字——落实。所谓落实，就是坚持党的实事求是思想路线，根据自己的实际情况去落实。这就是华西的经验。解放思想要坚持，改革开放要推动，科学发展和谐社会要落实，全面建设小康要奋斗，这一切都要通过"落实"来实现。

1964年《华西大队学大寨十五年发展远景规划图》和1973年制订的《华西大队1974—1980年农业发展规划》是两个华西发展历史上最重要的农业规划蓝图。正是这两个规划，使华西的面貌发生了历史性的改变，成为吴仁宝夯实农业基础的最重要的"大手笔"。

规划，落实，再规划，再落实。吴仁宝把发展蓝图规划好，华西村人人都知道自己奋斗的目标，从而，让华西建设由无序走向有序，由随意走向规范。从华西的第一个发展规划起，吴仁宝抓经济建设是一个规划接着一个规划，一个奋斗目标接着一个奋斗目标，逐步把华西经济引向腾飞。

1985年，华西村制订了新的发展规划，吴仁宝提出了"苦战三年，实现三化三园亿元村（三化：绿化、美化、净化；三园：远看华西是林园、近看华西是公园、细看华西是农民生活幸福的乐园）的新目标"。

从上世纪八十年代末开始，华西村用投资建厂等方式对周边许多村进行"帮扶、帮带"，希望通过这样一种方式与邻村一起走上共同富裕的道路。但是，这种输血式的帮助往往徒劳无功。总结多年的得失，吴仁宝创造性地发明了一种独特的合作模式，制订了叫作"一分五统"式管理规划。

实践证明，"一分五统"是一种双赢的合作模式。于是，一幅大华西的蓝图在吴仁宝的眼前展开。经过多年的磨合，华西村与周边二十个村庄组成了一个占地面积35平方公里，人口3.5万人的大华西。按照吴仁宝的规划，大华西"山北是粮仓，山南是钱庄，中间是天堂"。

在华西人眼中，吴仁宝保持着永远的乐观和积极的态度，他不消极，因为他心中有底，自有自己的规划和方向。

邓小平讲，"发展是硬道理"，吴仁宝就加了两句话，"不发展没道理，没有条件创造条件发展才是真道理"。吴仁宝这种从不消极，从不悲观的感染力，给华西村干部极大的鼓舞，村干部的精神由此调动起来。

吴仁宝这个观点先在华西村讲，然后又到江阴市里讲。吴仁宝的话释放出来的感召力，给华西带来了力量，也带动了整个江阴。有此基础，吴仁宝又给华西设下目标，连续提出了华西村要"赶陆桥、超长寿、平要塞、近新桥"，这些都是江阴市的镇，在当地发展较好的镇，华西村以它们为超越目标。

这以后，华西产值从10亿、20亿、30亿、50亿、100亿、200亿、500亿一路向上。吴仁宝不消极，不悲观，目标是方向，精神是动力，在每一个实现发展规划的阶段，华西人对此都有深切的体会。

凡事预则立，不预则废。今天可以毫不夸张地说，"天下第一村"很早就存在于吴仁宝对华西村的设计规划中。现在看到的"天下第一村"只是吴仁宝规划的落实与实现。规划是吴仁宝发展华西村的目标，更是一种决心，没有规划就没有华西。某种意义上，规划就是逐梦的通途，华西在逐梦中成长。

规划成为吴仁宝谋求华西发展的一道金牌，成为保障和引领发展的必要机制。每年的农历新年，中国从南到北在迎春时节都放假休息，华西村不休息。从大年三十开始，老书记要召集开会，全村动员，商议来年的规划，华西就是在吴仁宝的规划中诞生，在他率领华西村村民的规划中发展的。

从吴仁宝制订华西规划的经验可以观察到，规划必须切实可行。从华西村发展的各个不同阶段，都有规划导向，但华西村都能完成和超额完成所制订的发展规划。这是因为华西村总是从村里的实际情况出发，制订切实可行的发展规划，既不违背中央各级政府的组织策略，又能满足老百姓实实在在的需求，一切从实际出发，谋求发展。吴仁宝说，"对我们华西来说，现在我认为重要的是四个字，'实事求是'。干一切事情，一定要实事求是，从实际出发，走自己的路。"

理论上说，规划是发展的先行，发展必须要有科学的规划，是有思想而引导的目的。自1964年第一次制订十五年规划起，华西就认定，发展离不开规划。

2. 永远华西

自从取名"华西村"，这三个字就深深嵌入吴仁宝的生命之中，成为他一生呵护的牵挂，生命活动中不离不弃，孜孜以求的永恒价值。这些年来，吴仁宝所思所想的都是华西。即使在他临终的时候，那一句"开会,不要再翻花样了",想的、讲的、思考的,还是华西。华西建村五十多年后,即使吴仁宝已经驾鹤西去,吴仁宝、老书记、华西村,这三个名字总让人觉得讲的是同一件事。

村民们都认定,"没有老书记,就没有华西的今天"。这是感恩,也是事实。村民们更愿意相信,吴仁宝在天之灵,看着的、期待的、护佑的一定还是华西。

这五十多年来,无论多么艰难困苦、无论华西遭遇多大的磨难,或是华西取得多大的成就和荣誉,吴仁宝都牢牢坚守"三个不改变"。这份雷打不动、坚守不变的真情是:华西村村名不会改;吴仁宝对华西的这份情感不会改;华西村的村级性质不会改。这是吴仁宝的人生"铁律",容不得半点虚情假意。

地名是一个地区的名称。地名的形成,应该是受该地的地理、历史、民族和语言所影响,是社会发展的产物。

华西之名天上来,完全是出于自然,讲不出故事,既没有什么美好的祝愿,也没有什么文化典故,只不过大家争执之下,吴仁宝给起的,或者也可以说是穷出来的。而今天,华西村真正可以成为一个叫得响、令人敬佩的美名,完全是吴仁宝凝聚村民的智慧和力量几十年奋斗的结果。

华西村名字叫了几十年,它的来历并没有那么多讲究,完全是因地而得名。

原属瓠岱乡的华西村,1957年撤区并乡后,改属华墅乡,取名华墅乡第二十三高级社。吴仁宝任第二十三高级社党支部书记,那时的华西只有数字没有名称。

1958年8月,二十三社与附近的泰清、马桥、西巷三个高级社合并,称跃进社,吴仁宝改任跃进社党支部书记。1961年之前叫十七大队,后来毛泽东在郑州会议上讲农村恢复到初级社为单位的时候,又分成了四个大队,现在是四个村,北边的叫泰清村;有一座桥叫马家桥的就叫马桥村,还有一个叫西巷村。

最初,在此地生活的华西村村民还没有一个自己的正式名字。华西穷,连一个村名都不好起,因为人家都有一个桥,一个庙,一个祠堂的吉利名字可供选择，华西村几乎什么都没有。西巷村子大，马家桥大住基，泰清有个寺。华西的公有资产分出来的时候，只有一个四穿大王庙，四面是空的。四穿大王庙是什么？就是现在的阴间派出所，人死了要到那报到的地方，大概有八个平方米，阴间派出所就叫大王庙。

那时，亲朋好友要写信给华西人，没有准确的地名，先要描述一个方位，寄：泰石桥南、瓠岱桥北，如果在南，加上泰清寺南，赵家基某某人收，这样投寄才能收到。华西没有大的村子，都是小村，没有知名度，出去有人问，你哪里人？一般都这么回答：瓠岱桥北面的，我们在华士西面。

没有知名度的华西，叫什么村名好？从位置上看，华西，河那边是长寿，河这边是陆桥，河北边是周庄，这里华士镇的四个交界处，华士的最西边。大家争论不休，究竟叫李家大队，还是叫孙家大队，都不行，不知叫什么好。最后还是吴仁宝一锤定音，在华士最西，就叫华西，这样才算有了自己的名字。

后来三个村"文化大革命"都改名字了，泰清改成向阳、马桥改成前进、西巷改成立新。华西没有改。吴仁宝说："为什么叫华西村呢？因为我们是在华士镇的最西边，所以叫华西村。在'文化大革命'时，一夜之间，村的名字都改了。有的叫红什么村，有的叫革什么村，还有叫新什么村。那么我们没有改，他们有人来批评我吴仁宝，说你为什么不改？'文革'期间这个'西'字是不太好的，我们能东不能西。我说，不是看名字好听不好听，要看干得好不好，我说我不改。所以到现在这个村的名字一直没有变，就叫华西村。"

这些年，"天下第一村"华西村名声大了，你说是江阴的，有人会说，是华西那边的？你说是华西人，人家会说，是吴仁宝那儿的？华西村成为一个神话，这个神话不仅吸引了千千万万"村官"的眼球，更吸引了无数经济人的注意。

今天要全面了解吴仁宝从贫穷走向富裕也绝非易事，因为他执政时间之长，影响之深，名气之大，在中国农村的基层干部里没有第二人，并且，他使得华西这面"红旗"历久而弥新，在全世界也几乎是罕见的。

中国在发展过程中，很多人缺少信念，看不清方向，或者跟风。吴仁宝看得清楚，一是相信共产党，二是始终坚守自己设定的正确方向，并赋予了深深的情怀。

行不更名，坐不改姓。姓名不仅是一种标志，更代表了一种独特精神、独到内涵的品牌。华西村五十多年不变的村名，任何情况下都不隐瞒自己性格的真实，代表着为人处事光明磊落。不改名，表示了认准的路自己有信心走下去。

外人一提起吴仁宝，只知道他是华西村的党支部书记。其实吴仁宝还当过乡官、县官，只是他在当乡官、县官时从没有丢过华西村支部书记这个职务。吴仁宝一生中最大的官职，是他在1975年4月至1980年5月这段时间里出任江阴县委书记一职。但他一生最为钟情，服务时间最长的还是华西村村官。

这个县官实质上还是吴仁宝被告状告出来的。

那年，穷华西还不能通车，有拖拉机都放在华西村外存放，路窄开不进华西。记载中，车能畅通开进华西是在1973年。早前，连接外界有一座石桥，叫泰石清桥，没有栏杆，一共九块石板，横跨应天河。

1969年，开天辟地来了一辆吉普车，走下一个穿草鞋的干部，来人是江苏省革委会主任许世友。那座桥就一辆车的宽度，上桥不易，许世友的车进来了。他是来调查，因为有人告吴仁宝的状。

1969年开九大的时候，华西已经实行大队核算，十个生产队合并起来，那时吴仁宝就强化共同发展的思想。华西是典型，来参观的人很多，各家都住满了。有人写信告状，说华西破坏政策。并村庄，收小田，住公房，吃食堂，四项都是大罪名。

第一并村庄：十个生产队并成一个大队，毛主席郑州会议上提出，原则上以初级社为单位，吴仁宝却并村庄；第二收小田：当时中央政策是农村每户都有自留地，这是六十年代规定的，华西却搞集体种菜，自留地没有了；第三吃食堂：华西村在农忙的时候，老百姓干得辛苦，没有时间做饭，吴仁宝安排人做饭，集体一起吃；第四住公房。这些罪名被告到江苏省革命委员会，上级批示要查清，派出工作组，省委领导彭冲的夫人带队来调查。最后的结论却是得到工作组的肯定，没有违背政策。

许世友同志一定要亲自来看看。看了以后，说不错！江苏省学大寨会议叫吴仁宝去作介绍。告状发现了吴仁宝，许世友和江苏省委副书记彭冲调查完了以后，认为发现了人才，要调吴仁宝到江阴县委任书记。吴仁宝先被送去党校学习，那时和吴仁宝在党校一起学习的干部当中最小的官都是县委书记，大的官后来去了中央，还有当上省委书记的。据说，吴仁宝那一辈的同学，至今没有一个因腐败而被抓的。

吴仁宝再三推辞，提出一个农民，文化水平低，怎么能抓得了一个县的工作。上级领导告诉吴仁宝已经决定让他出任县委书记，还拿大寨大队的陈永贵来比较，一个农民成为国务院副总理、中央政治局委员，你为什么不能干县委书记？

吴仁宝舍不得他的华西，说，"我的水平哪能同陈永贵同志比？再说，我也离不开华西……"领导这才说，"这个我们已经研究过了，你当江阴县委书记，仍兼任华西村支部书记。"

干了五年江阴县委书记，在"文革"结束，改革开放之初，中国进入大整顿和大变革年代。吴仁宝在县委书记任上得罪了不少人。1980年5月中旬的一天，县直机关召开党员大会选举出席即将召开的县委第五届代表大会代表时，身为县委书记和省委委员的全国老典型吴仁宝竟然落选了！

无奈中，上级组织考虑到这种尴尬局面，决定调吴仁宝任地委农工部负责人，但吴仁宝却提出了自己的请求："我来自华西，我还是回华西。我是党员，我一生唯一的愿望就是想为百姓多干点实事，坐机关不太适合我。"吴仁宝心中想的不是当大官，仍是牵挂着他的华西村。面对一位不计名利的老共产党员的诚恳请求，组织上答应了他。

吴仁宝从"县官"的宝座上又回到华西村当起了农民。他重新回到了生他养他并与村民用辛劳、汗水改变了旧貌的华西村。他的身份依然是农民，他村支部书记的党内职务一直保留着。

有人赞扬吴仁宝，不是所有的人都能自觉自愿去接受这样的命运安排，但吴仁宝做到了。他以一个共产党员立志"为民造福"的宽阔胸怀和崇高追求，完成了从一个普通农民到时代先锋的人格升华和心路转变。

当然，这离不开一个共产党员的理想和境界，其中更蕴涵着吴仁宝对华西村的一往情深。他说："我不离开华西。为什么呢？因为我有自知之明，我搞一个村，搞基层是可以的，要搞个大点的不行。我试过，我当过六年江阴县委书记，后来呢，要调到苏州地区，已经征求我意见了，我向上面请求我不去。我在江阴当书记的时候，华西的书记没有肯放。如果我到了苏州，离开得远了，我舍不得。舍不得华西，为什么？因为华西的农民同我感情深了；同时我对这一个村情况比较熟悉，而且也有一定发展。"

这是吴仁宝的真情流露，这么多年来，他最不舍的就是华西村，他可以把自己的亲骨肉小儿子吴协恩送人，但他决不舍得华西村有任何一丁点的损失。他还说："对大多数人来说，要办大事业的人，都想上去，我呢，不想办大事，想办小事，办一个小村，所以不想上去。所以上面叫我去，我有自知之明我不去。"

吴仁宝有自知之明，所以他坚持自己的法则，他坚持不改村名，坚持不离开华西村，还有，他坚持不扩大华西村的行政级别，不管华西村发展得多好，不论华西村的经济实力和百姓的生活有多大的改善，华西村，一直就是村级建制。

网上有不少人猜测，按照吴仁宝担任过县委书记时的行政级别来确定，华西村书记是正处级，那么华西村的行政级别是什么？事实上，中国农村是没有行政级别的，华西村也一样。建村的六十年代初，党支部书记、村主任和村委是由上级任命的，这种任命方式，一直持续到1983年。1984年华西村党支部扩为党总支时，由上级直接任命干部改为村民选举和上级任命相结合的方式。党总支书记和村长由上级政府部门提候选人，村民直选，上级批准。

1989年华西村成立党委后，党委书记经提名由各党支部无记名投票选举后，报上级批准、任命。任凭党组织的扩大和选举方式的改变，吴仁宝从建村起就是华西村的党支部、党总支和党委书记。村子里虽也有主任，但在中国，尤其在华西，大家都知道村党委书记才是村庄事务的真正决策人。从党委书记的产生来看，吴仁宝作为村官的权威最初直接来源于国家制订的法理权威或科层权威。"书记"这个位置，是人民公社制度赋予他最初的领导华西集体的权力，赋予他统理村庄事务的权力。但后来，华西村的书记是需要通过党员或党员代表投票选出来的。

随着华西村的综合实力不断增强，营业收入甚至远远超过偏远地区的一个县。华西协助周边村富裕，一些村纷纷并入华西村，华西村从一千多人口扩展到有数万人口的大华西。

华西的土地面积扩大，人口扩大，营业收入也扩大了。有学者表示，像华西、南街这样的明星村，应该是农村城市化的榜样，而不是农村建设的榜样。应该先行"村改市"试点，"因为这些村已经有数万人口，如果按照城市标准去建设，未来的发展情形会有很大的不同"。此时也有人直接和吴仁宝说，发展个十来万人，改华西村为市，扩大行政级别。因为，有了行政级别可以伸手向国家要更多的政策和资源。

吴仁宝不为所动，他说："华西村的发展，没有靠国家扶持，从来没有向国家伸手要钱，而是积极为国家做贡献。"吴仁宝坚持自己的观点和想法，城市行政级别与经济发展无关，单靠名称和级别的改变，无法实现共同富裕。吴仁宝表示："华西不要长很大，我最怕大，我吃过大的苦。大办粮食，吃不饱。大办钢铁，买不到锅。'大跃进'浮夸风，'文化大革命'搞得人心惶惶，所以我怕大。我们是既不大好，也不小好，而是一年比一年好一点。"

更需要思考的是，华西经过五十多年的奋斗和建设，成了闻名于世的"天下第一村"，如果变为"市"，天下第一的名称就没有了。

建党八十周年，国务院、中宣部、中组部在"肩负人民希望"大型图片展中，称华西村是"天下第一村"，称吴仁宝是"天下第一村的带头人"。吴仁宝说，"天下第一村"不是我们自封的，而是中央给我们的鼓励，也是社会公认的。吴仁宝不要级别，他要保持华西村的骄傲，以华西村来带动走共同富裕的道路。

不过，为适应华西城市化发展的改变、华西村村民生活方式的变化，华西村最后还是改了名。2010年11月，经江阴市政府批准，华西村更名为"华西新市村"。

这个新村名，本意没有变化，还是"村"级建制，这是社会发展进步的标志，表明华西村的经济活动、生活方式及现代化程度，已经出现强劲到可以与城市分庭抗礼的势头，即依靠自身力量发展，实现农村迈向城市质量的发展之路。但华西还是村，代表的是中国社会主义新农村的发展。同时，也是现任书记吴协恩接棒后，倡导农村都市的需要。

有一位地方领导曾经说过一句颇为耐人寻味的话：吴仁宝携手华西成为"天下第一村"，有两大原因：一是他从未离开过华西村。二是他的心全部留给华西村和这里的百姓。

这就是，永远的华西村，永远的吴仁宝。

3. 永恒动力

中国共产党建立的社会主义制度，从一开始就把解决农民、农业问题放在首位，解决农民的温饱问题是革命的最原初愿望。夺得政权后，给农民分田地，从互助组、初级社、高级社、人民公社、家庭联产承包责任制，动足脑筋，想尽办法，要提高效率，解放生产力。几经曲折，诸多反复，目的就为在中国这片广袤之地，让农民丰衣足食，让百姓过上富裕的生活。同样，当上华西村党委书记，吴仁宝脑子里根深蒂固的情怀，始终是想着如何让村民们富起来。吴仁宝相信，因为要改变贫穷落后的状况才要搞社会主义，"什么是社会主义？人民幸福就是社会主义"。

这样的幸福准则，吴仁宝自入党宣誓那日起就牢牢记住了。在社会主义制度下，要把人民的幸福、人民的富裕放在至高无上的地位。改变贫穷落后就要致富，追求富裕是吴仁宝携手华西的永恒动力。但是，吴仁宝对富裕的理解却始终是"华西村坚持共同富裕，没有暴发户，没有贫困户，只有家家户户富"。

对吴仁宝来说，共同富裕是他不懈的追求，是他的理想和梦。他说："华西村富了不忘国家，不忘近邻。华西村与周边的一些村合并建成了大华西，这是先富带后富，实现共同富裕。"

吴仁宝将这一过程定义为科学发展而不是盲目追寻扩张的过程。纵观吴仁宝携手华西前进，一条清晰的主线是，追求富裕是永恒的动力，带动共同富裕，一路科学发展是不变的决心。华西村的"一带一路"，走的就是共同富裕的道路。

上个世纪六十年代，吴仁宝就懂得无粮不稳，他和村民起早摸黑，肩扛手推，平整土地，兴修水利，让亩产千斤粮成为可能。吴仁宝也知道，无工不富。农民求富，除了种地，还要发展工业。让农民富起来，是吴仁宝一生难忘的初心。

建村之初，吴仁宝作为一村之主的书记，除了抓农业，就是想着致富。他借钱把临村闲置的一个大石磨买下来，负债买下了柴油机，盖起了磨坊添了石磨，从一天磨面六百斤开始。以后，吴仁宝又想法买来小发电机，靠拉磨的柴油机带动，发电照亮。就这样，拉开了华西村办企业的序幕。

吴仁宝说：华西村以前很穷，写信到华西，怕人不知道，都要写"华士镇的西面"。我那时就下定决心，要把穷变成富。大家现在不知道华士镇，寄信到华士，反而要写"华西村东面"。追寻富裕，改变贫穷是吴仁宝一路奋进的永恒动力。

再后来，大石磨换成了大钢磨，磨坊更名为"华西粮食饲料加工厂"，为邻近多个大队的千余户人家加工口粮、饲料，每年可获利五千多元。以致富为动力，华西石磨厂，磨出了华西的工业化、城市化甚至国际化。

自办起小五金厂后的十年中，这个小厂实现了近三百万元的产值，利润率高达30%—40%。1972年，按照统一规划、私建公助的原则，集中建成了一个三百多户、六百七十多间八架梁瓦房的华西新村。

虽然，那个年代是计划经济，与众不同之处是，吴仁宝以其特有的敏锐思维，去捕捉市场的信息，以致富为动力，以他独特的超前意识，与时俱进的魄力突破框框。吴仁宝心中自有一杆秤，他说："发展经济在前面，人民生活质量在前面，你就能够不落后，只能向前，你认定了一个目标，就不能够松懈，不能怕这怕那。那是为老百姓做的，为国家做的，凡是不损害国家利益的，不损害左邻右舍的，不损失老百姓的，你就要大胆地去做。我是穷过来的，看到有人穷我就心疼，最大的心愿就是让穷人过好日子，这是我的原动力。我们华西党员干部将这种坚定的理想信念，转化为艰苦创业、真抓实干、造福于民的实际行动，把经济迅速发展起来。"

通过华西村第一个历史发展的进程，吴仁宝深切体会到的是，置身社会主义发展中的共产党人的使命和责任，就应该落到为村民谋幸福，带领群众致富。

要致富，吴仁宝自有自己的一套，农业学大寨，吴仁宝旗下的华西村，干得比大寨更欢。制订规划，确定的"五个一"目标涵盖了物质和精神的双富裕。早在上世纪六十年代，他就提出了"建设一个社会主义新农村"的目标，这是吴仁宝追寻富裕的动力和目标。

华西村出名的时候正值"文革"时期。靠实干和抓生产争出的先进典型，在那个时候就不吃香了。林彪老婆叶群在太仓洪泾大队抓了个"学毛选"积极分子典型，一夜间像神话般地传遍了全国城乡，因为这位种田的老阿婆能画各种符号来谈"学毛选"的体会。一时间，这位老阿婆成了万众瞻仰的人物，人们上她那儿学到的却是十分荒唐可笑的"早请示""晚汇报"和"忠字舞"。种田出身的吴仁宝一看那些玩意就愤愤地甩袖回到华西村，对村民们说："'早请示''晚汇报'和'忠字舞'出不了一棵好苗好秧。我们把生产搞上去，就是用实际行动向毛主席献忠心。"

就这样，老阿婆带领"学毛选"积极分子，书声琅琅，生产却连连下降；华西村脚踏实地，生产连连大丰收。来自全国各地参观"学毛选"的人反而被华西村的"抓生产"的火热吸引。穷过的人才更期盼富，致富是吴仁宝的硬道理。

吴仁宝在接受媒体采访时表露自己的心迹时说，教条主义、形式主义和官僚主义是实事求是的最大敌人，我为什么总说千难万难，实事求是最难？就是因为我们在基层要想从实际出发、坚持实事求是做事，不断会遇到这样那样的问题。比如说在社会上到处刮着"宁要社会主义的草，也不要资本主义的苗"之风时，我们华西村为了改善和增强集体经济，偷偷摸摸搞了个"小五金"厂。那时华西已经是全国有名的农村先进典型了，我们办"小五金"厂在当时是绝不允许的事，属于割资本主义尾巴的范围。但我们为了让百姓过的日子好一点，就把办"小五金"厂当作头等重要的副业来抓，后来每年为村上创利几十万元，那时候一个生产大队有几十万元收入，绝对算富裕了。可这么好的事，我们只能领导来了赶紧关门，参观的人一走就机器隆隆响……后来露了马脚，我们就只好跟领导汇报这是"响应上级指示精神，搞两条腿走路"这一类的话。上面的人信这呀！他一信我们就可以继续干，这样华西村就慢慢有了较强的集体经济。灵活性应对，吴仁宝的出发点只有一个，不能再穷了。

吴仁宝追求富裕，富就富在始终坚持实事求是的科学态度，富就富在走出了一条符合本村实际的发展道路。当人们"抓革命，促生产"时，华西却"抓生产，促革命"；当人家割资本主义尾巴时，华西村创办了五金加工厂；当全国农村轰轰烈烈地包田到户时，华西村却决定由三十名种田能手集体承包全村粮田，绝大多数劳力转移到工业上去；当全国说"抓大放小"时，华西却"抓大扶小"，甚至要"抓小放大"；当华西村和吴仁宝成了明星，参观游客络绎不绝时，他偏偏要收参观者十元钱的门票，几年后，这个小小的接待站成为跻身全国20强的旅行社。

这种始终从实际出发，始终坚持实事求是的思想态度，为华西村赢得了宝贵的发展时光。建设新农村千头万绪，各村情况千差万别，同样只有从实际出发，找准符合自身实际的发展道路，才能摆脱贫困，走上富裕。

吴仁宝指出，"有专家说，华西要说好，是把社会主义、共产主义、资本主义结合得好。我们不怕资本主义，什么主义，只要老百姓富起来，能够爱国家。只要我们国家的政策能够继续下去，我们的希望非常大。"

值得关注的是，吴仁宝追寻的富裕不是他个人的富裕，也不仅仅是华西村村民的富裕，而是更大范围的共同富裕。

正是矢志不渝的"共同富裕"的追求，引领着华西村坚持走在集体经济的发展道路上。华西村千多号人，苦难同克服，富华共享有。即使到改革开放年代，邓小平倡导让一部分人先富起来，吴仁宝完全有先富起来的条件，但他完全没有这份想自己成为富豪的心。他把政府给他的逾亿元的奖金无偿上交村集体，他多次拒绝搬进新屋。他也没有让子女们先富起来成为土豪，他们和村民们一起拿薪水，在集体拥有权益。

坚持走共同富裕的道路，让先富起来的华西村帮助周边地区发展，成为吴仁宝对富裕理解的重要内容，成为华西村走向富裕的重要内容，也变为华西村富裕的责任。

华西以自身先富的辐射效应影响着周边村落，先富带动后富。从2001年开始，周边二十个薄弱村相继纳入华西共同发展。现在的华西，已有十三个行政村，村域面积由当初的0.96平方公里扩大到35平方公里，人口从1500多人增加到3.5万人。针对这一状况，华西创造性地实施了"一分五统"管理新体制，一分即村与企业分开，村归村，企归企；"五统"即经济统一管理、劳动力在同等条件下统一安排、福利统一发放、村庄建设统一规划、干部统一使用。实践证明，这种管理体制适应了农村资源集中配置的要求，有助于调动各方面的积极性。

"周边富"之后，华西人又把目光盯在了"全国富"上。通过派干部、带资金、带项目等方式，先后在宁夏、黑龙江建设两个"省外华西村"，帮助陕西勉县、山西大寨、江西吉安等地发展经济、培养人才，带动当地农民走上致富路。此外，从上世纪九十年代始，华西村积极配合国家《"八七"扶贫攻坚计划》，先后投资近千万元，以"一带十、百带千"的方法，先后为中西部地区举办了一百多期培训班，直接培训了一万多名县、镇、村干部，带动了十万多人脱贫致富。2006年年初，华西又提出"村帮村户帮户，核心建好党支部，最终实现全国富"的思路，与全国二十多个省、市、自治区开展互学交流活动，目前已为全国培训基层干部近四十万人。

既富口袋、又富脑袋，建设和谐文明的农民精神家园，物质、精神双富有，这才是真正的富有，这是华西人对富裕内涵的深刻理解。在实现物质富足的同时，华西人始终不忘追求精神文化的富有。

改革开放以来，同样是以富裕为动力，不少参访者会问吴仁宝，为什么有的地方，有些人的财富远比华西多，但社会环境和社会风气异常恶劣，有钱人也过不了安稳日子，穷苦人还是贫穷。这时，吴仁宝才道出华西"秘密"："因为华西村没有暴发户、没有贫困户，只有家家户户富。"以致富为动力，沿着集体经济的道路，携手共同富裕是华西发展的精髓。

华西的这个"秘密"背后是一整套集体发展的基础、共同富裕的理念、制度和人文环境的建立。这也是吴仁宝一生"为民造福"的着力点，即社会主义的真正富裕必定是共同富裕，共产党人要实现执政为民的最终目标，必须让所有的人民都富裕起来。而人民要实现自身的富裕与幸福，需要培育两个基本点：作为人民带头人的党员干部们的思想价值和这个群体民众自身的人生价值观。信仰、信念永远是方向。

4. 华西法则

存在决定意识是马克思主义哲学的基本原理，意识在很多时候反映出来的就是思想，或者称为"观念"，它通过语言、行动来表现，是关系到一个人的行为方式和情感方法的重要体现。吴仁宝读书不多，但实践出真知，在带领华西人致富路上提升自己的思想，摸索出自己的经验并将其制度化。

通常人们会称"理论与实践相结合"，吴仁宝则是"实践与理论相结合"的典范，在实践中出真知，以自己的思想总结、升华理论。

无论是华西多年磨难，还是华西取得成就，吴仁宝都勤于归纳总结，将成功经验的表象与本质，以及它们的必然联系假以通俗语言表达，并成为致富路上的警世贤文。华西成功路上的经验，或者说是吴仁宝人生经验的脉络，也是他一生实践中留给后人的重要法则。

这些法则是思想，也是制度；是理念，也是守则，是华西村已经做的和必须要遵循的规则。经过吴仁宝实践后的提炼，用精湛的语言概括，充满着他的思想闪光点。这些语言生动而形象，幽默而富有哲理，给人力量，给人智慧，也为共同富裕指出方向。吴仁宝的重要思想，可以集中用"一二三四五法则"概括。

一个原则：共同富裕

吴仁宝一生追求的目标，自始至终贯穿的主线就是共同富裕。共同富裕是他的理想，也凝聚了他一生为之奋力的思考和精神。毫不夸张地说，为共同富裕，吴仁宝倾其一生精力和思想。在贫穷时，他携手华西战天斗地创造富裕，富裕起来，拥有汽车、住上别墅、家有巨款时，他又提出一村富了不算富，要为天下富裕而着想。

如果说，吴仁宝的一生是倾其所能追寻富起来的一生，那么这个追寻过程中，核心的还是吴仁宝时时刻刻不忘的共同富裕，是："集体富了才算富""全国富了才算富""共同富先要集体富，共同富也须家家富，共同富更需要精神富，共同富必须先富带后富"。

吴仁宝不断给自己，给华西提出新的目标。他的富裕，不仅是共同富，还要全面富，不仅是物质富，还要精神富。富裕的华西人，必须是讲文化、讲文明的典范。吴仁宝要求：口袋富了不算富，脑袋富了才是富。全面建设小康社会，要实现物质精神"双富有"，也就是既要"富口袋"，又要"富脑袋"。要达到这个"双富有"的标准，吴仁宝指出，"具体标准有三条：一是物质生活不断富足；二是人的素质不断提高。三是民主法制不断加强"。

共同富裕不是一句空话，需要将之具体化，吴仁宝设定，达到社会主义新农村有三句话，有丰富内涵的三句话是："这个新农村就非常具体化，也就是说生产发展、生活宽裕、乡风文明、村容整洁、管理民主。如何把这五个方面去学习、贯彻、提升，我们归纳为三句话。第一句话叫'村帮村、户帮户'。第二句话是'核心建好党支部'。第三句话是'最终实现全国富'。"

共同富裕是永远不偏离的主旋律。吴仁宝自有他一套思想，有他的一套逻辑。从他带领华西村走出贫穷，走向富裕，实际上就是有一条这样的轨迹：寻求共同富裕，需要共同努力，共同创造，共同实现，这样的富裕属于共同享有，然后共同享受。

现代社会讲共享，尤其是互联网时代，让资源或空间具有共同分享及利用的可能。因特网的许多领域，例如BT、开放式源码、维基百科等，共享已经成为一种精神。此外，创作共享的GNU协议也是依共享的概念而创造。

共享属于物体经济，同时也是市场经济的范围。如汽车共享、公共自行车、公共图书馆、信息共享空间。共享也有合法分享的意思，如共享软件、免费游戏等。他们不受版权法所限制，可任意分享、下载。

相比较，互联网仅是技术性的共享，只是一种生意经。吴仁宝的共同富裕理念早就是一个共享概念，更注重精神资源和物质资源的共享，并在实践中不断提升，那是一种精神的境界，是一种大爱的奉献精神。归纳吴仁宝的共享逻辑，从起始到收获，大概有这样一个轨迹：共创共建、共拥共有、共赏共享。

共同富裕，吴仁宝还有一个精算，他说："我们原来讲的叫'十富有一穷'，这个穷的人家再穷都不会太穷，如果是'十穷有一富'，这个富的人家也会穷，不穷他也要走，吃不消了。所以我们说，一村富不算富，要全国富才算富。"

两个高成效：地创高产出，人创高素质

农村发展一离不开土地，二离不开人，这是富裕起来的最基本、最宝贵的资源。吴仁宝抓住了农村、农业、农民富裕的根本，提出了"地创高产出、人创高素质"，精辟概括、集中体现了华西村近年来发展的新思路新经验，更加突出了集约集聚发展、高效益发展、依靠科技进步和劳动者素质提高实现发展的优势，充分反映了科学发展观的本质要求。

让每一寸土地都能高产出，这是所有农民的期盼。吴仁宝说：

"土地是不可再生的资源，同样一块地，怎样用，怎样生产，有很大的学问。华西村只有0.96平方公里的土地，几十年来，我们的地并没有多用多少，但创造的产出却是几百倍、几千倍地增长。这是怎么创造的，华西的办法是'多占天、少占地'。"近年来，华西村建了"十座塔"和一个七十二层的"空中新农村"，节约了大量土地。"空中新农村"增加土地近三百亩，相当于增加了小半个华西。精确算一下，大楼总的建筑面积是21.29万平方米，占地面积为1.5929万平方米，这样算下来，整栋大楼增加面积为19.6971万平方米。说到地创高产出，吴仁宝首先说到的是"借天增地"。

　　而事实上，吴仁宝一是在千方百计改善百姓生活中节约用地，更重要的是集约化、科学化用地，提高土地的效益。在吴仁宝的经济学中，效益才是最需要计算的那笔账。他说："农业在我们华西占的比重的确小。我认为越小越好，农业的比例越大，实际产出的效益越低；农业比例越小，产出越高。华西实际上不是不种地，也有种地的，有办工业的，不是单纯的农业。华西发展了工业，现在还反哺了农业。现在农业产出高，就要搞观光农业。所以，我们现在有三大块，我们叫'山北是粮仓、山南是钱庄、中间是天堂'。"

　　华西人既要"钱庄"，也要"粮仓"。根据华西村规划，南面是"钱庄"，是工业集中发展的区域；中部是"天堂"，村民休闲居住的主要场所；北部是"粮仓"，建成高产稳产的基本农田，将永久加以保护。为了"粮仓"，华西并没有少花钱。从2005年开始，华西村投入资金对砂山北侧几个村的土地全面进行基本农田整理，新增耕地全部用于生态农业项目，目前已建成一个由"高产农田、苗圃基地、粮油基地、休闲廊架、百花牡丹园、百果生态园、百树生态园、智慧化农业大棚"等组成的"万亩农林科技示范园区"。除三千亩种水稻外，其他土地全部种植观光花木、瓜果蔬菜。用吴仁宝的话说，我们既借天增地，也借光节能。

　　为节约利用土地资源，华西村还通过技改等途径，不断调整和提升传统产业。对那些产出效益低、占用土地资源多、不符合产业政策、污染环境的企业，逐步淘汰。通过产业结构调整，华西村近年来还增加了不少土地。

在吴仁宝眼中，科学合理用地才是正确的"土地价值观"。因地制宜，土地适合做什么，适合种什么，才是根本。根据实际情况，做到宜农则农，宜工则工，宜商则商。"人的生存环境在变，要真正让老百姓的生活变得更加幸福，就要坚持以人为本。现在各地都在搞城市化，看到别人怎样搞，自己也跟着搞，也不管要占用多少地，也不管花多少钱。这些钱从哪里来，一是靠卖地，二是到银行借，一旦银行不借了，就会造成金融危机。我们华西搞的'城市化'，就是让城里到华西来花钱；我们搞的'国际化'，就是外国人到华西来花钱。我们不仅仅搞工业，还要发展三产，搞旅游。过去不少人批评我搞旅游，说怎么会有人到农村来，曾经反对我的人现在比我还热衷搞旅游。"

华西人物质富裕了，吴仁宝对村民提出更高也很现实的要求，他理想的共同富裕，是物质、精神"双富有"，既要"富口袋"，又要"富脑袋"。就是要在物质生活不断富足的同时，人的素质不断提高，让家家户户升级成"口袋越鼓、脑袋越思进取"的新型农民家庭。

华西村有个"精神文明开发公司"，提供的就是"精神产品"，专门抓思想觉悟。精神文明开发，开发的是人的素质。华西村还成立了华西特色青年艺术团，把党的方针政策和村里的思想政治教育，用"六爱""村歌""十富赞歌""十穷戒词""八荣八耻""六个为什么"等特色语言，采用地方戏剧、歌舞等形式编排演出，在村里广为流传，在村民们心中扎下了根。

这么多年来，华西的飞速发展取决于什么？人才！吴仁宝说，有了人才，经济才能发展。只有经济发展了，人才才有用武之地。他说，我们竭诚欢迎天下人才来华西献计献策。

吴仁宝说，"人创高素质"就是要创出志气、和气、正气。华西由小到大、由穷到富、由弱到强，靠的就是这心齐团结、顽强昂扬的"三气"，华西的转型升级更离不开这些"气"。

三字真经：表达吴仁宝的思想、理念

吴仁宝的"名人名言"最多的是以三个字、三句话来表述，阐述

他的思想，他的理念，代表着华西村的方向、政策，乃至制度，是华西价值观的体现。被称之为吴仁宝的"三字经"，读起来顺口，内里充满哲理，不仅容易记还易执行。吴仁宝的"三字经"是生活语言，但却是真经、真传，甚至就是共同富裕的真情、真爱。

"人之初，性本善；性相近，习相远。"南宋王应麟的《三字经》读起来朗朗上口。"三字经"取材典故广泛，包括中国五千年传统文化的文学、历史、哲学、天文地理、人伦义理、忠孝节义等，内容相当丰富，是中国的传统儿童启蒙教材。在中国古代经典当中，《三字经》是最浅显易懂的读本之一，历久不衰。背诵《三字经》的同时，就了解了常识、传统国学及历史故事，以及故事内涵中做人做事的道理。

吴仁宝的"三字经"，是将他缔造华西辉煌过程中的所思所想，华西发展过程中的具体实践，以及形成的制度、规则，大多以"三字""三句"，或者三段的形式表达。以通俗的语言归纳总结了他改变华西，发展华西的经典。

有人称，全国著名劳模、华西村党委原书记吴仁宝，当"村官"几十年，丰富的人生阅历，敏锐的洞察力，创新的思维，形成了独具特色的"三字经"。"三字经"朴实而有华，平淡而有奇，简洁而明了，生动而形象；贴近实际，贴近生活，贴近群众。

有媒体将数百条吴仁宝特有的"三字经"分成吴仁宝"三字经"之思想篇；吴仁宝"三字经"之治村篇；吴仁宝"三字经"之为官篇；吴仁宝"三字经"之为人篇。

与吴仁宝的"三字经"相对应的正好是"三农"和"三化"，华西村的农村、农业、农民，以及正走向农村城市化、农业现代化、农民市民化的过程中，吴仁宝的"三字经"成为指路明灯。在华西村"三农"和"三化"的变化过程中，以及未来追寻的目标中，吴仁宝以其特有的农民智慧，做出了诸多的概括总结。

在"思想篇"中，突出的是吴仁宝思想精神体系，华西三个思想教育载体：精神文明开发公司、华西特色艺术团、华西之路展廊，集中展示华西特色文化的三个方面：企业文化、建筑文化、旅游文化。

吴仁宝强调的思想教育的主要内容有三个方面：一是社会主义教育。二是党的政策教育。三是结合村民思想实际进行教育。吴仁宝要求"三不忘"精神，富了不忘国家、不忘集体、不忘帮带左邻右舍和经济欠发达地区的人民；吴仁宝在华西奔小康的路上，注重的是物质文明、政治文明、精神文明"三个文明"一起抓等，阐述了鲜活的吴仁宝教育思想。

吴仁宝的"三字经"在"治村篇"中，提出华西致富发展的"三靠"工作方针。包括"老三靠"：靠思想教育、靠党的政策、靠干部带头；"新三靠"：靠坚持党的十一届三中全会精神、靠坚持实事求是的思想政治路线、靠坚持自己有错自己改；"再三靠"：靠正确决策、靠科学管理、靠帮带提高。形象而生动。

吴仁宝提出了"三化三园"的小城镇建设标准，是华西村的目标，其实也是中国农村的小康未来。"三化"，即华西小城镇建设要绿化、美化、净化；"三园"，即远看像林园，近看像公园，细看农民生活在幸福的乐园。用"三字"的形式描绘蓝图。

"三农"，一直是事关改革、发展、稳定的大问题。中国有六十多万个村级单位，是最基层的组织，它们担负着创新"三农"的重任。如果可以从吴仁宝的"三字经"中找到可研究、可操作、可借鉴、可学习之处，中国可能多几个"吴仁宝"。

四项要求：体现要素、目标

统领华西共同富裕走过五十多年，总结一路走来的成功经验，吴仁宝认为就是四要素："目标是方向，精神是力量，班子要建强，班长要过硬。"而这四要素，成就了华西在四个领域的建设，是华西永不改变的主旋律。

华西发展是一个整体建设，是一个系统工程，是依照小康社会建设的标准实现社会主义新农村的目标。吴仁宝提出，"华西要搞四个建设。一个是经济建设，我们的效益要增20%，而且这个发展要有效发展；二是政治建设，我们华西按照法治民主来管理好华西，叫政治建设；三是文化建设，我们华西来说，中央提大发展、大繁荣，我们华西一直保持小发展、小繁荣。你看我们有政治文化，有企业文化，包括饮食文化都有了；四是社会建设，我们要把老百姓的生活打造成中康水平，我们还要帮助社会上的一部分老百姓。"

为达到华西设定的目标，吴仁宝告诫"四千四万"：历经千难万险多创业，而不是千难万险装门面；说尽千言万语求效益，而不是千言万语去欺骗；走遍千山万水找市场，而不是千山万水去白相（玩）；吃尽千辛万苦争实绩，而不是千辛万苦付高息。否则，很可能是"辛辛苦苦挑重担，认认真真搞破产"。"四千四万"也是华西精神在市场经济条件下的具体化，既是概括总结，又是参照执行的标准。

五靠基石：华西制胜的法宝

作为"天下第一村"的掌舵人，吴仁宝从来不把自己放在重要位置上，他将华西走过的路，取得的成就归功于党和群众。他总结经验，指出，华西的今日，"一靠社会主义制度的优越性，二靠党的好政策，三靠各级组织为基层、为农民服务，四靠华西村村民共同努力、艰苦奋斗，五靠实事求是"。这样概括实际上是为后人，无论是努力发展华西，还是再造华西指明了一条路。

所以，吴仁宝还要开展"六爱"：爱党、爱国、爱华西、爱亲、爱友、爱自己的教育，其内涵就是国家层面要爱党、爱国；社会层面要爱亲、爱友；个人层面要爱华西、爱自己。

吴仁宝的思想大都体现在一些法则中，一直成为华西人实现共同富裕的准则，成为华西人自愿执行的守则。

5. 终极幸福

中国倡导的共同富裕自然也是以共同幸福为目的。从长远来说，共同幸福就是吴仁宝追寻的终极幸福。不过，从眼前衡量，一个社会，一个区域，直到一个家庭，只有当年老体衰的老年人富裕起来，当老年人觉得有依靠，当老年人有幸福感时，那这个家庭，这个区域直至这个社会才会有真正的幸福。所以，吴仁宝认为，老人幸福才是终极幸福。

一般来说，老年人会被看作负担，是年轻一辈的累赘。只有当老人自感不再被当作负担，当年老被普遍认为是福不是祸，社会才会有真正的幸福感。吴仁宝懂得，老人幸福指数，是一个地区，一个社会温度的晴雨表，他设定老人是否能过上幸福日子作为衡量华西人是否幸福的重要考虑。吴仁宝相信，养成关怀老年人的风气，这个社会的幸福问题才容易解决了。

老龄化是一个世界性的问题，中国人口老龄化问题在农村更为突出。农村人口出生率逐年下降，人口流动加快，使农村人口老龄化的速度高于城市，中国约有近亿农村老年人口。这一庞大的农村老年群体与城市老年职工相比，他们没有工资，没有退休金，年老丧失劳动能力后，不能享受退休津贴，缺乏基本的社会保障。而大批农村青壮年劳动力向城镇流动和转移，使农村传统的家庭养老模式的功能逐渐弱化。

农民的养老问题是农业现代化中的一个困扰，让老人共享社会发展成果，才是社会、家庭稳定的基石。吴仁宝说："我们认为，一个地方只有老年人也富裕、幸福，那才叫合家幸福。"华西界定老年人，女的五十岁，男的五十五岁，都有保养金。最少的一年是12000多元，最多的16000多元（这里指的是中心村村民）。华西没有失业的，不管年龄多么大，只要身体好、自愿，照样工作，工资照拿。

吴仁宝本身就是孝子，他深谙"善事父母为孝"。他的"孝"不仅仅是因为他对自己的父母体贴备至，更因为他把村里所有的老年人视为自己的亲人并格外关爱。

开始富起来的华西村，1979年起就逐渐建立起一套完备的农村养老制度。农民没有退休制度，华西村例外，凡年满五十岁的妇女和年满五十五岁的男子，每月都能领到村里发的退休金。不过，勤劳了一辈子的老人退休后，总是闲不住，有些老人找到村干部，要求他们给自己委派些力所能及的工作。吴仁宝就尽量满足他们的要求：返聘的老人有的在副业组利用自己的丰富经验帮助村里养猪、养鸡鸭、养鱼养虾、养草养花；有的在服务部门工作；有的负责清洁卫生，等等。

从1979年起，华西村就对年迈老人每月发零用钱。随着经济的发展，集体实力的增强，1982年，华西对六十岁以上的老人实行养老金制。1985年又改为退休制，凡年满五十五岁以上的妇女和六十岁以上的男子，每月一百元退休金，1994年提高到每月三百八十元，后来又逐年提高。现在，退休金最多的人每年可拿到三万多元，最少的人也可拿到一万多元。华西老人完全有能力自食其力，而不会是小辈的拖累和包袱。

现任老年协会会长瞿满清，有四十七年党龄，做过华西的党支部副书记、总支副书记、党委副书记。老人现在每月2180元收入，一家五口人，和儿子儿媳带着孙女住。

瞿满清是儿子一家的后勤，老人说，"现在早饭他们都是自己在家烧，午饭在公司里吃。晚饭我烧好了，他们直接来吃，吃完饭他们回自己的家，大家很和睦。"

瞿满清每年要统计一次，截至2017年3月，华西中心村2600多人中，90—102周岁的老人有9个，80—89周岁的有64人，70—79周岁的123个，还有60—70周岁的，总的加起来，有478个老年人。瞿满清经常会关心他们的身体及家庭情况。"我们华西的村民都富起来了，老年人的收入不少，不会为了经济问题争吵，所以更和睦了。"

2010年2月13日晚，华西村近两千名村民在华西村的民族宫召开村民大会。大会主持人请李满金全家上台领奖。李满金刚刚满百岁，这位精神矍铄的百岁老人率领她全家儿女辈、孙子辈、重孙辈、重重孙辈共五代、三十七口人，齐刷刷站在了主席台上，似英雄，如劳模般接受村民的祝贺。

敬老奖是华西特设的状项，在全国独树一帜。每家有八十岁、九十岁、一百岁的老人都有奖。吴仁宝设定的特别奖是，"一百岁的就奖多一点儿，他的直系亲属每人都有一万元的奖金。为什么要这么做？就是要促使他们把老人养好。我们村有个九十九岁的老人，一家人二十四小时轮流看护他，最后活到一百岁了，这户人家有三十七口人，那我们奖了三十七万元奖金。"吴仁宝很自豪地向外界表露。

凡是哪家有八十岁、九十岁、一百岁的老人，都要给他的直系亲属颁奖。当时，华西村就规定，八十岁的每人奖100元，九十岁的每人奖1000元，一百岁的每人奖10000元。从2013年开始，八十岁的每人奖1000元，九十岁的每人奖5000元，一百岁的每人奖10000元。以激励全家人人敬老爱老。因为这样的制度，华西村的老人成为"宝"，从来没有出现过抛弃或虐待老人的事件。

田全林老人的百岁生日是在加入大华西村不久的华西八村的老年活动室里举行的，巨大的"寿"字贴在正中堂，前来庆贺的村民络绎不绝。

十点整，在吴仁宝的带领下，一支浩浩荡荡的"百岁老人慰问团"敲锣打鼓进了活动室的大门。随团来的特色艺术团，一路跳着欢乐的狮舞祝贺。在一片欢乐声中，华西新、老书记向田全林祝寿。新书记吴协恩给寿星送上一百箱糖，吴仁宝更是紧紧拉住寿星田全林老人的手，对他说："祝愿您健康长寿。"

老人激动得热泪盈眶，连连说："我能够长命百岁，全托共产党的福，全托老书记的福。"

吴仁宝说道："不错，今年大华西有百位九十岁以上的寿星，华西要以各种形式去慰问。以后这样的慰问要坚持下去，我们全村要形成敬老、尊老、养老的社会风尚，这样才能体现华西的富裕文明程度，才能体现真正的小康社会。"

他没有食言，从此之后，华西的除夕夜变成了华西村老年人的盛大节日。华西村除夕夜发放敬老奖的节目年年持续举行，上台领奖的人，一年比一年多，奖金也一年比一年多。重视老人的晚年幸福，吴仁宝看重的是会带来整个华西的社会、家庭稳定。

关爱老人，善待老人成为华西村村民自觉的村规民约。比如，每年村里生产的瓜果蔬菜，要让老人先尝鲜；看戏老人坐前排；看电影老人坐中间等，为的就是要让华西村人树立关爱老人的意识。

八十年代初，电热毯还刚面市，吴仁宝和村干部就把它铺到了华西老人的床上，老人们不知道电热毯怎么用，吴仁宝就上门耐心地教他们，临别时还不忘叮嘱："出门别忘了把插头拔掉，小心防火。"

九十年代初，吴仁宝在华西公园里建起了"寿苑"，并亲自撰写寿对："跨入长寿门，走出长寿人。"他安排设计者设立了一百个寿字的大屏风；建造了曲折前进的"花甲亭"；"七十古来稀，八十多来西，九十勿稀奇，百岁能争取"的"古稀亭"；象征八十高寿、姜太公壮心不已的"喜耋亭"；象征九十岁鼓劲前进的"庆耄亭"；还有"百岁亭"、返老还童的"期颐亭"以及"二十四孝亭"。每个亭中塑像都在宣讲"二十四孝"典故，借以教育后人尊老、爱老。

建这个"二十四孝亭"是有故事的。华西村有一户人家婆媳吵架，媳妇还拉扯了婆婆几把，婆婆告到了村民委员会。村主任登门教育，媳妇虚心接受，做了检查，并向婆婆赔礼道歉，表示今后要孝敬婆婆。这本是一件常见的事，处理也有了圆满结果。

但吴仁宝认为家庭纠纷，直接影响村风建设，影响精神文明建设。共产党的干部就是要有能断家务事的本事。

1993年一天的晚间村民大会上，村党委书记吴仁宝发表讲话："我们华西农民公园里，为什么要建'二十四孝亭'，这既是古为今用，又是针对社会上'尊老不足，爱小有余'建的。为人谁没有父母，父母为什么要生儿育女，就是为了防老，孝敬老人是立身之本，也是中华民族崇高的传统美德之一。这一美德连外国人也是羡慕的。乌鸦反哺，羊羔跪乳，禽兽尚知孝亲，何况人乎？可在我们人称文明的华西村，却出现了不文明的现象。个别人对小孩百般宠爱，爱得过了头，却不孝敬老人。华西绝不允许这种现象存在。从今天开始，我们要连续召开村民大会，进行尊敬老人的专题教育。"

在这些政策措施下，华西老年人过上了幸福悠闲的晚年生活，华西也形成了浓厚的"孝文化"气氛。

对村里鳏寡孤独老人的照顾，吴仁宝想得更加周到。给他们送去了衣服、绸被面、新棉布被里、新棉絮。在一间是卧室，一间是客厅的居室里，配备了电风扇、沙发、藤椅，并派专人服侍他们的生活。服侍人员把老人当自己的亲人看待，自己忙不过来时，丈夫子女也过来帮忙。

有一年，吴仁宝带着记者来到一排在绿荫花丛和小桥流水间巍然矗立的新建筑面前，兴致勃勃地介绍："这十八栋年底前竣工的'总统别墅'，是以后让村里八十岁以上的老年人轮流享用的。建'总统别墅'，一则是为了迎接更多的外国贵宾，二呢也想让华西村村民们享受享受——我们所能想得到的世界上最好的物质文明。"吴仁宝倡导敬老，重在体现文明。

上世纪八十年代末，吴仁宝对来访者称，到1991年华西村建村三十周年时，他要让那些为建设新华西出过大力、流过大汗的老人乘上飞机看看华西的新面貌。吴仁宝一诺千金，尤其是对老年人的承诺。

到了华西建村三十周年的日子，吴仁宝果真借来一架直升机，送三十多位老人乘上飞机九天揽月。这些老人做梦也没有指望自己这辈子还能坐飞机，上天宫。在高空看到华西一片锦绣似的兴旺景象，老人们一个个兴奋之情溢于言表。

这世间，有一种压力，叫上有老下有小；有一种责任，叫上有老下有小；更有一种幸福，叫上有老下有小。

上有老是一种幸福。家有老人是个宝。父母在，家才是你安魂入梦的地方。在外忙碌了一天，回到家来，亲热地叫一声"爸、妈"，我们才能充分感知家的温馨和踏实。家有老人，就意味着这个世界上最永恒的亲情还在。自己不管年龄多大，只要家里有父母在，总觉得自己还是孩子，因此便不觉得年老，心里总存着一股蓬勃的朝气，身上总感到有不尽的活力。只要父母在，我们就会觉得生命的黄昏离我们还很远，我们还在生命的正午，我们还有许多的时间把梦想变为现实，脚下生活的路，还是那么的阳光灿烂。照顾老人，留住老人，华西敬老蔚然成风。

吴仁宝倡导敬老爱老，要的就是这个效果。老人要的幸福不是万贯家财，不是显赫的地位，而是老有所为、老有所乐、老有所养，能为别人奉献一点自己的力量，让自己的存在发挥到极致，在社会中还是举足轻重的。吴仁宝通过"敬老奖"，通过老人晚年的生活保障，体现老人的价值，带给了老人的幸福，也为华西村整体幸福增值。

第三章　信仰和理念是生命的支撑

作为一个共产党员，要让老百姓先富，这才是真正的共产党员。农村要持续发展，党员干部要起带头作用，要坚定理想信念，坚信社会主义。华西的天，是共产党的天，华西的地，是社会主义的地，华西人民艰苦奋斗，团结奋进，锦绣"三化""三园"社会主义的新华西，实践检验华西，社会主义定能富华西。

——吴仁宝

1. 相信共产党

一个执着自己理念和思想的人，一定是有信仰和信念的支撑者。吴仁宝就是这样一个执着的人，五十多年不变，坚持走集体经济发展的道路，五十多年不变，一路坚持共同富裕。因为，他始终不渝地相信共产党，相信在他穷困时，给予新生活的这个执政党。前来华西参观的金坛尧塘镇党委书记陈锁龙曾问吴仁宝书记："华西四十年来红旗不倒，坚持几十年为民造福不改的关键何在？"吴仁宝响亮地回答："关键一点：我是共产党员，为人民服务。华西的天是共产党的天，华西的地是社会主义的地，这个叫坚信。"

对吴仁宝来说，无论是从贫穷中走出来，还是携手华西村村民走向富裕，完成他在实践中完善的理念和思想，吴仁宝背后最强大的支撑就是共产党。这种信念，吴仁宝没有动摇过，也从来没有怀疑过。他说过："一个人要有信仰。我就信仰共产党，信仰马克思主义。我一直没有动摇信仰，如果说我动摇了，也可能就没有今天的华西。"

这是一个极为简单的逻辑关系，作为华西村的掌舵人，没有吴仁宝就没有华西村，而作为旧中国的解救者，没有共产党就没有吴仁宝。

一生中，吴仁宝得到的满是赞誉，获奖无数。这些国家、社会、人民给他的奖状、奖励，都是他以一个共产党员的责任，以一个党员的党性付出的心血和努力。获奖无数，他会为之欢欣，在寻求共同富裕的征程中，毕竟为村民付出过、贡献过，毕竟让村民得到了、欢喜了。不过，在他所有的奖项中，吴仁宝说："我最满意、最看重的是先进共产党员的这个奖励。不管到哪个地方，你要有信仰，要让当地老百姓富起来，只要这样子，你就能够成功，就能够发展，老百姓就拥护。"

吴仁宝是以党员的标准来对照自己，他知道，身为一位"共产党员"肩负的只是服务民众的责任，可以获得先进这个称号，说明你履行责任得到肯定。

为了这一份责任，吴仁宝信守入党宣誓时的承诺，他说："一个共产党员就是为民利益的一面旗帜。无论任何时候，我坚信一点，共产党是要为广大人民谋幸福的。共产党就应该确立全心全意为人民服务的思想，见到荣誉就让，见到困难就上，只要明富，不要暗富；明的少拿，暗的不拿。

在吴仁宝看来，他只是党在基层的一个代表，没有共产党，吴仁宝还只是一个放牛娃，还只是一个长工，还只是一个经常遭人欺凌的乡下人。华西取得共同富裕的点滴成就，吴仁宝从来不看重自己在其中的作用。他对访问者说："没有党的改革开放政策，我吴仁宝即使有三头六臂，也最多只能把全村人的饭菜做得更好一点而已，绝对不可能让全村人都富裕成今天这个样。"吴仁宝说的是真心话。

二十世纪六七十年代，中央号召农业学大寨，已经带领群众在农业改造中的吴仁宝，以大寨精神作为激励，货真价实带领群众"白天干了不算，晚上还要干，晚上干了不算，第二天天不亮就要下地"。

吴仁宝自己带头下地干活儿，而且干得比一般农户还要多，因此获得了"农业学大寨"的先进典型。

1975年10月26日的《人民日报》文章中写道："华西大队认真学大寨十一年，过去粮食亩产超一吨，今年可达2400斤。吴仁宝同志向自己提出了五项要求，要用80%的力量用于抓农业，10%的地方财力用于农业机械化，把各行各业纳入以农业为基础的轨道；他把自己的蓝图编成了一首诗：九十万人民心向党，七十万亩田成方，六万山地换新装，五业发展六畜旺，社员人人喜洋洋。"看到这篇报道，八十一岁的江阴老乡、文学家叶圣陶深受感染，激动不已地写赞美诗一首，其中提到"仁宝同志江阴众，英雄业绩维仔肩，更思举国数千县，孰不能如江阴焉"。

和党中央保持一致，吴仁宝习惯"每天坚持阅读报纸、收听中央人民广播电台、晚上收看新闻联播，及时了解中央政策和经济情况，心里清楚得很"。

十一届三中全会召开，在政治漩涡中几经沉浮的吴仁宝已经比很多同时代人要成熟得多。中央推行分田承包政策，吴仁宝并没有立即采纳，而是到河北、河南多地考察，回来后，只甩了一句话："按中央精神办，闷声发大财。两个文明一起抓，党员干部建合格，每年速度八，为国争光奔四化。"他始终坚持和党中央保持一致，但他是在结合华西实情中取得实效。

1994年，吴仁宝还带着富了的华西村人专程到昔日最耀眼的村庄大寨考察，贴心地为大寨人送去了羊毛背心，吴仁宝亲自为大寨的老支委梁便良扣上羊毛衫的扣子。在与大寨铁姑娘郭凤莲会面后，吴仁宝公布了他带来的对口支援项目。在虎头山陈永贵的墓碑前吴仁宝三鞠躬，并在发言中使用"共同富裕"来解释这次考察行动。改革开放之初，中央提出"让一部分人先富起来"，然后是先富带后富，走共同富裕的道路。不同的是华西村，一开始就将共同富裕作为由始至终的目标。

吴仁宝还特别在乎"从中央到基层村"这样的呼应关系，中央有"一国两制"，华西村就有"一村两制"（集体制、个人制）；中央有

"三个代表"，吴仁宝就亲自为华西村艺术团编了三部表现"三个代表"的戏剧；吴仁宝指定华西村大楼设计高度为328米，因为当时北京最高建筑就是328米，这样华西村就可以与党中央保持"高度"一致了。

对党的绝对忠诚，还体现在吴仁宝为四个儿子起名字。吴仁宝有四个儿子，老大出生时，出于对领袖毛泽东的敬重，他为儿子起名"吴协东"，以后几个儿子也分别使用了中国伟人名字中的单字命名以示纪念，叫"吴协德""吴协平""吴协恩"。分别取中共老一代领袖朱德、邓小平、周恩来名字中的一个字。代表着中国农村基层党员对共产党，对共产党的领袖的敬重和一个农民的朴素感情。

相信共产党的这种朴素情感，实际上也是一种大爱的内心体现，成为人性慈悲。即使在最困难的时候，吴仁宝也从来不怀疑自己的这种信念。因为，他是从旧社会过来，他有一个普通农民两个不同时代最切身的对比。他一生中对此没有一点怀疑，或者失去信心的消极因素。

吴仁宝亲自编了一首歌，成为华西村的"村歌"。歌词写道："华西的天是共产党的天，华西的地是社会主义的地。华西人民艰苦奋斗，团结奋进，锦绣'三化三园'社会主义的新华西。华西的天是共产党的天，华西的地是社会主义的地。华西人民艰苦奋斗，团结奋进，实践检验华西，社会主义定能富华西……"这是一首套用《解放区的天是明朗的天》歌词的村歌，朴实无华，光"社会主义"一词就用了好几回。

那时，以前苏联为代表的东欧社会主义国家纷纷改旗易帜，国内外嘲讽和怀疑社会主义的阴风也吹得邪乎。这首吴仁宝填写、华西村村民们齐声合唱的村歌在中央人民广播电台播出后，振奋人心、催人奋进的曲调和歌词，令人鼓舞。

吴仁宝带领华西人高吟这样一首社会主义赞歌，当时还有一个背景是：随着农村改革的不断深化和市场经济的风起云涌，曾经缔造了新中国农村经济发展神话的苏南乡镇经济"模式"，面临近乎彻底解体的末途，社会潮兴谁言"集体经济"，谁就是"改革倒退派"。吴仁宝才没管这一套，他对共产主义和建设华西特色的社会主义新农村有自己的信仰和认识。而正是他的这份不可动摇的信仰和认识，才敢理直气壮高吟"华西的天是共产党的天，华西的地是社会主义的地"这豪迈的歌。

从穷困中走来的吴仁宝有底气："我信仰共产党，无论任何时候，我坚信一点，共产党是要为大多数人民谋幸福的。我说过，人民幸福就是社会主义。正是凭这个信念，我走过了一生。上个世纪八十年代，当社会上出现对社会主义的种种怀疑与模糊思潮时，我带领华西村一百多名党员干部奔赴南京雨花台，在革命先烈纪念碑前举手宣誓：'生命不息，冲锋不止！'"

那是 1985 年 8 月 19 日，南京雨花台烈士群雕前，吴仁宝领头，来自华西村的百多名村民冒雨举起右手宣誓："苍天在上，大地作证，我华西的一百多名党员和村民代表，今天，面对先烈庄严宣誓，我们和华西的老百姓要有难同当，有福同享，决心苦战三年，目标一亿，谁若三心二意，老天不容，百姓不容。"

新时期，在先烈面前宣誓，为的是共同富裕，共同过上美好幸福的生活，这同当年先烈为推翻旧制度抛头颅洒热血一样庄严，同样有使命感。这是一种责任，同时也是对党的忠诚。

新时期，新使命，凭着对党的信仰，对人民群众的情感，这位八十年代中国执政党最基层的支部书记想到：如何把农民这种深沉的爱、执着的爱，引导到坚持社会主义方向上，引导到正确处理国家、集体、个人三者关系上，引导到爱党、爱国、爱集体上！把农民的命运和社会主义的发展紧密联系在一起，"熔铸"在一起！

"爱"，就是这两者的冶炼炉。农民就会真正把自己看成是社会的、国家的一分子和主人翁，就会十分清醒地认识到自己的责任和义务。正确处理国家、集体、个人三者关系也就顺理成章了。基于这种考虑，吴仁宝要把农民这种质朴的爱引向对党、对国家、对华西、对亲、对友、对自己的爱上去。这就是吴仁宝提出的"爱党、爱国、爱华西、爱亲、爱友、爱自己"的"六爱"基础。并从 1985 年 8 月起，在华西展开轰轰烈烈的"六爱"教育。

2. 凝聚众人心

集体不仅是一个单纯的概念，从社会学角度讲，它是一种组织形式或团体，其拥有一定的活动范围，是有共同的经济基础、思想基础、政治目的和共同社会利益的整体。这种整体或者是一个组织、团体，或者是一种所有制形式。华西村从一开始就是一个集体，它既是吴仁宝和华西人整合起来的有组织的一个实实在在团体，又是吴仁宝始终坚守的一种所有制形式。值得关注的是，这个整体在吴仁宝领导下，成为一个具有共同认知，凝聚共同思想的村级组织。因此，华西村可称之为是有集体观念和集体荣誉感的团体。

光有集体是不够凝聚人心的，还需要有集体精神，还需要集体主义。所谓人心齐泰山移，所谓众人拾柴火焰高，讲的就是这个道理。党的集体主义精神原则，成了吴仁宝领导华西村的基本理念。对华西的要求，吴仁宝不只停留在"集体"这两个字上，他更主张，个人从属社会，个人利益服从集体、民族、国家利益，一切言论和行动符合人民群众的集体利益。吴仁宝身体力行，从自己做起，深得人心，也凝聚起人心。

社会上有人不解，吴仁宝哪来的魅力，为什么华西村村民都愿意听他的？由于吴仁宝的权威，且村民们都愿意听吴仁宝的，有人就武断地认为吴仁宝"一言堂"，更难听的说他"独裁"。有媒体还煞有介事地分析，吴仁宝搞家族制控制着华西的资产。

事实上，吴仁宝自当村书记以来，最大的优势，最能控制的不是资产，而是人心。他以自身清廉、对民众的关爱、倾听民众的心声和尊重集体的决定而凝聚人心。

村里大大小小的事，吴仁宝都要关心，因为他是深得民心的村支书。吴仁宝说的、决定的，大家自然都要听，但大家说的、集体决定的，吴仁宝也必须听。华西村的决定，最终不是听谁的，而是听对的！吴仁宝的权威，是在华西村的集体凝聚力中产生的。

有一年，无锡市所有村书记在华西参加为期一周的培训班，一位村书记问吴仁宝，为什么华西的百姓这么听话，怎么才能让群众听话？吴仁宝的回答是："我在上世纪八十年代就说了：什么叫'权'？廉洁才有权。什么叫'威'？懂行才有威。干部要有权威，一要廉洁。二要懂行。我是不怕群众不听话，就怕自己不听群众的话。我听了老百姓的话，老百姓肯定会听我的话。我是不怕群众不听话，我就怕自己说错话。因为老百姓相信我，即使我说错了，他们也会听，所以我的压力大。"

吴仁宝讲得很明白，老百姓听他的话，有凝聚力，是因为他听老百姓的话，因为他相信华西人，他创造了凝聚力。必然，华西人就信他，而且信到痴迷。华西村股份有限公司的一位副主任这样对访问者说："村里人都非常崇拜老书记，外面或村里、家里发生任何事需要处理，大家首先都想听他的话，他的威信是绝对的。"吴仁宝是一村之领导，他还是华西的大家长。

关于老书记，村里还有许多说法更神，比如：老书记不在家，村里就有事。再比如：老书记召集开会，从来不下雨，好像有老天帮忙似的。

华西村原来是没有集场的，那是一个邻镇的日子。可是那个镇每年逢集的时候，就下雨，一下好几天。他们的书记就把集场改了日子。老书记说，你们不要，华西要。所以，每年阴历三月十五，就成了华西村的集场日。那位副主任很认真地说，"去年我们搞，连搞三天都不下雨。而那个改了日子的邻镇，今年他们逢集，又下了大雨。你说奇怪不奇怪。"

这种痴迷，其实是打心底的一种尊重。吴仁宝也明白地说到："即使我说错了，他们也会听。"那是因为，吴仁宝在华西数十年，没有欺骗，没有说错，所以老百姓相信他，真的有一天，吴仁宝说错了、做错了，老百姓也会照做。当然，这是假设，这种假设至今还没有发生。

打铁还需自身硬，为政清廉才能取信于民，秉公用权才能赢得人心、凝聚民心。听老百姓的，这是吴仁宝发展华西的基本理念。吴仁宝毫不怀疑，走群众路线才能让群众按照你的路线行事的道理。群众观点是马克思主义的根本观点，也是中国共产党的基本工作方法的理论基础，是顺应时代和历史潮流的选择。

中国近代以来历代领导人都十分重视人民群众的力量。孙中山民生史观表明：社会的文明发达、经济组织的改良和道德的进步，就是以民生为重心，民生是社会一切活动中的原动力。毛泽东说：人民，只有人民，才是创造世界历史的动力。群众是真正的英雄。邓小平把人民拥护不拥护、赞成不赞成、高兴不高兴、答应不答应作为制订方针政策的出发点和归宿。

吴仁宝相信群众，凝聚人心的思想、理念就是受历史伟人和共产党的影响。华西村现任党委书记吴协恩说，老书记有三句话，反映出他深刻的"群众观"：一是开言路，"不怕群众不听话，就怕不听群众话"；二是讲民主，"有事就要同群众商量，即使对做错事的人也要交群众讨论、由群众评议"；三是重民意，"群众满意的，马上办；群众不理解的，加强教育、疏导，等觉悟了再办"。

早在华西初创时，凝聚着吴仁宝多少个白天与夜晚的心血之作，《华西大队学大寨十五年发展远景规划图》终于绘制出来了。这幅图，首先在支委会上亮出来，在座的每个人都有权利对它说三道四，补充修改，甚至推倒重来，吴仁宝心平气和地听着众人的评判。那些老伙伴自然全力支持，可也有个别人敲着潮烟筒吹冷风。吴仁宝在统一了党支部一班人的思想后，又把规划草图交给群众讨论，让群众在积极参与中，和干部一起，形成重造山河的统一意志。群众看了规划草图，提出了不少建议。

有记载道，在华西南原有一条河浜叫黄鳝泾。吴仁宝画的规划草图上，一条南北向的排灌总渠遇到这条河浜时，往西南偏过去了。群众看了说："不行，总渠应该照直往南，冲过黄鳝泾，这样有利灌溉。黄鳝泾在灌溉上失去了作用，应该挪个地方，管道不能偏。"吴仁宝和支委们觉得群众讲得有理，就修改了规划。原来设计一个大养猪场，群众觉得分散几个小养猪场更合适等。为了使规划周密完善、符合村情，吴仁宝和支委们从谏如流，集中多方面的意见，为了便于群众文化生活，决定在新村建设文化 服务大楼，设立学校、商店、缝纫组、食堂、浴室、理发室等。吴仁宝呕心沥血，发扬民主，集思广益，几上几下，终于制订出一幅符合村情的《华西大队学大寨十五年发展远景规划图》。

以后，开会就成了吴仁宝与民众沟通、集思广益的形式。直至临终，吴仁宝念念不忘的仍是"开会"！

吴仁宝曾很自豪地说过，"我吴仁宝十分钟之内能够迅速召集起全体村民大会。"旁听过吴仁宝开会过程的，都不会怀疑他有这样的召唤力。

那一年的一天傍晚，晚餐后七点半，吴仁宝在华西村村民族宫召开村民大会。村民们都匆匆赶往会场，每一位进来的人，都快步走向自己的位子，然后静静坐下。离七点半还有五分钟时，偌大的民族宫礼堂已经座无虚席了。准时，吴仁宝老书记出现在主席台上，用一种商量但又不失果断决策的口吻向村民解释"一分五统周边村"的意义。台下没有一点声音，没有干零活儿的。

开会提前到场，华西村村民都习惯了，没有人不来，不来者，需要请假。否则，吴仁宝一看就知道谁没有到，因为每人的座位是固定的。华西村的"会海"是有名的，一周几乎要开五个晚上的会，村干部几乎天天有会。村里的大事小情都是在会上评议决定的。村民回答道："这已经习惯了。但我们华西人都喜欢听老书记讲话，他会给我们很多信息，包括村里村外的事以及对国家形势、国家政策的解释，等等。平时工作忙，没有时间了解的事，就依靠村会上老书记讲给我们听。"

被称为铁姑娘的赵毛妹，有一件令她记忆深刻的事。有一次加夜班到十二点，有人拿来了一碗酒，当时为了解乏，毛妹就喝了几口。由于酒精的作用，就迷迷糊糊地睡了一会儿。迷糊中听到有人喊，老书记召集大家开个会，睡梦中惊醒，毛妹急急忙忙赶过去，却还是迟到了五分钟。当时还有人也迟到了，老书记很生气，他让晚来的人站一边，并对毛妹说："今天你迟到了，要在大会上当着众人的面做检讨。"性格倔强的毛妹听了很委屈，她从来不迟到，这仅仅是第一次，而且迟到的人，也不止一个。老书记让她检讨，她坚决不检讨。三天后，毛妹越来越觉得自己做得不对，老书记的做法是正确的，做干部就要身先士卒，就要受得住委屈和压力。于是，她就在村民大会上做了深刻检讨。

在农村，各家各户住得分散，开会可以将大家集中起来，通过交流来沟通。吴仁宝重视开会，是希望凝聚人心，劲往一处使。开会也是华西人集体活动的一部分，村民们也喜爱听老书记讲话。如果老书记不在家，没有会，反倒不习惯了。吴仁宝以开会的方式增加村民们集聚的机会，培养的是一种集体感觉。

每星期五晚上，在华西村的书场里，吴仁宝只要没有出差，就会到这里来说上一阵。说的无非是他对国家政策方针的独特理解，无非是华西村的经验，当然也少不了华西村的发展远景和规划。同样的内容，经他一讲，可就大不一样。每到这个时候，书场里人气就特别旺，有外地来参观的人，有来自各地的华西企业员工，也有华西的村民。他们听到的是吴仁宝以自己的语言讲华西村的过去、现在和将来，更是中国农村的未来。

据媒体人观察，1.华西人会议涉及的内容相当平实。村中事、企业事和个人事都显然属于普通又情理之中的事务性会议，是村民经历过或即将经历的事情，很贴近村民和干部的日常工作和生活现实。这是华西人乐意参会的重要原因之一。比方，村民旅游前的动员、"一分五统"前的解释、正月十五夜的集体聚会，都在心灵上给村民一个集体大家庭的温馨和记忆。2.会议牵涉华西小区发展、企业发展的议题占较大比重。让村民看到了不断发展的希望和实践，这一议题自然顺应了村庄成员的利益。3.奖惩制度是华西会议中的另一主要内容。奖惩结合从来就是管理者实现支配权的手段。将其列入会议，目的是告示群体成员积极工作、遵纪守规、服从权威，自觉地将自己整合于集体。

在华西，村民们敬重吴仁宝，但也从不放过每次和吴仁宝"争辩"的机会。华西村例会上时常会看到吴仁宝对自己的建议，问大家有什么不同的看法。场下立马有人举手示意说，"吴书记，我想说说我的看法。"

"有反对、有冲突是好事，这才能不断完善。我尊重下属的意见一分，反过来他们会尊重我三分。"吴仁宝说，"听老百姓的，我千方百计去做，人家不敢做的，我也要去做，为什么这样呢？可能跟我的个性有关。"

有主见不等于不善于听取他人意见。吴仁宝知道社会上有人会说华西是家长制，吴仁宝自有自己的看法，他说："对华西村来说，不是我吴仁宝说了算，我们到底谁说了算？是根据中央说的，根据我们华西村老百姓说的，才可以算。实事求是地说，我们按中央精神来办，也要结合华西的实际，最后听大家的意见，也叫民主讨论，最后有结论了，我代表他们说了，就说了算。"

由此可见，吴仁宝有主见，主要是来自对中央政策、中央精神的深入领会，来自对群众意见的认真听取、民主讨论，是一种上下结合的"吴仁宝说了算"。吴仁宝说这就叫干部"听中央的精神，听老百姓的意见，上传下达，干部是桥梁"。在他看来，"这就叫讲民主"，只有这样把民主落到实处，民主才能真正成为好东西。有了这样的民主精神，当然就能"找到自己的不足，并纠正不足"。就吴仁宝的个性来说，厉害之处在于持之以恒，以此方式凝聚人心，半个世纪毫不动摇。

吴仁宝家门上还曾贴有对联"倾听人民心声，造福四方百姓"。上世纪七十年代，令周边村妇女羡慕不已的华西农忙食堂，就是倾听村民心声兴办的。

农忙时节，中午收工时，有男村民抱怨："热死了！"一妇女快人快语："你们男人回家就歇着凉快了，我们离了田头就进灶头，烟熏火燎，那才叫热呢！"

说者无意，听者有心。吴仁宝当晚开会研究："硬让群众脱皮掉肉，是干部没本事，我们要让大家不仅不掉肉，还要长肉！"于是，办起了农忙食堂，大家离了田头就能拿起筷头，饭后休息两个钟头，下午在田头还能吃上食堂送来的馒头。这一年，参加农忙的六十个姑娘，竟有三十九人体重增加。

外界误会吴仁宝没有民主，其实，华西的重大决定都是通过党委会决定。吴仁宝有不同意见，说服不了大家，他也必须服从。吴仁宝做得到，这也是他的魅力所在，华西人信服他。

1998年的一个深秋夜晚，吴仁宝和吴协恩为该不该走进资本市场展开讨论。吴协恩认为，华西集团该上市，现在就是好时机，但吴仁宝觉得，先要摸清上市会有哪些风险。吴仁宝之所以担忧，倒不是保守，说到底还是觉得华西村的发展水平还不足以驾驭证券交易市场。在吴仁宝眼里，上市应该是水到渠成的事。

既然有分歧，最好的解决方法就是民主决议。在一次党委会上，吴协恩提出了让华西集团上市，干部们也一致认为华西应该上市。建议是否通过，是根据党委的二十一人用投票的形式民主决定的，最后的结果是二十票投了赞成，只有吴仁宝一人投了反对。

投票结束，吴仁宝向大家讲了自己的担忧，儿子吴协恩一一作了解答。吴仁宝点了点头说："想得很周到，我放心了不少。就按大家的意思办吧。"

吴仁宝尊重人，他凝聚起群众共同奋斗的力量；吴仁宝关心人，他赢得群众的由衷爱戴。

3. 有福民先享

1944年9月5日，八路军战士张思德在陕甘宁边区安塞县烧炭，由于烧炭的窑洞塌方，被砸在窑洞中身亡。9月8日下午，中共中央直属机关为张思德同志举行追悼大会，中央政治局主席毛泽东参加了追悼会，并发表了《为人民服务》的著名讲话，高度赞扬张思德"为人民服务"的精神，指出了张思德为人民利益而死重于泰山。

"为人民服务"，指"为人民的利益而工作的思想和行为"，是由毛泽东最先提出的社会主义道德的基本特征和规范之一，也成为中国共产党的根本宗旨。中华人民共和国成立后，中共中央机关所在地北京中南海，其正门新华门内的影壁上有毛泽东手书"为人民服务"五个大字，代表着执政为民的一种宣示。

2013 年 12 月 26 日，习近平总书记在纪念毛泽东同志诞辰 120 周年座谈会上的讲话指出，坚持群众路线，就要坚持全心全意为人民服务的根本宗旨。"政之所兴在顺民心，政之所废在逆民心。"全心全意为人民服务，是我们党一切行动的根本出发点和落脚点，是我们党区别于其他一切政党的根本标志。

党的信念和领袖的箴言是吴仁宝的精神源泉，他把为人民服务视作自己的终身事业，"因为我是一名共产党员，共产党员就要全心全意为人民服务"。

其实，吴仁宝一生就只有一份工作，自加入中国共产党起，"为人民服务"就成为他的终身职业，他的语言就是那么有哲理，"当官没有终身制，为人民服务有终身制。所以，我生命不息，服务不止。"

吴仁宝认为，"为人民服务"是中国共产党的工作核心宗旨，也是生存和发展的依据。近百年来，从"打土豪分田地"到"二五减租"，从"土地改革"到"改革开放"，党的每一次重大决策，无不看出服务人民、造福人民的价值取向。

"为人民服务"是实实在在的理念，并要化为行动的信念，不是虚拟的口号，而是具体实在的行动。作为基层党的代表，吴仁宝为让基层干部和群众更了解党"为人民服务"的实质，将之形象地概括为"有福民先享，有难官先当"。吴仁宝认为，过去人们常说"有福同享，有难同当"，这是对的，但还不够，"有福同享，有难同当"的思想观念，也要与时俱进。古往今来，很多人往往是能共患难，不能同富贵。而我们不同，提倡的是"有福民先享，有难官先当"，既能共患难，又能同富贵；既能见困难就上，又能见荣誉就让。当今社会，有少数单位为什么搞不好？为什么人心涣散？为什么难以改变面貌，难以发展呢？这些地方是"有福官享，有难民当"。实践证明，凡是一个单位，能够做到"有福民先享，有难官先当"的，组织就有战斗力，干部就有权威，经济就能发展，老百姓就能得到真正实惠。说到底，就是党员干部要淡泊名利，要有奉献精神，真正是"权为民所用，情为民所系，利为民所谋"。事实上，只要我们做到"有福民先享"的，老百姓也不会让我们做干部的穷到哪里去；只要我们"有难官先当"的，当真正遇到困难的时候，老百姓也一定会支持我们，共同挑起担子，共同克服困难。吴仁宝的理念通彻明了。

吴仁宝的逻辑是，党的干部先有担难的勇气，人民享福才有希望。当县委书记期间，不少公社没有公路，只能步行。吴仁宝边走边看农田苗情，遇见农民就坐地交谈，常常脱掉胶鞋赤脚而行。

"赤脚"仅是物理表现，更为重要的是他接地气的内心，心中想着的是百姓。八十多岁时，他每天也是半夜才睡，三四点钟起床，偶尔睡到五点醒来，他总是说："睡过头了！睡过头了！"然后急匆匆出门"走村串厂"。"老百姓的冷暖苦甜，如果我们这些基层工作的党员、干部再不去过问，再不去帮他们一把，那他们还会有啥好日子过嘛！老百姓过不上好日子，要我们这些党员、干部有啥用？"他说。

吴仁宝的女儿吴凤英曾告诉记者："从我小时候起，他就起早摸黑，村里的大小事儿都要过问，几乎不在家里待着。"吴仁宝一生都践行着"有难官先当"的原则。

无论到哪里，吴仁宝都在心里把村里的老百姓装得满满的。1989年9月，吴仁宝被评为全国劳动模范，应邀赴京出席国庆四十周年观礼，在人民大会堂举行的万人庆祝大会上，他是全国劳模代表，荣幸地被邀请到主席台上入座，出席了由国家领导人主持的国庆招待宴会。

在全国劳模大会上，政府奖励吴仁宝个人一千元奖金。可他想到作为一个普通农民、基层干部，按照党的要求，人民的期望，在华西这块土地上，耕耘几十年，做了一些应该做的事，得到这么高的荣誉，完全是同党的教育培养、上级领导的关心鼓励、全村干部群众的共同努力分不开的。尤其是朝夕相处的华西村村民，给予他极大的支持，这份荣誉应该由华西村村民共同享受。

会毕，他从北京返回华西，全村三百多户，他邀请每户派出一位代表，将一千元的劳模奖金，请村民代表们吃了一顿长寿面，表示对乡亲们的感激之情，他祝愿华西人民，更祝愿华西的共同富裕健康长寿。

据记载，他还时常召集家庭成员开会，希望子女们兢兢业业、扎扎实实，努力工作，多为华西做好事，做实事。吴仁宝始终明白："如何把老百姓积极性调动起来，关键要真正做到共建共享。如果你对老百姓只对他建，没有享，那就没有积极性。"吴仁宝说："真正的积极性，一是要教育调动积极性，二是党的方针政策调动，三是干部要以身作则，要做出好样子。老百姓苦的时候，干部要同样苦，甚至比他还要苦，但是尽量不要苦。"心里时刻想着老百姓，这似乎是吴仁宝奋斗人生的唯一目标。他还总结出这样的道理："只要为老百姓服务，为老百姓着想，你就越想越有办法；如果你不为老百姓着想，那工作就离老百姓远了。"

在全国为实现全面小康而努力冲刺时，华西已经在向更远的目标发展，让华西老百姓可以更有幸福感。

"有福民先享"，吴仁宝所思所想，都是华西村村民之福。这就是吴仁宝为百姓求福所追求的一种境界，这个境界就是他要让华西村的民众成为世界上最富裕、最幸福的人。

以理念实现这一境界，他甚至无私地把一个共产党人所拥有的个人"财富"也都拿出来奉献给了村民。

村里老百姓都知道老书记吴仁宝送儿的故事，为了安抚受难的村民，吴仁宝将自己的骨肉送给了村民，以可歌可泣的实际行动来实现他"有福民先享，有难官先当"的诺言。

那是数十年前的故事。村民孙良庆一家不幸遭遇灾难，十二岁的儿子溺水而亡。孙良庆夫妇为失去爱儿哭得死去活来，怎么劝也不行。眼看着好端端的孙家要垮下了，村上人着急，吴仁宝更是苦思冥想。俗话说：堆山的黄金换不了一个儿子。孙家的事怎么处理，也让吴仁宝一时感到为难。怎么办？

那些天，吴仁宝辗转难眠了好几夜。有一天早晨，他把准备上学的自家小儿吴协恩送出家门后突然叫喊了一声："有了！""阿爹，有啥事？"小儿子阿四奇怪地回头问父亲。吴仁宝挥挥手，说："快上学去吧，回来再说！"小儿子阿四走了，吴仁宝的眼眶里却潮湿了……

这天，吴仁宝来到孙良庆家，对孙家夫妇说："水流走了不能收回，人死了不能复生。你们别再难过了，你们不是缺儿子吗？我把我的儿子给你们。你们看哪个合适就挑哪个！"孙良庆夫妇一听惊异万分，说这哪成！吴仁宝拉住孙家夫妇的手深情地说："不要客气了。

我家阿四跟你们的儿子年岁差不多，你们看成不成？"

"你要把阿四给我们呀？"这是孙家夫妇更是没有想到的事，华西村的人都知道，吴仁宝最疼爱的就是小儿子阿四。"就这么定了！从今天起，阿四就是你们孙家的儿子。我吴仁宝是诚心诚意的，阿四也会跟亲儿子一样地待你们，直到给你们养老送终。"

"阿四"名叫吴协恩，后来真做了孙家的儿子，并且十多年后又跟孙家的小女儿结成夫妻，成了孙家亲上加亲的儿婿。

吴仁宝不是不喜欢自己家的孩子，那是骨肉，但他同样痛惜华西村所有的孩子，宁愿自己不享福，也不能让华西村村民遭难，这是他的理念，是共产党人为人民服务的境界。自己的孩子可以放得下，但村民受难，他放不下。这是大爱的表白，是吴仁宝一生做人，做一个党员的胸怀。

为让华西村村民享福，吴仁宝定出"八有八不"的目标，并落到实处。

八有是：

小有教——孩子从幼托到中学全部免费上学，考上大学有奖励；

老有靠——男五十五岁、女五十岁后人人都有退休保养金；

房有包——所有村民的住房全部由集体负责分配；

病有报——看大病小病全部报销；

物有商——村民购物可以不出村，大商场小商场和适合农家生活的超市应有尽有；

玩有场——闭路电视、影剧院、农民公园、世界公园你想得出的游乐全有；

餐有供——各类档次的饭店餐厅遍及村子东南西北中，村委会为每位村民提供一年的补贴，等于365天你可以不用掏钱便可满足口福；

行有车——村子为每个家庭配一至两辆小轿车。

八不是：

吃粮不用挑——村里有专门人员将各家所需食粮送到家；

吃水不用吊——村里的自来水清纯可口，通至家家户户；

煮饭不用草——这已不是新鲜事，用煤气管道跟城里一样；

便桶不用倒——农村用上抽水便具是现代文明的一种标志；

洗澡不用烧——农户有热水管道供热水，比城里人还方便享用；

通信不用跑——华西村是全国第一个电话村；

冷热不用愁——夏有冷气、冬有暖气；

雨天不用淋——全村住宅之间有万米长廊将户与户联为一体，你可以雨天不湿脚、夏日不晒太阳。

"八有八不"想的都是老百姓，吴仁宝的幸福观是以老百姓"享福"为起始，华西村村民以至全社会的共同富裕是吴仁宝寻求幸福的出发点，共同富裕也是吴仁宝寻求幸福的最终归宿和目标。

共同富裕，既是吴仁宝的出发点，也是吴仁宝的归宿，这是吴仁宝始终如一的坚持和理念！

华西村从上个世纪的五十年代一直到新世纪的今天，在长达半个多世纪里之所以始终走在中国农村发展的前列，这里的老百姓能够过上今天最富裕的幸福生活，同时，又把共同富裕始终放在追寻的目标中，归根到底的一点，就是领头人吴仁宝"有福民先享，有难官先当"的榜样力量，他始终如一地把共产党人的这份责任扛在肩上，并以自己的全部智慧和情感倾注在这份责任之中。

4. 理想见自律

人生在世，活着究竟为了什么？一百个人可能会有一百个答案。但总体来说，有的人生存是为了享受，有的人生存只为平安，有的人生存却是为了理想。为理想而活着那是充实而充满希望的追求。

吴仁宝就是一个理想主义者，他把自己的人生和幸福都寄托于老百姓的幸福之中。为了老百姓先享有幸福，吴仁宝总是以身作则约束自己，因为这是他的理想，是他的幸福。

和吴仁宝接触过的作家、记者、来客，都有机会听到吴仁宝相关人生观的说法，"人活着为什么？活着的时候是得有点钱、享点福。

可不能仅仅是为了钱才活着，为了享福才掌权。为国家、为人民多做点贡献，这才是一名共产党员的责任。我的最大幸福和满足，就是想看到百姓的生活越过越好。"

有理想者，就能以理想目标来自觉约束和规范自己的行为，这就是"自律精神"。自律是一种道德，是指行为主体的自我约束、自我管理，是以事业心、使命感、社会责任感、人生理想和价值观作为基础。唐张九龄《贬韩朝宗洪州刺史制》中指："不能自律，何以正人？"吴仁宝就是这样，他以一个共产党员的标准来要求自己，以一个党员的要求自律。所以，他在农民群众中有感染力，有号召力，他在群众中可以一言九鼎。

在"天下第一村"，上了年纪的吴仁宝，却是干劲最足的一个。他那双宽厚粗糙的大手掌，黝黑却看上去刚毅的面庞，留下的是历经沧桑的痕迹。他说起话来语速很快，底气十足，简洁而不容置疑，保持着农民本色，虽然辛苦劳作让他早早就开始驼背，但走起路来即便年轻人也很难跟上。

"要多为老百姓创造财富，不仅要有人才、资金、技术、经验的积累，更要有时间投入的积累。"吴仁宝说到做到，他把所有的时间都给了华西的老百姓。

在华西村送走黄昏的薄暮中、迎来清早的晨光里，人们经常可以看到吴仁宝疾步如飞的身影。他每晚只睡四个小时，每天三四点就起床，有时一早就会安排开会。在他的时间表中，生活和工作几乎就是一个概念，连为一体。

村里的老百姓帮老书记算过一笔账：工作五十九年，从没有节假日，没有礼拜天，每天工作十二三个小时，实际上远远超过这个数字。如果每天按12.5个小时计算，与惯常工作8小时相比，每天延长4.5个小时，实际多干了33.19年，再加上周末24.06年，总计延长了57.25年。工作了59年的老书记，实际上已经干了116.25年的工作。

吴仁宝六十岁前，每天工作时间在十六七个小时以上，八十岁之后仍每天工作十二个小时以上。用他自己的话说，"一个人很难活到一百岁，但却能为百姓干一百年的工作时间。"这么多年来，他习惯利用夜里和早上的时间开会，以抓紧时间、争分夺秒，同时也为每一个党员干部树立时效观、增强紧迫感。

这样做，可以为后一代全面富裕的华西村的党员、干部们树立榜样，让他们明白严于律己、克己奉公、艰苦奋斗，是共产党人永远不能丢失的本色。

有人作过不完全的统计，仅吴仁宝一家，在近五年中，光应得的个人效益奖金归还集体的数额至少有二三亿元之多！凭吴仁宝的能力和知名度，他完全可以率先富起来，吴家可以率先成为富豪。吴仁宝也完全可以将自己祖孙三代整个家族迁移到深圳、上海或"漂洋过海"，但吴家人至今一直全部留在村里，服务华西。吴仁宝的第三代中也有不少从海外留学回到了华西。

吴仁宝为了告诫党员干部们（包括富裕了的村民）要树立正确的人生观，把自己一句常说的话刻在村头最醒目的地方。"家有黄金数吨，一天也只能吃三顿；豪华房子独占鳌头，一人也只能占一个床位。"这句话如今不仅是村里党员干部们的座右铭，就连普通村民也能熟记熟背。

他要求党员得有"党心""公心"和"良心"。这"党心"就是党的先进性和原则性，就是为人民服务的全心全意。在"为官之道"上，吴仁宝以"办事认真、处事公正、经营廉政、百姓信任"为原则。

他曾经多次说过，"一名共产党员，一定要想通。如果一个人活在世上，有几百万、几千万，甚至几个亿，而另一个人只有几百块、几千块、几万块，但到了最后，都是一样。"他用自己智慧的言行，超越了时间和生命，他的生命永葆常青，他的思想穿越时空，他的预言成为现实，他的论断成为真理，他的话语成为处事箴言，他的那一句句普通之中却透露出深刻哲理的话语，早已成为许许多多人的座右铭。

老百姓富了。可是，吴仁宝却还是那么"穷"。华西村村民的别墅换了几代，大部分村民都居住在四百至五百平方米以上的新一代别墅里。唯独吴仁宝夫妇，在华西村中心的一幢七十年代修建的二层楼中居住了几十年。与村里一排排宽敞明亮的中式别墅、欧陆别墅形成了鲜明对比。木地板已经吱吱声响，老式家具油漆斑驳。老百姓都少则上百万的存款，吴仁宝生前，先后把上级政府批给他的1.5亿元奖金全部留给了集体。

吴仁宝一直倡导并身体力行的节俭。一张老式的木床，被褥都已陈旧，外间两个单人沙发看起来像是上世纪八十年代的样式，扶手上的皮革已经被磨破，茶几上摆放着一部拨号电话机，裸露在外的墙皮几近脱落。

改革开放以来，最大改变就是丰衣足食，华西村村民家家户户餐餐鸡鸭鱼肉摆上桌，吴仁宝每天的简餐就是面条、素菜。吴仁宝说得很实在，"有难官先当，有福民先享。我不搬家，比讲一百句话，开一百个会还有意义。"

凡是到过华西村，或者熟悉老书记的人，都知道他有"三快"：说话快、走路快、做事快。即使到了晚年，他也坚持"只要心脏不停，就要脚步不停、脑子不停、事业不停、为人民服务的思想不停"。吴仁宝就是一个实干家，一个只想着为人民服务的村官。

那一年，吴仁宝去北京录制凤凰卫视《鲁豫有约》节目，一天三顿吃了十五个茶叶蛋。连司机在内五个人，只花了三十六元钱。2007年，他到山西大寨去考察，在虎头山上半天时间，喝了一热水瓶开水，没有上一趟厕所，连一起去的年轻人都快憋不住了。这时，老书记就笑着说："吃得进，憋得住，这才叫基本功！"

村民龚银娣至今仍记得1998年第一次和吴仁宝去北京，"我们三点多就起床赶路了，直到下午路过山东才进了个小饭馆吃碗面条。结果，面条有霉味，豆腐烧焦了，我怎么都吃不下去，只有我们老书记津津有味地吃完了。"华西村党委前副书记程先敏则提起了和吴仁宝去陕西出差的一个细节："吃完饭老书记又往空碗里倒了开水，说这汤有油水。"

赵毛妹和新老书记在一起的时间比较多，她幽默地说，老书记吃茶叶蛋，新书记是吃大白菜，一代胜一代。毛妹说起了她想看猴子的故事。

那年农业部乡镇企业家协会在四川成都开会，开会时听说峨眉山有猴子，毛妹想去看。当地朋友开了车子送她去峨眉山看猴子，老书记不同意，说到一到就好了。结果到了那里，什么也没有看见，就峨眉山脚下站了一会儿就走了。地方上的朋友也没有弄明白，住也不住，看也不看，就走了。

从二十世纪七十年代起，吴仁宝就给自己立下了"三不"规矩：一是不拿全村最高工资，二是不住全村最好房子，三是不拿全村最高奖金。后来又改成了彻底的"新三不"：不拿工资、不拿奖金、不到厂长和农民家里去吃饭，把自己所有的奖金全部留在了村里。

吴仁宝自己从不过生日，却乐意为村民过生日。不顾自己年事已高，带着村艺术团的演员们，敲锣打鼓地走在前面，村党委成员挑着寿面，捧着鲜花紧随其后，为周边村的百岁老人祝寿、发老年奖是常有的事。为别人庆贺，这是他最乐意的事。

在华西村，一辆天津大邱庄禹作敏赠送的老式豪华轿车陈列在党员陈列室内。天津大邱庄与江苏华西村曾被视为八十年代集体经济致富的两个样板。上世纪八十年代初，看到前来参观的吴仁宝等人开的小面包车后，禹作敏大笑，然后豪爽地把这辆豪华小汽车送给吴仁宝。请示江阴县委后，吴仁宝收下了礼物。临别之际，吴仁宝提醒禹"要摆正自己的位置"。但独断专行的禹此刻已听不下任何劝诫。1993年，禹因窝藏罪、妨碍公务罪被抓，最后病死狱中。

吴仁宝一生简朴，不论当多大的官，都不会改变他的勤俭习惯。在江阴县委书记任上，他对政府工作人员的要求是："外出吃饭，有啥吃啥，简便实惠，钱粮付清，不揩众人头上油。"他更是身体力行。

江阴市档案馆收藏着一本记录当年吴仁宝担任江阴县委书记时期下乡工作时用餐情况的账本，这本泛黄的账本成为最好的历史见证。

1975年4月到1981年4月吴仁宝担任江阴县委书记，他还不是脱产干部，还是华西村的书记，按华西的工分"靠工"，平时身上没什么现金。吴仁宝到乡村检查指导工作，所有支出由秘书李德和垫付、记账。李德和用练习簿改成的账本，整整为吴仁宝记了五年多的账。

账本上面密密麻麻写着时间、地点、钞票、粮票，还贴着住宿的发票等。

这一历史记录，记下了吴仁宝下乡一是"勤"。仅1975年5月10

日至28日，账本记录如下，十九天里跑了五个公社和一个企业。李德和回忆说："我记得26日上午他到璜土公社，检查夏收夏种工作，走到十一大队才吃中饭。石庄、利港两个公社不通公路，我们边走边看，26日步行到石庄，28日又步行到利港，遇到田头有农民就了解情况。"

另一是"简"，账本上记的用餐情况，单调乏味的数字，看不出有什么花样。"月城用餐，2角5分，半斤粮票""五一棉纺厂用餐，2角5分，半斤粮票"。当时的2角5分钱吃的大约是两样蔬菜，再搭点小荤罢了。

八十多岁的李德和说，吴仁宝用餐快，且最喜欢吃面条，他还没吃完，老书记已经放下碗要上路了。他还说，"最怕老书记吃面，老书记一吃面，我就要饿肚皮了。"

吴仁宝把百姓冷暖悲欢挂在心头，更用制度紧紧约束班子成员，要求做好表率。1989年8月，华西村党委刚成立，吴仁宝就给自己，给党委一班人制订了规定，要求"四个过硬"：一是思想过硬，就是坚持四项基本原则不动摇，在金钱物质面前不伸手，共同富裕、为人民服务的信念不动摇，扶正驱邪不动摇。二是工作过硬，就是保持发扬"艰苦奋斗、团结奋进、服从分配、实绩到位"的华西精神，尽心尽力，千方百计，努力完成和超额完成党组织交给的各项任务。三是作风过硬，就是建设华西有理想，秉公办事党性强，遇事同群众多商量，困难面前带头上，以身作则做榜样。四是廉洁过硬，就是坚持"六个不准"。即不准假公济私，中饱私囊；不准以任何借口到企业和群众家里吃喝；不准在住房上超过能人的标准；不准在收入上超过有贡献的企业能人；不准搞小圈子，闹无原则纠纷；不准占用工作时间开会学习。

华西的党员干部以"三正"（办事认真、处事公正、经营廉政）、"三平"（政策水平、技术水平、管理水平）、"三守"（守法、守约、守信誉）、"三不倒"（难不倒、夸不倒、吓不倒）为行为规范，赢得了村民的信任和支持。吴仁宝在党风廉政上更是率先垂范，严于律己。

"大家都觉得我吴仁宝了不起，但我自己觉得并没有什么了不起，因为我吴仁宝还有缺点。现在，社会进步了，你们都会讲外语了，我连普通话都不会讲，还要请翻译，你看我水平低不低啊？"吴仁宝是这样评价自己。他还反讽自己："在华西，我认为有一个最大的不好，就是我对子女都不爱护，如果爱护了，他们就统统搞个体，我也搞个体，就没有人来议论我了，我还可以派头大点了。"

一个严于律己的表率，要别人做到的自己先做到；一个谦谦君子，永远看到的是自己的不足。

刘济民感慨，老书记吴仁宝是全村的当家人，他不是当官享受，而是当家受累。为了全体村民过上富裕幸福、有足够体面和尊严的好日子，为了兑现他五十年前的承诺，他一辈子舍命奉献，拼命工作，耗尽了自己一生的精力和智慧，硬是累病了，累倒了，累死了！

刘济民说："像吴仁宝那样的大明白人，他还不懂得生命的宝贵、健康的重要吗？像华西村那样的生活环境和医疗条件，他至少还应该再有十多年的寿命。正因为更懂得生命的可贵，生命的价值，他把自己全部的生命投入到他所担当的崇高事业和神圣使命中去了。他对自己生命的珍惜，就是加时加倍工作，就是拼着老命为村民做事。别人是与时俱进，他是超时奋进。他把一天当两天用，他是真正的奋力奔跑在时间前面的人。"刘济民认为，吴仁宝老书记是敢于担当、善于担当的优秀的中国共产党党员。

5. 挫折中坚持

人生充满荆棘，挫折时时不断，也时时在考验人。挫折这个词，我们可能都不愿去面对，但我们终究不能逃避。面对人生挫折，有的人选择投降，有的人选择逃避，但也有人选择奋进。林肯曾经说过："我们关心的，不是你是否失败了，而是你对失败能否无怨。"

面对失败，让人在乎的不是你的失败，而是遭遇挫折时你的人生态度。吴仁宝的人生态度是以四句话警醒自己："骂我不生气，夸奖不足喜，挫折不泄气，我要为党为国争口气！"

吴协东是吴仁宝的长子，一直跟随着父亲，吴仁宝是书记，他就是副书记。长年观察父亲，他说，最佩服父亲两点，"我父亲有自己的思想，方法也很多，他不会同人顶撞，也不同人斗争；二是从来不消极，他三次大挫折，但从来没有消极。"

其实，吴仁宝人生受挫起伏多变。五十年代，吴仁宝经历了第一次从上而下的变动，从乡官变成村官；六十年代，他成了"小走资派"，被拉上台批斗、"靠边站"五个月之久；七十年代，有人告状告到中纪委，说华西大队是假典型，由江苏省委和苏州地委组成的调查组进驻调查，一时间舆论纷起，大有吴仁宝非倒不可的架势；1980年5月，作为江阴县委书记的吴仁宝，居然在县直机关党代会代表选举中落选；九十年代，在改革开放中功成名就，连续当选六、七、八届全国人大代表的吴仁宝，在选举第九届全国人大代表时以71票之差落选，一时间，各种说法都有。经历人生多次挫折的吴仁宝，心平如镜，一如既往地带着华西人，埋头干自己的事业。

一次又一次的挫折，最终却是让吴仁宝在华西村书记的位置上不断换来成功的喜悦。坎坷磨炼了意志，成就他的人生更加丰富多彩，也让他携手华西村村民走共同富裕的理想一步步实现。贝多芬说："卓越的人一大优点是：在不利与艰难的遭遇里百折不挠。"

早在担任华西大队书记之前，吴仁宝是可以成为乡干部的，而且前程似锦。1954年，吴仁宝就被选择担任华士瓠岱乡人民政府财粮委员。"当时竞选要演讲，一天一夜，土地怎么用，粮食怎么种。"吴仁宝对此仍记忆犹新，"后来选上了，半脱产的工资是每月17元5角，全脱产后涨到了33元。"

这是一个以国家干部的身份进入了政府序列的职务，一份很好的工作。只是，很快他便遭遇了第一次人生大挫折。1957年下半年，全国经济困难，精兵简政下放干部，吴仁宝被选中，不幸"下岗"了。

干部当不上，吴仁宝回农村。堂弟吴仁彪听说后，还专门跑来想安慰吴仁宝。一进门就遇到正在填猪圈的吴仁宝，堂弟看不到他有什么悲观情绪，"他告诉我，回来种地总不至于饿死，我本来就是种地的"。那时还年轻，即使当过干部吴仁宝仍不忘初心。

可能就是天意，由此奠定了吴仁宝扎根农村基层的基础。以后他担任了华西村书记，一干就是五十多年。

"文革"年代，出名暴富可是大麻烦。有人拿"用生产压革命"的"帽子"来压吴仁宝，他却用毛主席"抓革命，促生产"的话给顶回去；有人死咬不放，说华西村是"假典型"，把吴仁宝告上中央。结果中央派人一看，反倒很欣赏吴仁宝，又把华西树成一面红旗。

上世纪七十年代中，撑起这面红旗的吴仁宝被选任专职县委书记兼华西村支书。之后的五年零一个月里，吴仁宝以华西村的实干经验抓全县工作，在邓小平复出后向全党提出的"全面整顿"的精神影响下，上任县委书记的第一年就提出要把江阴"一年建成大寨县"，并用他特有的形象语言把几项奋斗目标编成一首诗："七十万亩田成方，六万山地换新装，五业发展六畜旺，社会人人喜洋洋。"

不过，在县委第一次机关干部大会上，吴仁宝被县机关干部庞大的队伍吓了一跳，礼堂坐满了，人数竟超过了华西村全大队一半的劳力！吴仁宝郑重提出，要缩减臃肿的机构，减少"衙门"人员。

精减改革方案很快出台，原则很明确：机关干部实行"三三制"：三分之一留在机关办公，三分之一下基层，三分之一搞调查研究。发挥每个人的作用，大家都要有事情干。

吴仁宝还编了顺口溜：

办公大楼少蹲人，背着铺盖下基层。
同甘共苦在农村，没有要事不回城。

快刀斩乱麻的吴仁宝式改革，让整个机关炸了锅。当然，许多机关干部一到基层，既体察了民情，又解决了不少农村中的实际问题，还在艰苦环境中得到了锻炼。但也有部分被并掉撤掉的部门头头和那些在"三三制"里"下放"的干部始终想不通，背地里骂吴仁宝的自然不会少。

紧接着，吴仁宝又再出手第二次改革，一声令下把江阴县所有公社的农具厂和九个棉织社下放，划归公社管理。

吴仁宝的考虑是战略性的：江阴县的工业经济当时并不景气，"大锅饭"制度使得企业被统得过死，没有活力。把县属企业下放，到市场中接受考验，农村也因此会有受益，长远来说，可以为今后发展社队工业打下基础。

这一大局措施，却又是一个得罪人的主张，县办工厂下放成为社办工厂，铁饭碗成了泥饭碗，还少了福利劳保。尽管后来农村大力发展乡镇企业，改革开放的政策又给工厂许多优惠，企业面对市场增加了活力，职工工资、奖金和福利待遇得到改善及保障，甚至都超过了县办企业，但很长一段时间里，吴仁宝得罪了不少人。

1980年5月15—16日，江阴县县直机关召开党员大会，选举出席中共江阴县第五届代表大会的代表。恰巧正式选举中，江苏省委农工部来人调查了解农业生产情况，吴仁宝陪他们下乡去了，不在场，他的代表名额"差三票"落选了。

选举落选还有一个原因，随着"文革"结束，陈永贵为代表的一批农民典型和大寨旗帜纷纷失色，保持了多年先进的吴仁宝这位老典型似乎让个别喜欢捞政治稻草的人看到了机会。于是黑信、黑整材料满天飞，说"华西是假典型"。华西假了，吴仁宝还能真吗？以扰乱视听的手法，打击吴仁宝，令不明真相者信以为真。

落选并不是末日，谣言打击不了吴仁宝，他很清楚改革会触犯到某些人的利益，但他始终觉得自己出于公心，出于对党和群众利益负责，问心无愧。他谢绝了继续当官的机会，仍然打道回府，回到本属于他的华西村当村书记。吴仁宝自己说，我"小书记不放，大书记不做"。

改革，一定会触碰到一些落后者的利益。上世纪九十年代前期，为了响应扶贫号召，吴仁宝选择在黑龙江和宁夏各援建了一个"省外华西村"，也招来了某些地方主义的诟病。江苏的一些落后地区对华西对黑龙江援外，不对江苏"安内"颇有微词，也影响到吴仁宝选举中的选票。

改革也好，共同富裕也罢，无可避免触及一些既得利益者的痛处，然吴仁宝也绝不会以自己的理想、信念做交易。

江苏省人大选举九届全国人大代表时落选，和他在外省贫困地区支持建立了多个"华西村"而得罪了本省某些地区的本位主义干部有关。吴仁宝淡然置之，反倒想，可以有更多精力奉献华西村百姓。

每一次的落选和批判，都是挫折。或许对某些干部而言，这样的打击实在是又丢"帽子"、又丢"面子"，会满是委屈。但吴仁宝却并不以为意。他从来就不是一个把官位看得很重的人，在他看来，官职的升降水到渠成、自然而然，高职位不一定就能有好作为，低职位不一定就干不了大事。

历经挫折，吴仁宝的情绪没有受影响，他总结说，"要能上能下，能官能民。从全票当选到缺票落选，我都经历过，但都没有挫伤我的积极性。"

在华西经济发展过程中，吴仁宝受的挫折、委屈更多，经常要看人脸色，但他始终记得鲁迅所言："我觉得坦途在前，人又何必因为一点小障碍而不走路呢？"

1985年的夏天，吴仁宝密切观察市场，感觉新一轮建设高潮在即，铜铝材必火，想赶紧建成一家铜铝材厂。但这种厂技术工艺复杂，吴仁宝本想去苏南一家铜铝材厂参观考察谈合作，没想到吃了闭门羹，人家连车间门都不让进。

拒绝难不倒吴仁宝，他打听到上海铜厂党委副书记张金龙是江阴老乡。这家厂技术先进、设备充足，吴仁宝便下定决心要攀"高亲"。当时，拉着上海铜厂搞联营的好几家，甚至包括张金龙的本村老家。吴仁宝赶紧定厂址、修厂房，真心诚意求合作。结果张金龙考察一圈发现，其他地方啥都没有，而华西村只等进设备开工了，最终将这笔大投资敲定。

厂子一建成，华西出产的铜铝材板质量上乘，却因为没知名度，加上人们对乡镇企业产品不放心，市场意外地不买账。吴仁宝看准难点，挨个攻克。他先是拿到中国有色金属总公司的质量认证，给客户吃下"定心丸"；接着，又带销售人员四处推销，与客户"约法三章"：保证交货时间，质量不满意包退，价格比同类产品低2%～3%。好东西经得起比较，大客户们发现华西铜铝材板价格便宜质量好，数百吨的供货合同接踵而至，很快闯出了名堂。

办了这么多厂，吴仁宝深知市场竞争的残酷性。但他坚信，市场不相信眼泪，只相信质量和诚意。以前华西村村民笨嘴拙舌搞推销，人家一听就觉得，要么是伪劣产品，要么是江湖骗子。在吴仁宝看来，农民要想赢市场，只有用质量开道、用诚信叩门，才能杀出条血路。

人生路上，绊倒、跌倒是常有的事，我们不能因为摔过跤而不敢奔跑，不能因为风雨诅咒生活，不能因为迷了路而忽视了自然风光。只有一步步克服挫折、享受挫折，才能找到生活里的彩虹，享受成长过程中的每一道精彩。吴仁宝说："面对挫折，我始终坚持一条：实事求是。当年回乡，是实事求是做出的选择，后来被罢官，是因为环境不允许我实事求是。反之，我因为实事求是的真典型而幸免于难；而八十年代离城回乡，对村里既熟悉情况又有感情。九十年代的落选虽然有些意外，但我也能实事求是地看待这一结果。"

在挫折面前不气馁，反而成为积极向上的动力，吴仁宝的人生观就是不消极、正能量。面对挫折越战越勇，这是吴仁宝的人生价值。他总结自己一生："我这六十年，总结起来就是，五十年代'听'，听话；六十年代'顶'，暗顶；七十年代'拼'，拼命干；八十年代'醒'，如梦初醒；九十年代'警'，警惕骄傲；二十一世纪'新'，不断创新。"

第四章　吴仁宝的改革创新观

一个好的经济实体之所以能发展，在于它有一个好的经营机制，有其内在的发展动力和生长条件，从而使经济机制充满活力。

——吴仁宝

1. 领先一步

站在同样的起跑线上，吴仁宝起得比人早，睡得比人晚，在很多节点上，他都能够走在时间前面，领先一步。说是笨鸟先飞，实际上是时刻抱着"领先一步"的信念，坚持比别人走前一步，多走一步，付出更多、收获更早。

创新思维，走在前头，这是吴仁宝携手华西民众不断刷新华西的基本思考。早晚要走这一步，为什么要到非走不可的时候才迈开双腿呢？前景在等待中迷茫，机遇在彷徨中丧失。先行一步，就是走在时间的前面，往往就这一步，领先了。

华西的成功，很大程度上就是在中国农村发展的设计中，吴仁宝总能先行一步。先行一步使华西有了时间上的优势，有了创新的原动力。先行一步是华西发展的特色，也是华西改革创新的方式。

吴仁宝是"华西方式"的创建者、引领者。吴仁宝以他的思维和行动演绎了"一招领先，招招领先，一步落后，步步落后"的华西动力。吴仁宝说："要说我的提高，我就是学习取得的，听中央的政策，照方针政策办，因为这个新闻里都有了。邓小平南方谈话我看到了，马上连夜开会学习落实，所以那时候我大发展。最后他们夸奖我说：吴仁宝开个会，赚到一亿钞票了。"

"等"还是"抢"，一字之差，却是别样的结果。

1992年1月，改革开放已经十多年，但农村基层干部出国的机会还不多，有眼光的吴仁宝已经时不时把眼光瞄准国际市场，经常找机会让华西村主要管理人员出国考察。这一年，时任村党委副书记的吴协东，受吴仁宝所托，到香港地区看看。虽然，吴协东已经去过新加坡、泰国、马来西亚，却还是第一次来到中国香港地区。

这一走香港，遇到了十一件第一次的新鲜事，还带回重要的信息，让吴仁宝抢先一步，抓住了华西发展的重要机遇。

踏上香港的土地，让吴协东震撼的是被称为世界石头森林的香港，第一次看到那么多矗立云霄的高楼大厦；七个人去参加香港同乡会周年庆晚宴，第一次参与了吃饭还带抽奖的活动，有人抽到四喇叭收录机，有人抽到高压锅，兴奋至极；他们第一次来到了香港跑马场，国内叫赌博；第一次到二十六楼旋转餐厅吃自助餐，食物琳琅满目，从没见过如此之丰富；第一次到鲤鱼门去吃海鲜，亲眼看见了大龙虾、石斑鱼等生猛海鲜；在香港，看到请客吃饭的大老板将剩菜打包带回家；第一次看到洋酒；席间，到香港的访客有人兴奋到晕了过去，不到三分钟，担架救护队就来了，第一次感受到香港的社会服务的质量和效率。

还有几个第一次，如第一次遇到飞机飞到南昌上空返回到广州，找了熟人，在将军家里吃饭，还第一次吃整条的海参；第一次看到把燕窝装在橙子里品味。当时，这些在香港以及中国南方城市都不算什么，对华西人来说可是开眼界的新鲜事。

最新鲜的是，吴协东带回来一条重要的信息。1月18日，吴协东到达香港的第一天，他在香港电视上看到了一条新闻，邓小平发表南方谈话，提到三个"一点"，要求"胆子再大一点，步子再快一点，思想再解放一点"，为中国的改革开放定调。香港媒体连篇累牍发出报道，资本市场牛气冲天，吴协东在香港数日期间，恒生指数连续上涨。

邓小平南行，又称九二南巡，其讲话称为"南方谈话"。那是

1992年1月18日至2月21日期间，邓小平在中国南方的深圳、珠海、广州、上海等地所做的巡视以及讲话，重申与改革开放相关的邓小平理论，并期许广东能按其"生产力为基础的发展观"发展经济，并在二十年内追上亚洲四小龙。

华西人很敏锐。1月20日，吴协东回到华西，立即将此一信息报告父亲吴仁宝。那天已经凌晨一点，吴协东上床睡觉了。吴仁宝做出决定，当晚就把党委的同志都召集起来。吴协东记得，会议在南院宾馆403会议室召开。吴仁宝从吴协东带来的信息中，以及媒体的报道和新闻中看到了端倪，敏锐察觉到中国改革开放的另一次发展机会来了，要求千方百计进足原材料，迎接中国新的发展机遇。当时吴协东任铝型材厂厂长，华西可支配的资金并不多，要进原材料，就要筹备资金。

第二天，吴仁宝就带着吴协东进城找市领导。爷俩来到江阴市政府，找到时任市长吴新雄。吴新雄曾历任江阴的副县长、常委、副县（市）长、市委副书记、市长，无锡的副市长、市长，后来一直官至江西省委常委、南昌市委书记、江西省委副书记、省长，国家发改委副主任，国家能源局局长。

吴协东清楚记得，吴仁宝开口向市长借钱，一开口就要百万人民币。以后又陆续借款2000多万元，吸收个人资金入股400多万元，加上自有流动资金，一下子购进近万吨钢坯、1000吨铝锭、700吨电解铜等原材料。到当年3月11日，中央从上到下传达邓小平南方谈话，新一轮经济热潮展开，全国沸腾。此时，华西早已万事皆备，独缺东风。原来未雨绸缪购买的原材料在市场上不断上涨，短期内从原来三千多人民币一吨，上涨到一万多元一吨，涨了三倍还多。

媒体都在传诵着华西村一夜发财的故事，却没有去细想，这类故事却是吴仁宝数十年积累的经验总结。是一种洞察力，一种敏感度让他预知必须在"等"和"抢"之间做出选择，做抢先一步的先行者。

"要考虑经济，考虑市场，就能想到点子上。所以现在讲，要有创新，要有预见，想到哪里做到哪里，这是不行的。"吴仁宝是这么说，他也是这么做的。预见，让他始终可以走在时间前面。

从 1964 年至 1972 年，吴仁宝第一次制订的《十五年规划》就提前七年实现。到了 1976 年，当时的华西大队工副业达 28.2 万元，已占全年总收入的 54.4%，集体积累（合资产）已经有 60 万元，"做煞大队"变成远近闻名的幸福村。这就是超前，走快一步的果实。

1988 年，在大多数农村还在以粮为纲的年代，华西工农业两手抓，总产值突破一亿元，迈上了亿元村的台阶。在乡镇企业发展上又领先一步。

吴仁宝说，以前我们一直抓农业，而且我们华西的农业搞得很好，可以说江阴、江苏都公认我们的农业搞得好，但农业虽好，农民还是只能温饱，那怎么办，我们后来就办了一个工厂。"为什么要办工厂，因为当时来说，搞工业是资本主义，我不怕资本主义，我就怕没有主义，只要是为人民的主义，我看就是好主义，所以我们就办了一个五金厂。"

这个工厂对外保密，如果有领导来，吴仁宝就把工人叫到外面去搞农业，去扦草皮，积河泥，搞得轰轰烈烈，领导看了非常满意。领导走了，再把工人叫回来，回来以后耽误的时间要加班加点补回来。那时候，华西的工人一天要做十五个小时，他们还很高兴，为什么？因为种田比工厂还要苦，"所以我们偷偷摸摸办了第一个厂"。

在偷偷摸摸中，吴仁宝和华西村先走一步，不仅积累了致富的经验，也积累了财富。在江苏省乡镇企业的大发展中，华西村以村级集体走在乡镇企业发展的前列。吴仁宝说，"后来上面也同意可以办厂，我们基础已经打好了，所以说华西的发展，六十年代是打基础，七十年代是小发展，八十年代是中发展，九十年代是大发展，到新世纪是快发展，发展到现在我们已经超过了五百多个亿了，我们的效益超过了三十多个亿。"

吴仁宝看得很清楚，改革开放就是为了发展，发家致富也要靠发展，关键是在发展。但发展"要同我们的中央方针政策，结合我们华西的实际，同时还要把国外一些先进的经验也要学回来，把这些都结合起来，才使我们的发展健康长寿。这实际上就是实事求是创新发展的过程"。

办小五金加工厂是吴仁宝农业转工业吃的第一只螃蟹，为华西村工业发展养的第一只金蛋。1969年，村里决定创办为农业服务的小五金加工厂。一开始吴仁宝心里也没谱，但是通过走南闯北，实地调查，搜集市场信息，终于找到了国营工厂不生产，市场又大有需求的丝攻和板牙两种产品。

从无锡请来有资历的老师傅，购置设备，没有的自己加工，又派一帮人出去学习。有了老师傅的指导，1969年，五金工厂的机器终于开工了。华西五金厂从1969年创办到1978年改革开放前，实现了总产值296.35万元，利润135.03万元，华西人均年分配也从130元上升到了220元，为华西积累了第一批财富。

当时，吴仁宝在大会上刚一提出要办工厂，就有人说了："这个可行不通，办工厂要是让上面知道了，不得了啊，要被批判的。"

吴仁宝狡黠地笑笑说："为啥要让上面知道？上面不允许办工厂，眼下可能是对的，主要是怕误了农业。但我们华西的农业早已超过别人，况且我们的劳动力还有多余的。为啥就不能因'队'制宜呢？办事不能一刀切！我们悄悄地干我们的。"

一直以来，对当时的政策，吴仁宝自有理念，他说："第一，上面领导讲了，不管哪个领导讲的，你都要听的，你这个同志组织观念非常强，很'听话'；第二，你出去学习人家的经验，人家都是好经验，你统统都要学习，你这个同志是非常谦虚的，应该要表扬。但我的看法，这个人，办不出大事的。为什么这样讲？他自己一点都没有主见。如果一个人没有主见，没有自己的思考，他当干部是做不好的，也做不长的，而且是没有用的。因此，不要看有的人、有些人不听话，但可能他是对的。我也经过这个考验，所以有人说我吴仁宝不听话。"

依当时的政治评判，这样办工厂是"资本主义尾巴"。一位来自黑龙江双鸭山的老村支书看到这个五金厂的故事时大为震惊。他说："那时是割资本主义尾巴的时候，以粮为纲。这可不是假的啊！七十年代黑龙江就有个马荣祥，也是村支书，搞'地下工厂'。结果被枪毙了，罪名就是走资本主义道路。"

但正是这条暗藏的"资本主义尾巴"，让华西村"敢为天下先"，为华西带来了效益，也悄悄走出了农村经济向工业迈进的第一步。直到1979年元旦，五金厂才正式登记注册，有了自己的"户口"。

也就是当华西村的这个地下小五金厂终于公开的时候，关于五金厂的那些躲躲藏藏的趣事才被人们知晓。

事实上，这条"资本主义的尾巴"和现时的私有发展还是有区别的，吴仁宝是以集体为单位，依然是为公，不为自己一己私利，集体经济，村民共同享有的原则没变。追求很简单，仅靠农业，农村无法致富。吴仁宝是以农业以外的方式，让华西村富起来。吴仁宝说，"社会主义要发展生产力，种田只能温饱，那么你要富，要有盈余的钱，就要搞副业。单一的农业，很难使农民真正富裕起来，只有走农村工业化道路，才会有出路。"闯出一条路，有效益才是王道。

到改革开放前的1978年，华西的工业产值已达到六十九万元，银行存款一百多万元。这在一包烟两毛钱的年代简直富得流油。

吴仁宝一盘算，这条路走得很好，要继续盖厂兴业。

此时，十一届三中全会精神下来，全国农村要搞"包产到户"。中央精神一下，全国农村土地承包如火如荼。吴仁宝却不忙，带人先在河北、河南考察一圈，最后决定不分地，还交代一句："领会中央政策，闷声发大财。"

出门考察还有了意外收获，吴仁宝要建个做农药喷雾器的药械厂。

想法一出，马上有人反对。当时有句话："包产到人，农机关门。"农具、农机行业都不景气，还上药械厂？吴仁宝经过实地考察，看到市场实质。农村集体种地，打药治虫由集体承担，喷雾器共享，十多个够用了。如今个体种地，家家户户要买农具喷药，一个巨大市场正在形成！

不过，市场上农具农机冷销，为什么呢？吴仁宝在考察中发现，农民刚分到土地，没钱添置农具农机，大都靠暂借农具维持着。等过两年农民富起来，加上原有农机具损耗更新，整个行业才会爆发。一席话说得众人心服口服。

1983年1月，华西药械厂诞生。由于市场时机抓得准，两年共赚了400多万元。

华西有一个头脑灵活、目光敏锐且思想超前的吴仁宝，他具有党的基层干部的政治觉悟，也是一位熟悉市场企业家，更是满脑子哲学思维的思想家。华西从一个原本普通的农村变成了现代化的"天下第一村"，这与他始终带领村民坚持集体经济，在改革开放年代大力发展工业分不开。

实践中，吴仁宝带领村民创办了一个又一个企业，也积累了独具特色的企业经营"三字经"。例如：企业要快速发展的"三好"条件——好项目、好产品、好经营人才；科技兴企"三部曲"——科技出新品、管理增效益、质量占市场；产品要"三真"——说真话、售真货、定真价；企业健康长寿的"三产"——有效生产、安全生产、文明生产。在这些观念的指引下，华西的企业实现了有盈利、无污染、快发展。

党的十一届三中全会以后，华西村的路越走越宽了。村里采取"母鸡下蛋"的办法，先后办起了以冶金、纺织、有色金属为主的几十个工厂，全村95％以上的劳力投入了工业生产，但也没有耽误副业。通过专业承包，形成了千头猪、千头羊和万只禽的养殖规模。工副业的崛起，为农业的发展铺平了路，促进了农业的专业化、机械化和社会化，粮食亩产连年超一吨。

一年比一年快速的发展，与吴仁宝的产业布局有关。创新、创先，吴仁宝不光创办企业，更因地制宜地打造产业链。改革开放后，华西村创办了一个铝板厂。吴仁宝和领导班子成员从市场出发，结合村里的实际情况，探索集体经营企业的独特方式。将关联紧密度高的生产项目结合起来，创造出"链式经营"的发展模式。

把铝板生产链向外延伸，创办了铝材厂，生产各种规格的铝材、铝合金制品，形成铝制品产业链。再往后，发展到几个工厂，进一步扩展至炼钢项目，成立了华西钢铁厂。钢铁冶炼会产生热量，于是，热电厂联结出来，回收利用排出的热能，再回归供应钢铁厂。形成链接滚动发展，反复循环的产业系统。企业数量不断增加，产品不断深化，产值攀升，以冶金为主的华西第一大产业链形成。

纺织产业是华西村第二大产业群。华西村 1989 年创办毛纺厂，几年后又接连开发建成了羊毛衫、毛料、精纺面料、毛料西服等生产线。之后的 2003 年，投入数亿元，新上了三十万吨差别化纤维、十万吨棉纱锭等一大批经过技术改造后的延伸项目。二十多年后，有规模的毛纺厂、棉纺厂、洗毛厂、袜厂、毛巾厂等十多家纺织企业在华西茁壮成长，具竞争力的华西纺织产业链形成。

从工业到服务业，从第二产业走向第三产业，吴仁宝大约用了二十年的时间，催化了一个服务新产业。华西村致富，经济不断发展壮大，打响品牌。慕名而至学习参观的客人来自四方，越来越多。一方面华西创建旅游服务业，有市场头脑的吴仁宝又相继建设了八十多个饶有创意的景点，吸引更多的参访及游客。可观赏的景点增加，来华西旅游的客人不断增加。2006 年，赴华西学习、参观、旅游的人数达一百多万，2007 年，华西村接待游客近二百万人，当年的旅游产业实现收入一个亿。

农业、工业再到服务业，华西村顺时务实转型路，一个村级单位一、二、三产业共创盛举，在全国农村领先。凭着敏锐的判断，吴仁宝带领华西转型，在服务业领域打造了旅游、金融、海运等制高点，形成了多元化的产业结构。吴仁宝带领华西人走过了"七十年代造田""八十年代造厂""九十年代造城"的三次征程。

而每一次，吴仁宝都能携手华西走在时代之前，快一步，领先一步！

2. 改革创新

中国改革开放是以让一部分人先富起来为先导，达致中国社会的大发展。吴仁宝携手华西村村民，是以华西整体先行一步走上共同富裕的道路。纵然领先一步，也是以改革创新为方向，吴仁宝始终珍惜他所走的每一步。自当上华西村的掌舵人，吴仁宝谨记的是：不忘初心，方得始终。集体主义、共同富裕不仅是他满怀的初衷，也是他追求的最后归途。这一步他由始至终坚持不懈。

吴仁宝要集中力量办的大事就是"共同富裕"，因为私有制做不到。这是吴仁宝发展社会主义新农村的人生信条，只要走出了这认准的一步，他始终坚持，不会从头来过。

但每走一步，吴仁宝集体主义的坚持，始终在不断遭到考验。上世纪七十年代末、八十年代初，中国结束了"文化大革命"，邓小平开启了经济发展的新局，拉开了浩浩荡荡的改革开放大幕。顺应改革开放，市场经济的魅力是向私有制敞开心扉，却对吴仁宝坚持的集体经济形成了冲击。顺应潮流则要走回头路，不顺应潮流会被认为保守、抵制新事物。华西发展处在两难境地。

吴仁宝支持改革，他及华西就是一路改革创新的受益者。他说："改革是大势所趋，只有拥护改革，支持改革，只有做改革的实践者、维护者，最终才是改革的受益者。"

吴仁宝也清楚知道，改革的核心是创新，是以现有的思维模式提出有别于常规或常人思路的见解为导向，利用现有的知识和物质，在特定的环境中，去改进或创造新的事物、方法、元素、路径、环境，并能获得一定有益效果的行为。所以吴仁宝说："我们农村的干部、企业家要'三创'，创什么？创新、创优、创效。我们叫创业，一般通常讲三创，但是优也好，新也好，最后还是要有效益，一定要有经济效益，这个才叫'新'、才叫'优'。如果你的创业，失败了，资不抵债了，没有效益了，这个归根到底不是我们的目的。"

在改革和创新发展中，吴仁宝自有他的理论，自有他的辩证法，自有他可以立命安身的方法。

1980年，全国推行家庭联产承包责任制。农户以家庭为单位向集体组织承包土地等生产资料和生产任务。这是中国推行农村改革的一项重要措施，是农村土地制度的重要转折，至今仍是中国农村的一项基本经济制度。

在跨越三十年的土地集体耕作之后，分田到户、包产到户，农民重新获得了种地的自由，承包责任制迅速在各地推开。在那些大锅饭严重制约生产力发展的地方，分田到户自然非常必要，农村推行家庭联产承包责任制以后，经营成果与生产者的利益紧密挂钩，吃"大锅饭"的弊病得到克服，在农村产生了一种新的经济动力，农民生产积极性得到充分发挥，农业产量迅速增加。

但当时，走集体经济发展道路的华西村，早就效益显著，村民积极性高涨，华西地少人多，每人也只有半亩地，再怎么分，靠种地过富日子的时代已经过去了。坚持走集体道路并以此产出效益的华西村该怎么办？

中央政策其实很清楚，宜分则分，宜统则统；中央意图呢，也很明白，最终目的是让农民富起来。这些，吴仁宝看得很清楚。那些长年大锅饭严重制约生产力发展的地方，分田到户自然必要；而华西村人多地少，集体经济已经十分壮大，农民的日子一天比一天好，再分就是走回头路了！

吴仁宝经过深思熟虑后做出了回答："分?！当然分有分的好处。可分与不分仅仅是个形式。中央政策的意图很清楚，分田到户为主要改革内容的承包责任制的最终目的，是让中国的农民富裕起来。这就是，选择什么样的道路并不重要，根本的一条，就是看我们共产党领导下的农民们能不能过上富裕日子。我们华西村的集体经济已经发展得相当好了，农民们都开始过好日子了，为什么一定要分呢？因此华西村的头等任务是要大力解放生产力，让大伙儿的生活更加富裕、全面富裕！这也是社会主义，是社会主义的根本目标！"

华西村提出两句话：集体重工抓粮，个体修补种养经商。把全村800亩粮田由30名种田能手承包，绝大多数劳力转移到工业上，副业上通过专业承包，形成猪、羊、禽的养殖规模，达到农副工全面兴旺。在全国农村全面分田到户之际，华西村仍坚持集体方向，加大集体力量发展农业、副业，提升工业发展，显示出特有的制度创新优势。

吴仁宝不分田，依然走在集体发展的道路上，引来了不少社会的议论，也引起领导的关心。时任全国人大常委会副主任彭冲，曾任江苏省领导时就关心华西村，关心吴仁宝。听说吴仁宝"不分田"，有些担心，他让去北京开会的赵毛妹带来口信给吴仁宝，"要注意反映，别被人上纲上线"。

吴仁宝说："华西村当时的头等任务是要更大力度地发展集体经济，让大伙儿的生活共同富裕、更加富裕！"华西村顶着风言冷语，实事求是地按照自己认定的方向前进。

永远对自己选择的道路负责，这是吴仁宝的性格，更是吴仁宝的原则。华西村坚持以雄厚的集体经济为后盾，使这里成为中国第一个"电话村""彩电村""空调村""汽车村""别墅村"，这一方土地上的人成为中国最富裕的农民。

上世纪九十年代的乡镇企业，面临着发展后劲不足，外部环境日趋不利等问题，经历着历史上最为严峻的挑战。"九五"以来，乡镇企业增长势头与"八五"期间相比明显趋缓。1996年乡镇企业经济增长率为21.0%，比上年下降了37%之多；1997年和1998年分别下降到17.4%；1999年增长速度进一步放慢到12.2%。

由此，乡镇企业吸纳农村剩余劳动力的能力明显下降。1997年和1998年连续两年乡镇企业从业人员出现了3%～4%的负增长率，这在乡镇企业的发展历史上尚属首次。乡镇企业的经营状况不容乐观。乡镇企业的亏损问题日益严重，1995—1998年乡镇企业的亏损面始终在7%左右，1999年，乡镇企业亏损企业达到211万个，比1998年增加83万个，亏损面达到10.17%，比上年增加近四个百分点。

当时有人认为乡镇企业服务"三农"的历史使命已经完成，乡企改制、转制和产权投资多元化才是方向。苏南不少乡镇企业酝酿着改制，属于集体所有制的乡镇企业面临拆集体改私有的势头。说的是提升企业的积极性，实际上也就是肢解集体企业、集体经济。华西村办企业又处在了转制、改制的风口浪尖上。

党的十五大后，中央根据当时国家经济发展中整体出现的一些情况，做出了"抓大放小"的战略调整。一时间，上上下下、各条战线立马"忽悠"起一阵针对那些丧失活力和效益乏力的小单位、小企业的"转制风"，在苏南地区更是刮起了将曾有"半壁江山"之称的乡镇企业"全盘转制"的风潮。有关部门要求华西带个头，把企业卖掉。吴仁宝不为所动，坚持发展集体经济是他的梦想和原则。

当时华西也有一些效益并不太好的企业，有人进言吴仁宝：干脆借机把这些企业"放"了算啦！吴仁宝斩钉截铁地说：不！

对吴仁宝来说，华西村数十年积累的资产，每一个企业、每一块砖瓦，都不是他自己的，他个人没有擅自处理全村村民财产的权力。"我们能有的只是责任，是把这些效益差的企业扶植好的责任。"此时，吴仁宝想到更多的是肩负的责任，这份责任，是华西村村民对他的嘱托。

有这份嘱托和责任，吴仁宝秉承十五大精神，在村企业集团范围内开展了一次旨在调整产业结构、狠抓企业效益为目标的"抓大扶小"举措，华西全村工业效益呈现"大向强走、小向优去"的企业又一轮健康发展。

贯彻中央相关改革开放精神，吴仁宝也对华西经济结构及制度做出局部调整，提出可以搞"一村两制"，村民既可以搞集体，也可以搞个体。基于华西村以集体经济为主，但同时也允许村民搞个体经营。但为了防止集体资产的流失，华西村不允许"一家两制，一人两制"。村民可以选择参与集体经济，也可以脱离集体从事私营个体。但吴仁宝为集体经济健康发展买了"保险"，村里做出规定，一家人要么全都参加集体经济，要么全都参加个体经营。从运行机制上保证集体利益不受损，同时也堵住了产生腐败现象的"暗道"，做出对干部和企业最好的爱护和保护措施。

"一村两制"是吴仁宝的创新，套用了香港回归实践"一国两制"概念，虽然这属不同层面，但体现了吴仁宝多种经营、多元发展的开明思想。他说："我们华西提倡'一村两制'，村民既可以搞集体，也可以从事个体。但不允许干部搞'一家两制'。如果搞了'一家两制'，丈夫在集体企业里当领导，妻子在个体饭店里当老板，那么，丈夫企业里来的客人，统统到老婆的饭店里去吃，吃一百付一千，甚至不吃也要付钱，集体的'肥水'就不声不响地流进个人的'田'；父亲在厂里搞供销，儿子却搞个体加工，父亲联系到好的业务，很可能给儿子做，结果是'富了和尚穷了庙'。这不仅仅是集体资产的流失，更重要的是把集体主义思想也流失了。不搞'一家两制',更不搞'一人两制',从运行机制上很好地防止了假公济私行为的发生。华西的'一村两制'体现了华西人对集体经济的坚定信念,同时是坚持走集体经济道路的内在机制。"吴仁宝以制度措施堵塞腐败漏洞,避免集体经济受到侵蚀。

改革开放之际,全国各地基本都是用"分"谋求发展,而华西则坚定地站在"统"的平台上,坚持集体发展、集体创新、集体谋富。有村民说,"如果当时他(吴仁宝)搞转制,那华西村的大多数企业都可以合法地转到他和他的子女的名下,成为他们的私有企业。"这样做,不违法,也没有道德问题。那样的话,吴仁宝家族就会出很多的亿万富翁。不过,华西就不是今天这个样了。

为什么放弃"小家",追求"大家"?因为,吴仁宝始终坚持集体所有、共同富裕的理念。这一步他走出了,绝不回头。他说了:"我们认为,转制的也好,不转的也好,要根据中央精神,结合实际。像我们华西不转,也有我们的好处,也有我们的不足。如果华西转了,很可能会出现千万富翁、亿万富翁,但也可能会出现弱势村民、两手空空。所以,从不足的地方来讲,华西还没有亿万富翁;从好处来说,华西也没有两手空空。我们是共同富了。"

对于乡镇企业转制,华西村没跟着"一刀切",同样的出发点,吴仁宝在华西村也不搞"一刀切"。既坚持他的集体经济发展的主张,也让愿意发展个体经济的有出路。现在华西有个体经济企业196家,村里还建起了私营经济工业园,走出了一条集体经济为主、多种经济成分并存的混合型经济发展的路子。集体个体都发展,目标还是共同富裕。

吴仁宝表示:"中国有个毛病,就是容易搞'一刀切',华西一直是避开切的,其实,要避开切也很容易,自己不要去跟风,不要去想当先进。一味要出风头搞花头的,最终都要跌跟头吃苦头。"

不为当先进,只为共同富裕,吴仁宝自始至终坚持他的理念,才能在改革创新路上不动摇。

在一次中宣部机关举办的群众路线教育活动会上,吴仁宝回首往事侃侃而谈:"如果为了要当先进,一定会去跟风,当年分田到户是先进，我们没有分，人家批评我思想僵化。接着，又要向种田大户集中了，我们没有种田大户，也不先进。后来又一村一品了，我们有五六百个品，还是不先进。如果为了先进而亦步亦趋，那可能就没有今天的华西。"

吴仁宝说："关键不在于当时是不是先进，而是能不能几十年乃至更长期的实事求是，与时俱进。因此，到底是先进还是不先进，主要是看我们是务实性的创新，还是花架子、形象工程、政绩工程式的'创新'，凡是不实事求是的，最后总要一败涂地，只不过是时间长短而已。"

关于"转不转制"是守旧还是创新？吴仁宝自有自己较完整的论述，他表示："还有人不理解我们华西，说华西为什么不转制？实际我们所做的事，都是按照中央的精神去办，我们是听中央的。那么中央精神要考虑到全国性的，要把握全局，不是原来的一刀切。可以根据自己的实际情况考虑怎么干、干什么。比如，中央精神讲分田到户，是宜统则统，宜分则分，那我们华西当时就是'统'，这个就是拥护中央的政策；再比如企业转制，中央精神是坚持两个毫不动摇，一个是坚持巩固和发展公有制经济毫不动摇，一个是坚持鼓励引导非公有制经济发展毫不动摇，那我们坚持发展了公有制经济，这个也是拥护中央的政策。因为我的理解，中央为什么这么提，他讲巩固发展公有制经济，因为中央怕不巩固了，所以要巩固，还要发展。那么还有些人呢，听了一面，他认为转制就是创新。我认为转制不是创新，夏商周秦汉、唐宋元明清，一直以来都搞私有，不存在新，这不叫新，这是我的看法。公有才是新的，但是这个新的也很有难度。为什么说有难度？它弄得不好要吃大锅饭。"

3. 华西城市化

城市化（英语：Urbanization），又称城镇化、都市化。从社会学角度论述，这是一个过程，是指人口向都市聚集、都市规模扩大以及

111

由此引起一系列经济社会变化的过程，其实质是经济结构、社会结构和空间结构的变迁。城市具有集聚效应，且民众生活方便舒适，是社会发展的梦。

城市化是一个过程，是一个国家或地区的人口由农村向城市转移、农村地区逐步演变成城市地区、城市人口不断增长的过程。在此过程中，城市基础设施和公共服务设施不断提高，同时城市文化和城市价值观念成为主体，并不断向农村扩散。也即城市化就是生产力进步所引起的人们的生产方式、生活方式以及价值观念转变的过程。

今日华西，也在向城市化迈进，不同的是，却没见其人口向城市转移，也没有完全放弃农业，但大家都说，在华西生活，一点都不比城里差。

进城，成为一个城市居民、拿一个市民户口是过去大多数中国农民的梦想。不过，华西村的城市化，却与中国改革中的城市化进程相背。华西村还是农村，华西村村民没有城市户口，是吴仁宝让华西村村民不用进城，却享有城市优越，成为华西的"城市居民"。

华西在吴仁宝领导下，走的是内生发展的城市化道路，而不是中国大多数农村走的外生发展的城市化道路。比较而言，华西的路更适合中国的国情特征，它没有给中国日渐庞大的城市增加压力，仅从这一点看，华西村的城市化才是中国发展的方向，才有可持续发展的前景。

上世纪九十年代初期，华西村就已经实现了村民的集中居住、土地的集中耕种、城乡基础设施一体化和公共服务均等化。村民没有离乡离土而实现"就地城镇化"。这种社会主义新农村的概念，或者可以换一种说法，社会主义新"城镇"的概念，具有更大现实意义的是，能让"三农"问题以另外一种方式改观，成为农村转变经济增长方式的新途径。

华西村的经济增长方式一直与时俱进，从纯粹的农业经济到工业经济，再到突出第三产业的多元经济。符合社会进化理论，符合社会发展的形态变化，在中国农村绝无仅有。华西村拥有冶金、纺织、化纤等传统工业，而涵盖了旅游航空、金融能源、物流仓储、海洋工程和观光农业五大领域的第三产业目前已占到华西村产业比重的一半以上。华西还有农业并扩大着，农村的性质还在，老百姓的生活质量与城里人不相上下，甚至超过了城里。

吴仁宝指出，农业的比重越小越好，那反映城市化的程度越来越高。他说，农业在我们华西村占的比重的确小。我认为越小越好，农业比例越大，实际产出的效益越低；农业比例越小，产出越高。华西实际上不是不种地，也有种地的，有办工业的，而且还有商业，还有旅游业，还有建筑业，不是单纯的农业。华西发展了工业，现在还反哺了农业。现在农业产出高，就要搞观光农业。

曾任华西村城市化的道路是吴仁宝的创新，和中国改革开放中大多数发达地区不同，是原地发展农业、工业、服务业，在发展农业的基础上发展工业、服务业又反哺农业。还有一个特点是逆传统的城市化，农民不进城，城里人下乡，相当多的城里人来到华西村。吴仁宝亦工亦农亦商亦政，他更愿意称华西是农村，华西人是农民，中国特色社会主义新农村的农民。不过，这个农村有城市的特质，村民生活得比市民还好！

曾任华西村党委副书记程先敏是华西村的"教授村民"。他放弃大城市来到华西村，从一个市民变为村民传为佳话。三十九岁那年，在大城市西安生活，还是西安交通大学的年轻教授的程先敏，仰慕华西村的富裕，敬仰吴仁宝的睿智，辞别大城市来到"天下第一村"。成为首个到华西村工作的教授，在华西村工业发展创业中找到了发挥才智和本领的平台。

第一年年末，程先敏要回陕西探亲，吴仁宝塞给他三千元人民币，还说了一句："你一个月拿三百块工资是亏的。"这一句关心话，让年轻教授感到温暖，那时华西村一般的干部和企业管理者也就一个月拿一百多元工资。

一年过去了，又到程先敏回家探亲时，会计扛着一只鼓鼓囊囊的麻袋进门对他说："老书记让我把这些给你。"

打开麻袋，里面是一捆捆崭新的十元钞票！整整五万元人民币。改革开放之初的那个年代，对一个月薪三百元人民币的教授来说，这绝对是大数目。而这五万元，即使对大多数中国城里人来说，也是个天文数字。

面对老书记和华西人的一片真情和挚爱，程先敏两眼湿润了，他被生活在这片土地的老书记、华西人感动了。当他再从西安老家回到华西村时，拿出了放在口袋里长达五年之久的全家户口簿，慎重地交到吴仁宝手中。也完成了一个城里人向农村"城市化"过程的完美故事。

这样的事例还有，虽然这在华西人口中不占多数，但至少，吴仁宝的华西城市化，改变了人口向城市单向流动的城市化趋势。显示了吴仁宝的城市化具有的凝聚力。

不仅是产业上与城市发展接近，华西村的村貌也大变样。龙希国际大酒店，七十二层（地下还有两层）高楼拔地而起，328米高矗入云。超五星级酒店，设有豪华汇所、观光平台等，定位为华西旅游新的增长点、华西国际化的新突破口。用途的思考早超出华西农村的范围。

八十年代，华西村建造了上面是商场，下面是村道，总长超千米的"空中长廊"。又建有十七层的华西金塔。这是吴仁宝专门设计的"农村城市化"的物化标识，宗旨是要吸引"让城里人到农村来花钱"。

吴仁宝思考的"华西城市观"很特别，他说："什么是农村城市化，我想来想去，就是要城市人到华西、到这里花钱；城市人到农村来花钱，这就是城市化（城市花）。国外的人也来花钱，这就叫国际化（国际花）。现在，每年有二百多万人到华西参观旅游、考察访问。他们都说'到华西有得看、有得学，看不够、学不够！'他们通过看华西，增长了'三个信心'：一是增长了对党的领导的信心，二是增长了对走中国特色社会主义道路的信心，三是增长了对'三农变三化'（农村标准化、农业多元化、农民知识化）的信心。"

不要小看这样的"城市化"和"国际化"，吴仁宝的这些思想观念是有理有据的，中国改革开放，国际化步伐就是强调请进来和走出去。来的人多了，引进的城市、国际文化，思想观念，也必将带动华西的城市化、国际化发展。

有人称，华西村硕果累累，是"中国农村的希望"，已然成为集体经济的圣地，熠熠生辉，光彩夺目，具有巨大而长久的生命力。这提法其实很确切，以集体经济为主线，致力富裕，目标是全村人过上好日子，进而不断提升，最终让全中国人共同富裕。在中国开了新农村的先河，是前所未有的中国式城市化道路新创造。

综观华西村，吴仁宝的胸怀装着的是整个世界：微缩天安门、万里长城，可谓集中国之大成的锦绣中华；模拟美国白宫、法国凯旋门，可谓聚世界之精华的"世界之窗"。

去华西看看，一条条宽阔的水泥大道通向四面八方，路旁的绿化带中，芳草如茵，在绿树掩映下，一幢幢别墅错落有致。在这些花园式别墅里，内部装潢富丽豪华，村民们家家享有中央空调，数字化电器配套。每幢别墅都自带车库，村里给各家各户都配发了汽车，每户最少一辆，最多三辆，贡献突出者还能分奔驰车。吴仁宝形容携手华西人创造的新华西："远看像林园，近看像公园，细看是农民生活在幸福的乐园。"

每当华灯初上的时候，华西村边上三座金塔上的灯光就照亮了整个华西，整齐排列的别墅群也在灯光闪闪中发出璀璨的光芒。如果乘观光电梯登上金塔的十五楼观光台，便可一览华西村美丽全景！

华西的万米长廊是沟通全村的蜿蜒长廊，如同北京的颐和园长廊。连通到扩建前的华西村每幢别墅，也就是每个村民家庭，村民们即使乘坐汽车多数时间都不是在露天行驶，而是行驶在一条大型走廊中，同时这长廊还起了围墙的作用。这样的建筑，在城里也应该是一绝。这万米长廊除了外围可以供几辆汽车并排行驶的大型走廊外，在华西村村民所居住的别墅区内，也有密布如网的走廊，将每家每户都连接起来，并通往工厂和村内的主要活动场所如礼堂和会议室等。这样，即使在雨雪天，华西村村民也不用打伞了。

华西人向城市化迈进，可以从住房的改变看到进程。华西人的住房经历了四个时代变化，也是华西几十年从农村向城市化发展的一个见证。1961年建村那个时候，华西村村民清一色住的是草房，六十年代中期，一排排崭新的瓦房在村里最显眼的地方立了起来，村民草房换上瓦房，住房面积在七十平方米左右；经过十年的艰苦奋斗，上世纪七十年代以后，华西变化更大了，没有房子的人都有了房子。上世纪七十年代中期，村民一起，又兴高采烈地搬进了村里为他们建造的三层楼房，住房面积也增加到了一百多平方米。平房换了楼房。

八十年代华西村一跃成了全国首个亿元村，富裕了的华西把提高农民生活水平放在首位。1986年，几十户村民一起，欢天喜地地搬进了村里为大家建造的二百六十平方米的双层别墅。

1992年，华西同时拿到全国"亿元村""亿元企业""吨粮村"三项桂冠。小平同志南方谈话后，一向政治敏感度极强的老书记预感到经济建设高潮即将来临。于是，一批更大型的企业精毛纺厂、热电厂、申华线材厂以及与香港几家知名企业合作的十多家中外合资企业，纷纷矗立在了华西大地。就在这一年，华西人又一次沐浴在了华西温暖的阳光里，华西村村民在吴仁宝安排下第四次搬家，搬进了村里建造的三层四百至六百多平方米的C式大别墅里。

1993年3月30日，五十辆捷达牌轿车组成的长龙，从东北长春一路浩浩荡荡开到华西。

华西所有村民的住房全部由集体统一规划，统一建设，统一分配，因此不存在个人宅基地问题。分配的房子和装修按成本价在个人股金中扣除，在账户上划拨，不需要支付现金。分配的小汽车也是在个人股金里扣除不用交现款。

华西村村民，早已改变了日出而作，日落而息的农耕生活，人人有工做，如城里人一样上下班，和城里人一样驾车代步，更有城里人还达不到的住房标准。

华西村除实行全民医保，村里还不断完善功能较为齐全的华西医院，建设了一座设备最先进的"体检中心"，开设了"长海医院华西诊疗中心"特色门诊，做到早预防、早发现、早治疗、早康复，让村民"小病不出村，大病门口治"。

华西村的孩子，从上幼儿园到高中的所有学杂费都是由村财政支付，家庭只管学生吃住就可以了，考上大学还予以奖励。

虽然，对华西的城市化，学者站在传统的学术思维，还有不少争议。有人认为"华西村对城镇化来说毫无意义"。原因是农村集体经济还不普遍。但毫不夸张地说，从结果上看，华西没有离开乡村的城市化，现在很多中国城市，甚至大城市居民都达不到这样的生活标准。

中国农村走过私有到集体，分田到户的路，但绝大多数的农村距离共同致富的目标还十分遥远，而华西村却在同样的时间中实现了，这是为什么？环境和条件固然是人一切创造活动的基本前提，但人又可以不断改变环境与条件以适应人的发展，这就是华西村的经验和启示。

华西村的城市化发展，并没有放弃农业，现今仍保留部分农业用地。2014年起，华西先后考察了日本十几个农场，最终来到福井县，与在水稻生产方面久负盛名的朝日农场合作，展开一项为期五年的高质量稻米种植研修项目。三百多人报名种稻，华西选出七名大学生，以智慧化、机械化，用知识和脑力种稻，成功在一千亩稻田种出日本品种的优质稻。还通过层层评选，获得了江苏好大米金奖。一个现代化种优质稻米的规划已经试验成功。

吴仁宝说，怎么让农村富，我认为有三个方向：第一，农村城市化。所谓城市化，就是说，我们农民的住宿、文明包括文化要和城市同步。第二，农业工业化。农村要发展，发展经济要工业化。农村产业不能搞单一经营，如果你搞单一经营，我的看法是难以实现。第三，农民知识化。现在，华西人特别是青年人，到国内外高校去学习、培训，知识都提高了。农村城市化、农业工业化、农民知识化，这样我看就是成功了。当然，实现这一切的基础是"农村经济的集体化"，只要坚持这个要求，我们有希望。现在华西已经达到这个要求，今后会有更多的华西，将来在咱们中国普及了，那就必然国富民强了。

4. 创新"三制"

中国近年发展，是以改革开放为标志，以社会富裕为目标的一场深刻的社会变革。改革需要思想创新，以突破传统旧体制、旧机制为主轴才会有发展的动力。

华西的成功基于创新。吴仁宝是坚持集体所有制，坚持走共同富裕的道路，这是吴仁宝始终不变的创新思维，其概念和目标符合共产党为全人类谋幸福的建党初心。如何实现这个目标，路径多种多样。为什么说这是吴仁宝的创新？其实道理很简单：人无我有、人有我优、人弃我守，这就是创新了！

华西发展靠什么呢？吴仁宝说，"我们关键的关键要有三靠，一靠奉献诚信，二靠精神奉献，三靠创优创新。"这是华西发展的具体做法。其中的最重要的如吴仁宝重点提出，华西走入发展的快车道，主要是"创优创新"。他说，华西"不管哪一个方面，我们认为是比较创优的，也是创新的"。

吴仁宝重视创新，他愿意走与众不同的路，或者说，他更愿意向前走一步，实践其新。他强调："我现在重点（要做的）是三制创新，体制、机制、班子，三制一定要创新。三制创新，就是华西继续健康长寿的保证。"华西可以持续发展，可以保持"天下第一村"之名不衰败，重点就在创新"三制"。

华西的"体制"，既有"公私多元"，又有"一分五统，村企分开"。这个体制，既有私有的自由，又有公有的约束。公私合营，既可以搞集体，也可以搞个体，村民完全有个人的自由，但当干部的不能搞特殊化，既然当村干部，就不允许个人或自己的家人另搞"个体"，为个人和自己家谋私利。

所以，华西的"机制"，既有激励，也有节制、制约，既不吃"大锅饭"，也不能贫富悬殊、两极分化。在分配上实行按劳分配、多劳多得，但在衣、食、住、行、教育、医疗、养老等方面，实行按需分配，保证村民都能幸福、愉快地生活。这种机制保证了华西集体经济的性质不变，也保证富裕后的"持久"和追求"共富"的特质。

习近平总书记十九大后在徐州调研考察时强调：农村要发展好，很重要的一点就是要有好班子和好带头人，希望大家在十九大精神指引下，把村两委班子建设得更强。

华西村的"班子"，是有信仰，有理想的管理者、服务者，不仅有领导能力，还能真心为民。吴仁宝对自己严于律己，对领导层、管理团队同样严格要求。华西的班子，事实就是追求集体主义，创造共同富裕的榜样。

华西的体制、机制、班子，任何时候都有与众不同的思考，不断创造新的价值。吴仁宝称："走共同富裕之路，所以我们华西这个制度，我们叫既没有亿万富翁，也没有两手空空，最多的人家也只有千万，最少的人家也超过百万，是这样的差距。如果说既有亿万富翁，但大多数人是两手空空，比较下来呢，我们这个体制还是可以的。而且我们还要爱国，有了国才有我们的家，国家不强我们人民就难以富裕。"

在改革开放期间，面对转制农田从集中到"分"，转制性质从国有到"私"，吴仁宝守住以集体经济为主的华西体制不动摇，不仅创出效益，还吸引已经完成"分"的又回来了，华西的体制可以创造效益，可以有更大的追求，是有吸引力的。

杨永昌是个成功企业家，从云南创业到黑龙江投资，最后租用华西的厂房办企业，开始了稳定发展。2002年，正值企业转制高潮，特别是苏南地区的乡镇企业，纷纷弃集体转私有。此时，看清华西走的这条阳光道，杨永昌的脑子里却涌动着另一个盘算。他想着把自己的私营企业转入华西，融入华西的集体大家庭。

他思前想后：看到了华西集体经济难以超越的成功之处，亲眼看见了华西短期内取得的成就。自己企业的"小船"，应该靠向华西这艘"航空母舰"，才经得起大风大浪，才有可能可持续发展；更重要的是，华西有老书记，这是一位智者、能人，杨永昌作为个体者，也经常参加华西的一些会议和活动，老书记的人格魅力，他的讲话和对经济形势的判断，让杨永昌深感佩服。他说："老书记的品格、追求和思想境界潜移默化地影响了我。所以，我思来想去，最后向老书记和盘托出。老书记肯定了我的想法，表示'华西欢迎你'。"

杨永昌把在华西创办的金属软管厂转制，卖给集体。杨永昌的软管厂净资产为186.4556万元，考虑到该厂应收款余额近二百多万人民币，集体实付杨永昌166.4556万元。这家企业运行正常，每年都有稳定盈利。杨永昌也遭到责怪，"亲戚朋友说我傻，人家改制都把公家的改成私人的，你倒好，私转公了。"杨永昌坦言，起初对"富裕"与否的理解就是钱的多少，在华西村待得久了，逐渐读懂了"富裕"更深刻的含义。如今，杨永昌本人也从一个私企小老板，"升级"成华西一家大企业的老总，从带动一百多人"小富"，到带动数千名员工"大富"。

集体经济体制，让华西一直站在改革的高处。吴仁宝举例指出，以转制来说，我们叫早转早得益，而且不是一般的转制，我们是低转空，低转高，现在还可以坐飞机看华西，我们还建了这样一座大楼。不仅这样，我们还有海工、海运航空等都全了。这完全依靠的是集体力量。吴仁宝说："什么叫转型转制，这个要根据中央的精神和国际上的不确定因素，结合我们华西的实际，要快转，要早转，要转得健康长寿。所以我们的产业结构比较合理。"

2011年11月26日，吴仁宝在民族宫作报告时说：

"第一是旅游。为什么要搞旅游，因为旅游既可以提高我们华西人的素质，又可以促进我们华西村的美丽，像我们华西的旅游业，一年有近二百万游客到华西，可以说不仅提高人的素质，还可以有较好的经济效益。

"第二搞金融。从金融来说，我们华西已经同各大银行和投资机构将近三十多家单位合作，如果今年可以就要分回来，可以拿四十个亿，所以说这个钱来源力气花得少，只要投入一点资本，从这个来说，这个转型也是比较好的。

"第三我们搞物流。当然物流的品种也很多，一是棉花，还有仓储，一年棉花要有一百多万吨，而且还有物流，有化纤的物流还有煤炭等，所以我们在物流上，可以说在华西，增加的分量来说，也要占到20%以上，不仅这样，我们跟外面去合作，现在开拓了海运，另外还有海工，所以我们华西本村的企业逐步减少了，我们转型的产业增多了，所以看来华西的今后一年会比一年好。"

这三个属新型产业，无论在农村，就是在城市中都是叫得响的领头产业。吴仁宝自信，"所以说我们这个体制来说是比较可以，我们这个体制是有监督的，为什么会有监督？我们是集体企业，所以我们还有集体，集体要有人监督，如果搞私营业主就不存在监督，所谓社会上讲的一句话叫家族制，对这一点我的认识有所不同，现在生产关系变了，不能够再讲家族制。"他不认同简单地把华西集体所有制看成是家族制。说家族制的是偏见，要么就是不了解华西所有制的属性。

华西的机制，既有激励也有制约。吴仁宝表示："我们的机制是不同的，比如从我们的分配制度来说，我们的现金是控制的，现金的分配和社会上差不多，但是奖金比社会上要多，我们叫预奖，所谓叫预奖，我们其实发的是硬牌牌即一个收据，你只能够分红，这个股金如果你违法了，或者你违反其他的约定等，这个股金是取消的，所以这个叫预奖给你的，所以我们要富一定要勤劳富，要守法富，如果不是去勤劳致富，不是守法致富，而是违法富，那只能富一时，你要富得健康长寿，一定要守法富。"

厂在股金在，人在股金在，如果人不在就没有了。如果违反了党纪、国法、厂纪、厂规，或者违反了村规民约，那么股金是要受到相应处罚的，如果离开华西村，股金也就没有了。这样的机制，一方面，基本保证村民过上富裕的生活，另一方面，大家对集体有一种归属感及责任感。当然，也有人断章取义，大惊小怪地说，"为华西村做得越多，风险越大，就越走不了人了。"这样的质疑没有思考，村民在华西生活得好好的，为什么要走人呢？

华西村这种独特的分配制度，不是吴仁宝心血来潮想象出来的，而是八十年代华西村要发展时却缺乏发展资金的情况下，吴仁宝想到的发挥集体力量。你可以说是"捆绑",其实制约是一种激励,当然更可以理解是一种资源共享。

吴仁宝对自己的创新机制自有评价,他说:"我这个制度叫中国特色的管理模式,其他的地方没有的,他想不到这样管理,他也没有这个条件去管。"

华西村创新,班子是关键。吴仁宝对领导班子中的一班人有严格的要求,而且要求挺多。"班子从我们华西村的干部来说,我们有干部的土标准,我们的干部要做到三正、三平、三守、三不倒。要办事认真,处事公正,经营廉政;要有政策水平、技术水平、管理水平;要守法、守约、守信。要能上能下、能下能上,能上是可以的,下了再上是不太容易的,所以要能下还能再上;能进能出,能出还能进,这个关过了就好了;还有一个叫能官能民,能民还能再官,要经得起这样的考验。还要做到三不倒,要难不倒,夸不倒,还要吓不倒。我们这个干部要么你就不做事,做事人家就会有议论,议论有好的,也有不足的,甚至还有夸大的,也有无中生有的,那你要吓不倒。"

在创新"三制"中,吴仁宝认为,"班子"最重要,创新思想是人的思想,创新制度是人的创造。吴仁宝说,"这个体制、机制的重点还是班子,我现在最满意的,不是说华西有多少经济(总量),我满意的是有多少干部。华西的班子是一个既讲政治,又讲正气;既能发展经济,又能管理经济;既能廉洁自律,又能致富人民的强班子、硬班子。"

华西以创新"三制"迈向"百年长寿",吴仁宝希望集体经济不破产,立于不败之地,百年、千年发展下去,永远兴旺发达。他说,破产,不一定就不光荣,这也是没有办法的办法;虽然私营企业可以破产,但作为集体企业,我们要争取不破产,百年不败,千年不败!吴仁宝反复强调:用人要用真正有共富理念、愿意奉献、思想坚定的人;华西的事业必须进一步体现中国共产党好,中国特色社会主义走共同富裕的道路好;要靠信仰诚信,精神奉献,创业创新;要对党负责,对集体负责,对事业负责。

5. 华西艺术团

在网站上搜索华西艺术团，有近四十万项的搜索结果，在You-Tube上，还可以观赏到华西艺术团的部分表演。一个最基层的村级机构，保持着主旋律的宣传方向，并与时俱进，用老百姓喜闻乐见的创新形式，宣扬集体主义，宣传共同富裕。"艺术团"和"老人幸福是真正的幸福"的理念一样，是吴仁宝追求共同富裕的两个方面之一，以艺术表演的形式，教育村民达致精神富裕的重要方式之一。

精神文明始终是吴仁宝共同富裕的重要内容，他说，人民幸福怎么理解？有三句话，生活富裕、精神愉快、身体健康，概括起来就是物质精神双富有。

毛泽东在《论反对日本帝国主义的斗争和策略》中，对红军长征的意义是这样总结的："长征是历史记录上的第一次，长征是宣言书，长征是宣传队，长征是播种机"。他以宣言书，宣传队，播种机，形容红军长征，强调了宣传、传播的重要意义。其实，用文艺形式传播教育是吴仁宝凝聚华西人的老传统，是华西的宣言书、宣传队、播种机。只不过，以往自娱自乐，自我教育，自我提升，是农业学大寨战天斗地时活跃在田间的业余文艺宣传小分队，如今华西富裕了，小分队鸟枪换炮摇身变成艺术团。

这是华西村的专业艺术团，是吴仁宝教育民众的创新形式，有五十多人的规模。最多时，加上外聘的演出团队要有上百人。华西艺术团的传播对象扩展至关心华西村发展、关心中国全面富裕的所有观众。内容也已经不仅再是大干快上的苦干精神，更是走向全面富裕的新人新事新风貌。

艺术团的创作人员，不断跑田头、到农家、进车间，广泛收集祖国巨变、华西巨变的新人新事，他们创作、演出的节目，充分反映了华西农民热爱中国共产党、热爱社会主义祖国的感情和华西村欣欣向荣的景象。这些反映中国农村积极向上、雅俗共赏的演出，让人们看到了中国社会主义新农村美好明天的希望。

在原村文艺宣传队基础上,华西村投资二百万元建立了华西特色艺术团,吴仁宝亲任艺术团团长。华西艺术团自编、自导、自演,排练了一大批群众喜闻乐见、感染力强、教育效果好的节目。例如反映"三个代表"思想的《华西百桥图》《要看稀奇到华西》《人人爱唱六爱歌》等戏。一定程度上是华西精神面貌的一个窗口,一面旗帜。

从文艺宣传队到艺术团,吴仁宝希望以更接近时代的文艺传播形式来组建"宣传队"。年轻时,吴仁宝在外做长工,哪里有戏他都要去看,他喜欢从戏中透视人生百态,透视社会主题。建村初期,吴仁宝就建立了宣传队,一把胡琴或者几个人,就是业余宣传队了,吹拉弹唱到哪里都可以拉开场子。演出者都是农民出身,忙着农活儿,业余演出。据说,华西宣传队还曾经拿到过演出奖。

华西艺术团2000年1月8日正式成立,简单的乐队和演员,从剧团招募一些专业的演员,也有原来的业余演出者,当年就进京演出了。吴仁宝要求宣传国家的方针政策,要寓教于乐,寓教于戏,通过演出实现教育目的。

华西艺术团是综合性的,歌舞、戏曲、杂技、舞蹈都有,演员大都唱跳吹拉多能,组织起一支专业的演出队伍,通过艺术方式,在喜闻乐见中让老百姓受教育。

《双推磨》是锡剧传统曲目,故事讲的是一个封建社会的寡妇苏晓娥,靠卖豆腐生活,每天都要推磨。有一位长工,做了一年,工钱被东家赖掉了。回家路上正好碰到了挑水寡妇,长工帮着挑水推磨,双方产生了感情,最后在一起生活。吴仁宝喜欢这个故事,每年都要演。他喜欢戏里的唱腔,还有他在做长工时,也被东家克扣钱。吴仁宝要在新旧社会中对比。他说,华西从来不克扣工人的一分钱,所以通过演这个戏来作比较,挺有意思的。每年过年都要演,因为这些都是经典唱段,经典老戏,还有就是内容正面。

所有的节目,直至所有节目的台词都由吴仁宝亲自把关。有领导来观摩,经常会演《三杯美酒敬亲人》,他亲自改写适合的台词。

《要看稀奇到华西》，是艺术团演了十几年的经典节目，这是吴仁宝的原话。剧中台词，如"上面金结顶，下面狮子林"，是华西村金塔的描述，下面的狮子是友好单位赠送的，这些都是吴仁宝的名句。

在华西村的醒目处都悬挂着提醒村民摆正"贫富关系"的词句，由吴仁宝亲自撰写。

《十穷戒词》：

逐渐穷——多因放荡不经营

容易穷——家有钱财手头松

懒惰穷——朝朝睡到日头红

无才穷——不学无术人无用

心散穷——家庭不和常内攻

受骗穷——不识良朋钱骗穷

违法穷——违法贪财进牢笼

无度穷——浪吃浪用山要空

失算穷——算计不好一世穷

三害穷——嫖赌吸毒彻底穷

与《十穷戒词》相配的还有吴仁宝亲自编写的《十富赞歌》：

智能富——学文练艺成才富

勤劳富——爱岗敬业辛劳富

节俭富——精打细算聚财富

守法富——遵纪守法健康富

守信富——恪守信用客多富

团结富——家族和睦同心富

帮带富——邻里相亲互助富

育才富——育好后代子孙富

集体富——巩固集体共同富

爱国富——国家强盛安定富

艺术团以此为内容专门排了一个节目，叫歌舞快板，是通过情景表演，十种原型怎么会穷的，展示十种造型。通过表演来体现一个穷的形象。富，是通过说唱的表演。这个节目成为艺术团的重要节目。富起来的华西，老百姓经常看这个节目，吴仁宝希望通过表演的形式告诫富起来的华西人，警钟长鸣，翻身不忘吃苦时。

　　"爱家爱国爱华西，爱亲爱友爱自己"，吴仁宝倡导"六爱"精神，艺术团以歌舞的形式，展示"六爱"的内容，成为艺术团的主旋律。

　　创新是吴仁宝寻求华西发展的主旋律，艺术团的节目必须与时俱进年年新，要跟随华西的创新展示新意。艺术团也常表演创新奇迹，热带厂提前完成了投产，吴仁宝非常高兴，要求连夜排一个情景剧，"龙年舞钢龙"。艺术团的演员连带剧本，从编到演只花了一整天的时间，第二天就开演了，而且演出效果还特别好。

　　对每一个创作节目，吴仁宝都亲力亲为。对台词特别讲究，他一直表示，别看台词一个字，写得不对，或者表达不正确的话，意思就变了。

　　每一个节目的台词写好，必须要给吴仁宝过目。年纪大了，眼花看台词吃力，大家把字放大，他看完，每一行都画钩，表示通过。通不过的，就画线，表示要改。每当新节目创作排演时，吴仁宝一定到场，全程观看、指导，其实他是整台戏的总策划、总导演。

　　只要有时间，吴仁宝都会来到排演现场，演员们排演中，看到吴仁宝也在动嘴巴，断定他也会唱。吴仁宝笑说，你们知道我为什么连唱戏都来看吗？我就是来看你们有没有偷懒，有没有唱错台词，"你们唱错台词，我都知道的"。

　　艺术团演传统戏，村里所有的村民、职工都要看，如《五女拜寿》《夜明珠》那些大戏、古装戏，所有村民职工都要看，一轮下来最起码要十几场，吴仁宝在华西村，他会天天到，天天坐在下面看。

　　有人说，一个戏看那么多遍总要看厌的吧？吴仁宝看不厌，他喜欢戏曲，而且他还特别懂，能听出唱腔是否到位。

　　吴仁宝在华西时，每天都要给参观者演讲，每场演讲结束，艺术团要表演。这些年来，华西艺术团平均一年365天的演出场次都在500场左右。现任艺术团团长计丽静是江苏省锡剧团的学员，2000年加入华西艺术团。她清楚记得，最多一天，在华西演出了四场。因为吴仁宝这一天接待各类参访者，连续讲了四场。

基本上，艺术团演出是吴仁宝演说的整体部分。上半场是吴仁宝以宣讲的形式表达，下半场是表演艺术的形式表达。吴仁宝将艺术团和他的演讲视作互为一体的宣讲，体现的都是他的信仰和思想。无论是演说，还是表演，形式不同，主题都一样，为社会主义新农村，为共同富裕走出的华西路。

演员大多是外来人，对他们的关心，吴仁宝特别上心。只要有新的演员来，他都要请大家吃饭。还喜欢带着大家去参观一些新的建筑，了解华西的新变化。吴仁宝懂得，演员要演好戏，需要投入感情，所以他每个月都会带艺术团成员出去参观，然后请吃饭，而且都是自己花钱请吃饭。

一个阶段演出结束，吴仁宝还会拿自己的钱给团员发奖金。

2013年农历新年前，那是一次让所有艺术团成员记忆深刻的日子。按惯例，从来不陪人吃饭的吴仁宝，对艺术团却是另开一面。每逢过年，吴仁宝都会提前和团员们团聚，请大家吃年夜饭的。他还会拿出自己的私房钱，给每人发"压岁钱"，有孩子的，每位孩子一千元人民币。

而这是特别的一年，吴仁宝已经到了生命的最后关头，艺术团团员们聚会，虚弱疲惫的吴仁宝坐着轮椅如期而至，他把孩子一个个叫过来，颤抖着拿出压岁钱，一份一份发给孩子，看似都有千斤重。计丽静说，我们都知道他身体不好，在上一年的十二月底还曾和老书记一起进京，去参观"复兴之路"的大型展览，坐着轮椅，强打着精神，晚饭都没有吃要休息，回来后就查出患病且到了晚期。

此情此景，所有的艺术团成员无不眼噙泪水，却又得强忍不让它掉出眼眶。吴仁宝不忘初心，他是希望以自己的爱鼓励艺术团的演员，和他一起讲好华西的故事，讲好共同富裕的未来。

吴仁宝立志创造的共同富裕不仅是量上的，还是极有质量的，包括"口袋富"和"脑袋富"，这是中国社会主义特色的要求。吴仁宝的哲学逻辑是，民以食为先，衣食足而知荣辱。"口袋不富"，就别谈"脑袋富"。"口袋富"才有"脑袋富"的基础，而"脑袋富"了，"口袋"才能永远的富。"口袋"和"脑袋"一齐富，以艺术的形式教育民众，获取精神和物质双文明，是吴仁宝构筑富裕华西的重要特点。

第五章 吴仁宝的发展观

有人说，我们农村不像农村了。我的看法，不像农村最好。农村要城市化，今后要逐步城市化，实际现在欠发达地区也城市化了，青年人也到城里去了，家里剩下老人。所以，农村种田大户会慢慢消失，农村要机械化，要现代化，这样自然会到一个程度，这是发展的一个规律。

——吴仁宝

1. 发展的道理

人类进步是由发展而来，联合国开发计划署（UNDP）在1990年定义为："发展的基本目的，就是创建一种能够使人长期地享受健康和有创造性的生活。"发展必然是人的发展，是由人创造的发展，为了人类幸福生活的发展。毫无疑问，华西村就是在发展中不断创造新生活，不断写下自己神奇历史的典范。共同富裕必须以发展为前提，吴仁宝自有他的发展观，他的发展观与中国的发展大势相得益彰。

中国改革开放的总设计师邓小平，提出改革开放的目的就是为了求发展，为了改变中国贫穷落后的面貌，"发展才是硬道理"。1992年1月18日至2月21日，邓小平在武昌、深圳、珠海、上海等地的谈话重点强调了"发展"。

吴仁宝自当上华西村的书记，心思就在华西村如何发展，华西村平整农田苦干多年，被称为"做煞大队"，为了求发展，"十五年规划"的制订就是为了发展有方向、有目标。"让百姓幸福就是社会主义。让百姓幸福就必须大发展。"吴仁宝按照邓小平的发展理论提出自己的发展认识。

发展是基石，这是吴仁宝担任华西村书记几十年来总结和遵循的一个"真道理"。这个"真道理"创造了吴仁宝的华西村历史，是让华西村百姓看得见、摸得着的发展道理。吴仁宝以这个道理带领华西人走出了"造田""造厂""造城""造金山银山"的发展征程。

总结华西的发展轨迹，吴仁宝说："华西村四十多年，我是这样总结的：六十年代打基础，七十年代小发展，八十年代中发展，九十年代快发展，二十一世纪新发展。正因为发展了，六十年代老百姓是温饱，七十年代是吃好，八十年代是小康有余，九十年代是中康，二十一世纪是大康!"吴仁宝的发展，是让华西人得益的发展，是让华西村改变生活状况的发展。

硬道理就要大发展

"发展才是硬道理"这是中国改革开放的总设计师邓小平的至理名言。吴仁宝怕农民群众弄不太懂，更通俗地演绎了这个发展的"硬道理"。他自创了两句话，叫作"有条件不发展没道理，没有条件创造条件发展才是真道理"。华西村就是靠这个精神一步步求发展的，走得还比较顺。

善于概括的吴仁宝还总结了十八个字，他说："大发展，小困难；小发展，大困难；不发展，最困难。"从实践中来，吴仁宝讲明了发展的道理和逻辑关系，一个思想家既朴实又充满深刻的发展思想!

吴协东特别欣赏父亲发展道理的论述。邓小平南方谈话前夕，中共江阴市委还发了个文件，市委开大会发出号召，领导咬紧牙关要渡过难关，保证吃饭，厂门不关克服困难。吴协东说，会议后，父亲就开会了，指出这是消极的，我们华西应该看到大发展小困难，小发展大困难，不发展最困难!

华西领导层一班人一听，都点头称赞。"对的呀，不能光为了吃饭"。邓小平讲发展才是硬道理，吴仁宝就加了两句话，不发展没道理，没有条件创造条件发展才是真道理。吴协东说，"这是对的。更重要的是，要发展而不是仅为吃饭，我们村干部被他一鼓动，精神就调动起来了。"这是正面动员，鼓舞精神。

自华西村立名开始，吴仁宝说，哪怕在六十年代前困难的时候，华西也从来没有伸手向国家要一分钱，发展（会）来钱，最终还要向发展要效益。那么钱哪里来，我们这个钱听中央的，邓小平同志讲，发展才是硬道理，那我们就（用）发展来钱。我们根据硬道理这个理论，结合我们华西的实际，就是要创造条件发展。

大发展也要科学发展

几十年来，在原来小华西0.96平方公里的土地上，吴仁宝将村里的"一亩三分地"搞得生龙活虎，农业稳，工业突飞猛进，生机勃勃。这是吴仁宝的发展思想取得了实际效益的结果，还是科学发展的结果。吴仁宝说："发展最科学，实事求是发展最科学，节约资源发展最科学，有效益的发展最科学。"

1982年10月，邓小平在同国家计委负责同志谈话时就指出："准备有个时间问题，要抢时间，不能不认真对待。哪些项目早上，哪些晚上，要有个安排，不能挤到一起。能早上的就集中资金早上，早上一年早得利一年，不然要拖到下个世纪去了。"邓小平协调发展的思想，吴仁宝吃得很透，他不仅有敏锐的发展目光，还有掌握中央发展精神、把握市场发展规律的头脑。

发展必须有效益，这才是科学发展。华西村的发展品牌、发展的结果同样可以成为再发展的开始。吴仁宝在发展中寻找机会。例如，华西村旅游业发展就是这样形成的。

华西村扬名四海，各地前来学习参观的越来越多，为华西村旅游业的发展创造了条件。富裕的华西村成为一道亮丽的风景线，吸引了四方游客和学习参观者。吴仁宝顺势发展旅游业，参观华西村各景点或听老书记报告，一张门票，少则十元人民币，多则一百五十元人民币。当然，有人心存不满，认为都是来参观取经的，来听报告学习的，华西都要门票？认为华西唯钱。吴仁宝不这么看，华西的经验也有知识产权。按市场规律发展，华西的参观访问接待站由此变成了全国排名前二十名的旅行社之一。旅游业年收入超亿元，不得不承认，吴仁宝的发展眼光总是如此深邃，如此超前。

吴仁宝向人私下透露自己的秘招："要学会循环利用资源，用资源循环赚钱，用资源赚大钱，这就是科学发展。"

自上世纪末开始，华西村就把工业剩余热量分送到村民家中，使村民一年四季有热水，这是直接的循环利用。不仅环保，还节约能源，产生经济效益。

华西村有年产百万吨的钢铁厂，注重环保下做到污水零排放，高炉煤气变废为宝，是可以再利用的最大资源；有年产四十万吨高炉水渣，将废渣用于水泥生产，既保护了环境，又增加效益。华西在企业、产业、环境间架构生态工业网络和资源再利用体系，形成了循环经济模式。

随着周边村陆续加入到华西村，华西土地总面积扩至三十五平方公里。更大的发展计划在吴仁宝心中形成：以当地龙砂山为界，山北农田规划为"粮仓"，山南工业区规划为"钱庄"，而山脚别墅居住区，建设一个人间"天堂"。

吴仁宝的科学发展，也是有节制的协调发展。2003年8月，国家发展与改革委员会先后发出警告，称经济运行中存在盲目重复建设问题，并对钢铁、水泥、电解铝、汽车等行业点名。

2003年8月23日，中央银行宣布从9月21日起将法定准备金率从6%上调到7%，以紧缩信贷，控制银行信贷增长过快。

2003年8月31日，国务院颁布《国务院关于促进房地产市场持续健康发展的通知》即18号文件。《通知》称"我国房地产市场总体发展是健康的"，被地产界视为重大利好。

吴仁宝敏锐预感到，在一轮发展之后，中央的方针政策可能会有保、有压，中国整体的发展方向会有所调整，他赶紧召集华西村领导班子的紧急会议。在会上，吴仁宝提出了"三车"原则，归纳了新上项目要急刹车、现有企业要开稳车、已经投入的项目要开快车。按照这个原则，华西村钢铁厂不再按原计划扩大规模，另一个正在挣钱的线材厂也被关闭。

当时，吴仁宝对无法理解的班子成员作了耐心的解释。事实证明了吴仁宝的发展眼光。不到一年的时间，证明了吴仁宝吃透中央政策的独具慧眼，中央宏观调控各项政策陆续出台，由于华西的企业及早作了调整，非但没有受到影响，反而持续保持了高效、健康的发展。当年，全村的销售收入实现超百亿元。有张有弛，张弛相益，这是吴仁宝的科学发展观。

这是一个中国社会主义新农村的科学发展理念和行动，一个思想家全面科学发展的概述。吴仁宝说："现在以胡锦涛同志为核心的党中央要科学发展，什么叫科学发展，我们的理解，发展最科学，不发展最不科学，要有经济效益的发展最科学，如果你看看是发展的，没有什么效益，甚至亏本，造成资不抵债，这就不叫科学发展。"

要绿水青山才是更长远的发展

上世纪九十年代初，外商投资是极受欢迎的大事。不过，在华西人眼中看来，也并不见得完全是好事。1991年8月，香港永新技术开发有限公司总经理王纪宽慕名来到华西村，他准备和台湾大永真空科技股份有限公司董事长杨贻谋联合投资。双方谈妥合资创办江阴华新真空镀铝包装材料有限公司，生产真空镀铝包装材料。

华西村党委和农工商实业公司很重视这个项目，八方考证，决定在1992年2月前编制出可行性研究报告。

经过研究国内外的信息分析，西方一些国家早已禁用真空镀铝包装材料，而改用高级纸袋代替，原因是真空镀铝包装材料生产过程中会产生大量的废弃物，几十年不会腐烂，造成的"银色污染"对环境破坏严重。

再进行更详细的研究和市场考察，不仅环保问题，还发现这类项目投资过热。村党委会上，吴仁宝否定了该项目。他说，"我们华西既要金山银山，又要绿水青山，我们不能吃子孙的饭，如果环境污染了，留下金山银山有什么用？人类只有一个地球，我们要为保护它尽一份力，不能给它增加污染。环境是一种资源，外商来华西投资，和华西环境好也有很大关系，我们把环境弄坏了，人家也不愿来了。今后，我们要把环境保护与上项目放在同等重要的位置上考虑，能搞好污染处理的项目就上，没能力处理的就不上。"

吴仁宝下的是环保军令状。军令如山，华西发展，一切都要为环保开绿灯。对环保不达标企业，吴仁宝的立场是：砍掉！决不"手软"。

2005年，华西村果断关掉了年产值1.5亿、利润千万元的三个化工厂。不仅美化了环境，还增加了土地，这对华西村来说是"一举两得"。

只有保护环境，才叫科学发展，如果牺牲环境，把资源弄成"荒山污水"，甚至"没山没水"，那发展也是不会长久的。这是吴仁宝誓言捍卫绿水青山的发展理念。

随着这个理念的确立及推广，越来越多在华西村投资的企业老板也开始加入了环保的行列。2006年2月，大华西范围内的二百六十家个体、私营企业共同发出注重环保的倡议，签名宣誓要保护环境，提高资源利用率。

强调发展，又注重环保，正是有了这样的环保信念和魄力，2001年，华西村是中国第一个取得ISO14001环境质量体系认证的村庄，取得"中华环保第一村"的殊荣。2003年，华西村一年就投入环保资金上亿元。2001年至今，华西投资6700万元建设了污水处理系统，使华西村所有生活污水处理达到了国家一级排放标准。

2. 精神至上

精神，就是一种灵魂、一种心理状态，是支撑个体或者团体存在与发展的重要核心价值。无论是个人、社会，甚至国家，其精神状态，决定了它的目标设定和实现的成果。

中华民族是伟大的民族，同样具有伟大的民族精神。习近平总书记提出，中华民族伟大复兴，实现中国梦，必须弘扬中国精神。这就是以爱国主义为核心的民族精神，以改革创新为核心的时代精神。这种精神是凝心聚力的兴国之魂、强国之魄。爱国主义始终是把中华民族坚强团结在一起的精神力量，改革创新始终是鞭策激励在改革开放中与时俱进的精神力量。

在中华民族伟大精神和共产党的精神鼓舞和感召中，1991年，吴仁宝在华西的创业实践中也为华西村概括了"艰苦奋斗、团结奋进、服从分配、实绩到位"四句话、十六个字的华西精神，以此作为鼓舞、激励华西村村民努力共同富裕的斗志。

在往后的"共同富裕"实践中，吴仁宝根据华西发展的实情又作了微调。

华西精神完全是从中国农村的实际出发的概括总结，但华西建村时，中国农村还是小农经济思想十分浓烈的时代，小农经济就是当时的基本国情。吴仁宝是希望借朴实的农村概念树立起华西精神，率领华西人走出小农经济，树立可持续发展的精神理念。

华西精神，实质上与家国情怀的大国精神一脉相承。吴仁宝要求的艰苦奋斗，是中华民族极其宝贵的精神财富。在不同的历史阶段、不同的历史环境中，艰苦奋斗虽然有不同的表现形式，但其内涵是相同的，本质是一样的。表现为知难而进，奋发向上，勇往直前的工作作风；不畏艰险，顽强拼搏，百折不挠的坚强意志；自强不息，埋头苦干，开拓进取的革命风格；励精图治，克勤克俭，公而忘私的奉献精神。在建设中国特色社会主义新农村的征程中，深刻理解艰苦奋斗的思想理论，对于强化意识、发扬作风、振奋精神，实现宏伟目标，颇有裨益。无论是团结奋斗，还是服从分配，这些朴实的基本理念和精神，都是中国共产党的优良传统。吴仁宝提出的华西精神，小中见大，近处看远，是华西可持续发展的精神，是设计百年华西的精神。

华西人都明白，华西村之所以几十年来红旗随风飘扬，而不是随风倒地，不是因为华西村有多大的财富做支撑，财富只是长年奋斗的一部分成果。支撑华西村数十年来坚定不移建设社会主义新农村的理想，坚定不移走集体经济、共同富裕的道路，是始终如一的精神，一股强盛的力量，一股感召力。

这十六个字就是华西人的精神伴侣，就是华西人的精神依靠，支撑着华西人一步一步朝向共同富裕的康庄道走去。过去、现在直至百年华西!

华西要发展,最关键的支点是什么?现任华西村党委书记吴协恩总结老书记吴仁宝的思想精髓回答道:是"华西精神"!伟大的事业离不开精神支撑,"华西精神"是华西人在历史实践中逐渐塑造形成的,它是华西发展的内在动力和支点。其中,"艰苦奋斗"是华西的光荣传统;"团结奋进"是华西的力量源泉;"服从分配"是华西的制度保障;"实绩到位"是华西的成果检验。

吴仁宝为华西发展设定的华西精神,是中国特色社会主义新农村实践,迈向共同富裕的精神财富,是后人迈向百年华西的传世瑰宝。中共中央政治局委员、上海市委书记,时任江苏省委书记李强说过:"华西精神是改革创新、敢闯敢试精神的真实写照。"华西人始终清醒地认识到,华西精神才是吴仁宝老书记留给后人最宝贵的财富。吴协恩表示:"至今我们用华西精神来考验每一个干部,用华西精神来考核每一个资料,用华西精神来达成每一个目标!生命不等于呼吸,重在精神的延续。"

"艰苦奋斗、团结奋进、服从分配、实绩到位",非常朴实的华西精神,完完全全适合奋进改变中的农业环境,在这样的环境中要脱颖而起,就需要在难苦中奋斗,要上下拧成一股力量,才有可能最终取得实效,达到共同富裕的目标。吴仁宝是对华西面对挑战的实践做出的华西精神总概括。

吴仁宝说:"华西精神是华西人的立业之根、创业之本、兴业之宝,精神文明建设是华西村共同富裕的保证。"吴仁宝告诉后人,这个精神是一个整体,是取得实绩的系统工程;这种精神从一开始就伴随华西立业而起,一路走向辉煌,贯穿始终。

谈论今日华西村,无数的赞美聚焦创下奇迹的掌舵人吴仁宝,而吴仁宝和他的村民们,起步直至走到人生的终点,都离不开华西精神。

立业之初,艰苦奋斗的"做煞大队"名声差点让华西的一代年轻人断了姻缘,是他率领华西人团结一致坚定"誓死改变旧貌"的意志,唤得"鹊鸟归巢"。

创业之时，"亩产吨粮田"的雄心壮志，却被人妖魔化为"吹牛大队"和"吹牛书记"，阵阵"妖风"吹来，想击垮华西。是华西精神以实绩说话，用汗水堆出麦浪谷山，用最好的收获、艰苦奋斗的成果作为最好的回击。

正在华西开始大发展之初，上级要吴仁宝到江阴县当领导，纵然百般不愿意，吴仁宝最终服从领导安排，来到江阴县委，拉开了江阴改革的帷幕。自觉守诺华西精神——服从分配。

五年县委书记，他呕心沥血，把江阴带向全国百强县之"老二"时，却因那股"农民政治明星们纷纷落马风"的惯性，使他的政治仕途坠入低谷，重新做起一介"农夫"。对此，吴仁宝淡然一笑，正好他离不开华西，华西也离不开他。华西精神就是能上能下、服从分配。

可以遭遇磨难，可以陷入困境，但不能失去精神。少数服从多数，已经是华西村的惯例。尽管在华西村，吴仁宝的权重非常有分量，但吴仁宝也必须无条件服从多数，这或许就是华西的文化、华西精神使然。

1999年8月10日，这个日子对华西村来说具有历史意义。当掌声和钟声响彻深圳交易所的那一刻，世界金融市场上迎来了一个令十亿中国农民感到自豪的新客人。代码为000936的华西村股票上市成功，3500万股的挂牌价8.3元，当日收盘时涨至21元！实绩到位！

吴仁宝率领华西村奋斗的五十多年，就是华西精神不断发扬光大的历程，同时也是吴仁宝精神普惠华西的历程。无论是吃苦在前，奋斗领先，还是坚定信仰团结华西骨干和全村民众，吴仁宝总是做得最好的一个。他无私的境界和坚定的信仰，令这位中国特色的社会主义新农村的领路人具有特别的魅力。

华西精神的感召力、感染力，实际上来自吴仁宝个人的影响力，村民们说，华西精神，本质上就是吴仁宝精神，是他一生艰苦奋斗、团结奋进的精神。吴仁宝的诱人魅力就来自于他能够脚踏中国农村实地，对基层农村的深入了解以及农民对美好生活期望的理解；来自于他无私为民众服务，不断探寻走共同富裕之路的卓越贡献。

是吴仁宝的理想和奉献精神成就了华西人改造社会和创新社会的

动力，成为改变自己从而改变世界的华西精神。

华西村党委副书记吴协东撰写的纪念文章《父亲，我们的自豪!》中这样写道："您是我们的自豪，精神传家，家庭健康。您在世时常说'一个人死了即了了，但了的是物质的东西，精神形象不会了，多留一点好的精神，好的形象给子孙后代，比留给子孙财产更重要'。您倡导的华西精神，昨天在、今天在、明天还会在；您留下的思想，过去是、现在是、未来仍将是我们华西发展的依靠和动力。"

3. 三增理论

2011年10月8日，华西村一幢拔地而起的高楼正式开业，中国国内最大的单体酒店之一的龙希国际大酒店落成。这座总投资三十多亿人民币建成的酒店，功能是多元的，是一座集客房、商场、展览、餐饮、文化、娱乐及农民公寓等为一体的高楼。

这幢楼是吴仁宝发展理念的结晶，曾用名叫"华西增地空中新农村大楼"。名字有些本土，却透视了吴仁宝的发展初衷。"增地空中新农村"，听起来有点拗口，但它显示了吴仁宝的政治智慧——以节约利用土地和新农村建设为宗旨，更显示政治正确。后来正式取名叫"龙希国际大酒店"也有讲究。

华西龙希国际大酒店（Long Wish Hotel International）。"龙希"的英文名为"long wish"，由发音和英文原意组合，单从字面理解是"长久的愿望""龙的希望"，深层意思饱含着老书记吴仁宝一生凤愿"百年老店"期望的延伸。当然，也给客人入住"龙希"宾至如归，梦想成真的承诺。

酒店标志的创意，其实都浸透吴仁宝的建村理念，"圆形"图案，寓意华西是中国农村的掌上明珠。又一分为两部分，绿色部分象征绿水青山，金色部分代表金山银山。吴仁宝的华西"既要金山银山，又要绿水青山"，这才是长久的凤愿。

龙希酒店的高度328米，共七十二层（地下还有两层），外观以三足鼎立状，顶起圆球，形如拱手捧明珠。华西人以"团结凝聚，如日中天"为发展前景。酒店建成竣工时，名列世界第十五位、中国国内第八高楼。

六部高速直达电梯，最快可以10m/s的速度直达酒店顶层。从上往下，大楼顶端的圆球体的最高七十二层设有观光平台，站在平台通过落地玻璃窗眺望，美丽华西尽收眼帘；七十一层可容纳三百人用餐的高档中餐厅，尽显气派；往下的七十层是可容纳八百人用餐的亚洲最大的旋转餐厅，可以360度俯视华西；大楼收藏了唐三彩、景泰蓝、釉下彩瓷、粤绣、苏绣等精品，以及一座整体玉雕《三山五岳图》的"镇店之宝"。

540个标准间，180套酒店式公寓，90套豪华套房，顶级总统套房就有16套。多功能的大小会议室十多个、影剧院、戏曲大厅、日韩料理、中西自助。无论从设计的理念还是整体布局景观，龙希国际大酒店不仅是镶嵌在华西大地的"艺术品"，还是一座完全意义的"文化楼"。

走过青绿色高层建筑的旋转大门，高大身影的毛泽东铜像戴着红色领巾迎面屹立。宽敞的大厅中，最醒目处是吴仁宝的箴言、与国家领导人的合照。

叫人羡慕的是180套公寓房，一部分有贡献的华西村村民可以入住其中，成了华西村真正的农民公寓。华西村村民从搬进别墅到入住高级公寓，都是吴仁宝为体现现代华西村村民共聚一堂的精心安排，是吴仁宝共同富裕理念的实践。三楼自助餐厅，早上用餐的人，不管是否旅游季节，都人来人往，村民们在此享受早餐，华西的一天就从自助早餐开始。

农民公寓按照五星级宾馆标准装修，提供五星级酒店的服务。"衣服直接送到洗衣房，吃饭直接到宴会厅，不用自己收拾房间，专业的酒店服务人员将为住户提供高档的服务。"华西村的村民们这样描述住进摩天楼的幸福生活。

这种幸福生活始于吴仁宝的梦想，让村民们共同创造，共同享受，华西村有条件做到了。"龙希"见证了华西村的集体力量，见证了华西人共同富裕的变化。

有人指责高楼是"炫富工程"，这自然是不了解吴仁宝的心思。也有媒体指在华西村老书记吴仁宝的眼里，这是"农村城市化"的体现，"让城里人到农村来花钱"。这可能也仅讲对了一部分。

这座农村第一楼，是吴仁宝的中国特色社会主义新农村的杰作，更大的杰出贡献是他的思想。

华西村龙希国际大酒店328米高，吴仁宝当年考察了北京的高楼，国贸三期是当时北京最高的一座楼，也是328米高。他说，"这意味着我们华西人民要同党中央高度保持一致！所以建了328米高。"

即使这样的高度，吴仁宝说了，"高不算最高，但是还有209个国家没有这么高的大楼，这个大楼总面积二十多万平方米，大楼里面还有金木水火土五大汇所，投资只要三十多亿，说明我们华西靠共产党的英明领导，靠中国特色社会主义富了我们华西；如果说不富，我们就建不起这样的高楼。我们建这样的大楼算不了什么，因为我们不用去借钱，是我们自己的钱。"吴仁宝为华西高楼感到骄傲，这是中国农村、中国农民的骄傲。

农村偏僻，建这样的高楼是否有经济意义？不少人看不懂并提出质疑。华西自有算盘，问题是怎么去算这笔经济账。吴仁宝有自己的计算方式。他把华西的"龙希"大楼称作"三增"大楼。

第一是叫增地空中大楼。华西一个小村只有0.96平方公里，只有八百多亩可用耕地。炼钢、纺织等产业，仍然是华西村最重要的收入来源。人口增加带来的住宅面积需求和第二产业扩张需要的厂房，都使土地成为华西村发展的约束力。而这座大楼二十多万平方米，无形中就为华西增加了近四百亩土地，相当于增加了小半个华西村的地。吴仁宝欣欣地说："所以我们叫增地空中大楼。"身在农村，还向高空要地，华西的神奇令人称奇。土地一定是发展的重要资源，吴仁宝的思维和眼光常人难以企及，更令人敬佩。

第二是增值大楼。2007年开始投资建造，"龙希"高楼总投资花了三十多个亿，2011年建成时，重新再去投建相同的高楼，最起码要五十个亿，其实，加上土地增值，可能的价值会更高。吴仁宝说，在这四年当中无形中已经增加了十几个亿。"比如说我们金木水火土大汇所有五头牛，仅一头金牛就用一吨的足金，从进价到现在，已经增值超过了30%以上，其他的增值就不用多说了，所以第二呢叫增值大楼。"当然从更长远计，吴仁宝认为，这座大楼是百年大计，可能是越老越值钱，所以这样的投入就叫有效的投入，能够增值。

吴仁宝这账算得很精，他讲出的道道，让一座大楼的投入，变成了可持续发展的经济增长。

第三是这个大楼可以说叫增效大楼。吴仁宝不单单算增值经济效益，而且还有社会效益的增长。这一幢楼，华西可安排就业几百上千人，其社会效益同样无可估量。吴仁宝更算政治账，他说："像这样一座大楼是建在我们农村，建在我们华西，这反映了我们农民富了，有钱了，这就是靠社会主义富了我们华西，这也反映了在我们中国共产党的领导下，有我们党的英明伟大，所以建设了中国社会主义，也说明只有社会主义才能够富华西。如果不富，这个楼是建造不起来的。所以这座大楼不仅代表了中国的农民，也可以说代表了世界的农民可以富，说来说去只要有钱，有了钱就可以办大事。"

华西土地资源稀少，富裕的华西吸引了更多外来人，要在土地以外要资源要发展空间就变得迫切了。吴仁宝还是"穷则思变"，用智慧变出土地资源，用智慧变出社会效益。

华西村的总长超千米的"空中长廊"、十七层高的华西金塔等，都是吴仁宝"住房向空中发展"，向空中要土地、要面积的增值理论的实践。

再后来，华西村的"天下第一塔群"竣工，一共有九座，参观者都为这雄伟壮观瞠目结舌。几年后，更伟大的壮举出现，华西村又要建起一座摩天大楼。吴仁宝依然将其解释为"向空中要地"，是科学发展，是集约用地。吴仁宝巧夺天工，这座高楼更成为中国农村的神话，以惊世骇俗而引人注目。吴仁宝的"三增理论"是有它的实践意义和理论基础的。

看来匪夷所思的构想，都在吴仁宝的编剧和导演下实现，他懂得如何调动市场资源去为华西服务，他知道如何制造热点去赢得外部市场的关注。坚持"大发展，小困难；小发展，大困难；不发展，最困难"的吴仁宝，"头脑清醒，一定要清醒；难得糊涂，一定要糊涂"。

吴仁宝实现"三增理论"的同时，还带起了华西的新产业发展。华西标志性建筑群的符号意义和由此产生的"名片"效应，对于图谋加大力度发展第三产业的华西村而言，意义重大。

华西村旅游公司的统计数据显示，旺季，每年到华西村旅游的人数，保底数字是两百万人次。正常的旅游时节，旅游景点华西金塔的观光层，总是挤满了客人，观光农业的温室大棚里，游客摩肩接踵。最忙碌的时候，吴仁宝最多一天要在民族宫作六场报告。

随着"龙希"摩天大楼的落成，华西村开始向服务经济转型升级，旅游业是带动转型的龙头。现任书记吴协恩认为："发展旅游业，既能提升环境，又能提升人的素质，还能带动整个产业升级。"于是，华西村通过建立高星级酒店、购买直升机和成立通运航空公司等一系列举措，拉长旅游产业链。

4. 两头一致

中国共产党历来强调讲政治。毛泽东指出"没有正确的政治观点，就等于没有灵魂"。邓小平强调"到什么时候都得讲政治"。讲政治，首要的就是必须与党保持一致。《关于新形势下党内政治生活的若干准则》中就要求："全党必须牢固树立政治意识、大局意识、核心意识、看齐意识，自觉在思想上政治上行动上同党中央保持高度一致。"

保持一致，这是政治，是大局。华西村在吴仁宝率领下可以迈过坎坷获得"天下第一村"的美誉，就是自始至终和党"保持一致"的结果。吴仁宝作为一个基层老党员，他懂得，"保持一致"是纪律、是原则、是方向，同时也是机遇。

在吴仁宝的语录中，有"吃透两头""两头一致"的说法。华西"既吃透党和国家的大政方针政策，又吃透本地工作实际；既一头与中央保持一致，又一头与老百姓保持一致""不管政治风云如何变幻，国家方针政策怎样调整，华西都能够启动自己的响应机制，一次次避开风险，抓住发展机遇，实现超前发展、科学发展"。

同时，作为基层干部，理解"保持一致"更为接地气，更从实际出发。吴仁宝认为，做一名干部，只要两头保持一致，既同上面保持一致，又同下面保持一致，就是一个不太差的干部。

其实，这又是辩证法。中央的政策要求是从实际出发，是为人民群众着想，两者是相辅相成一致的。"治国有常，而利民为本。"习近平总书记强调指出："不断提高人民生活质量和水平，是我们一切工作的出发点和落脚点，也是全面建成小康社会的根本目的。"人民对美好生活的向往，就是我们的奋斗目标。人民的福祉就是中国共产党的根本出发点。这是吴仁宝"两头一致"的理论支持。

吴仁宝的可贵之处，就在于，他能"吃透"，不只是单向的对上，而是"吃透两头""两头一致"。一些来取经的基层干部对吴仁宝感叹，基层的群众工作不好做，干部的好意也常不被群众理解时，吴仁宝很有哲理地回答："我听了老百姓的话，老百姓肯定会听我的话。"

作为党的人，吴仁宝对共产党的信仰坚定不移，这是他始终与中央保持一致所得的财富。

但他也始终记得，权为民所用，始终坚持群众路线不动摇。在吴仁宝睿智的思维引导下，华西村的发展是超前的，无论是"十五年规划"平整田地，还是下狠心购买大磨盘；无论是"顶风"开办小五金工厂，还是后来的发展集体经济、农副产业两手抓，直至华西村股票上市等，每一次都由集体举手表决，每一次都充分尊重和表达民意。

"权为民所用"，坚持群众路线的思想光华；也正是在这样一种精神的引领下，一代又一代的华西人才得以从容应对时代节点为他们带来的一次又一次的挑战和机遇，凭着不怕吃苦、开拓创新和勤劳不息的锐气和勇气，始终走在时代的前端，创造了华西的辉煌。

华西村的发展并非一帆风顺，而应对挑战的根本法宝只有四个字：实事求是！作为基层干部，吴仁宝对实事求是的理解很朴素，叫作"吃透两头""两头一致"。

吴仁宝有过痛苦的教训，1958年"浮夸风"时他虚报过产量，多年后他总结说，"干部说假话，受苦的是群众。"哲学上的辩证法，帮助吴仁宝对形势有着极为敏锐的捕捉，迅速找到要害，做出独到的判断。吴仁宝说："自己不要去跟风，不要去想当先进。一味要出风头搞花头的，最终都要跌跟头吃苦头。"

从理论上说，作为共产党的干部，与"两头"保持一致理所应当。因为我们党、政府与人民的利益是完全一致的，除了人民的利益，共产党没有自己的私利。但在具体工作中，由于种种原因，上级的政策、决定，与人民群众的利益发生矛盾的情况也会有。

吴仁宝的办法是，实事求是，从实际出发。他的选择，关键在于"吃透"上。通过读报和看电视新闻，以自己的睿智，吴仁宝总能把准政治的脉搏，在五十多年时间里，华西村几乎是每个历史时期的中国农村典型：从"农业学大寨"先进典型，到科学种田典型、乡镇企业典型、扶贫先进典型、精神文明建设典型……因此，他被周围的人公认为是"农民政治家"，在创造经济传奇的背后有着自己的政治智慧。

吴仁宝说："华西的东西人家能否借鉴，有没有好的特殊经验，实际都没有，说要学习华西应是两个字——落实。所谓落实，凡是中央讲的，根据我们实际去落实就是华西的经验，实际我们所做的事，我们都是按照中央的精神去办，那么中共的精神实际上来说，它是考虑到全国性的。举两个例子，分田到户当时讲，是宜统则统，宜分则分，那我们华西当时就是'统'，不分，这个就听中央的；再比如改革开放，后来的转制，我们也听中央的，因为中央是两个毫不动摇，一个是坚持巩固和发展公有制经济毫不动摇，一个是坚持鼓励引导非公有制经济发展毫不动摇，那我们坚持发展了公有制经济，为什么会坚持的呢？因为我的理解中央为什么这么提，它讲巩固发展公有制经济，是怕不巩固了，所以要巩固还要发展。"

都是听中央的，都是与中央保持一致，区别就在于，吴仁宝可以全面领会中央精神，依照中央要求实事求是的做，所以他成功了。吴仁宝的一生都在琢磨、吃透中央精神。

同时，吴仁宝的个人自制力，使他躲避了可能出现的傲慢，在中国社会，这种傲慢经常是导致灾难的前奏。

同上头保持一致，吴仁宝认为，不能满足于当"传声筒"和"收发室"，叫向东不向西，叫打狗不撵鸡。高压电不能拉到家里点电灯，要经过变电站、变压器"变压变频"，要从华西实际出发，千方百计发展华西经济，一切为了造福群众。

在历史的特定时刻，上面一头与下面一头并不一致，怎么办？吴仁宝"那就只好对上面搞一点形式主义，目的是保住实事求是，形式主义可以对付官僚主义，官僚主义也比较喜欢形式主义"。

"文革"时期，"早请示""晚汇报"和"忠字舞"十分荒唐可笑。"革命派"上门指责吴仁宝，想用生产压革命。

吴仁宝灵机一动，说道："毛主席不是说了'抓革命，促生产'吗？我们华西就是一手抓革命一手促生产，再说我们的生产上去了，也是学习'毛选'后的结果呀！"一席话让来抓辫子的人感到舒心。

吴仁宝也曾经搞过"两面派"，以粮为纲的年代，搞资本主义的尾巴，遇到检查赶紧工厂关门下田，检查人走了，又开动机器的五金厂。吴仁宝曾经无奈检讨："我现在经常对人说，自己为什么七八十岁了还没有完全退休，就是因为过去犯过三个错误：教条主义、形式主义和官僚主义。这三个主义在我们新中国社会主义建设的几十年里经常有人犯，我也不例外。所以总想在自己身体允许和有能力改正错误的时间里多补点回来，多干点有利于老百姓的事。"

几十年来，吴仁宝两手抓、同两头保持一致，他是这样说的，更是这样做的。对他人他事做到实事求是并不难，难的是对自己也是这么清醒、这么睿智，这是一种超越了自我的实事求是。

5. 抓牛鼻子

通常，比喻抓工作要抓重点，用纲举目张最为合适。纲：渔网上的总绳；举：提起。把大绳子一提起来，一个个网眼就都张开。比喻抓住事物的关键，带动其他环节。吴仁宝则喜欢以他的方式，他的语言来总结归纳。

翻开吴仁宝的发展经验和他走过的路，成功的因素很多，其中他自己归纳的一条是抓住了"牛鼻子"。吴仁宝说："华西的成功之处，关键是在任何时候都抓住了'牛鼻子'，抓'牛尾巴'是抓不住的，只有抓在前，才能更有效。"

在农村生活的农民都有和牛打交道的经验。牛有野性，牛鼻是牛身上最脆弱最怕疼的地方。当牛野性发作时，牵住牛鼻它就不会反抗。比喻抓工作要抓根本、抓重点。用最通俗的方式告诉农民同胞，华西的哪些方面是牛鼻子，村民们就最容易理解。

牛鼻子在牛头的最前面，抓早就是抓住了牛鼻子，走在前面才有机遇，未雨绸缪是吴仁宝的重要法宝。

每年农历春节，农活儿忙完了，农村、城里都放假休息了，唯独吴仁宝有安排。华西村的农历新年，几十年如一日，都是在开会中度过。从初一到初五，全体村民连开五天会议，每天开会学习，吴仁宝要求讨论，这一年怎么来抓好"牛鼻子"，可以做到开门红。

前村党委副书记瞿满清说，"每年开春抓牛鼻子，我们都已经习惯了。"华西村村民年初一上午集中开会，先开大会，再各单位分组讨论，工业、农业、副业不同产业都要开会，这成为制度。

开一天会，到下午四点钟可以去走亲戚，晚上八点钟再回来开会。"实际上是老书记要求制订一年的规划，抓早、抓好。"大会、分组讨论，再集中汇报，再研究如何落实，最后是表决心，形成计划书，都有明确具体的落实时间表。一年之计在于春，吴仁宝抓住牛鼻子，就从华西的农历新年开始。

吴仁宝带领华西村从"七十年代造田"开始走来的中国特色社会主义新农村征程。可以攻艰克难，就是因为，吴仁宝始终追求信仰不偏道，坚持原则不放手，有一股子抓牛鼻子的韧劲。热爱祖国，跟定共产党，建立起共产主义信仰，走集体经济的路，追求共同富裕的目标。吴仁宝的人生观、吴仁宝的追求、吴仁宝的思考，就是牵着他一生的牛鼻子。

吴仁宝抓住了社会主义的"牛鼻子"：老百姓幸福就是社会主义。

吴仁宝抓住了华西人幸福的"牛鼻子"。吴仁宝说：我们有三个土标准：生活富裕、精神愉快、身体健康。我和华西村的干部认为要让老百姓真正幸福，这三个标准一个都不能少。什么叫生活富裕？我们华西农民现阶段的标准，就是家家户户能住上好的楼房和别墅，大的面积可达五六百平方米，小的也不低于四百来平方米。每家有汽车，每户有存款，少的百万元，多的几千万。

　　华西已经做到村民吃饭看病和小孩子读书基本不用花自己的钱。如果你家的孩子能上大学和出国留学后回华西，你得到村里的奖励非常丰厚，足可以抵娶媳妇、找对象的开销。你家子女要是孝敬老人，家里出了个百岁老寿星，全家所有人都能得到每人一万元的奖励。精神愉快，就是家庭和睦，邻里相亲，干群团结，上下齐心。

　　在华西，基本听不到家庭成员和邻里之间的吵架拌嘴，因为大家的日子好过了，没什么发愁和值得计较的事。干部说话办事想的是群众，群众也拥戴干部，一声号响，十几分钟内全村人就能集中到一起。吴仁宝说：啥叫身体健康？我们华西村村民们平时吃的是绿色食品，喝的是干净自来水，日常里大家讲究营养保健。村里有八十多个旅游景点，有书场、球场、体育馆、健身房，有歌舞厅、影剧院，每年几百人还有分批出国旅游的机会……美国、德国、新加坡等国外的客人看了我们华西村农民的生活后，感慨地说：华西村了不起，这样的社会主义我们也要！

　　对信仰、对发展、对前景，对产业结构、对华西目标、对共同富裕，吴仁宝都有自己独到的思考，且都能领先一步，都能抓住要害，都是抓住牛鼻子的结果。

　　华西村最耀眼的就是村民家家都住上了"洋房"、别墅，吴仁宝却还住在上世纪七十年代盖的旧房子里。他给自己约法三章：不拿全村最高工资，不住全村最好房子，不取全村最高奖金。

　　因为老书记吴仁宝领头不拿奖金，五个都在华西村挑着发展重担的儿女，都不按规定拿超额完成任务的奖金。改革开放市场经济，钱让谁都眼红，但仅这一家子的奖金部分，加起来起码是几个亿万富翁。

在这里，共产党员的表率就是牛鼻子，吴仁宝以自己的表率作用，带动华西村的党员、干部做出表率。他这样说："一个党员就是一面旗帜，党员代表着党的形象。一个党员干了好事，老百姓就会念共产党好。"吴仁宝认为："全心全意为人民服务，是共产党员的职责。要为人民服务好，最根本的就是要让人民过上好日子。要让人民过上好日子，就得发展经济。"

干好中国的事情关键在党，关键在人。吴仁宝内心认为的共产党人和当干部的这份为人民谋幸福的责任永无止境，即使是自己的生命结束之后还想着留什么精神遗产给后代的问题。这是因为，他这样做可以为后一代全面富裕后的华西村的党员、干部们树立榜样，让他们明白严于律己、克己奉公、艰苦奋斗，是共产党人永远不能丢失的本色。

六十年代，华西村正式组建，改变贫穷落后的状况，改天换地的战斗，是靠每一滴汗水冲刷和垒起的一种艰与苦的实干，实干就是牛鼻子；华西出名的时候正值"文革"时期，靠实干和抓生产争出的典型，在那会儿并不吃香。有人指责："吴仁宝，你这么搞是什么用意？想用生产压革命啊？"吴仁宝生产领先，生产和革命一起抓，巧妙躲过责难，有的时候，巧干就是牛鼻子。

早在上世纪七十年代进行"造田"运动的同时，吴仁宝已经摸索出了一套建设社会主义富裕新农村的经验，即单一的农业很难使农民们真正富裕起来，只有彻底解放农村生产力，走农村工业化道路，中国的农民、农村和农业才有出路。"无农不稳，无工不富"就是华西人的经验总结，抓好了农业，就抓住了"稳"的牛鼻子；抓好了工业，就抓住了"富"的牛鼻子。

华西人的产业拓展过程，一直遵循了"亮"的发展思路，做到"多业取胜，两头延伸，大小结合，三产并举"。吴仁宝说："在产业拓展过程中，我们始终遵循了'东方不亮西方亮，东方西方都不亮，还有星星亮'的发展思路，从农业到工业、从工业到商业，从商业再到旅游、物流、金融等三产服务业。特别是形成规模之后，转的速度更快、转的方式更新了。实践证明，早转早主动，早转早得益。"这

148

里，灵活、多元就是牛鼻子。

抢抓机遇，快速发展，华西先人一步的产业发展，都比同行业的企业节奏快。那是一种敢为人先抓机遇的精神，那是创新敢为的勇气，有一股勇做"第一个吃螃蟹的人"的气概。抓紧时间和机遇就是抓住了牛鼻子。

华西新农村建设的巨大变化，用华西村老书记吴仁宝的话就是："华西实现了三农变三化：一是农村标准化，达到了生产发展、生活宽裕、乡风文明、村容整洁、管理民主。二是农业多元化，形成了工业、农业、商业、建筑业、旅游业的新格局。三是农民知识化，不仅拥有了大中专生以上文化的三千多人，而且华西人可以讲七国语言！"这是因为，吴仁宝抓关键、抓重点，牵牛要牵牛鼻子。

6. 实事求是

实事求是，是一种治学态度，也是一种人生哲学。

实事求是，从实际对象出发，探求事物的内部联系及其发展的规律性，认识事物的本质，按照事物的实际情况办事。在政治理论中，实事求是指的是：一切从实际出发，理论联系实际，在实践中检验真理和发展真理。

在1938年党的六届六中全会上毛泽东第一次使用"实事求是"概念："共产党员应是实事求是的模范，又是具有远见卓识的模范。因为只有实事求是，才能完成确定的任务；只有远见卓识，才能不失前进的方向。"毛泽东援引实事求是，并给予新的解释，成为毛泽东思想的核心。

习近平总书记2012年5月16日在中央党校春季学期第二批入学学员开学典礼上作"坚持实事求是的思想路线"讲话，习近平指出：我们党是靠实事求是起家和兴旺发展起来的。正如邓小平同志指出的："过去我们搞革命所取得的一切胜利，是靠实事求是；现在我们要实现四个现代化，同样要靠实事求是。"实事求是作为党的思想路线，它始终是马克思主义中国化理论成果的精髓和灵魂，即是毛泽东思想的精髓和灵魂。

坚定共产主义信仰的吴仁宝，牢牢把握住党的思想路线，实事求是是他率领华西走共同富裕的基石。吴仁宝说："我工作这么多年，人家问我成功的秘诀是啥？我说，实事求是。千难万难，实事求是最难，遇到任何困难都要实事求是，只要实事求是，就能大难变小难，小难变不难。"

坚守实事求是原则

讲这番话，是因为吴仁宝有他自己的切身经历。华西村五十多年的历史，什么时候不实事求是，说了假话，什么时候就是华西发展受挫之时；按照实事求是的原则行事，华西的发展就稳步向前。无论是坚持集体经济，无论是共同富裕，实事求是一直是吴仁宝的原则。

吴仁宝曾经有过痛苦的教训。那是上世纪五十年代，"大跃进"搞浮夸风盛行。在公社召开的村干部报产量放卫星会上，不切实际的水稻亩产数字一路飙升，最高已报到了亩产上万斤粮了。轮到吴仁宝了，想想无法再超了，但他仍然不甘太落后，一咬牙一跺脚，把亩产量报上：3700斤！会议主持人连说吴仁宝太保守。迫于压力，吴仁宝老实巴交地说："到时请派人来监督，多收一斤我们多卖十斤，少收一斤补一斤就行。"这样的表态显然并不能让社领导满意。回到村里，吴仁宝挨个找生产队长检讨："我错了，说了假话，你我之间可不能再说假话了，否则粮食都卖了，群众吃啥？"

多年后，这件不实事求是的表态一直在吴仁宝心中："从那以后，我对弄虚作假的一套再不违心随大流了。干部说假话，受苦的是群众，要坚持实事求是不说假话，就得心里没有包袱，不想升官，不想当先进。只有这样，讲的话才能真正为群众负责，为党的事业负责。"这样的经历，奠定了吴仁宝做老实事，当老实人的决心。

这以后，实事求是成为吴仁宝不可违背、无法协商的原则。他总结自己的特点说：一是我的性格，无论什么事情都要以很快的速度去办，如果不办，我睡不着觉；二是我办这个事情，会反复思考利弊关系，不脱离实事求是、依法办事。所以几十年下来一直到现在，吴仁宝还是吴仁宝，一个真实的吴仁宝。

全国推行家庭联产承包责任制，华西没有分田到户，就是因为实事求是根据华西的实际情况做出的安排。吴仁宝认为，华西人多地少，工业发达，分田到户不适合华西的实际。他掷地有声地说："人家分田是实事求是，我们不分同样是实事求是！"华西提出两句话：集体重工抓粮，个体修补种养经商。他提出让能手承包种地，专业承包副业，集中力量发展工业等调整产业结构的方案，令华西农副工全面兴旺。到今天看来，当时适度规模经营、集约发展极具远见。同时也可以看到，吴仁宝坚持集体经济的方向，是实事求是的真知灼见。

对领导讲的话，华西也有听而不做的，完全出于实事求是。吴仁宝细细道来："领导讲的，我们已经做好的，不要重复再做，暂时还没有条件去做，就不要勉强去做，这个都叫听领导的话。否则，你硬要去做，造成了损失，还不能说是领导叫做的。因为领导讲的时候不是对我们一个单位讲的，别的单位可能条件成熟了，它可以做。"

实事求是思想路线

思想路线，也叫认识路线。延安时期，毛泽东在总结中国共产党的历史经验教训时，借用中国古典，提出了"实事求是"的口号，这一口号后来被作为党的思想路线的概括表述。改革开放之初，邓小平总结建国以来我们党的成败得失，提出了"解放思想，开动脑筋，实事求是，团结一致向前看"的口号，丰富了"实事求是"思想路线的内涵。

中共中央总书记、国家主席、中央军委主席、中央全面深化改革领导小组组长习近平2017年3月24日上午主持召开中央全面深化改革领导小组第三十三次会议并发表重要讲话。他强调，各级主要负责同志要自觉从全局高度谋划推进改革，做到实事求是、求真务实，善始善终、善作善成，把准方向、敢于担当，亲力亲为、抓实工作。

数十年来，吴仁宝回顾自己从偏离实事求是方向到坚持实事求是的思想过程时说："五十年代听，听对的多，听错的少，可错的造成的损失可不小，于是就转变为六十年代'顶'，开始'硬顶'，一听不符合华西实际的事，就当面顶回去，坚决不执行。结果上面说，'骄傲自大，目中无人，独立王国，这还了得'，眼看实事求是的'明顶''硬顶'要吃亏，自己丢乌纱帽事小，农民吃苦头事大，遂改'硬顶''明顶'为'软顶''暗顶'，当面坚决答应，谢谢领导关心，背后决不执行，因官僚主义高高在上，鞭长莫及，'口头落实'就等于'行动落实'。当然，过去办事缺乏实事求是精神不能全怪上级领导，下面基层干部也有责任，汇报讲好的，视察看好的，参观路线定好的，上面不按指定的路线参观，心里还有意见。"

"硬顶""明顶"也好，"软顶""暗顶"也罢，都说明吴仁宝肩负着共同致富的重任，带着求知求真的渴望，在实事求是的探索中日益成熟。

在华西村发展的历史进程中，时不时会遇到求上游争先进的诱惑，吴仁宝审时度势，实事求是，不为讨好上头，不为跟风，不为了当"先进"而当先进。有时，吴仁宝的思考会被人不理解，但最终，实践会作出明证，有的时候，吴仁宝更愿意相信，事实胜于雄辩。

西谚云：谁笑到最后谁笑得最好。吴仁宝说："关键不在于当时是不是先进，而是能不能几十年乃至更长期的实事求是，与时俱进。因此，到底是先进还是不先进，主要是看我们是务实性的创新，还是花架子、形象工程、政绩工程式的'创新'，凡是不实事求是的，最后总要一败涂地，只不过是时间长短而已。"

吴仁宝常挂在嘴边的一句话：实事求是，常常强调的是："三听三不走"，说来说去一句话，办一切事情，一定要实事求是从实际出发，走自己的路。

华西听中央的要不走样，中央讲一国两制，我们就搞一村两制；中央讲抓大放小，我们就抓大扶小，把中央的精神结合我们华西的实际，所以听中央的要不走样。

听国外的要不走神，国外的好的我们要学，不符合我们国情，不符合我们村情，我们就不学，不仅不学，有些在国内来说影响我们文明建设的，这些我们要杜绝，所以说听国外的要不走神，不要听到国外什么都好。

听老百姓的要不走偏，老百姓来说，应该说什么叫不走偏？华西老百姓有村民委员会组织法，按照组织法去办事，有个别少数的人超越了法律的范围。这些话吴仁宝称，不好听，而且他的行为我们还要杜绝，所以听老百姓的要不走偏。

吴仁宝有他的深层思考，就是领会中央精神，从华西的实际出发坚定不移地贯彻落实；学习西方的先进经验，但始终脚踏实地站在中国的土地上；一切为百姓着想，一切从老百姓出发，不偏不倚。

实事求是，表现的是一个新中国农民的实在、踏实。吴仁宝之所以可以坚定社会主义道路不走样，就是因为一切从实际出发，实事求是不走样。他说："我对中国特色社会主义'特色'两个字非常认同，什么是特色？从实事求是出发，走自己的路，人家没有的你有，才叫特色。"

第六章 大华西大战略

我们华西变大了。我们原来是0.96平方公里，现在已经超过35平方公里了，已经比澳门大了；就人口说，我们原来是1000多人，现在到了35000多人了。当然，作为华西村来说是大了，但同镇、县比还是小。现在的华西，山南是钱庄，山北是粮仓，中间是天堂。但最关键的是，经济上要搞大，而且要做优；要实现"地创高产出，人创高素质"。

——吴仁宝

1. 共富境界

建村五十多年，无论遭遇什么样的风云变幻，华西一直是中国社会、经济发展令人瞩目的热点，是媒体关注的焦点。华西作为建设中国特色社会主义新农村的一面经久不衰的旗帜，屹立不倒的标杆，走过了长达五十年奔向共同富裕的道路。华西的故事凝聚着吴仁宝对经济发展的现实理解，对共产党人理想的认识高度。

有的人，生存是为了享受；有的人，生存只为平安；而有的人，生存却是为了理想。这五十年的跨度，正是吴仁宝坚持理想信念，走社会主义道路的真实写照。吴仁宝说，"我认为我们村官的健康长寿同经济发展、人民富裕，是相辅相成的。我们经济发展了，老百姓富了，我们作为村官，精神上也愉快了，我们就也可以健康长寿。健康长寿是为人民服务的健康长寿。"

吴仁宝的理念，成了铺垫华西发展的基石，华西的村官都必须以"为人民服务"为宗旨，为官的生命是与人民富裕紧密相连的，否则生命没有价值。吴仁宝要求华西村官的人生价值突显在为人民服务之中。

人的生命有限，如何拓宽有限生命的高度和宽度却是每个人值得思考并追求着的课题。人生的价值不因生命短暂而泯灭，应让短暂的生命绽放出无限的生命之光，照亮世界与他人才是价值所在。传奇的人物吴仁宝，"中国第一村"的老书记，其生命的高度和宽度早无法以实际年龄来丈量，他给华西留下的遗产，还在不断延绵，他的生命价值，仍以他恒久的光辉映照着华西的未来。

吴仁宝把有限的人生奉献给了共产党和人民的事业。一生心系百姓福祉，由此提升了他生命的高度；一生只想着为群众而不是为自己办事，想的是大家而不是自家，因此拓宽了他生命的宽度。吴仁宝说："我最爱好的就是工作。同老百姓去接触，听取意见。工作认真，也就可以健康长寿。因为这是锻炼我的脑子。我现在自我感觉，我是一百多岁的工龄，八十多岁的年龄，五十多岁的脑龄，脑龄还可以。为什么？平时不去想自己活多少年，而是想我有生之年怎么去多做工作，为人民去服务。"吴仁宝为自己设定的生命的高度，使他在有生之年实践了一辈子为人民服务，更使他身后，华西村村民仍然享受着吴仁宝为大家营造的幸福。

早在华西村脱贫的上世纪七十年代时，吴仁宝就以共产党人的远大理想和唯物主义者的胸怀告诫他那些日趋富裕的农民兄弟姐妹们：人早晚要死，生前积累再多的物质财富对死者来说毫无意义。因此人活着的时候，我们人人都有权利争取生活得更好些，但再好的生活也总是有限的，所以大家在创富和享福的同时要有"三不忘精神"：不忘国家、不忘集体、不忘左邻右舍。

正是在"不忘精神"的理念引领下，吴仁宝把他心中期望的中国农民的幸福富裕人生观表达为"一人富了不算富，全村富了才算富"，并将这一思想深深地印刻在每一个华西人的心中。华西人也由此形成了靠艰苦创业、靠勤劳俭用、靠知识才能、靠诚信守法走上富裕之路的基本行为准则。这也是吴仁宝为华西村设定的百年和谐发展目标。华西从六十年代改造山河起就确立了追求共同幸福生活，共享富裕发展的高起点和高目标，才有了今天华西持久不衰的繁荣，这是一种境界的繁荣。

看到华西人生活在富裕中，过着无比幸福安稳的好日子，有参观者总会带着不解讨教吴仁宝：为什么有些村，有些人的财富比华西人富裕，可怎么也做不到华西的安稳与和谐，甚至社会风气异常恶劣，为什么富裕了却不能过上安稳日子？吴仁宝都会很认真地向大家讲解华西的心得："因为华西村没有暴发户、没有贫困户，只有家家户户富。"华西的定位就在共同富裕，这才是人心齐、共谋福的基础，是一种境界。

吴仁宝的解释听起来似乎平常，但却是超越平均主义的共同追求。吴仁宝真实的想法和做法，就是华西绝不拉大贫富差距，华西也没有对立的贫富隔阂，体现出的是走中国特色社会主义道路，携手共同富裕的理想。这也是穷其一生，不断追求的吴仁宝"民富论"的核心价值。他提出，"社会主义的真正富裕必定是共同的富裕，共产党人要实现执政为民的最终目标，必须让所有的人民都富裕起来。"这是吴仁宝在华西村村民富起来后对富裕的认识，是一个整体概念的高度。

每一个人都有自己的梦想和追求，有小追求，有大追求，有眼前追求，也有长远追求，数千华西人，一个基本的价值观需要统一，不能千人千追求。一路走来，吴仁宝领导华西人民实现自身富裕与幸福，重视的不是华西人可以有多大的享受，可以有多大的物质存在，需要重视的是走向富裕中的党员干部和人民群众自身的人生价值观。华西的党员干部还是村民群众，都要有一种精神境界，都必须认识到，物质的、财富的华西只是结果，精神的华西才是永恒的动力。

吴仁宝提出的华西高度，正是把党群两个基本价值观做到高度一致与融合。要富裕，先要将共同富裕理念深入人心，形成具有华西特色的价值观。所有赞赏华西成就的仁人志士，都肯定吴仁宝用近五十年时间所创造的一个中国特色社会主义的"天下第一村"，一个实现共同富裕的华西梦想，其最有价值的并非是村民们人人都住有别墅、行有豪车、存款百万，华西山青水绿、华西四海扬名等物欲，而是他精心培育和推行的华西人的精神世界，这是华西人走上幸福富裕之路且持续长远的科学发展理念。这才是华西发展的高起点、高水平、高目标。正如习近平总书记在徐州调研马庄村时所说："实施乡村振兴战略不能光看农民口袋里票子有多少，更要看农民精神风貌怎么样。"看的是精神，看的是境界。

以超前的眼光看，吴仁宝就有这样的境界，这是吴仁宝在华西培育起最有凝聚力，最具魅力的文化软实力，也是吴仁宝作为一个立足农村的农民思想家最具闪耀光芒的亮点。吴仁宝能够把自己这一整套科学发展和共同富裕的思想理念见于成效，是建立在他几十年始终如一地坚持对村民们进行务实而不懈的思想教育之中。

改革开放中，物质财富聚集起来的华西，面临着不能丢失的精神世界，考验不断。1988年，正是"公司热"席卷神州大地之时，看着越来越多的人只向钱看，华西村党委书记吴仁宝忧虑万分。虽然自华西村建立始，吴仁宝率领全村村民是以奔向富裕为目标，但他绝不相信金钱是华西的唯一"高度"。

在吴仁宝看来，物质、精神两手抓，两手硬，这才是华西的全面富裕。既然"公司热"，吴仁宝也创造发明成立了一个与文明相关的公司。由五名党员干部当公司的主管，基本条件是群众信任、作风正派、办事公道、有一定文化素质的。然后在多个村办企业中建立联络点，聘请了二十多名"信息员""采购员"，负责全村精神文明建设，专抓精神不文明现象，出产精神富裕"产品"。就这样，一个世界上没有、国内独创的"精神文明开发公司"在华西村诞生了。公司以创造华西人精神文明为宗旨，以举办论坛、文化交流活动，采集思想动态，组织学习，形成对村民精神富裕的潜移默化教育。吴仁宝投资精神文明为主导，让共同富裕的思想在华西村内形成新的境界。

罗马尼亚《真理报》副社长 Adriauursv，保加利亚新闻代表团的保通讯社副社长斯特凡·科如哈罗夫、《斗争》出版社社长尼古拉依·托莫夫、国家电视台摄影师柳鲍米尔·斯坦诺郁夫，在华西村参观采访时，好奇地向吴仁宝书记提问：村党委的职能是什么？党委如何组织村民学习毛泽东思想和邓小平理论？吴仁宝介绍说，我们村有一个精神文明开发公司，负责全村的思想政治工作，主要是用毛泽东思想和邓小平建设有中国特色的社会主义理论武装村民头脑。这让外国的媒体人大吃一惊。

表面上看，精神文明开发公司并不直接创造经济效益，开发精神文明都以投入为主，但通过思想教育、组织论坛、注重文明文化建设等，全村人整体素质提高了，社会安定团结，村风民风变好，村民安全感提升，凝聚力增强，人们过着祥和幸福的生活，大家齐心协力搞生产。所以，文化软实力的效果是无法用经济效益来衡量的，这是华西村的无形资产。

华西村精神文明开发公司是吴仁宝以基层的生活工作经验创建的"精神产业"，更是华西人坚持走共同致富道路的精神支柱，华西发展的高度由此体现。在一个农村的村级建制，吴仁宝给社会提供了足够广阔的视野。

吴仁宝认为：我是一名共产党员。作为一名党的"村官"，时刻把群众放在心中最重要的位置，"老百姓幸福是我最大的满足"，因此他有着为群众办事的坚定思想和信念，以一生服务为人生观。吴仁宝是一个共产党员，一个"村官"，他用实践证明，只要心系百姓福祉，无论职位高低，都能代表党带领百姓强村富民，也可以用实际行动提升自己生命的高度。

吴仁宝用实际行动证明"为官发财，应当两道"，百姓的福祉才是党员干部毕生追求的价值。党员干部只有坚持"全心全意为人民服务"，坚持踏踏实实为群众办实事，才能不断拓展生命的宽度，挖掘丰富的生命内涵，达到人生价值的最高点。

华西不仅有高度，华西还有宽度，吴仁宝要把华西的经历、经验介绍给外界。吴仁宝谈他的理想，身在华西，心却面向全国，"在'十一五'规划中，我讲了三句话：村帮村户帮户、核心建好党支部、最终实现全国富。从2006年起，我们将每年请一万名全国各地的村支部书记来华西村交流，五年就是五万人，费用由华西支付。中国约有六十八万名的村支书，如果每年能有一万名提高水平，全国富也就快了。"

高度是一种境界。从上世纪八十年代初开始有第一位"外来工"进入华西村后，吴仁宝就把"爱华西"教育扩展到凡是在华西村工作的人。他定义："我们华西村没有'打工仔''打工妹'一说，我们有句话很流行：到了华西村，就是华西人。"

华西一千多村民形成合力的宽度不断拓展，令大华西三万多村民受益。数据显示，现在在华西村工作的外来人达两万多，他们同样以"爱华西"的精神创造更加富裕的新华西，同时也每年从华西这儿赚回了三个多亿的工钱。

将富裕的幸福和精神文明的阳光与温暖播撒到周边四邻，这正是吴仁宝的境界、追求和视野，还是他华西建村时就建立的理想，现在更有条件去实践，他要将这种境界和追求让更多人受惠。

2．一分五统

吴仁宝的共同富裕是一个宽广的概念。华西村走向全面小康，还要迈向中康、高康，但吴仁宝看来，仅有华西的共同富裕还不是真富裕。"一村富不算富"，是吴仁宝早为华西富裕设定的高目标。吴仁宝想的是，华西村走的是共同富裕的道路，但这条路不单单是华西的富裕路，自己富了不能忘记左邻右舍，吴仁宝的共同富裕是一个大战略，而实现这个富裕战略就从华西周边村开始做起。

华西的富裕发展，与周围其他村的迟缓形成鲜明对比。前进村与华西村是一路之隔，有村民用顺口溜对比华西村和自己所在村，"看看华西像香港，家家户户住洋房，村民生活喜洋洋，说说前进就灰心，为了生活走出村，留下老弱病残守家门"。

华西周边前进村村民吴蕴芳，现今为成为大华西村村民骄傲。过去"我们村上的人有句流行语，叫作'儿好女好，不如华西好'，前进村在上世纪五十年代时与华西村同属一个大队，那时吴仁宝也是我们的书记，后来行政分家，我们就成为独立的前进村。可前进村不'前进'，1988年时华西已成'亿元村'了，我们村到年底时村干部的工资都发不出来，还倒欠村民六万元"。

一直牵挂着周边村发展，吴仁宝1988年9月2日的上午，来到前进村，他一声不响，先到村里的企业看看，再到村民家里走走。家徒四壁的村况，一筹莫展的民情，无奈迷茫的前景，让吴仁宝揪心。他以坚定的语调承诺，"周边村是我们华西的兄弟，是我们华西的手足，我吴仁宝一定帮大家渡过难关。"

吴仁宝一言九鼎。没过多久，华西村不仅投入了五百万元帮助前进村办了一家企业，还帮助村里解决了拖欠村民、职工、村干部和村小学教师的工资，对老年人发了老年保养金。一连串的帮扶，给前进村送上阳光和曙光。

华西村伸出协同扶助温暖之手，前进村转危寻机久旱逢甘露。在吴仁宝老书记和华西村的无私支持帮扶下，前进村的化工厂于翌年元月正式投产，当年就净赚五十多万元，三四年后利税已达到四五百万元，开始渐渐走向富裕。

与前进村情况相近，华明、三余巷村也在那些年里得到吴仁宝和华西村的全力支持，开始在较短时间内摆脱贫困，日子一天比一天好。

作为华西村的邻居，三余巷村同样受到华西村老书记吴仁宝的关心。原支部书记孙大龙感触万分地说，"老书记吴仁宝对我们周边村的帮助是无私的。"

吴仁宝的帮扶可是真帮，掏心掏肺那种，定要帮你达到致富的目的。那年，吴仁宝主动找孙大龙，商量要帮三余巷村办两个厂：一个法蓝厂和一个化工厂。而且不由分说就由华西投资把工厂建起来。

工业致富，三余巷村的农民收入改善了，大家正喜出望外，期待着未来。1994年5月，一场火灾把三余巷村的化工厂全烧了。这可是村里的"摇钱树"。就在全村愁眉不展时，吴仁宝老书记又出现了，还带来两百八十多万元人民币的重建资金，说要在原址上再帮建一个规模更大的化工厂。这番好意，这种无私，让三余巷村在场村民和干部懂得什么叫作真情，什么叫作无私。大伙说话时都哽咽了："啥叫社会主义好？啥叫共产党好？为什么华西可以过上好日子，华西人的风格和吴仁宝书记的为人，让我们一下全明白了！"

就在帮助这些村庄渡难关的过程中，吴仁宝意识到周边需要帮助的村庄太多了，更坚定他共同富裕的决心和实践。吴仁宝不再满足于单纯地帮助邻里村舍投资建厂，输血式的扶助办法并不是长久之计。在共同富裕的路上，携手联合才是出路，华西村要和周边村子形成一个结构性改革的方案形成。一个吸纳周边村子建立"一分五统"大华西的设想在他的脑海里呈现—— 一个共同富裕的大华西战略。

吴仁宝设想的"一分五统"，即：村企分开，把合并的二十个村规划成十三个村，老华西村称中心村，新并村称为华西一村到华西十三村。并入华西的村子仍由本村村民自治选举村委会；由华西集团经济统一管理，干部统一使用，劳动力统一安排，福利统一发放，村建统一规划。吴仁宝说："为什么并村这么并，也是我们华西的特色，因为社会上村是并了，心没有并，我们也叫创新，机制创新，叫'一分五统'。什么叫一分五统？一分，就是村企分开，村归村，企业归企业。五统，就是资金统一管理，干部统一使用，劳动力统一安排，福利统一发放，村建统一规划。最后实现基本生活包，老残有依靠，优教不忘小，生活环境好，三守促勤劳，小康步步高。"

这个想法得到了上级政府的赞赏和支持，更得到周边村干部群众的双手拥护。虽然吴仁宝的大华西战略在初期有些周边村人不理解，甚至还闹些小矛盾，也让吴仁宝好心遭遇坏质疑。但时间消磨了误解，真心得到了体谅。

大华西战略是真正让3.5万名村民富裕受惠的战略，同时也是壮大华西村规模、形成规模和集聚效益的战略。

提起并村这件事，一位村民说："我们并村都要签字的，当时我们是百分之百的签字率！"就这样，从2001年开始，一批又一批村子以村民百分之百的签字同意率先后并入华西，到2006年"大华西"的设想已初具规模。这也是吴仁宝不愿意"长官意志"的要求，不能村书记说了算，要以民主的方式，达致大家的思想及行动统一。

"一分五统"后的大华西村，每年补给周边村每亩地一千五百元，大人小孩子每人每年发三百斤大米和十五斤油。并村之初，男六十岁、女五十五岁以上都有养老金，最少的每月一百二十元，多的五百多元。现在,华西村的规模变大了,面积由 0.96 平方公里扩大到超过 35 平方公里,人口由 1528 人扩大到 35000 人。

大华西统一规划,统一管理,保持了经济快速、高效和健康的发展,环境也变美了。周边村原来的乡间小路和草房开始被新别墅、楼房住宅小区,被工业园区、观光游览区所取代。村貌、乡貌变了,周边村民开始走上富裕之路,村风和谐,乡情和睦。

华西大战略却也增添了吴仁宝的遗憾,原来华西村中心村里几百户人家,哪一家有几口人,家中人脾气秉性,吴仁宝都能一一道来。现在三万多人的大华西还有两万多外来工的庞大村民队伍,吴仁宝难以全部识别。这个一心记挂村民的老书记不无遗憾地说,"那么多人,认识不过来了。"

吴仁宝创建的华西大战略,走出了农耕、小作坊的小农经济,形成了集群、集聚、集能效应。这么大规模的村庄、这么大团体的村民,可能在全世界也找不到第二个。

在吴仁宝的推动下,十六个村的能量组合到一起,产生的潜能和效用前所未有。从盖高楼、创亿元村,到合并村庄大华西,这些大事都是因为吴仁宝的大智慧,运用集体经济的力量,集中办的大事。

华西村以自己宽广的胸怀,将周边更多的村民拥入共同富裕的怀抱。

唐龙彪是华西十一村的支部书记,站在农村的土地务农四十多年了。该村前身叫蔡河大队,因为旁边有一条河浜,名蔡港河,后来改名叫蔡河村。"文革"的时候随潮流改叫"东方红",改革开放后又恢复叫蔡河村。

华西周边十多个村中,蔡河村还属于比较好的,其他的有一半以上村连村干部工资都发不出来。蔡河村有 2883 人,834 户。有二十五个村民小组,十六个自然村,规模在华士镇排第三。唐龙彪在蔡河村当了十年的支部书记。开始村里也有五金厂,这个五金厂还与华西的五金厂差不多时候创办;村里也有棉纺厂、预制件厂搞水泥管件等,总共有十多个企业,但后来都经营不善纷纷关掉了。

唐龙彪说,村里的开支,征兵服役、计划生育等行政费用有十九项要支出。加起来，每年固定要一百多万开支。早年，蔡河村还有矿厂，靠采矿收入维持村里的开支。那时，江阴市总共有九十六个采矿厂。蔡河村采矿厂效益不错，还能够维持村里的日常开支。

但开矿破坏生态，2002年开始，江阴市一刀切，所有采矿厂全部关掉。没了采矿收入，蔡河村的好日子丢失了。

2004年，吴仁宝提出以"一分五统"的形式将愿意联合的周边村"统起来"。蔡河村从上到下，从下到上反反复复商量讨论，包括村干部开会，村民小组长、村民代表开会商量，一致认为，吴仁宝以"一分五统"招手，大家都愿意加入大华西，加入到老书记这里。此时，周边已经有些村子第一批加入了大华西。

蔡河村是2004年9月第三批加入大华西。唐龙彪说，"现在老百姓最讲究实惠，看到利益自愿签字，一致愿意加入华西，都是自发的。"

蔡河村每家都有土地，1984年分田到户，人均约七分地。加入华西要把自己分到的土地流转出来，所有的土地流转到大华西村。唐龙彪说，"那个时候一亩地流转费还是挺高的，每年支付有七百元一亩，也有八百、一千的，最高一千五百块一亩地，几个档次，华西给我们是每年一千五百元人民币一亩。"

当时，蔡河村女的五十五岁以上、男的六十岁以上的大年龄村民有六百一十九人，老年人基本没有劳动能力，同意加入大华西，华西村马上拨款。蔡河村九月份一致同意进入，十月份就能拿钱。

加入大华西后，蔡河村用土地流转费支付。女五十五岁、男六十岁，每人一个月一百二十元，每个月按时八日发放。十多年了，从来不会九日发，遇到节假日就提前到七日；所有村民的口粮款每年八百五十元人民币，其中大米三百斤，一斤大米一元钱，三百斤大米扣三百元钱。唐龙彪介绍时很有满足感，扣除口粮，每个人还可以拿五百五十元钱，液化气等生活费都有了。而事实上，现在大米都已经起码要两元钱一斤，村民无形中增加了三百元人民币。

如今，老人的养老金已从一百二十元提高到一百八十元了，村民也增加到三千二百多人了。原来种地是亏本的，现在华西村统一发放的款项一年是460多万。

2016年，原来的蔡河村，现在的华西十一村，光口粮款和养老金就要530万。唐龙彪承认，"我们去年实际花掉840多万，是华西村给我们840多万钱，今年有可能流转费达900万。"

华西十一村的土地流转到大华西，到现在一亩地还没有使用，还是村民在耕种，种植的收入进入老百姓口袋。"老书记倡导的勤劳致富，土地虽然流转到华西，还是我们原来的村民在用。现在土地很紧，不允许造房，像我们大华西绿化比较多，绿化之后还有一点空地，让老百姓自己去种，种了收入就是你的。一般只要你勤恳一点，几千块钱是没有问题的。我们村有两个比较突出的一年收入达两万元了，都归自己了。"唐龙彪感慨地说。

按照江苏省江阴市的标准，一个年收入250万元的村级单位，就是贫困村，唐龙彪说，华西十一村的收入达到900万一年，全由华西纯支出，老书记的"一分五统"就是扶贫！大华西周边十三个村原来收入达不到江阴市的要求，都是贫困村。

江南农村地少人多，村民大多都不愿种地了，唐龙彪说："我们很清楚，因为土地太少了，一家只有一两亩地。像我们这里一两亩地，一亩小麦收到五百斤，水稻收到一千斤是很好的了。当初我们'一分五统'不要种地；老百姓年龄大的每月都有养老金；年纪轻的可以出去打工，三百斤大米钱照样有，这肯定得民心。得民心者得天下，所以我们对大华西的老书记和新书记都是很感恩的。我们这里有句土话叫'囡囡宝宝，还是靠仁宝'，还有一句话叫'城保社保，还是仁宝'。"据不完全统计，华西给大华西一个村一年九百万元，十二个村就突破一个亿。

作为村干部，唐龙彪现在主要精力抓党建，两学一做，学党章，学习习近平总书记系列讲话；抓农田的水利设施建设，为大华西发展奠基。"村支书以前什么都要抓，要出去招商引资，现在大华西统一搞工业。农村干部为老百姓服务，发展为民，所以我们还是比较轻松的。想想老书记确实是高瞻远瞩，他是个伟人，真正是高人。他首创了'一分五统'，深思熟虑的眼光看得很远。"

整个"大华西",被"一山一河"分隔成三个功能区。龙砂山以北是农业区,张家港河以南是工业区,中间是生活区。

初步实现了吴仁宝大华西的基本构想:"作为华西来说,从改革开放到现在,将近三十年的时间,我们华西变大了。我们原来是0.96平方公里,现在已经超过35平方公里了,已经比澳门大了;就人口来说,我们原来是1000多人,现在到了35000多人了。当然,作为华西村来说是大了,但同镇、县比还是小。现在的华西,山南是钱庄,山北是粮仓,中间是天堂。但最关键的是,经济上要搞大,而且要做优;要实现'地创高产出,人创高素质'。"

这就是吴仁宝思考大华西的战略,一个与周边村携手走向共同富裕的大战略。

3. 放眼天下

一个胸怀远大者一定是有抱负之人。共产党人就应该是胸怀博大,有为公而忘私的精神,不计一己得失的气度;胸怀天下的人,有着"一沐三握发、一饭三吐哺"的担当。虽然站在华西村0.96平方公里,以后又扩展至35平方公里的大华西,吴仁宝仍然可以做到放眼天下,瞩目长远,顾大局识大体。因为他是胸怀远大志向的人,心里装着群众的人,

"全国富了才是富",是吴仁宝共同富裕才是富的誓言。华西富起来了,更久远的目标在吴仁宝心中升起。开始带动周边村走共同富裕之路,也要尽其所能地为"老少边穷"地区帮困扶穷。共富理念贯穿吴仁宝一生。

走共同富裕之路,千里之行始于足下。吴仁宝把他的关爱之心投向了更远的中国中西部地区。

1991年,陕西省勉县高潮乡的高潮村党总支书记付中耀率村里的干部再访华西村。次年4月,吴仁宝带人到高潮村回访,商谈合作大计。会谈达成了分三步走的共识,华西村与高潮村合作办三个厂,

实现三个结合的帮带计划。为实现计划内容，华西村为高潮村义务培训了二十名生产技术员、经营骨干，帮带计划也逐步实施。在吴仁宝的集体支撑、共富发展的理念带动下，高潮村的经济发展步入了一个新的阶段。

这以后，吴仁宝带领本村的骨干又专程到千里之外的西北地区考察，寻找最需要帮助的贫困村。这样的帮扶考察活动，吴仁宝不顾自己年迈，一定是亲力亲为，每一次都亲自前往考察落实具体项目，有的地方还要一年去几次。有一种忠诚叫亲力亲为，吴仁宝就是忠诚自己共同富裕的承诺。

有一年，华西村的帮扶技术考察队在前往山西途中，车子发生意外事故，六十七岁的吴仁宝不顾事故致伤流血，坚持要到目的地。当他带伤下车到大寨交流帮扶项目时，大寨的书记郭凤莲握着吴仁宝的手感动得半晌说不出话来。她含泪说："华西有您这样的老书记是福气，我们大寨有您这样的好亲人感到光荣。"

在甘肃定西县，那里缺水的情况出乎想象，没有河，没有井，地里干得冒烟，吃水得到很远的地方去背去驮，量也少得可怜。学校里的小学生将用过的空墨水瓶擦干净，从家里装上一小瓶水带着，以解学校窘困。这一幕景象让吴仁宝一行无不感到震痛。

回到华西，他们向甘肃省"扶贫办"无偿提供三十万元，资助定西解决缺水问题，改善生产生活条件。一路考察，一路资助。面对贫困，华西口袋中的银子杯水车薪。

1994年5月5日开始，吴仁宝组织华西村二十五名干部，分成四个小组，奔赴西部地区陕、甘、宁、晋省（区）考察了二十多天，历程十二个地区、四十四个县。每到一地，吴仁宝要求具体了解那里的贫困和贫困原因，详细报告。

1995年6月中旬，吴仁宝和赵毛妹一行顶着骄阳来到西海固地区同心县五道岭子村，走进一户回族农民家。钻进低矮的窑洞，昏暗的光线下，炕上躺着一位视力不好的老人。揭开锅盖，锅里是几颗土豆和一束野菜。因为干旱，农地不长粮，老百姓长时期吃的就是这些。

吴仁宝拎着锅盖的手颤抖起来，眼泪止不住了，他一边掏纸擦泪，一边掏出人民币塞到老人手里。看了几户塞上人家，家家情况大同小异。吴仁宝让同行的赵毛妹、吴协东、缪洪达都把口袋里的钱掏出来。就在这个时候，要在西北贫困地区建华西村的想法已经在他脑子里闪动。

回到华西村，吴仁宝召集干部开了个会议，说出了他的想法：他要在宁夏建一个"省外华西村"，希望得到村委会会议的同意，一众村干部，对老书记的帮扶志向、共同富裕理想没有不支持的。吴仁宝决定，既然一方水土养不了一方人，那我们就把贫困农户迁到能养人的地方去。每人获发两千元人民币，迁出六千人，在黄河岸边建个新村。

1995年9月，"宁夏华西村"的建设开始运作，地点选在银川近郊戈壁滩上的"镇北堡"。吴仁宝从宁夏周边的贫困县搬迁了882户最穷的农户，迁居此地，盖房、盖小学，从长远人才培养考虑，甚至还建了中等专科学校。

授人以鱼，不如授人以渔。吴仁宝还安排了"宁夏华西村"的六百名年轻农民到华西培训，委派华西村党委副书记瞿建民、集团公司副总经理瞿永兴等前去"镇北堡"蹲点帮助管理，驻宁夏任华西村委会主任达五年时间。

回头望去，这五年，吴仁宝的帮扶脱贫是全方位的。从帮扶设计，到人力、财力支持，更重要的是让贫困地区的村民接受走出贫困的发展理念，培育了共同富裕可持续发展的人才。

五年时间，"宁夏华西村"初就，建成住房两千多间，开垦荒地一万余亩，植树十八万株，绿化面积达到一千二百亩，还建成了木制地板、空心砖、氯化稀土等四十多家企业，年总产值超亿元。有的农户不仅有了彩电、空调，甚至还有了轿车，成为国务院和宁夏回族自治区的"民族团结先进集体"，农业部的"东西合作示范区"。

塞上华西村建好后，村民用"华西名声当牌子，扶贫资金作引子，招商引资闯路子"。宁夏华西村也富了，西海固地区一万多农民终于走出了荒山！

2005年，宁夏华西村原管委会主任曹凯龙，作为中央先进性教育活动办公室特邀嘉宾和重点采访对象，被请到华西村，见到吴仁宝，曹凯龙说的第一句话就是："老吴，谢谢你为我们宁夏做的一切，谢谢!"

曹凯龙向吴仁宝交出一张这几年来"宁夏华西村"的成绩单。他一口气对吴仁宝说出了取得的成果："宁夏华西村借鉴江苏华西村的管理、技术、信息、资金支持，下力气完善农田水利设施，开发了土地5万余亩，使粮食种植面积达到3.5万亩，粮食单产由十年前的每亩150公斤增加到400公斤，增长了1.3倍。并且还积极发展种植、养殖业，枸杞、大枣等经济果林及苗木达到1.2万亩，建了五个养殖小区，各类家畜禽存栏四万头（只），户均可增加收入四千元。我们还建起华西农贸市场，对沿街铺面房进行改造，带动了周边地区第三产业的发展，个体工商业年交易额达到一千余万元。如今，实现了村村通柏油路，公交车通到了家门口，自来水饮用率达到70%，电话普及率达80%，农民电视拥有率达到90%。农民的居住条件得到改善，人均住房面积增加到二十平方米。"

听到这些，吴仁宝笑了，他说："我们华西村对宁夏特殊的情结只有开始，永远不会结束。"这是一种中国富起来还少有的先富带贫困的情结，是一种富起来以后的博大胸怀。

吴仁宝讲的还不仅仅是与宁夏的特殊情结，永远不会结束的是他"共同富裕"的理念，是富裕了的华西人更为宽阔的眼界、更高的境界和胸怀，以及帮富的情怀、无私向贫困地区伸出的友谊之手。吴仁宝说："我们在宁夏和黑龙江建立了两个'省外华西村'。先是宁夏，我们去考察以后那里非常苦，一看那里的人非常老实，但是思想观念非常老，在山里不愿意出来，最后我们拿去万元钱，把他们集中在一起，叫他们搞绿化、种蔬菜、搞运输。黑龙江也是这样子。"

1995年，华西村党委决定在黑龙江肇东南小山屯村建立"华西村"，要让更多的村民共同富起来。确定"黑龙江华西村"后，吴仁宝两次赴东北考察，还请每户户主到华西村参观。然后又分批接受该村两百多人到华西培训，以提高、转变他们观念和技术。

8月29日村党委会上，当吴仁宝提出构想，现任的华西村书记吴协恩第一个报名，村党委全体决定，由吴协恩代表华西村去实施这个扶贫项目。

1995年9月1日，作为一名共产党员，作为一个华西人，吴仁宝最小的儿子吴协恩二话没说，打点好行装，告别妻儿，别离家乡踏上了"扶贫之途"。

"黑龙江华西村"仅有55户人家、800亩耕地、人均年收入不足千元，都是散户新集中，村民来自于全国五湖四海的十一省。吴协恩说：我想起临行前父亲代表全村人讲的一段话："东北的条件是艰苦的，环境是恶劣的，要在那里建起一个像样的'华西村'，难度是可想而知的。但'艰难困苦，玉汝于成'，华西以前比东北现在的条件还要差得多，不也取得了成功吗？希望你们发扬'华西精神'，把那里的人民带上致富的道路！"

当年华西人重造山河的场景在中国塞北的土地上重现。吴协恩等人带着老书记的嘱托和一份共同富裕的责任。难能可贵的是，这种责任完全是华西人自发的，没有任何领导、上级下达过任何指令。

冒着零下二三十度的严寒在塞北开荒垦田，筑路造渠，天寒地冻下劳作、垦荒，艰难困苦的条件比父辈初创华西时不会好到哪里。华西初创时是只有一条路，没有别的选择，而来这儿创建黑龙江华西村的华西人是从南方富裕的"暖窝"中站出来，艰苦创业。吴协恩等人再现了当年父辈吴仁宝变贫穷华西为富裕华西的艰苦奋斗精神，在塞北再造的是华西村，更将华西精神在黑龙江大地撒播。

除了开垦农地，也着手工业致富、勤劳致富。一家资不抵债、关闭了一年多的国有肇东电缆制造厂，在吴协恩、赵志初等人的拯救下重新展示活力，因地制宜新办的电工铝和无氧铜厂，都在短期内见效。

吴协恩将吴仁宝创建的华西经验带到黑龙江，和工作组的同志们一起，像当年父亲创建华西村一样，建设省外又一个"华西村"。他们牢记吴仁宝所言"扶贫先扶志，扶志先育人"。工作组走村串户，与村民打交道，了解村情、民情，对村干部传授"华西精神"和"华西经验"；同时，吴协恩主持召开了村党员干部会、村民大会，统一大家的思想，谈改变贫富差距，谈发展的思路，谈富裕的前景，激发改变农村面貌的热情，制订可行的经济发展规划。

不需要十五年规划，只有短短的三年时间，至1998年，"黑龙江华西村"初具规模。筑起了十多公里引水渠道，3500亩荒地变良田，用引水治碱，种上了水稻，盐碱地变成高产地；要致富，先修路，三年修筑五千多米的乡间路，修筑了九公里长的主干渠引入松江水。黑龙江华西村人的人均收入从1000多元提高到4000多元，三年，仅三年就让这里的55户人家走出贫困之路，迈入小康。

曾经桑海难为水，除却巫山不是云。那个由全国数省十八县逃荒者组合而成、满眼萧条的南小山屯村完全变了样，成为和华西一样的无迷信活动、无赌博、无刑事犯罪的"三无新村"！

1999年春天，当这个经华西新一代亲手创建起来的"黑龙江华西村"在北国展露英姿时，吴协恩代表华西人把这个村全部无偿地移交给了地方政府。这个由吴仁宝共同富裕理念打造的黑龙江社会主义新农村落成，一个共同富裕的帮扶新模式，由吴仁宝全新创造。

华西投入智力、资财、人力，为贫困地区创立可持续发展能力，有自身继续富裕的动力，是彻底改变贫穷落后面貌的模式。都说华西模式不可复制，华西自己就在探索复制的可能性，一种精神至上的能量。

"村帮村，户帮户，最终实现全国富。"这是吴仁宝共同富裕的理想，并不断付诸实施。2006年，华西村新一步的规划是在江西吉安县建设"省外华西第三村"。而在2006年年初，吉安县已派出了102名青年，开始在华西锻炼一年时间。

吴仁宝不断思考和探索，让中西部地区农村经济更快发展，让那里的农民尽快地富起来，培养致富的干部和人才尤为重要。

1993年后，新的思路逐步形成并付诸实施——为经济欠发达地区培训干部，谋求共同发展。1994年3月3日下午，华西举办的首期西部地区干部培训班开学，吴仁宝为学员上了第一课。自此之后，华西村每年都要培训一两千名经济欠发达地区的各级干部。

1994年，国务院做出了力争用七年时间解决中国农村8000万贫困人口的温饱问题的《"八七"扶贫攻坚计划》。早已走在西部扶贫征程上的吴仁宝在返程途中，专门上北京向国务院扶贫办的领导表示：华西村愿意投巨资，为经济欠发达地区培训干部，采取一带十、百带千的方式，确保西部地区十万人脱贫、一万人奔小康！

吴仁宝的扶贫行动受到社会各界的广泛赞誉和好评。中国扶贫基金会与《半月谈》杂志社联合举办首届"中国十大扶贫状元"评选活动，吴仁宝荣列十大状元第一名。

1993年，当时的国务院总理李鹏考察了华西村，并欣然挥毫题词："华西村，中国农村的希望所在"。华西村的实践，无疑为全中国农村的发展和农民的富裕展示了一个可供选择的方向，一条成功路径。十九大拉开了全面小康的扶贫攻坚战，华西扶贫经验可供借鉴。

4. 经验"交流"

即使华西村已经走入富裕的行列，但为了"全国富才算富"的共同富裕，吴仁宝动足了脑筋，不仅走出华西协助扶贫共同富裕，还请进来，让来自全国各地的干部群众到华西"交流"经验。站在华西舞台的吴仁宝，为的是向大家讲好华西的故事，讲好中国特色社会主义新农村的故事。

后几年，华西村在吴仁宝的主持下，每年接纳来自全国各地的干部培训，多则一次几百人、少则几十人，培训时间有两三个月的，也有一年两年的。为全国培训共同富裕的人才，所有到这里培训的干部全部由华西提供生活和学习的全套优质的免费服务。

吴仁宝不仅担任"交流"领导小组组长，而且每期必要亲自上几堂课。只要人在华西，吴仁宝雷打不动要作"报告"，他急于传授华西的经验，恨不得中国各农村都可一夜之间借鉴。吴仁宝的报告成了华西的一道迷人的风景，一个受人欢迎的节目。来自穷困地区的学员在华西和吴仁宝这里得到真传。既学到了小康的致富经验，也深深地被吴仁宝这位基层老支书的那份对百姓、对集体、对国家和对党的浓厚感情所感染。吴仁宝则说："我是从旧社会过来的人，知道穷苦地方的老百姓最关心两件事：能不能吃饱穿暖，能不能让孩子上学。可每当我到西部那些穷地方走一走时，心里就特别的沉重，就特别想帮他们一把。我们是社会主义国家，华西今天能够富甲天下，靠的就是社会主义，所以我们华西帮一把穷兄弟，也是自己坚定走共同富裕信仰的一种体现、一份感情。"

无论是走出去还是请进来，吴仁宝思考的就是要智力扶贫，授人以渔。吴仁宝规划的两大"共同富裕"工程，除了建立"省外华西村"和"智力扶贫"工程之外，还有一项工程是出资邀请全国部分地区的干部来参加培训，这项工程被人称为"吴仁宝的村支书黄埔军校计划"。

1994年年初，经中央组织部、国务院扶贫领导小组同意，华西村精神文明开发公司先后花八个月的时间，为陕、甘、宁、晋、湘、豫、皖等十二个省市五百多名学员开办了8期《企业管理》《市场营销》《项目论证》《工厂筹建》《乡镇企业经营之道》《财务管理》《三资企业》等10门课程教学任务。

这些学员回到家乡后，带回去的先进生产知识都不约而同地受到了当地的欢迎，华西村的"学员"也成了当地的"老师"，成为共同富裕的星星之火。

这样的交流一直持续，2009年，吴仁宝对采访的记者说："到目前为止，来自京、湘、吉、辽、皖等全国各地的基层党组织书记到华西互学交流，人数累计近二十万人。他们当中，如果能有一半人取长补短，回去发展了，这个价值就无法估量了。"

无论是吴仁宝，还是华西其他村官口中，这里都强调的是两个字："交流"，闭口不谈"培训"。细心的吴仁宝不想让来华西学习的各地村干部觉得低人一等。在2005年的一次"部分村书记交流开班式"上，时任村党委书记吴协恩这样说："孔子言：'三人行，必有我师。'应该说，我们有我们的经验，你们有你们的经验，只有结合起来，取长补短，才能更好地相互学习、共同提高。"

吴仁宝对《中国新闻周刊》记者说，"全国六十多万个村，确实有些村比较困难。所以，他们来看看也好。在这里扩大一下眼界，这里本来就是农村，看看原来的华西现在变成了什么样子。他们来交流，可以交流到对他们适宜的发展方式，实事求是的发展办法。目的是对照自己怎么发展。"

对于"既然是'交流'，华西村从中得到了什么呢?"的问题，吴仁宝回答道："第一，华西人民看到一万多名村支书吃住都由我们负责，看到我们村党委为全国人民服务，也会有一种思想上的共同提高。第二，我可以听到全国的信息，了解全国，同时知道合作意向，可以双赢。"

到华西参观，除了看山看水，最有看头的是听老书记吴仁宝作报告。吴仁宝妙语连珠，精彩归纳华西走向富裕的经验，用深入浅出的言语道来。由于吴仁宝的地方口音重，还带上孙媳妇当翻译，他说一句话孙媳妇翻译一句，俩人配合相宜。吴仁宝讲率领华西致富的理念，讲共同富裕的故事，让听者入迷。

从七十年代吴仁宝就开始作报告，一天最多时作过六场，几十年下来，报告少说也有上万场。吴仁宝作报告，从华西村的礼堂，一路登上了北大的讲堂，还走进了中南海;吴仁宝作报告，听者上至国家领导，下到老百姓，人人都觉得有味道;吴仁宝作报告，连国外的参访者都会为他的生动语言和动人故事鼓掌点赞。这些年来，到华西参观旅游的人越来越多，很多人就是冲着听老书记的报告。

吴仁宝向来客讲好自己的故事，为创造你们的未来。

那时，在华西村经常能见到吴仁宝的大头照和标语，要找到吴仁宝也并不难，每天上午十点半，这位老人都会来到村里的民族宫，给来华西的游客作报告，风雨无阻。

曾经是华西铁姑娘，在华士镇上工作了二十八年后，瞿荣娣回到了华西，成了村里的党委常委，主要就是负责接待。

瞿荣娣十多年帮吴仁宝安排报告会，亲眼看见吴仁宝想的就是让华西的老百姓富起来，想怎么来帮助别人，想怎么来带动其他人，除此没有其他事考虑。"老书记每天报告都有新的价值观，不同的报告对象，他都会考虑以不同的叙述方式来讲好华西的故事。"

吴仁宝作报告的最大特色是贴近时代、与时俱进。吴仁宝每次作报告，都有新内容、新观点、新思想。在热烈的掌声中开始了他的报告。吴仁宝讲"解放思想要有思想，改革开放要有方向"，他说，"有思想才能解放，解放了才更有思想，没有思想，解放只是一句空话，不解放，有思想也没有用。"

中央关于改进作风的八项规定下发后，提倡不说空话、套话，对此吴仁宝有他自己的解读，他说，开会讲话要不讲"山海经"，关键在"三正经"。他说"山海经"，就是漫无目的地谈天说地，海阔天空地东拉西扯，实质就是空谈。"我们要搞好经济，绝不能不着边际地空谈，必须要一本正经地实干。"他认为，一个地方的发展必须念好"质量经""诚信经""生态经"这三本正经。

吴仁宝对与时俱进本身也有其独特的见解，他说，"与时俱进不是跟，是闯！跟在别人后面不一定能进，还可能退。"吴仁宝说，"与时俱进不可能不碰到逆水，逆水中前进，更能考验人。"

每次报告会，华西村村民族宫常常是座无虚席。八十多岁的吴仁宝向海内外听众作"社会主义富华西"的报告，他精神矍铄，妙语连珠，一口夹杂着当地土话的普通话经过翻译后，不时引来听众阵阵热烈掌声。一句句貌似"土气"却充满睿智的顺口溜，阐述了朴素且深刻的道理，耐人寻味，在听众心中产生强烈共鸣。

正是在老书记的带领下，华西村走出了一条独具特色的"华西之路"，把一个贫穷落后的小村庄建成为享誉海内外的"天下第一村"，创造了多项世界之最、中国之最。

吴仁宝这些精湛的语言，都编录到"吴仁宝箴言"中，成为畅销书。

老书记作报告没有官话、套话，语言"土得掉渣"。他讲一口华西土话，他报告时要带"同声翻译"。其实他本人才是真正的"翻译家"，他用农民兄弟听得懂、学得会的语言，把大道理讲得深入浅出，把中央政策"翻译"得明明白白，语言"土"得彻底、"土"得真实、"土"得诚恳。

吴仁宝的孙媳妇周丽是吴仁宝的同声翻译。她说，曾经有一个朋友对我说，她非常喜欢听老书记的报告。因为老书记的报告不仅有思想内涵，而且翻译的过程也很有意思。这位朋友说："一个老的男中音和一个年轻的带有磁性的女高音；一个浓郁的吴语乡音和一个标准普通话，两者无论是在语音、语调还是语速上，铿锵有力、柔软温润相得益彰，有一种难以言喻的和谐，有独特的艺术感。就像华西的金塔建筑风格一样，亦土亦洋，亦中亦西。"周丽很惊叹这位友人能用这样美的语言来总结，"在跟随老书记这么多年的翻译工作中，我也的确沉浸在这份享受当中。"

因为普通话说得比较标准，还会多门外语，周丽被派到吴仁宝身边做翻译。2008年3月23日"华西诚信日创立会"是她第一次"亮相"的时候。在介绍嘉宾时，周丽一口气说了六个国家的语言，赢得了近百名国内外记者的掌声和赞叹。

周丽这么多年来跟随在老书记身边，觉得他从来都不考虑自己的事情，二十四小时，只要清醒着，他都在考虑华西如何发展，都是在考虑公事，他确实是一个大公无私的人。"外界人佩服华西，在于这面红旗五十年不倒。华西五十年不倒，关键靠老书记的实事求是，他能吃透中央精神，快速落实到位，同时能从实际出发，走自己的路。华西精神，说到底就是吴仁宝精神，就是一个共产党员无私奉献、舍小家顾大家的精神。"

各地来人都想见吴仁宝，他的原则基本就是来者不拒。瞿荣娣说，人多他要作报告。哪怕是来了几个人要听老书记报告，他也是照样认认真真给他们讲。"这关系共产主义思想传播，也关系到举社会主义的旗，走共同富裕道路。他希望通过宣传，让大家学一点华西的经验，回去能够发展，根据华西走的路，能接受多少就接受多少。"

对参访华西村的来客，吴仁宝十分重视，连旅游者都要到接待办登记，汇总表下午要交给吴仁宝过目。"要见老书记的，如果不汇报，就很严重了，老书记要批评你的。只要提要求的，必须报告老书记，联系了他不在家，是另外一回事。他有思想，什么都能讲。"瞿荣娣回忆说。

2011年7月2日，瞿荣娣记忆犹新的一天。那天事情特别多，数千上万人来华西参访。早上老书记刚开了会，又接待农业部的领导，还要接受采访，一上午就特别的累，但是他仍坚持要给游客作报告。那天，上午有两场报告，下午还有两场。第一场报告结束，吴仁宝累了想眯一会儿，靠在沙发上睡了。

第二场时间将到他突然醒来，急匆匆上台阶时，不小心摔了一跤。当时驾驶员小瞿首先冲上去想拉他起来，但是他胳膊已经伤了，他不让人扶他，而是让快去叫周丽来。当时还以为，老书记叫周丽来做翻译的；谁知是他担心游客等着急，是要周丽来代替他作报告。后来，他被抬进车里送到体检中心，拍片一看发现已经骨折了！

仅休息了一天。第二天，吴仁宝又坐着轮椅，在大幕拉着时推上台，大幕拉开时，他端坐在讲台，台下没人知道他受伤坐着轮椅来给大家作报告。曾经有人问吴仁宝："为什么还要这么辛苦？"他回答，"很多人千里迢迢来华西，就是为看我本人，听我报告。哪怕一百人中有一两个人感动了，回去想努力干工作；一万人有一两人成功致富，我都认为值了。" 多么朴实的思考，吴仁宝就是那么实在。

吴仁宝把讲好华西故事作为共同富裕的重要部分，让更多人学好共同富裕的理念和方式。他深深知道，担当起共同富裕的责任，华西的力量还是有限，齐心协力走共同富裕之路，中国的富裕才有希望。

时任中央政治局常委、全国政协主席的李瑞环，听了吴仁宝的汇报后，兴奋地说："这位农村基层干部的话，言语通俗，道理深刻，给人以建设社会主义新农村的信心和力量！"

5. 满园春色

一个人有理念不难，难的是有理念并执着追求去实现着。吴仁宝以共同富裕为目标，执着追求的不仅仅停留在华西层面，他的共同富裕是大战略、大概念。吴仁宝清楚，没有全民族的富裕，最终也不会有华西的富裕。华西共同富裕的春天是要迎来全中国的万紫千红，甚至还要创下国际品牌、国际知名度。

吴仁宝的共同富裕，就是以全国富为基石，是中国梦的满园春色、百花齐放。为了这个目标，他以自己的毕生精力去寻梦，去寻求万紫千红的华西春色。吴仁宝说了："让老百姓过上好日子，是我最大的幸福。"华西村村民住进了别墅，开上好车，过上好日子了，但吴仁宝并不就此满足，他对共同富裕的理解和要求是"早日实现全国富"，才是吴仁宝的追求。他心里装的，还不单是华西的村民。

这么多年来，在吴仁宝倾心努力下，共同富裕走出华西。然而吴仁宝和华西人帮扶的脚步从未停止，一个个体现吴仁宝共同富裕的思想，具共同富裕特色的"华西村"先后在甘肃、宁夏、黑龙江、江西等地形成，吴仁宝更期待遍地开花，而吴仁宝在帮助这些兄弟省区建设"华西村"时，掏的不仅是钱口袋，更多的是他建设中国特色社会主义的观念和意识。吴仁宝共同富裕的理念传播，各方受益。

华西价值广为传播

华西走出富裕路，传播华西价值也成为吴仁宝的己任。被誉为"思想家"的华西村老书记吴仁宝多年来现身说法，以辩证的思维、幽默的语言，向前来参观学习的干部群众和中外游客宣讲"社会主义富华西""华西精神"的本质内涵，生动传播社会主义核心价值观。三十多年来，"吴仁宝讲堂"吸引了两千余万听众。吴仁宝紧扣社会主义、共同富裕、实事求是等几个关键词，以农民的幽默方式讲述走共同富裕道路的"华西经验"，展现与时俱进的"华西精神"，宣传社会主义制度的优越性。

多年来到华西参与培训的干部，回到各自的乡村，为"全国富"生根开花结果。吴仁宝常说："华西村坚定不移地发展集体经济，目的就是为了让更多的人共同富裕起来，让已经富裕起来的人能够长久地、健康地富裕下去。"华西村五十年的辉煌发展，影响的不是某一个群体，而是方方面面不同战线上的各类社会群体。

吴仁宝的华西经验，连曾经的农业学大寨典型都为之敬佩。全国人大代表、山西省昔阳县大寨村党总支书记郭凤莲肯定华西价值，她说，华西是中国的华西，是世界的华西，大寨人为有中国名村华西而骄傲和自豪。

有识之士看到的，还不是华西的富裕，而是华西达到富裕的理念理想，是可以学习和借鉴的精神。全国十大杰出村官、中国农村改革三十周年功勋人物、山东省威海市西霞口村党支部书记田文科对吴仁宝的富裕实践赞叹不已。华西村干部群众能以创新思维走在时代前沿，将华西村致富和党的发展要求科学融合。"华西的改革和发展，走出了一条率先发展、科学发展、和谐发展的路子。"

山东省西王村曾多次组团赴华西进行参观考察学习，西王村视华西村为参照学习的榜样。全国劳模、全国兴村富农百佳领军人物、十大杰出村官、山东省滨州市西王村党委书记王勇说：华西村协调发展政治、物质、精神三个文明；华西村以领导者独具的人格魅力凝聚思想和信念。他认为，华西村的成功之处就是因为有独一无二的领军人物吴仁宝。

这样的华西经验，也是新农村、新文化经验。台湾佛光山开山宗长星云大师亦率领近千名台湾信众组成"两岸和合，共生吉祥"文化交流之旅参观团到华西村参观访问。以文化交流为己任的星云大师，看到了吴仁宝创新的华西，不只是物质的富裕，更是文化的富裕，他感慨地说："美丽的华西村不愧为祖国大陆社会主义新农村建设的典范，是为弘扬华夏文化，促进文化交流，推进中华儿女紧密团结做出贡献的典范。"

华西价值广获关注

2006年12月开始，中国村社发展促进会特色村工作委员会、亚太农村小区发展促进会（APCRD）中国委员会等单位联合组成"中国名村影响力研究评价课题组"，对全国1200个村庄进行筛选，确定500个名村作为首次研究评价对象，并评价出中国具有较高影响力的300个村庄。其中最具影响力排名第一的就是江苏省江阴市华西村，其次是山西省昔阳县大寨村。

而这以后的每一年评选，华西村都毫不例外地排名榜首。华西村的影响力是全方位的，既有时代的影响力，也有社会的影响力；既有国际的影响力，也有区域的影响力。吴仁宝说："华西人讲诚信，不但要争国内第一，而且要争世界第一。"

如今的华西村已不仅仅将眼光放在国内，其产业布局已经走向国际。他们在莫桑比克挖矿，在日本种大米，在美国投资激光芯片的科研开发，国际化的格局初具规模。

"天下第一村"华西在中国获得殊荣，在国际上亦名扬四海。华西村五十年的辉煌发展，影响了来自世界各地的人们，改变了世人对中国农村面貌的旧有印象。

1999 年 9 月，吴仁宝率华西代表团考察韩国，韩国总理金钟泌得知吴仁宝来到韩国，让秘书通知要见吴仁宝。此时，吴仁宝第二日就要回国，韩方特意安排早上在政府大厦总理办公室会面。金钟泌接见华西村党委书记吴仁宝时称赞道："华西村坚持走共同富裕的道路，了不起，不简单！"

在以色列基布兹长大的驻华大使馆新闻发言人艾佛拉特·佩莉（女）专程到华西村访问，在华西她感到特别的亲切，有一种到家的感觉。她曾经在基布兹生活过，基布兹与华西村有些共同点：共享经济，分享发展成果。

这里的一切都让她感到既亲切又新奇。亲切的是，华西村集体所有制的发展模式让她可以捕捉到以色列集体公社"基布兹"的信息。她看到华西村为了治理荒山而采用的滴灌技术也是从以色列引进的。曾因采石寸草不生的华西北山，如今，已是绿色植被覆盖，满山春光。

新奇的是，华西村富有历久弥新的生机和活力，这让她感叹不已。她认为，基布兹的历史是以色列建国时为了大家生存而建立的，几十年没有太多的改变。但"华西村通过自己的双手，为村庄创造了美好的未来，不仅为自己也为后代开创了一条创新的道路，使华西村变得非常独特"。

华西村里方方面面的条件都已今非昔比，虽然物质丰富了，文化生活充实了，医疗条件也优越了，但华西人的脚步并没有止于安乐。老书记身体力行的艰苦朴素精神，时至今日仍然是村集体领导班子所提倡的第一原则。这给外来者们留下了深刻的印象。

华西价值国际赞赏

很特别的是，华西富裕、华西精神也吸引了国际人士的青睐。因为参与华西建设有贡献，德国优秀轧钢专家迪特尔·史密特先生，2001年5月，被授予"华西村荣誉村民"，他为当中国的村民感到骄傲。以难掩的激动之情表达："华西村是中国农村的代表，有'天下第一村'之美誉，我为这份荣誉而感到自豪！"这份德国式的骄傲和自豪，是献给华西的国际赞赏。

这样的赞赏来自西方多个国家。2003年10月，由美国、俄罗斯、英国、意大利等四十三个国家七十多名高级军官组成的考察团一行在华西考察，他们慕名而至，更带着期盼，为华西人的幸福生活惊叹。非洲刚果的一位高级军官还风趣地说："到这里来参观，确实很荣幸。如果华西能给我一幢房子，马上就来安家，到这里做一个村民！"

美国《沿江的机遇》拍摄组导演比尔·艾伦豪夫多次探访华西。2004年2月，时隔六年后再次踏上华西的土地，万分惊讶六年变化的华西，这已经不是他六年前认识的村庄了。美国人曾经写过一本书叫《重新发现中国》，他找到了重新发现的理由，称赞说："今天的华西，发展的速度，给我太多的惊讶！现在我真的感觉到要重新发现华西。"他为华西发展感到欢欣，也为可以重新发现华西感到自豪！

中国的邻国俄罗斯十二家主流媒体组成的记者团来华西进行了"中俄友谊之旅·中国行"的参观、采访活动。看到这么美好的华西，还以为是中国刻意制造的一个标本、样板。听介绍以后，才感到震撼、震惊，才了解到这是华西农民的自我创造，是一项了不起的再造生活的工程。活动的俄方总指挥、俄通社－塔斯社驻北京分社社长基里洛夫说："真了不起，令人敬佩。应该把这里的领导请到俄罗斯的农庄去介绍经验，俄罗斯的农民和读者都会感兴趣的。"

在西方记者的眼中，华西是实现了的乌托邦，是中国农民以智慧和勤劳再造的伊甸园。英国路透社记者卜洋参观访问了华西，写下

《中国最富有村庄的资本主义乌托邦》一文，其中他写道："全民医疗、教育免费、三层别墅和汽车——在社会主义中国，长江三角洲的一个小村庄出现了一个市场经济条件下的乌托邦……吴仁宝创造的华西特色的体制非常好，这个体制监督和限制着它的官员。这个村没有腐败现象，这里的雇员不但物质富有，而且精神健康。"

《印度报》记者艾蓓女士参观华西村后写下了很有现实意义的一句话："华西的成功经验，就是把社会主义、资本主义、共产主义这'三个主义'在华西实现了完美的结合，对全世界农村都有推广作用。"

华西村，这个"天下第一村"正通过媒体行走于天下，在世界各地开花，吴仁宝的华西经验已经走向世界，受到国际关注。

第七章　吴仁宝管理思想

重点深化"企业合作制""经理负责制"，实现"企业合作要做大，集体资本壮大，个人资本增大"，把个人实现的效益，转化为个人资本。这样，谁效益好，谁的贡献就大，谁的资本就大，分配就多。

——吴仁宝

1. 知人善用

华西的历史发展被概括为七十年代"造田"，八十年代"造厂"，九十年代"造城"，新世纪"育人"。其实，无论是造田、造厂，还是造城，都和人相关。发展，其实就是人才的发展。有好人，用好人，培育好人才有前景。华西村发展的每个时期，吴仁宝突出贯穿的重点都是带好人、培养人、用好人的发展。以吴仁宝的智慧广纳贤达，知人善用，各尽其才。

都说没有吴仁宝就没有新华西，这话实在，因为华西就是按照吴仁宝所思所想发展的。但吴仁宝一个人势单力薄，何德何能？

吴仁宝可以将一个贫穷的华西变成一个富裕的华西，他一个人最大的本事，深知众人拾柴火焰高的道理，以他的人格魅力充分发挥众人的力量。

华西村建村之初，吴仁宝带头，调动所有人的积极性，劲往一处使，拧成了一股建设华西的力量。发展众人力量，吴仁宝自有一套用人观。吴仁宝的人才观是"举贤不避亲，举亲不避嫌。用人少疑，疑人少用；小才大用，基本有用；大才小用，基本没用。外才我用，关键在用；量才录用，育才待用。只要用人，用好人，就不要愁办不好事。"

从"造田"时期就和吴仁宝并肩而行的赵毛妹，看着吴仁宝担任村支部书记时挺身而出带好队。毛妹说，老书记要求华西主要干部关心支委，支委要关心党员，党员要关心社员，做到"三关心，两及时"。三关心是：要关心他的学习、关心他的生活、关心他的劳动；两及时是：有问题要及时解决，解决不了要及时反映，"老书记这么讲也带头这么做，并要求党员严格要求自己"。

赵毛妹是1970年入党，那时正值"文化大革命"期间，入党比较难，赵毛妹年轻还不太懂，公社找她去谈话，了解对党的认识。赵毛妹懵懵懂懂说不很清楚。吴仁宝知道了，主动说，"我来教你。"

吴仁宝不仅教赵毛妹认识共产党，还专门为她请来了一个专职教师，一对一帮她补习知识，提高文化水平。赵毛妹入了党，当了华西村的副书记、全国政协委员。如今，退休后的赵毛妹不甘清闲，到旅游公司客串导游，还可以说上了一口流利的旅游英语。

华西村有一批坚定地跟着吴仁宝走社会主义道路、坚持共同富裕的骨干。赵毛妹说："我们都是老书记带出来的。"在华西农村发展的实践中，吴仁宝领头，华西村村民随后，带的过程就是培养人才的过程。吴仁宝说了："用人对了头，一步一层楼。我们不是培养几个人，而是培养一批人，培养群体。有不少人看了华西以后说，他们要建设成这样起码还要二十年，其实，这不是时间的问题，没有好的人才，不要说二十年，就是两百年也没用！"

在市场经济中，企业的竞争就是人才的竞争。如何发现人才、使用人才，知人善任，是企业在市场竞争中取胜的关键。吴仁宝在其经营华西过程中，自有一套人才观和用人之道。他常说，我们每个人身上都有才，但要看才用在啥地方。养猪内行，是才；种田内行，是才；经营内行，是才。会养猪的人，不能叫他养马，否则，就不叫人尽其才。

在人才的使用、招聘、培养方面，吴仁宝都有自己的哲理和思想。讲到人才与发展的关系，吴仁宝说："如果经济发展，小才有用基本有用；如果经济不发展，叫大才小用基本没用。为什么呢？因为小才大用积极性高，大才小用积极性就差了。只要经济发展起来，人才就有用武之地；经济不发展，有了人才，也没有用武之地。企业里没有人才，像庙里没有和尚一样，什么也干不成；用人对了头，一步一层楼。"吴仁宝语言，就是那么富有哲理。

小才大用。华西村用人的原则是只看能力，不凭学历；只看实绩，不凭资格。吴仁宝讲，小才大用意思是激励机制，信任和重用可以激发人的工作热情，催人奋进，做出成绩。赵毛妹是华西发展的亲历者，从小家境贫穷，没有机会上学。上个世纪六十年代，她带着铁姑娘队靠着"一根扁担、两个肩膀"，挑土造田，成为全国闻名遐迩的先进集体。毛妹文化程度不高，硬是凭着一股精神，用肩膀挑出先进。

吴仁宝不看重的东西有两样，文凭和年龄。为什么不讲文凭？吴仁宝说："因为农村有农村的特定条件，真正有好文凭的人不多，但不意味着没有好文凭就不是个好人才。特别是在一些经济发展得比较慢的地区，有了好文凭也许并没有用武之地。特殊的环境下，文凭不顶用。就像飞机引擎再好，用它来拉拖拉机就不适合。当然，既有文凭，又会操作更好，这样就变成了理论和实践相结合。"

上世纪八十年代，在吴仁宝的鼓励下，赵毛妹凭着两条腿一张嘴，跑遍千山万水，说尽千言万语，想尽千方百计，吃尽千辛万苦，成为华西村的业务骨干。赵毛妹作为老华西人，也得到很多荣誉。她当过全国政协委员，两次获"全国三八红旗手"称号，当过二十五年的江苏省人大代表；历任华西村党委委员、副书记。

能力和学历无关，学历再高不会活学活用，到最后只能水土不服；草根出身，但能够运用自如，也不失为绿林好汉。这就是吴仁宝用人的逻辑。

原集团公司副总经理朱兴度，曾是华西培养的第一批铁匠，初中文化。1979年，华西办起了钢网厂，当时由于国家压缩基本建设，厂子仅开工八个月就濒于倒闭。二十八岁的朱兴度这时自告奋勇提出了承包方案，得到吴仁宝支持，结果当年见效，不仅完成了承包合同，而且还超额二十万元。此后吴仁宝又让朱兴度连续承包创办了多个企业，都取得了成功，他先后承包的这些企业的年产值占当时全村工业产值的13%，为华西工业的发展做出了贡献。

量才录用。简单说，根据才能大小，根据你所掌握的技能分配一定工作。在华西经济发展过程中，吴仁宝让华西人各尽其才，各展其长。他说："同一个人，你用其所长，他就事无不举，是人才；你用其所短，他就笨手笨脚，把事情攘糟，变成蠢材。用人不当就会浪费人才，而人才的浪费是最大的浪费。吴仁宝量才录用的诀窍是：有经济头脑、原则性强、有开拓精神的人搞管理工作；能工巧匠们负责华西的技术工作；种田能手承包土地；头脑灵活、擅长交际的跑供销；即使是老人、伤残人也能做些力所能及的事情。

朱玲珍从小就在贫穷艰苦的环境中长大。因为穷，没有上过学，一个字都不认识。搞新农村建设时，参加了艰苦奋斗战斗队和铁姑娘队，成为积极分子。华西建厂，她成为工厂女工。

上世纪九十年代的时候，吴仁宝让她去负责商店。因为不识字，朱玲珍开始不想去，没有文化怎么负责商店？连账都不会记。但是老书记却说，他就是要让不识字的人去，其实是有意要她去锻炼。朱玲珍从上世纪八十年代末到九十年代初开始一直在商店卖货，渐渐地工作做得熟练了。吴仁宝又让朱玲珍去无锡跑供销。凭着勇气，她背上背包，到处奔跑采购。不识字就用脑子死记硬背，只认东西不认字。一样做得很出色。她感谢老书记的安排，让自己成为一个有贡献的人。

1949年出生，赵祖洪是华西村老村民。一生下来就被从蒋庄送到了华西，做了养父母的儿子，因缘机会，他去了一次上海。上海的繁华给他留下深刻印象。尤其在上海能吃到鲜美的鱼，这一点就远远比华西强。

回到村里，他就想，能不能也尝试着在河里养一些鱼，等鱼长大了，逢年过节给每家每户分一点改善生活。他把这个想法和老书记一说，得到吴仁宝的赞同。

赵祖洪买来鱼苗，也买了科学养鱼的书籍。一边看书一边实际打理，慢慢地摸索出了很多经验。等到河鱼成熟的季节，他划着船到河里、湖里捕鱼，一条条活蹦乱跳的鱼变成了华西人家餐桌上的美味。

因为有了长期的养鱼经验，赵祖洪对很多鱼、虾等河鲜的习性很了解。比如，一只甲鱼在晚上跑出来乘凉，别人发现不了，他一看地上马上就能知道。养鱼渐渐地成了他的一种乐趣。吴仁宝知道他喜欢养鱼，就叫他专心养鱼，成为养鱼专业队队长。

外才我用。华西的人才层出不穷，但还是不能适应华西迅速发展的需要。吴仁宝知道，仅靠华西的人才，力量是有限的，华西要大发展，需要引进高层次的技术、管理人才。为此，华西村制订了一系列引进人才的优惠政策，先后从上海、南京、西安等大中城市引入、聘请高级工程师、大学中专毕业生三百多人。为了使这些人到华西后能安心工作，心情舒畅，吴仁宝和集团领导十分注意安排好他们的生活、工作环境，在工作上给予大力的支持和帮助，待遇上给予优惠的报酬。

龙晋，是南京大学的高才生，2004年毕业后，跟随女友来到华西村，先是一名普通技术员，随后又被安排旅游、外贸、海洋运输等多个行业。这也是吴仁宝培育人才的一个秘籍，多了解，多适应华西，有了华西情结才能服务好华西。当华西集团进军海洋工程，龙晋受命组建公司，并由他参与"策划"新项目，华西村启动了4500吨全回转无限航区起重船项目，与著名大型央企中海油、中交二航局等结成战略合作关系。年纪轻轻，他就出任华西海工服务有限公司的常务总经理。

华西类似龙晋的故事很多，"外来"人才都得到了很好的使用，所以华西留得住人。据统计，现有三千五百多名大中专毕业生在华西聚集起来，平均一平方公里的土地上就有一百个大学生，这样的"人才密度"，在全国农村绝无仅有。华西村的人才队伍中，有五十五名具有高级职称的技术人员、六位享受国务院特殊津贴的专家，还有来自英、德等多个国家的数十位外国工程技术顾问。

唯才是用。只要是才，不问出处，这也是吴仁宝可以吸引人才的重要招数。华西村党委副书记孙海燕，二十多年前来到华西村的时候，还只是本省盐城一个只读过高中的农村人，他有抱负，有理想，立志华西事业。

促使他来到华西村的原因只是因为他曾经无意间看到一份旧报纸上刊发的一篇介绍吴仁宝带领农民走向共同富裕的报道。就这样，他带着三百元盘缠，只身来到华西村，并不奢望能够发大财，只图衣足饭饱，可以干一番事业。

他刚到华西村时，对吴仁宝说："我只读过高中，是个农民，也没什么技术专长，干什么都派不上用场，你就让我干点劳力活儿吧。"

吴仁宝和他接触多了，发现他这个人为人诚恳、办事踏实，并且还很能处理好与老华西村村民的关系，刚到华西村不久就博得了村民们的好感。吴仁宝觉得他是个当干部的好材料，于是吴仁宝对孙海燕说："你先从基层干起吧，培养一下能力，也熟悉下环境。我觉得你干领导工作还是挺适合的……"就这样，孙海燕慢慢地从基层一步步成长为村党委委员、村党委常委、村党委副书记。若干年后，他把自己的户口迁来华西村，落户华西，成为真正的华西人、华西干部。

孙海燕是华西培养的干部，从外来人到华西人，吴仁宝看的是能力，英雄不问出处，唯才是用，来到华西、服务好华西就是可用的华西人。吴仁宝说"我们培养接班人群体，要求他们德才兼备，有组织能力、发展能力、控制能力。培养接班人，培养一个人是不成功的，要培养群体。如果你培养哪个人（做），这接班人要出偏差的。我是培养一个群体。"

育才待用。仅靠目前这一代人和外请人才，只能解决燃眉之急。吴仁宝多次讲到，要保证华西长期稳定快速发展，必须培养自己的人才，包括现有技术、管理人员的知识更新。这么多年来，华西的飞速发展取决于什么？人才！吴仁宝说，有了人才，经济才能发展；只有经济发展了，人才才有用武之地。他说，我们竭诚欢迎天下人才来华西献计献策。

吴仁宝把育才看作是华西的战略，是华西未来持续不断的增长点，是百年华西的聚宝库。吴仁宝说："华西今后的投资重点和增长点在哪里？在人才的培养，这是华西的第七大战略。华西人要向城里人学习，做真正的工人阶级，四十岁以下的人，要掌握一两门外语和专业技术，能创新、善经营、会管理，靠知识发财。"

培养人才要把眼光放远一些，舍得花钱搞智力投资。吴仁宝不断为培养人才创造条件，人才培养是长远的工程，村里投资盖教学大楼，举办农民业余学习班，还开设了工业大专班、外语专读班。吴仁宝的人才计划是长远的，看得早，做得早，从华西富裕刚起步之时的八十年代起，每年都会派送青年到外地进行专业培训，还有多人在大学深造、出国留学，从而形成了不同技术层次、不同年龄层次的人才梯队，保证了华西经济发展的后劲。

随着产业发展需要，华西先后专项开设了冶金大专班、外语大专班、管理培训班。请进来、走出去，华西请来中科院、清华、北大的专家授课，将三十多名优秀青年送到中央党校培训。专业授课和理想教育相结合，吴仁宝的人才观是相信人才的全面发展。

那年元宵节，华西村万名村民和外来务工者在华西金塔幸福园广场同吃元宵，共度元宵佳节。借此机会，华西村宣布成立"国内外回村人才'三创'委员会"，数百位国内外回村人才悉数亮相。"三创"指的是创新、创优、创效，这些回村人才虽在不同的岗位，但都干出了不平凡的业绩，已成为华西事业的中流砥柱。

爱才惜用。"士为知己者死，女为悦己者容。"而吴仁宝，在那些真才实学的"士"心里，就是这样的一个"知己者"。吴仁宝用自己求才若渴的诚意和对人才价值的充分认可，安定了那些来自华西之外的奋斗者，吴仁宝深谙此道，要留住人才，就要留住他们的心。这些"新华西人"都用一句话表达了他们的想法："我来华西村，就是华西人。"为华西服务没有不是华西土生土长的原罪，有华西精神，愿意服务，有能力的人才都可以成为华西人。这是吴仁宝始终如一的坚持。

对外地来华西工作的科技人员和职工，吴仁宝也像爱护他的村民一样，给予无微不至的关心照顾。

冬天冷，他让科技人员住进有暖气的房间，夏天热，他给房间装上了空调，一批年龄稍大的科技人员还住进了南苑宾馆，饭菜由服务员送到住处。

在庆祝节日的晚宴上，吴仁宝总是不停地在桌边走来走去，微笑着向科技人员祝酒，劝他们多吃菜。他还时常安排科技人员乘坐豪华轿车，自己领路，游览华西集团公司，参观建设中的大厂、大园、大楼，使他们陡生几分豪情。

中国有句老话，士为知己者死，遇到这样爱才、重才的人，生活在华西的将才、专才还不拼着命干吗？

不仅是科技人员，对外地来华西做工的农民，吴仁宝也是一视同仁，让他们享受到社会主义大家庭的温暖；他不准华西人称他们为"打工仔""打工妹"，在称谓上不歧视，统一称为职工。也统一享受华西待遇，在政治、经济上与华西人享受到同等的权利，表现好的入团、入党。外来工的待遇制度化，吴仁宝制订了"三个不低于"的标准，即不低于全民、不低于大集体、不低于同行。改革开放之初，面对市场经济按劳分配，一般企业为鼓励先进，惩罚落后，往往实现上不封顶，下不保底的收入制度，吴仁宝却人性化管理，工资下保底，上不封顶。还保证计算工龄工资，一年增加一个工资等级。

外来职工和华西人一样，参加半年度、年度的评比表彰，进行物质和精神的奖励。逢年过节或集团公司里有大的活动，外来职工和本村人共进庆祝宴，同饮庆功酒，同获纪念品，以作永久性纪念。

"引才要大胆，育才要舍得，用才要放开。"华西村对于有本事、求上进的人才，毫不吝惜给予房子、车子、票子、位子和面子的鼓励。华西村设立了"科技创新奖"，对有创新成果的技术人才予以重奖，累计已发放奖金近亿元。近几年来，已先后有五百多名外来优秀人才，享受到了只有华西本村人才有的股权奖励，股份多的有上百万元。

2. 赏罚分明

只有赏罚分明，才能扬善惩恶。富裕起来的华西村最重要的富裕是精神的富裕，富裕的华西也是文明的华西。用吴仁宝的话说："华西村真正达到了'老三无'：无赌博、无重大刑事犯罪、无封建迷信活动；'新三无'：无上访告状、无暗斗闹事、无法轮功练习者。路不拾遗，夜不闭户。"

华西村为什么可以自成一体，形成良好的社会风气？吴仁宝是从干部抓起，让群众做到的干部先做，让群众不能做的，干部先不做。在群众中树立起"权威"。吴仁宝说："什么叫权？什么叫威？现在，有些单位的干部，威信不高。为什么不高？没有教育好。啥叫有权？廉洁才有权；啥叫威？懂行内行才有威。我的体会，干部要有权威，一是廉洁；二是懂行。华西的干部有权威。村里发一个通知，可以把所有村民职工集中起来。"

对社会上的一些不良风气，吴仁宝看得很透彻，他用自己惯常的语言，生动地概括问题的根源。"现在，社会上一些企业为什么办不好？主要是干部不廉洁。群众反映这些企业的问题是'技术科里卖图纸，供销科里暗进账，保卫科里打麻将，人事科里看对象，班组长们骂骂娘，上级没有办法想，只有经常换厂长'。"吴仁宝还总结说：三个厂长一换，这个企业就不行了。现在，有的厂是灯笼壳子糊在那里，灯笼壳子戳穿了，就破产了。所以，要加强对干部进行教育，干部一定要廉洁奉公。

"仓廪实而知礼节，衣食足而知荣辱"，这是中国古代春秋时期的大政治家管仲的名言，不过，吴仁宝更进一步作了演绎，他认为，文明不会自然来到，坏习惯不会自己除去。"仓廪实"还要教育村民"知礼节"；"衣食足"更要教育村民"知荣辱"。他强调，等待是被动的，教育才是主动的。

"有福民先享，有难官先当"，教育从干部做起。吴仁宝为华西干部确立了一个标准："叫德才兼备，什么叫德？什么叫才？主要是五句话：'三正、三平、三守、三能、三不倒'。要办事认真、处事公正、经营廉政；要有政策水平、技术水平、管理水平；要守法、守约、守信誉；能上能下、能下能上，能官能民、能民能官。能进能出、能出能进；要夸不倒、难不倒、吓不倒。"具备这样素质的干部是华西的希望，他们可以在村民中树立权威。

"一分五统"，如上所述是吴仁宝应因共同富裕，携手周边村民与华西一起富起来的良策。但关键是要让大华西村村民的人心统起来，

190

让融入大华西村的人心凝聚起来，形成大华西的合力，能一心一意为经济集中精力谋发展。

尽管是在华西的周边，大华西村村民所受教育和华西村村民还有落差。虽然一些周边村归入大华西，享受到大华西的福祉，但有个别人人心并没有归来。有些村民平时懒散惯了，有的还是派出所的常客。为了帮助这些村民人心"归队"，吴仁宝计划用一年的时间，把他们组织起来集中学习，学习期间给予待遇，包括免费食宿，还获发每月五百元的生活补贴。

办班的第一天特意安排的是老书记授课，吴仁宝走上讲台，亲自讲解理念、理想，讲富裕之路。一些重点的对象，他还个别逐一谈心。动之以情，晓之以理，学习班开办不到十天，学员们一个个都坐立不安了，纷纷向吴仁宝表示，如果今后再不好好做人，对不起父母的养育之恩，更对不起您老书记的苦口婆心。

其中一名学员杨永平来自朱蒋巷村，以前可是天不怕地不怕，就怕公安局半夜打电话的人。办班后，他就像变了一个人。新春伊始，他和他的家人收到了一份特别的礼物，获得了两个奖项：一个是优秀家庭，一个是优秀党员。谁都不会想到，获得这些荣誉的杨永平曾经就是那个古老故事里"浪子回头金不换"式的人物，是一个曾经背负很多"污点"的负面典型。

2004年，朱蒋巷村参加"一分五统"并入了大华西。华西通知该村杨永平等两个人去帮扶培训班接受培训。另一个人感觉难为情，上了几天课逃走了。当然，杨永平是想看看华西是真心诚意帮助，还只是为做做样子给人看，他选择留下来参加学习。

吴仁宝来了，告诉大家，培训班要办一年，华西提供在宾馆吃住。每人还发一个月五百块钱的工资。其间，吴仁宝不管多忙，都要抽空来上课讲讲，有时候还来找人促膝谈心。意图很明确，培训班不是惩罚班，宗旨是学习教育做好华西人。

杨永平记得很清楚，吴仁宝说，"与其在社会上游荡，不如这样养着你们，至少不会再出去犯错误，不会再被抓起来。"

二十七八天，杨永平的想法有了些改变，良知让他心里很过意不去。"老书记可是真心想帮。像我这样的社会边缘人物，饱受歧视的问题人物，华西非但没有瞧不起，还这样重视，我怎么能不知悔改？"

于是，杨永平主动请求安排工作。想不到吴仁宝提出叫他去华西派出所工作，这个曾经派出所的"老朋友"，好多次地进出，怎么好意思去那里上班？吴仁宝也不坚持，又安排杨永平到了旅行社跑业务。

没想到的是，一个帮扶班，一份新工作，成就了杨永平人生的重要转折点，造就了浪子回头的新人生。

杨永平努力工作，七八个月下来竟然拿回来了十七八万的业务收入。吴仁宝看到浪子回头，还创造了效益，特别高兴。为了鼓励杨永平，当时就奖励了一辆车给他。

拿到车钥匙，杨永平哽咽了。这么多年，一直不争气，也一直被人瞧不起，一直挣着不踏实的钱。如今，在老书记吴仁宝帮助下，通过自己的努力挣到了受人尊重的钱。

从那以后，杨永平越发努力工作，一年下来，工资拿到了二十七万。渐渐地，有了一种融入社会、融入集体的感觉。他说："尤其是在外跑业务的时候，每当提到华西，就被格外关注和尊重，这时我越发感觉我走上了一条正确的道路。"

往后，杨永平不仅入了党，全家搬进了新房，开上了车，还给老婆买了一辆宝马。真的是实现了房子、车子、票子、孩子、面子"五子登科"。他感恩华西村，感恩吴仁宝老书记，"最重要的是，我再也不用过以前那种担惊受怕、东躲西藏的日子了。在华西，不仅有了工作，最令我感到荣耀的是，2006年4月23日，全国政协主席贾庆林同志在视察华西时，听了老书记的介绍，还亲切接见了我，并握着我的手鼓励我好好工作。如果不是老书记把我从'坏人'堆里揪出来，这辈子都不可能有机会得到中央领导同志的勉励！"吴仁宝以他的爱心，教育鼓励走在后面的村民，以奖赏有转变者，往往事半功倍。

看到这样的教育成就，吴仁宝还蛮欣喜的，他作报告讲经验说："我们不仅关心贫困户，还特别关心贫困的脑。比如说，有的人叫'不想户'。'不想户'是我提出来的，就是说他不想成家。'一分五统'以后，我把大华西这样的人排出来，有二十来个，办培训班，让他们吃住都来华西。住在宾馆，吃得还可以，每天吃二十元，工资那时发五百元。最后这些人都进步了，工作认真得不得了。"

看着富裕起来的华西，吴仁宝更注重华西的精神富裕。他懂得举一反三，教育大家，不是成立了精神文明开发公司吗，这公司专业经营的就是精神富裕。他的"惩罚"其实重在教育。

曾经有个孩子顽皮，把村里长廊的灯当靶子，几盏灯被打翻落地破成碎片。精神文明开发公司很快召开村民大会通报并作出处罚。处罚结果是损坏一盏灯赔两元钱，买灯一元钱，装灯一元钱，并讲明家长回去不要打孩子，要说服教育。虽然罚款不多，但受罚家庭在全村村民面前当众受罚，相当惭愧，同时也让全村民众都受到教育，以后再没有出现此类事。

由此树立起华西村的正气，自觉维护安全、卫生，成为华西的行动。连村里的小孩子看见地上有纸屑或烟头，都会捡起丢进垃圾箱。在华西菜场，卖菜人中午回家，把未卖完的菜用块布一盖，傍晚再来接着卖，一棵不会少。这些都是媒体镜头下的故事。

有一段时间，销声匿迹多年的赌博风在华西重又出现，有些人以为小弄弄不会有大事情。甚至有华西的创业功臣也不顾村规在外村参与赌博。吴仁宝看在眼中急在心里，他丝毫不留情面，抓住典型，以村规民约重罚了创业老伙计四个月退休金，他没有到此为止，还几次登门促膝做思想工作，一定要老伙计认识赌博的危害，直到自己彻底省悟为止。

树欲静而风不止，总有人对华西的正气心有不甘。华西村邻乡传来风言风语，矛头指向吴仁宝，要搞乱华西村。传出"华西村不赌是假的，吴仁宝也在赌"的谣言。有人为自己想赌，搅乱视线寻找理由，制造"吴仁宝能赌，我们也能赌"的谎话掩蔽自己的赌博行为。

君子坦荡荡。面对种种恶言攻击，吴仁宝迎面痛击，他使出一招。一早，以"中共华西村委员会、华西村村民委员会"的名义，在华西村邻近的几个村子和市镇上贴出一张张相同的警世《通告》，公开有偿寻求公众监视华西人的赌博行为。《通告》上写：

赌博是一种违法行为。经村党委和村民委员会研究决定，请兄弟单位对华西人监督，凡发现华西人在本村或外村赌博者，均要举报。举报准确者，一人一次奖励1000元，当场兑现，并给举报者保密。凡发现华西人搞迷信活动者，也适用于上述规定，举报一人次，奖励500元。

此通告自公布之日生效

华西村扬正气，吴仁宝悬赏捉拿自家丑事，将村民的违规行为交社会监督。《通告》一出，一石激起千层浪，周围乡村对华西村和吴仁宝一片赞赏和议论。

当然也有人想领赏的，但时间一星期、一个月过去了，举报人没有出现，领功邀赏没人来。一年以后的1994年7月17日，又一份出自华西村的《通告》贴在大墙上，这是一份关于检举华西人参赌得奖的补充通知。《通告》写道：

过去，华西为禁止赌博，曾在四周村镇贴过通告：凡发现华西人参与赌博，一经核实，奖励举报人1000元，至今未有人领过这份奖金。为防止今后可能有个别华西人参与赌博（男六十岁、女五十五岁以上的退休老人娱乐性活动除外），自即日起，凡检举揭发华西人参与赌博，一经查实，奖励举报者人民币10000元，并为举报人保密。

这份《通告》后来还直接登上了《江阴日报》的报眼！吴仁宝把监督的范围扩大到整个江阴市，让江阴全市民众成为华西民风的监督员。吴仁宝要以让家丑外扬这一招来遏制家丑，收到很好的效果。

开出10000元的巨额奖金，不小的数额还真吸引了不少外村人关注，据说还有人整天四处寻找，到处打听，要找出参与赌博的华西人，结果却令他们很失望。这个举报奖设立至今，一直没有人来领取这笔巨额奖金。

"口袋富，脑袋更要富"。吴仁宝的"两富论"，才是华西共同富裕的基石。吴仁宝以他特别的教育和思考方式，成功地让华西人避免落入"吃饱穿暖，小富即安"不思进取的陷阱。

具有小农思想的人一般就具有"小富即安、缺乏自律、宗派亲族"的行为表现。阻止华西人赌博行为，以小见大。华西村村民在口袋富裕中，吴仁宝也以华西特有的监督及惩治方式，不断削减华西村人的小农思想，让华西人更有目标和理想成为新时代有觉悟的农村村民。

多年来的积累，华西村形成共47项条款、5330个字的《村规民约》，对村民的道德和行为，做出约束性规范后成为自觉行动。而970户村民分成97个"党员联户小组"，层层将华西逾两千个村民联结成为一个集体。这是一个正气向上的集体！

华西村规民约的每一次修订，必须在村民大会上认真讨论方可生效。在华西村，尊老爱幼、赡养父母、不准赌博等基本准则，被写进村规民约发挥约束效应。里边还有着不准养狗，不准摘花、砍树等较为严苛的条款，比如破坏植被的行为要处以一万元的罚款等很细致的条款。

吴仁宝赏罚分明，最终是以民主的方式制订约束各自行为的公约，代表着华西村村民有能力自我约束和管理的尝试。

3. 华西村标

中国自古至今，牛都是一个积极向上的代名词，代表着吉祥。"牛市"牛气冲天，往往用来形容超众、厉害。作为"天下第一"的华西村，应该就是世界上的第一"牛村"，吴仁宝也就是中国农村中的第一"牛人"了。

"牛"是华西村的村徽、村标，是华西村的象征，是华西村的吉祥物。那是因为牛踏实、诚恳、厚道。华西村发展的这数十年，就是一步一个脚印踏踏实实的"牛"写照。

吴仁宝喜欢牛，他讲的典故中对牛有一番认识。

有一天，吴仁宝讲起了十二生肖的典故。他说，上天决定挑选十二种动物做人的生肖，把任务交给了猫，报酬是它可以在十二生肖中名列第一。猫把任务委托给了它认为能力最强、也最可信赖的老鼠。老鼠将属于猫的第一把交椅空置下来，然后秉公办事，严格筛选，挑来挑去，论埋头苦干，论任劳任怨，谁也比不过牛，就让它坐了第二把交椅。往下，类似牛这样十全十美者很少有的，便不再求全责备，单取某个方面的突出优点，于是，八面威风的虎坐了第三把交椅，如此这番。把十二生肖排到最后，老鼠就直接坐到第一把椅子，抢了大猫的大位，这就是猫捉老鼠的原因。吴仁宝在典故中演绎的牛完美无缺，所以，论优秀，牛就是第一。华西村可以牛，牛就牛在走共同富裕之路争第一。

因为出身农家，吴仁宝生来就与牛有缘，他的儿时记忆中，只有一个"穷"字。人生最早的一份"工"就是与牛为伴，他十一岁就给财主放牛了。十四岁家里断粮，只好去摸鱼捉虾换大米；十六岁想着贩布赚一笔，没想到一年赔光老本，只好回乡当长工。解放后，吴仁宝穷人翻身入了党，一门心思要摘掉穷帽子，让村民富裕，才"牛"了起来。

华西村始建于1961年，当年正好是牛年。这一年十月，为致富，吴仁宝向邻居向阳大队买下弃置的石磨，用一头老水牛拉磨，开始了华西村最初的作坊生产，走向华西的工业文明。所走的这一步，也可以说是牛领路。

在吴仁宝看来，牛谐音于"扭"，也就是扭转局面的意思。事实也是如此，华西在不少历史节点，都能牛（扭）转乾坤，战胜困难，生活得到改善，可谓牛运兴旺，牛气冲天。

牛擅长耕种，是勤劳的代表，是农民的好伙伴，同时也寓意大获丰收、五谷丰登、风调雨顺。牛也象征着春天，勃勃生机，加上其壮实的身躯，寓意身体健康，活力四射。

华西村一贯对牛尊重，吴仁宝说："华西1961年建村，是牛年，所以村徽是牛。可以说，牛代表华西，我们造牛、尊牛，从不吹牛。"现任村党委书记吴协恩也对牛的敦厚形象情有独钟。吴协恩说："我们的村徽是牛，第一个方面因为我们是农民，过去来说牛是我们的第一生产力，再一个我们认为老黄牛的精神，特别是我们农民，值得去继承和发扬。"

华西村有名的景点有八十多处，引起大家更多关注的还是2011年华西村建村五十周年，华西村建成高328米的大楼。大楼内置一头重一吨、价值三亿元的金牛。这可是999纯金打造，可谓镇殿之宝。

吴仁宝创业期间取得的成就曾被人诟病，他以牛来回击。吴仁宝说，"以前别人说我吹牛，我就造牛，金牛、银牛、石牛；别人说我讲假话，我就造'假'的天安门、长城、美国白宫；别人说我讲空话，我就买直升机，在空中说话。"吴仁宝的犟脾气就是牛脾气，认准了理，较起劲来，可是十头牛都拉不回来的。

吴仁宝造牛却丝毫不含糊。举世轰动的华西村龙希国际大酒店六十层放着镇殿之宝，千足金一吨重的金牛，可谓举世无双，被人们惊为神作。这只金牛出自中国工艺美术大师王殿祥之手。在文化部公示的第三批国家级非物质文化遗产项目代表性传承人中，"老南京"王殿祥，是金银细工制作的唯一一位国家级传承人。吴仁宝请他来为华西村打造金牛，对这个七十四岁的艺术大师来说极具里程碑意义。

这只金牛所用纯金足有一吨重，其长为2.3米，宽70厘米，高1.7米，所谓的一吨，指的是纯金重量，并不是整个牛的重量。

这尊栩栩如生的金牛终于问世，王殿祥大师历时整整四个月的努力。金牛制作的主要技法是传统的手工锤揲工艺，王殿祥多次强调他的团队以纯手工制作就是这个意思。

金牛工程的参与人员共二十四人，这二十四人其实主要指最后锻造8毫米"金牛皮"工程的员工，包括王殿祥的儿子王亮，和其他二十二个王殿祥弟子。他们一同见证了金牛制作的整个过程。

金牛以及随后落成的龙希国际大酒店，同时向世界展示其雄姿。这一璀璨杰作，也引来了炫富的争议。但国家珠宝玉石检测中心副主任杨似三从制作工艺角度肯定了华西村的金牛。他认为，华西村用一吨的黄金做一头金牛，无论从设计，还是从工艺、制作等方面，都是克服了很多的困难，发挥了传统的优势，有所创新，有所突破，有所前进，是一尊极有价值的艺术之牛。

其实，网上部分言论是对华西的误解，就金牛而言，也是华西投资保值的行为之一。制作金牛使用的一吨黄金，比入库时已增值了30%。换言之，一年时间里，这座金牛已经为华西赚了一个亿。

当然，更大的意义在于，吴仁宝是要树立华西影响世人的牛文化，树立华西的牛理念。其象征意义在于华西人牛气冲天，华西人牛劲胜天；华西人更是一诺千金，说了，必定去做，必定做到的精神。

说开了，外行看热闹，铸造金牛引起世人关注，是因为价值不菲的黄金。但吴仁宝真实意图不在炫黄金，他希望炫耀的是牛文化、牛精神，铸造出那一股华西坚定共同富裕的理念，铸造出华西人锲而不舍追寻共同富裕的文化。

那座高矗入云的华西龙希国际大酒店可是牛云集，位于一楼的大厅，两座青铜牛仰头奋蹄扑面而来，华西人特地请来的珍贵宝物，令人一进入大厅就感受到华西的一股牛气。在华西村，金银铜铁锡石牛坐镇，可谓品种齐全。

位于华西龙希国际大酒店四十八层木汇所内的银牛。纯银打造，"银牛"相当壮实，堪称天下第一银牛，银光闪闪；位于华西黄金大酒店四十八层木汇所内的《五牛图》发绣作品，五头牛五种不同的色彩和姿态，作品的发丝全是用十六岁少女的头发制造而成的，不同色彩是后期加工过程中染色而成，又是一件绝世佳作。

华西龙希国际大酒店三十六层水汇所内有座铜牛。可能是由于金牛、银牛名气太大，令铜牛没有多大的关注，在大楼里保存完好而整洁，却常常受到了冷遇。

位于华西黄金大酒店二十四层火汇所内还珍藏着一只大铁牛。估计到华西旅游的游客极少来看这头铁牛。不过华西人对铁牛是情有独钟的，因为铁牛象征着艰苦朴素和辛劳。

在华西龙希国际大酒店十二层土汇所内有一头锡牛，也是埋头拉活儿的姿态，其壮实后面是朴实无华。

走出华西龙希国际大酒店，来到幸福园前，一只石牛以劳作姿态迎人，一样的朴实。毫无疑问可以看出，吴仁宝喜欢牛，华西人钟情牛，因为华西人就是靠这种老黄牛精神一点点干出来的，还要靠老黄牛精神再发展下去。

不同款的牛标志，试图传递什么信息？吴仁宝回答说："牛，代表农民富裕。过去，家里有牛的就是富农。还有，牛，忠厚老实，默默工作，代表真正为人民服务。我们华西人要勤劳下去，富了还要吃苦。"

对牛有着深厚感情，吴仁宝连牛肉也不太敢吃的。不过，吴仁宝身上却有着常人难以理解、难能可贵的牛劲。他在交棒最小儿子吴协恩时说，"华西能有今天，一靠党的英明政策，二靠像牛一样的拼搏精神。我要干到八十五岁。"那座世界农村第一高楼就是在那时确定要建的，吴仁宝一锤定音后，说干就干，三十多亿投资到位，一千多天的准备和建造，农村摩天大楼拔地而起，在美丽农村的土地上矗立，那么雄伟，如此气派，充分体现了吴仁宝和华西人的"牛"劲。

著名作家何建明，在"吴仁宝的遗产"一文中如此评价吴仁宝：华西村曾在吴仁宝的领导下，艰苦奋斗半个世纪，将一个贫困小村建设成"天下第一村"，那拓荒牛一直是"华西精神"的形象。想当年，吴仁宝牵着水牛，带领几百名村民依靠一副铁肩、一副犁头，平整洼地，翻新荒田，创下苏南种粮"领头牛"的称号；改革开放，又是吴仁宝以"亦工亦农""以商促农"的"老黄牛"精神，一次次在市场经济的搏斗中赢得成功，使华西率先进入小康。近十年，华西在老书记吴仁宝、新书记吴协恩的接力领导下，"老牛""新牛"并驾合力，成为全国"首富村"。富裕起来的华西历史，就是一部以牛精神为代表奋发向上的历史。

华西村随处可以看到大大小小的"牛"，除了名列世界第一的金牛，还有铜牛、铁牛、紫砂牛、木牛、水泥牛等各式各样的牛。各种牛，体态各异，表情不一，给人留下深刻印象。最令人动情的还是牛精神，任劳任怨，吃的是草，挤出来的是奶，干的是粗重活儿。吴仁宝一路坚持的是牛的本色，创下金碧辉煌的牛气标志。是一种根基深厚的牛气，是一种脚踏实地的牛气。有人说，华西的牛，是真"牛"！

4. 华西品牌

离开喧哗的大上海，驶上宽敞的沿江高速一路向北，公路两旁乡镇座座，农田郁郁葱葱。驶过张家港，便进入了江阴市界，公路两旁的景观开始发生了变化，雄伟建筑进入眼帘。远处一座高达七十二层的龙希大酒店拔地而起，顶楼的大圆球，在苏南大地格外醒目耀眼。这是华西村的地标，一座以改革发展、工业致富的中国特色社会主义新农村的标杆。

车下高速公路，走进华西村，首入眼帘的是两块牌子："中国华西村"和"天下第一村"。这是镶嵌在长江三角洲腹地的一颗璀璨的明珠，这是名副其实的中国首富村、中国最强村、中国文明村。这可是华西五十多年一以贯之，辛苦造就的金字招牌。

当你近距离地接触华西，当你解读华西变化的一串串数字，当你漫步比城市还要美丽的村庄的时候，你会完全相信"天下第一村"的称谓是何等的贴切。二十世纪六十年代，华西艰苦奋斗、平田整地改造山河；二十世纪七十年代，连续八年亩产超吨粮；八十年代走上工业化道路，创下超百亿元村。之此，华西村村民喜获温饱后过上比城里还要好的农民生活。

华西1988年产值实现"三化三园亿元村"后。销售收入从1992年超5亿元到2005年的300亿元，年年攀升，一路高歌。"天下第一村"发展的轨迹正如吴仁宝老书记所归纳的："华西发展史，是一部不断变化的思想政治教育史，一部不断强化的党建工作史，一部不断优化的村级经济成长史。"其实，华西发展史还更是一部华西用半个世纪书写着传奇，创造出辉煌的发展史。积累了成就，打响了品牌。

截至2013年，华西村的企业（其中一家上市公司），拥有四十多种产品全国第一，有五十多种产品获省、市和国家优质产品称号。演绎了"中国华西村"的传奇，彰显出"天下第一村"无尽辉煌。华西村生产的面料、西服、化纤、线材、热带、法蓝、扁钢、彩板、针织染整等系列产品，已发展到一千多个品牌，一万多个规格，并远销亚洲、欧洲、美洲等四十多个国家和地区。

华西村的品牌代表着华西的软实力，是华西的文化，也是华西可以持久不衰的兴旺保障。

华西的旅游业起步于上世纪七十年代，发展于八十年代，兴旺于九十年代，进入新的世纪以后，更呈现出蒸蒸日上、红红火火的喜人局面。华西村走出了一条具有自身特色的发展之路。

据了解，华西针织厂起源于民国十二年，至今已有近百年历史，凭着过硬质量，产品畅销国内各大城市，90%以上远销日本、德国、法国等海外地区，深受消费者欢迎。

创始于1853年的华西酱油厂生产的酱油，制作过程全部沿袭古法，以非转基因大豆为原料，以1:1的比例酿造，一吨黄豆仅产一吨酱油，精品冰油的蛋白质含量高达16%，如此高的营养价值，在国内同类产品中是绝无仅有的，在"说真话、售真货、定真价"的规范运营下，产品风行沪宁线。

而历史超过千年的龙砂山，经过这些年的努力，2062亩山地现在满是雪松、香樟等树木，一眼望去，郁郁葱葱、鸟语花香、美不胜收。无论是景色还是产品，都在长期的市场考验中形成了华西的品牌。

品牌是企业的无形资产，在市场竞争中具有绝对优势。品牌资产影响深远，它建立在有形资产的基础之上，它也为有形资产助力产生更大的效益。相比产品，品牌传播可以更为久远。吴仁宝深信品牌的价值和意义，品牌甚至就是生命。"长期的市场竞争，使我对名牌战略坚信不疑。我自加压力，背水一战，以自己的声誉为代价，在国家商标局注册了'仁宝牌''华西村'牌商标；由两名村党委副书记专职抓名牌工程，并多次召开了万人创名牌、做贡献大会。群策群力，联合作战，以科技创新为龙头，以质量体系为保证，打响了创名牌的攻坚战。"

华西村富起来，华西村的名字也亮起来了。响当当的天下第一村金字招牌吸引了络绎不绝的探访者、采访者前来寻觅华西经验，取经者几乎踏破了吴仁宝家的门槛。吴仁宝、华西村两者的内在联系，内在价值在互相辉映，互相影响。吴仁宝是明星，华西村也是明星，集聚起成千上万的"粉丝"，名人、名村已经有了巨大的社会效益，将之转换出经济效益是吴仁宝的思考。

吴仁宝不仅是经营有形资产的创造者，也是驾驭无形资产的高手。凭他敏锐的经济嗅觉，意识到了品牌商机，精心设计打出"华西村牌"和"仁宝牌"，要树立这两大品牌，变华西的无形资产为发展经济的强大动力。

经过深思熟虑，吴仁宝为华西在市场占一席之地，下决心以自己的声誉为代价，在国家商标局一次性注册四十四个"华西村牌"和"仁宝牌"商标。无论是衣服、袜子、烟酒，还是酱油，华西村的产品统一使用"华西""仁宝"做牌子，于是就涌现出了让消费者一目了然的"仁宝西服""华西烟""华西酒""华西酱油"等，都亮出华西牌子，接受市场检验。同时也再一次随着产品远销海内外，在全世界叫响"华西"。

开始，不少朋友真为吴仁宝的这一举措捏一把汗，这可是吴仁宝的身家性命。好心人提醒吴仁宝："万一你们华西的产品有了问题，首先挨骂的就是你吴仁宝了。"其实，这正是吴仁宝的本意，这么做，就是要破釜沉舟，逼着自己非把产品质量搞上去不可！

这两个品牌可是搭上了华西村和吴仁宝的全部信誉和家当啊！吴仁宝说："用'华西村'和'仁宝'当商标，就是要给大家施加压力，以此来唤醒和提高员工的名牌意识。我要给员工传递这样一个信息：谁砸我和华西的牌子，我砸谁的饭碗！"

连续创名牌，产生的知名度和信誉度在华西产生了事半功倍、一举两得的效应。华西村的产品因华西村而提高了知名度，华西村则因其优质产品畅销四海而进一步大出其名。

2000年，"华西村牌"门窗漂洋过海走出国门，在国际市场上竞争中取胜，安装在非洲岛国塞舌尔国家教育部大楼。

为了创品牌保品牌，吴仁宝可是大投入，专门委任两名村党委副书记专职抓名牌工程，二十多家骨干企业组建了创名牌小组，服装公司成立了服装研究中心。利用最新的科研技术，全面导入015企业总体设计，开发和建立了0X3管理系统，实现了信息动态集成管理。在吴仁宝树立的品牌大旗下，华西已有二十多家企业通过了ISO9002国际标准质量体系认证，拿到了走向国际市场的通行证。

可以说，"华西村"牌系列酒、烟畅销四方，"仁宝"牌、"华西村"牌西服、衬衫等产品靠"三真"——说真话、售真货、定真价，"三守"——守法、守约、守信誉奠定基础，叫响品牌。吴仁宝说："WTO规则下的市场经济是法制经济、诚信经济、信誉经济，诚信信誉也是生产力，也能提高经济社会的发展效率。在这方面，我们确实不如市场经济成熟的国家。我们华西集团要求每位员工，不论是在商务活动还是人际交往中，都信誉至上，宁肯天下人负我，我绝不负天下人。"吴仁宝讲话，每一次都是那么豪迈，在品牌上他更不含糊。就有一股要做就做天下第一的底气！

吴仁宝充分享有资源，将村名、人名、产品名一环接一环，紧紧相扣。三者之间，一损俱损，一荣俱荣，将压力变为村民自愿维护品牌的动力，做到了"人以村名，村以人名，产品又以名人、名村为名，建立一种互相为荣的名牌效应，共同形成维护华西村无形资产的文化链"。

没有专业学过营销学，但吴仁宝懂得用自己的方式打品牌，而且都是大手笔。2009年6月，台湾迎来了庞大的旅游团。华西村农民千人台湾游，在大陆居民赴台湾旅游开放届满一周年时成行。带领"华西村千人游台湾首发团"的，正是老书记吴仁宝。

华西村和吴仁宝在大陆几乎家喻户晓，在台湾也是大名鼎鼎。华西村组织千名村民分批游台湾的消息传出后，立刻引起台湾媒体的极大兴趣。6月2日，阳光灿烂。吴仁宝和首批赴台旅游的一百五十多名村民刚一抵达桃园机场，就被众多媒体围得水泄不通。几十家媒体团团包围，三辆电视转播车一路跟着，台湾人好奇大陆农村第一人，吴仁宝和他的村民是如何游台湾的。

那几天，台湾民众翻开报纸、打开广播电视，全都是关于华西农民游台湾的消息和专题。一位台湾导游开玩笑地说，来了华西旅游团，台湾本周差不多就是"华西周"啦。

台湾记者最想知道的当然是老书记来到宝岛的感受和心情。吴仁宝接受记者采访时这样回答记者：我这次到台湾，感到非常高兴。高兴什么？我去过很多地方，但是我中国台湾没有去过。我不管是美国还是日本都去过，这次我到中国台湾去了，为什么能去，说明台湾人民，包括大陆人民都盼望着早一天能够大家见见面。

在短短五天的行程中，吴仁宝一行饱览了宝岛台湾的山水风光。从北面的台北，到南面的嘉义；从台北这样的大城市，到南投这样的小城市；从美丽无比的阿里山，到举世闻名的日月潭。每到一处，华西人都受到了台湾旅游业界和普通百姓的热烈欢迎，到处都可以见到台湾同胞挂出的欢迎标语。不管是宾馆还是景区，上到总经理，下到员工，都在门口列队欢迎，十分热情。

作为首富村的村民，华西人的购买力着实让人大开眼界。首发团在台湾"扫货"超过300万元人民币，二团和三团消费也各有100万元，再加上每人6500元的团费，千人游台湾人数尚未过半，消费已经超过800万元人民币。

吴仁宝算了另外一笔账，台湾媒体的追踪报道，让华西在国际上产生的效应远远超过800万人民币。这次游台湾，不但让村民开了眼界，也向台湾展示了华西的新形象。

最重要的是，一石激起千层浪，就在华西村村民回村后不久，吸引了大量台湾游客到华西观光购物，以"千人去台湾"，换来了"万人游华西"。

5. 退不言休

对吴仁宝来说，交班退休，是他立足华西长远发展的另外一种境界，是他继续服务华西的另外一种方式。交班交权，但交权不言休。这是吴仁宝对自己的要求，是吴仁宝转换服务华西的方式，继续共同富裕。

2003年的7月1日，中国共产党的建党日，对华西村来说，是一个承上启下的重要历史时刻。华西村一百多名党员聚集在大会议室，中共华西村第六届党代会在这里举行。这次会议有个重要议程，经吴仁宝提议，他要让位、让贤，要把在位已经48年的华西村的党政"一把手"职位交棒年仅39岁的吴协恩，自己则退下，担任村党委副书记和集团公司副总经理的"二把手"。

时年75岁的吴仁宝决定交班，并直接推荐四儿子吴协恩，这一刻就要求党代会做出决定。这是一个庄严而神圣的时刻，决定的不是谁接班，而是华西承上启下永续发展的未来。

吴仁宝有四个儿子，分别叫协东、协德、协平、协恩。四个儿子都留在华西村工作。

缪华是吴家第三代，任华西村党委副书记、村团委书记、村党校常务副校长。1998年，缪华考上苏州大学法学院法律专业。在吴家这一代，大一点的孩子像吴洁、吴芳和缪华都是在国内读的书；而往下从吴昊开始，就基本都有出国留学的经历了。

作为华西人，缪华说，我们从来没有考虑过大学毕业要去外面工作。从小父母就为我们培养一种思想：正是因为华西发展了，才有我们这代人的幸福生活。所以，我们从小就形成这样一种意识，能生在华西、长在华西、工作在华西是一种幸运。而且，从我们的上一代人开始，外公就要求他们放弃公职都回到华西工作。所以，我们不管在哪里读书，最终都要回来工作。而且，华西的事业需要一代一代的人不断地去奉献、传承和开拓。

2002年，缪华大学毕业后谢绝了苏州、南京、上海等多家单位的聘请，决定回村里工作。在回村之前，先在南京的一个律师事务所实习了一段时间。2003年，回到了华西，按照村党委的安排，在集团公司法律办工作。这个职位契合她大学所学专业，因此能充分发挥自己的专长，积极主动为华西的八大公司、六十余家企业认真做好法律咨询、培训等服务工作。

在吴仁宝看来，吴家以奉献为宗旨，为了老百姓，从不为牟私利，吴家人愿意为华西村做贡献而且都做得很出色，有心而愿干、能干，归根结底他们都是华西人，都是共产党员。

就是这个集体领导也有民主程序，吴仁宝要交棒，他不能指定，不能一言堂，而仅是推荐，然后由党员代表大会投票决定。

推荐最小的儿子吴协恩接棒，吴仁宝自有考虑，要说知识面，协东比阿四（吴协恩）广，要说驾驭各种复杂情况的能力，协德比阿四强，主要还是考虑阿四比较年轻。如果选协东，只能干五六年，选协德，也只好干十年，而阿四可以干二十一年。

不仅是年龄优势，吴协恩在吴仁宝眼里还是最会赚钱的一个。共同富裕要讲效益，为集体增值，种种因素考虑，推荐他为接班人便顺理成章。吴仁宝曾说，"我有四个儿子，一个女儿，阿四（吴协恩）是最小的。当书记，为什么不是老大，不是老二，不是老三呢？我们与经济挂钩，所以他当上书记。老大老二老三呢，赚的钱都没有他多，所以我说阿四这个书记是出钱'买'来的。社会上有少数个别地方，叫买官卖官，他买官同我们不一样，我们的买官是为老百姓挣钱，阿四挣钱不是为自己，所以说为什么是他。"吴仁宝总是那样不失风趣，说话通俗接地气。

老书记吴仁宝说的句句在理，党员们虽然都心服口服，但也不能就此就决定，还要最后投票。吴协恩以175票全票当选，一致通过。这倒也在吴仁宝的意料之外，吴协恩投了自己一票，表达了自己决心服务华西的态度。吴仁宝事后还找吴协恩谈话，意思是自己投自己一票，不够谦虚。

当然，有这样一位年轻有为的村官接班，吴仁宝还是满意的，吴仁宝放心吴协恩接棒。"我不是因为阿四听话才选他，"吴仁宝肯定吴协恩有主见，敢承担，"而是因为他既听我的话，也考虑该不该听我的话，不该听的他不会听。"

吴仁宝最看重的还是："他的当选，并不因为他是我吴仁宝的儿子，而是他懂经营、会管理，近几年为集体创造了两个多亿的财富。"

被父亲吴仁宝送到别人家当儿子，还要主张自己的婚姻，吴协恩曾经不解。随着参军、工作的经历、阅历增加，才更深切地理解了父亲的用心良苦，他是：顾全大局，是保和谐，是舍"小家"、顾"大家"！"父亲为村里考虑太多了，他不是把我作为家里人，而是华西的一员，他已经把华西当成一个大家，把所有华西人都作为家里人来看待，他的心比我大比我宽!"吴协恩对村民说。

1982年11月，吴协恩原在南京军区下属某团服役，在部队入了党。1986年2月，退伍后回到华西村。吴协恩先后当过司机跑运输，做过供销员，搞过营销。

1990年，当上了华西铝制品厂厂长。克服很多实际困难，不到一年，铝制品厂年销售额就超过1000万元人民币，利润近50万元，利税比上年同期增长了45%，是当时全村增幅最大的企业。

以后吴协恩开始研究无形产品，1993年起，开始实施品牌合作。经过一番考察调研，与云南"玉溪"、江苏烟草合作，联合出品了"华西村牌"香烟。又与五粮液集团合作，联合出品了"华西村"酒。到了1994年，"华西村"系列产品先后蓬勃兴起，而且效益很好。

之后，吴协恩又受村党委委托，远赴黑龙江，在黑龙江肇东小山屯村建立"华西村"，让更多的人富起来。1999年春天，当这个经吴协恩亲手创建起来的"华西村"在北国展露英姿时，他代表华西人把这个村全部无偿地移交给了地方政府。

1996年，吴协恩创办了华西宝昌公司。那时候，吴仁宝就有意识地考验这个小儿子，基本上什么也没给，就给了"华西村"三个字作为"家底"，让吴协恩去自谋生路，自我创业。

在吴协恩无形资产的奇妙运营下，宝昌公司发展高效出人意料，不断拓展规模，跨越领域。慢慢地经营范围涉及烟酒批发销售、金属加工、五金装潢、物资储运，拥有金属软管厂、化纤总厂等十多家企业，并在华西所有的公司中，宝昌实现了最高盈利。那几年，在实体经济方面，宝昌公司新上了一条当时世界上最先进的PVC给水管生产线，生产线扩大到了六条；采用瑞士尖端技术和设备，投资四千万元新上了一条彩印流水线；化纤总厂也已形成年生产十万吨聚酯，七万吨化纤，逐步达到五十万吨生产能力；成功地开发了"世纪经典""世纪佳品"两个香烟新品种。交出了一份份亮丽的成绩单。

2002年11月，吴协恩担任了华西集团总经理，挑起了华西村经济发展的重担。按照村党委的要求，对集团公司进行了目标定位：本世纪头二十年中的第一个十年，中心村要向"中康"迈进，周边村要全面达到小康；第二个十年中心村要向"大康"迈进，周边村要努力实现中康。

2003年年初，集团公司将原十五大公司合并成八大公司，对企业实行了"四制"（企业合作制、经理负责制、董事监督制、工代议事制），对职工实行了"三制"（首位高工资、末位淘汰制、违章辞退制）。这些举措，都有力地推动了华西经济的发展。这些发展的成果，吴仁宝都看在眼中。

吴仁宝做事历来有章法有程序，未雨绸缪。对吴协恩的考察培养不是一天两天。其实，自吴协恩退伍回到家乡后的十年中，吴仁宝就在不断地培养考察着吴协恩，让他挑担子，给他压工作重量，让他经受磨炼后，认准了才决定交棒。本着对华西村负责的精神，十年的长时期考验、考察，吴协恩合格了才推荐让他走上领导平台。

此时，吴仁宝身体还硬朗着。华西村走共同富裕之路也如日中天，选择此时退居二线，能上能下。吴仁宝说："这也是又一种'有难官先当'。我早先说过，干到八十岁，可2003年华西村当时的形势非常好，我来了个急流勇退。一则是希望我不在糊涂的时候交权，二则是想破一破'一把手'不能退当'二把手'的先例。我在华西村干了四十八年，不用自己树碑，群众也会有眼睛的。通常情况下，只要我本人不言退，也许可以在'一把手'的位置上一直干到闭眼那一刻。但这实际上是给后人和整个华西村的事业留下一个很大的难事。对一个可能是功绩无量的人来说，他能不能自觉地、真心实意地把这样的难事由自己去解决好，其实也是考验我们共产党人彻底的无私精神。"

一个基层村书记，在晚年不恋权位，以实际行动破除权力的欲望，以一个共产党员为人民服务的崇高胸襟调整自己的去留，吴仁宝做到了。吴仁宝多次声明："我身体好，经验也多一些，华西村现在正处在一步几个台阶的高速发展期。作为一名老党员、一名与华西村共命运同呼吸的老村民，我仍然想为百姓做些力所能及的事。"

耐人寻味的是，至本届党代会结束，华西村又冒出了第四套班子。退任副手的吴仁宝担任集团公司副董事长、副总经理，还新设立了一个头衔，叫总办主任。吴仁宝在这次党代会的《工作报告》中说，华西村吴仁宝"在所有的办公室上面，还要有个总办"。总办是吴仁宝继续工作的平台，是吴仁宝为人民服务永不放弃的新战场。

"总办"由党委任命、委托。党委会上通过的新措施、新设想到下面落实的时候，由总办去监督。落实得好，不干预，落实得不好，总办就有权去干预。总办共七人，由吴仁宝任主任。这意味着，交棒后，吴仁宝退而不休。除总办主任外，他在党内还担任第一支部书记，在党外还担任华西村集团公司副董事长(排在第二位)、副总经理等职。

吴仁宝那时说，五十多岁的党龄，六十多岁的农龄、工龄，七十多岁的年龄。这一生中叫小官、中官、大官都当了，他说，小官我是三十六年的支部书记，中官我是乡官当了三年半，县一级我六年是正的，连副的一共是八年。

但吴仁宝始终坚持一条，"不管是做乡官还是县官，我华西村的官也是不肯放。我舍不得放，因为我同老百姓有感情哪。干到八十岁的确是我讲过的。现在我退下来可以这样说，是要当个副手。我当了四十八年的一把手，有句话叫能正能副，我也要体会体会。一般来说，正的做了就不好做副的，可是我要做副的，这也是干部的一个创新。这是我的看法。"

退而不休，发挥余热。没有退居二线以前的吴仁宝是华西村里的大忙人，他的一天从早上四点钟前起床开始，选择到各个厂里转转看看，再到田头站站问问。再转头回家吃过早餐然后一直工作到晚上。每天早晚他都雷打不动地要收听中央人民广播电台的新闻和报纸摘要，一有最新的信息就要召集大家开会学习，一以贯之。

从主要领导位置退下来后，吴仁宝生活上依然保持着四十多年来的习惯。虽说只是华西集团副董事长、副总经理，但吴仁宝给自己的工作量并没有轻多少，整天还是依旧在企业和田间忙碌。

每天早上六点，有时候甚至更早，吴仁宝就起床到村里和企业里走走。白天接受各地记者的采访，接待各地的朋友，协同老部下们做组织工作，晚上看新闻仍然是他的家常便饭。只要手头没有重要的工作，担任华西村艺术团团长的他每天都要到华西村的大礼堂看看，艺术团每天上午都会在这里排练节目，于是吴仁宝就可以坐在观众席上，看他们排练、提提意见。

工作少了些，吴仁宝并没有觉得失落，反而觉得自己和老百姓交流的时间可以增多了。他觉得这样的生活很好，因为按他的想法，这样能让自己多走动、多听听老百姓想要什么、想做什么。用他的话说，"我现在的工作态度比以前还要仔细。越是年纪大了，越要努力工作，因为回旋的余地没有多少了，改正自己错误的时间不多了，所以更要认真"。

其实，在吴仁宝眼里，新书记吴协恩不但是自己的儿子，更像是自己的朋友、知己。两人之间的交流并不是上下级间交流那样死板和形式化，他们的交流多半是在家里完成的，一壶清茶在手，谈天说地，无拘无束。

儿子长大了，有了自己的观念和主张，这让吴仁宝很开心，但最令他开心的是，吴协恩聪明率真的个性、天马行空的想象力、敢打敢拼的冲劲，像极了当年的自己。吴协恩常常和父亲一讨论问题就是一个通宵，两人都有"英雄所见略同"之感。人生最大的快慰莫过于遇见能和自己交流的对手，吴协恩就是吴仁宝的这样一个对手，吴仁宝喜欢且寄予希望的对手。

经过一段时间的观察，吴仁宝对新书记吴协恩的工作公开表态："新一代领军人物——吴协恩，懂经营、会管理、有驾驭各种复杂情况的能力和水平。新书记是通过民主选举全票当选的，接班以来，实现了'固定资产不借贷，流动资金三七开'，而且人民幸福，社会和谐。从上到下、从内到外，都公认了新书记；各方面的评价都很好，是一个有能力、有办法、有水平驾驭各种复杂情况的好班长，德才兼备。我最满意的他确实为人民服务，工作认真，特别经济上发展他有新的思路，这是满意的。"

有领导见面专门问了刘济民，你熟悉吴仁宝，社会上最突出传的就是老吴搞家族制，把自己的领导权传给儿子了，是不是家族制？刘济民回答说，他是家族，但他不是家族制，不是家族统治，是共产党领导。刘济民也专门问了吴仁宝，听说你退下来了，你是真退还是假退？吴仁宝也毫不掩饰，以吴式语言回答，"我是半退，能官能民，能上能下，能正能副。"说到搞家族制，吴仁宝说，我是人民的服务员，我是为人民服务，像我这样的家族，为人民服务的家族太少了，还是多一点好啊。

刘济民评价吴仁宝：老书记真不得了，他是超时俱进，他就是有那种境界，他站到了那个高度，看到了人家看不到的东西，看到了更远处的光芒。中国有吴仁宝就是奇人、超人。"所以我说他是一座丰碑，这种丰碑就是无私奉献，他把功名利禄，思想杂念看得很淡很淡。"

第八章　吴仁宝生存观

一个共产党员就是为民利益的一面旗帜。无论任何时候，我坚信一点，共产党是要为大多数人民谋幸福的。共产党员就应该确立全心全意为人民服务的思想，见到荣誉就让，见到困难就上，只要明富，不要暗富；明的少拿，暗的不拿。

——吴仁宝

1．农民本色

执掌华西村四十多年的吴仁宝，说是半退休，其实还是全工作。吴仁宝说："自己感觉虽有小的糊涂，但还不是太糊涂，因为我的脑袋还没有休息，如果要是休息了，可能就会糊涂多了，所以我们年纪大了还是要学习。我这个人是这样，在任何情况下都挫伤不了我自己的积极性，哪怕他骂我，都没有关系，因为我是为人民服务的，就要踏踏实实为人民服务。所以我感觉很好，我也预见自己，说百岁难争取，可能九十岁要争取，所以我要做到职务休，思想不休，工作不休，生命不息，服务不止。"这可是吴仁宝对自己的又一个人生要求。

停不下来的吴仁宝，保持的是本色。尽管全村人已经住上了别墅，华西村村民每户已经起码有存款数百上千万，但是，吴仁宝定位华西农村，自己是农民的本质没变。他始终保持着农民的艰苦朴素，农民的本色朴实无华，农民可能永远没有退休。对他来说，富裕起来后，除了农民本色，还有一个老共产党员的本色不能丢。

华西已经富得不像农村，华西的生活早已超过城里，华西人也不是传统意义的种地农民，但吴仁宝要求华西，华西人要保持农民的本色。吴仁宝清楚意识到："我是农民，忘本的农民。什么叫农民？种粮食吃的叫农民，不种粮食了，搞工业、商业了，就不是农民了？曾经有人提醒我，你是农业的先进，你是农业出身，现在搞工业了，你忘本了。我笑着说，我想彻底忘本。我不怕忘本，我要保留的是农民本色，要实事求是，要讲真话。"

2012年11月15日，习近平总书记在十八届中共中央政治局常委与中外记者见面会上讲话时指出，"打铁还需自身硬。我们的责任，就是同全党同志一道，坚持党要管党、从严治党，切实解决自身存在的突出问题，切实改进工作作风，密切联系群众，使我们党始终成为中国特色社会主义事业的坚强领导核心。"

作为中国最基层的共产党领路人，吴仁宝本身最过硬的一点，就是正确地把握好自身名利与集体利益的关系，把握好基层带头人和群众之间的关系。

数十年如一日，和华西全村村民住洋房、开好车相比，吴仁宝过的是最简单不过的生活。虽然古人说，民以食为天。但面对这片天，吴仁宝并不讲究，他选择吃的简单：茶叶蛋几乎就是他主食中的主食。吴仁宝对采访的记者说："这是我实践下来的经验，我现在还这样，鸡蛋每天吃八个。我们小时候，鸡蛋是档次最高的补品，一个妇女生孩子，要吃一窝头窝鸡蛋，一只鸡第一次生的二三十个鸡蛋，那你就吃了最高的补品了。我们干活儿，手割破了，吃一个鸡蛋。从实践来看，鸡蛋的营养好。其次，鸡蛋的价格最便宜，其他的什么都没它这么便宜，如果吃一斤鱼翅，我看这个鸡蛋要用汽车装了。"生活中最普通不过的食物，在吴仁宝看来，是如此美味的佳肴。

吴仁宝坐车去北京，路上，他带足茶叶蛋，一日三餐吃茶叶蛋。他认为，这既有营养又可口。回来住在华西自己居住了数十年的二层小楼。这大概就是吴仁宝通常一天的吃、住、行的生活了。

除了喜欢茶叶蛋，吴仁宝的主食就是面条。他风趣地说，"多吃面条，面条比大米好，这也是我从实践中得出的真理，山东人和河南人、东北人，他们吃包子面食多，人也长得高大。你看我们广东人、广西人、湖南人都吃的大米，人也比较小。"

有客人来访，吴仁宝满口答应要来陪客的，往往就是到一到，打个招呼。招待客人，华西的宴席会比较丰盛。吴仁宝会按时到场。可他笑眯眯地拿着装白水的杯子过来跟大家一个个碰杯，然后抱歉地说："我不能破规矩，你们自己丰衣足食吧！"就离开了。见老人淡出宴席的背影，客人感激之余，有时会悄声问一旁的服务员："老书记在隔壁吃什么？"

"一碗清汤面。他最喜欢吃的。"服务员含笑回答，然后示意可以到那边的门缝往里瞧一下。往门缝里看，老人正津津有味地吃着江南平常人家的"清汤面"，桌上再没有其他任何菜肴。江南的清汤面，说白了，就是将煮好的面条放入酱油汤中，汤面上漂着几朵猪油花，叫清汤寡水。但一股清香扑面，简简单单却可口。

1994年，宁夏回族自治区的领导访问华西，华西很盛情地接待了他们。席间，吴仁宝热情洋溢，举着酒杯与来自塞北的贵宾友好交谈，向他们频频敬酒致意。但不一会儿，他就不见人影了。

负责宁夏华西村筹建工作的韩国才觉得奇怪，便悄悄地向华西村的干部打听，吃饭时，吴仁宝去哪了？村干部说，老书记应该是回家吃饭了。为什么不一起用餐而要回家呢？韩国才有些不解。他放下酒杯，一路询问，一路找上门去。他想要亲眼看一看吴仁宝到底在家有什么好吃的。

韩国才绝没有想到的是，来到吴仁宝家，只见老书记同他的老伴面对面坐在一张矮方桌前，一人捧了一大碗面条，正埋着头大口大口地吃着呢！一个旗下有三万多村民，管理着几百亿资产的华西村掌门人，他的晚餐简单而朴实。就是他，一投几百上千万要建宁夏华西村，走共同富裕之路。宁夏华西村富裕了，老书记还是过着简朴的生活。这一幕，怎么不叫韩国才感动，他半晌说不出话来。

随着华西接待客人越来越多，吴仁宝给自己约法三章，做到无论谁到华西，官阶多高，吃饭时，他只是端着白开水敬一下，然后回到家里吃老伴儿煮的面条。

1998年10月初，华西村在北京华苑宾馆举办知识扶贫新闻发布会。会议结束时，适逢中秋节，吴仁宝便请记者们留在宾馆共度佳节。

夏末初秋夜，皓月当空，好几桌酒席在餐厅里摆开。吴仁宝老书记手端酒杯面带笑意举杯，来到客人面前一桌一桌敬酒，然后满是热情地谈开他的华西新规划。酒过三巡，宾客见吴仁宝仍然笑眯眯地站着，一个劲催大家用餐，自己毫无就座入席用餐之意。

宾客们正纳闷，老书记为什么不一起用餐。此时，餐厅女服务员端着一个大盘子走出厨房，径直走到酒席对面留着的一张空桌前。盘里的东西一样一样摆上了桌。众人抬头一看：一碗米饭，一碟月饼，一盆青菜，一盆炒肉丝和一碗鸡蛋汤。简单得几乎就如快餐。

向大家打个招呼，吴仁宝坐下开始用餐。全场惊异，餐厅里突然沉静下来，深情地注视着老书记，放下筷子，谁都不说话了。不知谁说了句"向老书记敬敬酒"，顿时，几桌人依次都站了起来，拥到吴仁宝桌前，争相向他伸出酒杯敬酒。老书记也不推辞，让大家尽兴，并连说谢谢。屋里气氛炽热，宾客们情不自禁地排起队来敬酒。老书记挂着他招牌式的笑容，端着酒杯回礼。记者们肃然起敬，这是对一个老党员不贪图富贵的敬意，是对一位农民本色的敬意！

有人曾开着玩笑问吴仁宝，如果没有鸡蛋和面条，你必须要吃鱼翅鲍鱼，您会不会吃？吴仁宝回答，"我还是不吃。难得出去大家请客什么就尝一下。但我吃过没什么好吃，不习惯。鱼翅还不如青鱼尾巴好吃，鲍鱼还不如螺蛳肉炖酱好吃。"

非常朴实的语言，非常实事求是的回答。一个农民，欣赏的就是农民的味道，怀抱的就是农民的情怀，坚守的就是农民实实在在的本色。

面对华西这片天，吴仁宝不讲究，他选择住的简单。进入华西村的视野，满眼都是一排排别墅式农家住宅，宽敞明亮让人耳目一新。与之形成强烈对比的是村里一栋三间两层的普通楼房。这还是上世纪八十年代装修风格的老宅，这栋老宅的主人就是被华西人亲切地称为老书记的吴仁宝，他在这里一住将近三十年直至终老。

如今，来华西参观的游客都不忘到老书记的老宅看一看。老宅内，几十年前墙壁上刷的油漆已起皮剥落，除了一组简单的家具外，最引人注目的便是一排排整齐地挂在墙上的相框。吴仁宝曾经说："我是考虑我的房子，一是比原来的好，第二是比全国的支部书记住得好，卫生设备是现代的，就是装潢家具房子破一点。墙上都是一些领导和我合影的照片，这是无价之宝。"

每个人心中都有一杆秤，关键是你的秤锤是什么？如果秤锤轻了，你生活的眼界会老远、要求会老高，和富贵荣华比，越比自己越怨气。吴仁宝生活的天平永远在本色上，一个重重的秤锤，对自己的生活，他容易满足。吴仁宝说："人活着为什么？人死后留下什么？一个人活着，需要钱，但不能仅为了钱，应为国家、为人民多做贡献。一个人死了，死即了了，但了的是物质的东西，精神形象不会了，多留一点好的精神、好的形象给子孙后代，比留给子孙财产更重要。"说到这里，吴仁宝还加上一句："林则徐曾经讲过这样一段话：子孙若如我，留钱做什么，贤而多财，则损其志；子孙不如我，留钱做什么，愚而多财，益增其过。所以说，我要多留一些精神财富给子孙。"

华西村在吴仁宝率领下致富，可以通过住房看到变化。瞿满清回忆，1964年华西集体盖平房，到1972年完成新村建设；1975年开始到1985年十年时间盖楼房，也是十年时间。八十年代末的1989年开始盖别墅。

"吴仁宝的住房是1976年建的，还是我负责建的。后来人家住别墅了，他还住老房子不肯搬，到去世还是老房子。他就是一个简单的人，早饭一碗面，不吃面吃粥，两个茶叶蛋。我们经常一起吃饭的，像夏季就是一碗丝瓜烧毛豆，他最喜欢要吃一碗，荤菜基本不吃的。刚开始的时候坐的是一般的车，后来是一辆奔驰，还是交班前不久买的。我们到泰国，台湾旅游，都是一起坐经济舱的。"瞿满清满是痛惜地说。吴仁宝为大家创富，自己却没有享受。

村里盖起了一幢幢漂亮宽敞的别墅。第一次分房会议上，村委主要领导都分到了新房，吴仁宝却毫不犹豫地在分配名单上将自己的名字划掉。

转眼间，第二批别墅又盖好了，村委成员秘密打算在开会时择机逼老书记换新房。一次村委会会议快结束时一位副主任迅速起立，提议说，华西村村民除了老书记外都住上了新房，老书记这次没有理由不换房了。不容吴仁宝表态，十几名村委成员齐刷刷地举手表示通过。

面对村民们的热情，吴仁宝轻轻地摆了摆手说："按理我没有任何理由不服从村委决议，可是，家有黄金数吨，一天也只能吃三顿，豪华房子独占鳌头，一人也只占一个床位。一名共产党员，一定要想通。如果一个人活在世上，有几百万、几千万，甚至几个亿，而另一个人只有几百块、几千块、几万块，但到了马列主义那里报到，都是一样。我吴仁宝这生只求如此，足矣！"这就是吴仁宝的财富观，他早已经是新一代的农民领路人，超脱了小农经济的价值观，胸怀的是一个共产党员的本色。

时间一晃到了二十一世纪，周边的十几个村并入大华西，华西村为大华西村村民们盖上了一幢幢乡村别墅，一批批周边村农民在放着鞭炮欢天喜地乔迁新居。当入住新屋的村民们得知老书记还蜗居在简陋的老宅子不搬屋时，都惊呆了。过意不去的村民来到吴仁宝家，恳请老书记也搬新房。面对纯朴的村民，吴仁宝也动容了，他说："我是一名党员干部，要做到'有福民先享，有难官先当'。"

吴仁宝仍住在数十年的老旧住房中，所有的村民都过意不去。而吴仁宝的心意大家都懂，他想的不光是华西村，想的是全国还有千千万万穷村，还有千千万万贫困户期待着脱贫住上新房，一种牵挂和责任，让他说出了"我吴仁宝怎么能换房？你们不要劝我了，谁劝我都不会答应的"。吴仁宝说："我不住好房子不是面子，主要是为了提高老百姓的积极性。如果我先住新房子，人家没有住，老百姓积极性就差了。所以老百姓住好房子，我不住好房子，要为老百姓去服务，老百姓就高兴，就有积极性。"

217

因为这个理念，等华西村村民住上了新房子、好房，大华西又发展了，更多的村民等着新房。大华西形成，再多的域外华西村形成，吴仁宝一直没有要换楼的意思。为了共同富裕，老书记吴仁宝就这么一个理由，数十年一直住在自己的小楼里。

这些年来，华西村村民的生活发生翻天覆地的变化，住别墅，开好车，尝遍美味佳肴。吴仁宝还是保持他的本色，过着他的简单生活。致富之后，吴仁宝和老伴住在老屋里，睡了几十年的木板床没有换过。

每天凌晨三四点起床，晚上还要想到开会，除了工作，他少有自己的业余爱好，这就是吴仁宝简单而有规律的生活。或许，他根本就没有业余爱好，他只有为人民服务的爱好。

华西村建立了体检中心，添置了国内最先进的帕特CT体检设备，两千多位村民中有的已经检查了三遍，有的检查了两遍。其中八个人被检查出早期癌症，通过治疗康复了，可吴仁宝自己却一次也没有去检查过。刘济民说：吴仁宝的病是他自己耽误了！他对村民太好，村民每年都安排体检，生病都安排到上海去看，而吴仁宝自己从来不体检、从来不看病、从来不住院。肺癌早期发现，并非绝症，刘济民看望吴仁宝时对他说："'心里只有别人，唯独没有自己'这是句空话，就是你吴仁宝做到了！"

2. 仁宝习惯

媒体人通常描绘吴仁宝，大致就是定格在这样的形象：上了岁数后，走起路来快步，仍像是一路小跑。白衬衣、黑布鞋、矮个头，略微驼背，嘴里叼着一支将熄的香烟。据说这是他的绝活儿，思考时点燃一支烟一口气抽完。

华西村村民族宫礼堂里坐满了来自山东、新疆、浙江、上海等二十多家单位的考察团和参观团，头顶上的五星灯布局，恍若置身人民大会堂，大家纷纷拿出相机翘首以待。2003年急流勇退后，老书记每天上午的报告会就成为华西村最大的旅游亮点。作报告是吴仁宝退休后雷打不动的习惯功课。

依靠对政策的敏锐感觉，吴仁宝每天早晨六点三十分准时收听广播新闻，晚七点定期收看《新闻联播》，即便出差在外也不会更改此一规律。喜欢开会的吴仁宝有一个广为流传的"一个会议赚了一个亿"的故事，就跟会议有关。即便已经退居二线，吴仁宝仍保留着半夜召集会议的习惯，迅速传达政策动向。

吴仁宝的种种传奇背后是他旷日持久养成的习惯。习惯是一种坚持，坚持养成习惯，形成他特有的生活及工作方式。和普通人其实差别不大，吴仁宝的习惯都是一个普通人经常有的行为，比如说喜欢吃茶叶蛋，比如说喜欢吃苏南的红汤面。只不过，和常人不同的是，他用自己的坚持而习以为常。我们可以从吴仁宝生活、工作的习惯中看到他的人生态度，看到那份责任和持之以恒。

讲到自己的习惯，吴仁宝退休前后的安排是不一样的。"不退的时候，我是晚上夜里一点钟，哪怕两点钟都要检查厂里，去公司。现在退下来了，我一般凌晨三点钟起来，我学习、看电视或者看一些报纸，到天亮我一般要看新闻节目的。另一个吃饭也不同了，原来我天天在家吃的，一顿不改，也不陪客，现在我退休了，我才到食堂里、宾馆里，我想吃什么就吃点什么，这一点我和原来不同了。第二点，我的工作来说，我到老百姓那里去得多了，我到周边村要去，而且我一个人去，这样的我可以更听得到老百姓要求什么，要做什么，向新书记提出来，建议当前下面有什么要求，应该怎么去做，他们采纳了，也是他们去执行了，所以我做了一个叫思想不休，工作不休，职务休。"吴仁宝有不少习惯，养成他的生活、工作规律。

1. 习惯每天必看《新闻联播》

吴仁宝保持着几十年来的作息制度：清晨五点之前起床，吃过早餐到全村转一圈；六点半准时打开收音机收听"新闻和报纸摘要"，如果有电视，必定看《朝闻天下》；七点开始到企业现场办公或接待来访者；十点赶到民族宫礼堂，闭目养神片刻后，在十点半开始为游客和考察团作报告；中午小憩后，下午准点开始工作；晚上七点雷打不动地看《新闻联播》，然后参加党委讨论会，每天都要忙到十一点才能上床休息。

通过读报和看电视新闻，吴仁宝总能把握国际国内的政治脉搏。在五十多年时间里，华西村几乎是每个历史时期的中国农村典型：从"农业学大寨"先进典型，到科学种田典型、乡镇企业典型、扶贫先进典型、精神文明建设典型……因此，他被周围的人公认为是"农民政治家"，在创造经济传奇的背后有着自己的政治智慧。而这种智慧来之于他从新闻中把握的政策走向，并能结合华西的实际走出共同富裕的路来。

瞿小兴是从1993年起就给吴仁宝开车。吴仁宝去北京不爱坐飞机，都是开车。吴仁宝时间观念强，为了省时，除了加油，他不会在沿路停车吃饭，他会带些茶叶蛋，带点油爆鱼，还有带点豆腐干。吴仁宝也比较喜欢吃豆腐干的，这些食物就算是一路的"饭菜"了。

吴仁宝不坐飞机，且风趣地说，因为一路颠簸，坐车等于是在按摩，他说："人家按摩还要出钱，我这个按摩不要钱的，来回在路上走还可以看风景。"瞿小兴说，那个时候走高速公路，从华西村到北京要十二个小时。体现的老书记一是生活上的朴素，二是时间观念很强。

如果出门早，六点半在车上打开收音机必听新闻广播。在家里六点半必定是看《朝闻天下》。晚上六点半是江苏卫视，七点是中央《新闻联播》，新闻是吴仁宝每天坚持的节目，一种久远的习惯。

瞿小兴的车上收音机固定着几个频道。一路走，逢正点，吴仁宝都要关照，开收音机。良好的听、看新闻习惯，吴仁宝掌握了新闻敏锐度，可以始终把握住方向。吴仁宝说："我就是学习取得的，听中央的政策，照方针政策办，因为这个新闻里都有了。邓小平南方谈话我看到了，马上连夜开会学习落实，所以那时候我大发展。最后他们夸奖我说：吴仁宝开个会，赚到一亿钞票了。我看中央台的（节目）有个好处，我不是等而是抢，要抢中央的信息！"

2. 习惯半夜开会，迅速传达政策动向

作为华西村的第一代领导者，吴仁宝喜欢开会，想到哪些工作要布置，就召集村干部开会。在他看来，开会扁平化管理，直接到人。

即使是退休他还像以往一样，在任何一个他觉得必要的时候——无论深夜还是凌晨——召开高层会议。会议室就在他的家里，距离卧室几步之遥。工作之外，吴仁宝没有任何个人娱乐，说得上嗜好的就是吸烟。

媒体讲的比较多的是吴仁宝"一个会议赚一个亿"的故事。其实，开会是吴仁宝工作方式的常态。早年，在华西农耕土地整治时期，吴仁宝就实行集体行动的军事化管理，解放妇女不用做饭，吃食堂，饭后出门劳动，都是一致行动。早上一早就出门，最早干到晚上八点，有时候要到十二点。在田头，无论凌晨或者半夜，吴仁宝都会随时召集开会，以前这叫社员大会。

华西村最特殊的学习方式就是每天有个村领导班子碰头会，每周有个村民例会，每月有个党委学习例会。这个学习方式持续了几十年，年年如此，已经成为村民们生活的一部分。有人说，这是一种特殊的"脑力激荡"方式，让华西村的学习气氛像大学校园一样浓厚。

开会为了互通信息、重大议程征询意见，也是重大事项决定后的动员大会。晚上十二点或者凌晨两点开会是常有的事。对开会，吴仁宝是很认真的，他认为，把情况都放在桌面上，这是民主集中制的一种好方法。开会讲纪律，赵毛妹被吴仁宝非常严厉批评的就是开会迟到。

这么多年来，华西没有周末，没有节假日，每年只在春节放假两天。大大小小的会议是华西的一大特色，开会的时间一定比节假日的休息时间要多。华西人的时间观念永远会习惯性地提前半小时。

有一次开会，从村管理层往下层层传达上面的精神，不同层级的华西人每个人提前半小时，以至于很多人到会场的时候提前了一个半小时。老村民朱咪英印象中，这么多年来吴仁宝很少发火，有一次当众发火，原因是村两委换届选举，因通知失误，十五个人迟到了几分钟，结果全部被关在门外，剥夺候选人资格。

吴仁宝重视开会，是因为华西人的集体意志可以在会议中体现，华西的很多机会都在集思广益中实现。

杨永昌清楚记得，临近2007年年底，盘点这一年物价涨了很多，吴仁宝敏锐感觉到通货膨胀出现的趋势，经济发展过热，出现经济泡沫破裂的迹象。2008年年初，村里领导班子和各个企业负责人集体应邀来到北京，吴仁宝召集开会。一起分析国际国内经济形势，提出了下一步设想。会议上，生产企业被要求立即削减库存产品，同时要求停止购进原料，必须先有订单然后再进行生产。

果然，2008年席卷全球的金融危机沉重地打击了许多企业，但是华西村的企业却安然无恙，"没有老书记敏锐的洞察力和对经济形势的把握，那一年村子里不少企业就要遭殃了，这件事让村里的企业负责人对老书记更加佩服。"杨永昌现在回想，还是打心底佩服老书记。

3. 习惯每天必去财务中心

只要在华西村，吴仁宝每天上下午必定去集团财务中心看两次，村里人谁都知道"这是他雷打不动的习惯"。经历几十年的坎坎坷坷，华西村数十年经营发展，吴仁宝深深懂得，财富才是华西的命根子。一个基层村级单位，没有上面的拨款，没有慈善捐款，每年必须要贡献税收，要让村民富起来，发展才是硬道理，效益才是真本事。只有在财务账上可以看到华西如何富起来，问题会在哪里。

何芦苇有着浙大经济学硕士和注册会计师职称，现在是华西村股份有限公司的一名会计。虽然是一名专职且专业的会计，和其他会计人员讨论工作时，都时不时会表露出，老书记说过，这账该如何做，等等。何芦苇说，老书记会经常给我们会计人员开会。

何芦苇想到，以往每逢遇到佳节，都是会计们最忙碌的时分。"老书记随时都要打电话来询问，他知道会计对数字比较敏感。他会关心当天幸福园、世界公园销售的门票。"然后晚上九点，当所有来客散去，吴仁宝要和财务们开会，总结收入，算出效益，解决遇到的问题等。

对不同的企业他可能不一定懂那么复杂的现金流量表，但他不需要去看报表，只让会计一五一十地告诉他，收款量、季度销量、产品耗比，或者单价有所上升等，会计给的是纯客观的数据，不带感情色彩。老书记心中有底了，再通过自己的判断，在厂长经理会议上寻找原因。

开始何芦苇认为，吴仁宝没有学过系统的西方经济学，没接触马克思的政治经济学，可能没有严密的经济学的体系。但后来发现自己错了。老书记吴仁宝说出来的道理，是从他的一线的经济工作当中总结出来的。"总结出来的东西，实际上和我们在课本上学到的那些道理，那些定理和法则，都是不谋而合的。甚至有时候，他是非常有创新的，比如制度层面，他讲得很深刻。"

何芦苇的研究生导师就是研究制度经济学的，他认为，"老书记对财务的认识，完完全全可以到我们学校去给研究生上课。他讲的这些理论可能我们课本上还没有他的深刻，他是直接的活生生的例子。"

4. "赤脚"是他的习惯

在媒体宣传中，吴仁宝被称为"中国共产党的优秀党员""当代农村干部的杰出代表""思想家""政治家"。其实，年轻时的吴仁宝，无论田间劳动还是开会都习惯光脚板，在那个年代，不少公社没有公路，只能步行。吴仁宝边走边看农田苗情，遇见农民就坐地交谈，常常脱掉胶鞋走路的他被农民称为"赤脚书记"。其实，在中国农村，"赤脚"的意思有多种理解，不穿鞋称"赤脚"，农村中"赤脚医生"、乡村的"赤脚教师"，另一层意思是深入民间，深入田头接地气的意思。从入党那天起，本来就在基层的吴仁宝，把联系群众放在首要位置。

自然，率领华西村村民富起来后，吴仁宝还是习惯这样"赤脚"的工作作风，是联系群众，不脱离群众，是"一辈子脱不了双腿上泥土"的普通农民情怀，更昭示他作为一名"从田埂上走出来的共产党员"所具有的光明磊落、严于律己、实事求是、与时俱进的优秀品质和工作作风。

吴仁宝自小在田野里打滚，华西刚建村，在学大寨改造华西的战天斗地中，吴仁宝就是赤脚走在最前面，挑最重的担，走最远的路。"赤脚书记"是对他从田埂上走来，带着"泥土味"的伟人尊称。

华西村靠一根扁担两个肩膀威震神州大地的历史年代，许世友将军率领江苏省干部们在华西村开现场会，见身边站着一位衣冠楚楚的农村大队队长，说他像卖狗皮膏药的。一把将其揪到吴仁宝面前，说："你这个村官我看不要当了。瞧瞧人家吴仁宝：捋胳膊，光双脚，手上的老茧铜钱厚。这样的书记才能让农民过上好日子嘛！"

后来，吴仁宝不赤脚了，但他依然保持着脚踏实地的赤脚精神。八十岁的老人了，可华西村人说：老书记的精神状态和工作干劲却始终像小伙子一样。他每天依旧四五点钟起床，然后开始"走村串厂"。一直到晚上九十点钟才回家。如果遇事开会时间就更晚。老伴怕他年岁大了，起早摸黑会出意外，所以总想跟他后面"盯"住他，可最后准是连个人影都找不见。村里后来派一位年轻人"盯"他，结果被甩掉的还是那位年轻人。

普通人不普通！吴仁宝的老伙计何凤寿，当年曾和吴仁宝一起战天斗地，他清楚地记得当时和吴仁宝下地干活儿的情景，知道吴仁宝是个插秧、割稻、挑泥样样行的能手。

"老书记让人佩服，就是表率作用，干活儿很厉害，没有一样落在别人后面。六十年代时，村里搞插秧比赛，老书记一路领先拿了第一名。他当支书，更是带着华西村样样争先，今天的华西就是他带领大伙苦干实干换来的。"和吴仁宝一起摸爬滚打，何凤寿眼里，吴仁宝就是一个朴实能干、和蔼可亲的邻家大哥。

华西村纪委副书记朱蕴海曾经做过吴仁宝的"兼职翻译"，在吴仁宝生命的最后两个月在民族宫替他演讲。

到华西工作后，朱蕴海的第一份工作是公司的一名普通销售内勤。记得刚上班不久，正遇到与日本泷定公司谈生意合作。因为是第一次合作，对方特别谨慎，谈判有些僵持。晚上客人被安排在金塔吃饭，工作不久的朱蕴海在走廊上偶遇吴仁宝，吴仁宝关心询问合作进展，主动提议出面跟客人打个招呼。吴仁宝走来，华西村的当家人亲自出来会见，泷定公司的日本客商信任感大增，很快完成了谈判。"我一个刚刚参加工作的普通员工，他都主动来帮我，觉得特别感动。"

一次电视直播的活动中，正逢吴仁宝上台讲话，朱蕴海在电视机前观看。没有想到，活动一结束，吴仁宝打来电话问朱蕴海："我讲得如何？"朱蕴海说，这一刻，觉得老书记如同一个童心未泯的孩子。他有一颗普通村民的心，和华西村村民一样喜形于色。

从事导游工作的何苇谈起老书记也有同感。记得，2006年年底，她有一次在电梯里遇到吴仁宝，老书记和她拉开了家常。闲谈中老书记关心起她的收入，得知她年终奖拿了两万元时，老书记表现得有些惊讶，随口问了句"怎么这么少？"

这件事何苇也没有往心里放，始终奖金不是固定工资，有多种因素考虑。一年后的2007年年底，何苇竟然拿了十万元的年终奖，让她大喜过望。询问下才得知，老书记一直记得一年前的事。年终时特意向单位领导要了奖金表，提议她的年终奖金。一位细心、充满关爱的老人，有这样的领导，华西人的幸福是有理由的。

吴仁宝点点滴滴的亲民故事说不完。因为，吴仁宝始终记得自己来自农民，习惯为农民致富服务。直至将走完人生路，他还不忘开会，不许来"翻花样"。

3. 以民为乐

数十年以辛勤耕耘为华西村村民收获幸福生活，也为中国特色社会主义新农村创立了共同富裕的金字招牌，吴仁宝被称之为"中国最伟大的农民"。其实，吴仁宝也是一个最快乐的农民，因为，他定义的幸福是："我个人对幸福定义是，人民的幸福就是我的幸福，人民的健康就是我的健康，人民对我们党信任就是我对党的信任。"吴仁宝把这看作是一种责任，做不到就是失职，做到了就是一种成就，一种难言的喜悦和快乐！

快乐是一种感受良好时的情绪反应，一种能表现出愉悦心理状态的情绪。而且常见的成因包括感到对健康、安全、爱情等之满足。快乐最常见的表达方式就是笑。

熟悉吴仁宝的人都知道，这是一个开朗、乐观，整天笑哈哈的"农民"。他的"愉悦心理状态的情绪"来自于华西村老百姓的快乐、幸福，他把自己的幸福基于群众的快乐、群众的幸福之中，这是一种为他人而活的境界。

在吴仁宝看来，这只是他的一种生活态度。托尔斯泰说过，"幸福是在于为别人而生活。这种真正的幸福意义，不同的人体验不同。"吴仁宝为华西人的幸福梦想"生命不息，工作不止"，他用自己的心血、责任和情怀，镌刻了一座永不磨灭的历史丰碑，而他就在这其中体验快乐。

吴仁宝的付出，是以别人收获作为回报。华西村提供的材料表明，镇里每年给吴仁宝的超目标奖金均在百万元以上，1996年是108.8万元、1997年是158.8万元、1998年168万元、1999年188万元等，每年都有，但他一直分文未取。2005年，他在央视《新闻会客厅》节目中透露，他目前的存款只有一百五十万，而此时，华西村"一般人都起码有三五百万的存款"呢！

吴仁宝说，他最常有的情绪就是自豪，是因为华西村的成就让他感到自豪，是华西村村民的幸福让他感到自豪。他倾自己所有快乐着，而所有的快乐都来自华西人的快乐。

吴仁宝信守为群众增富的诺言，"只要心脏不停，就要脚步不停、脑子不停、事业不停、为人民服务的思想不停"。吴仁宝是这样说的，也是这样做的，他用自己的一生信守和践行着自己的箴言。他为自己可以信守诺言而快乐！

坚持社会主义、坚持共同富裕，吴仁宝铁石心肠，一条路走到底。对村民，吴仁宝却是一个心肠柔软的人，他最受不了的就是看到别人受穷。能让自己的农民兄弟姐妹过上幸福的生活，是他最大的幸福。"我的性格是没有什么可以影响我，能影响我的是什么呢，那就是信仰，我是信仰共产党的。无论任何时候，我坚信一点，共产党是要为大多数人民谋幸福的。正是凭这个信念，我走过了大半辈子。"信守着这份信仰，他就快乐！

这大半辈子，吴仁宝坚持"有福民先享，有难官先当"，领军改变"户户茅草房，家家吃米糠，土地不成片，一雨成汪洋"的华西，"用七年时间战天斗地，重造了华西地貌，把一千三百多块七高八低的零星田块，改造成能排能灌高产稳产的大田，实现了人变、地变、产量变"。

华西先后实现了"电话村""彩电村""空调村""汽车村""别墅村"，到二十一世纪，一些村民已经搬进了第五代住房——高档豪华的欧式别墅，一幢价值三百多万元。华西以它如日中天的发展，证明着社会主义的光明灿烂。华西村村民们享受着不断变化着、越变越舒适的生活。

这位天堂般生活的第一创造者竟与老伴一如既往住在华西村上世纪七十年代的旧楼里，房间墙壁已多处剥落，家具老旧，唯有主人与众多国家领导人及天下各界人士合影的满墙照片，显示出这幢老房子的不同寻常。他同样快乐着，因为，他兑现了自己的承诺，让华西村村民快乐!

就在华西全村走向共同富裕，吴仁宝却给自己约法"三章"。这样，他似乎就很满足，很快活了。对于苦乐，吴仁宝看得非常清晰，比上不足，比下有余，他的快乐，在村民的满足中早就得到了满足。

2005年，村民都已经搬进第五代别墅以后，中央电视台再次来到了吴仁宝的家访问吴仁宝，直面他的幸福观。被问到：工资您可以说不低，奖金您没有用，但是住房怎么不住好一点，大家都已经住上好房子了。

吴仁宝说：我这个住房已经很好了，跟华西比我是不好，但跟全社会比，我比他们好，全国六十八万名村书记，可能有六十万名没有我好，我超过他们了，还不满足吗?

有记者好奇地问：话是这么说，但是依华西村的实力，大家觉得您还住在这样的房子里，您就是做给别人看?

吴仁宝回答说：就是做给别人看，别人还不肯这样做，最好还有更多的人和我一样去做给人家看，最怕有些人老百姓那边不服，他房子住得最好，他这个不是做给老百姓看的，老百姓看得有意见的，他是做给自己看的。

住在这样的房子里，内心真的感到快乐？感到满足？吴仁宝说："我感到满足，感到快乐，我跟你说件小事情。我有一个重孙，有一个小孩，大家要捐款，大家捐五元钱、捐十块钱，这个小孩出一百元，家里的妈妈问为什么出一百元钱，他说一百元钱，学校里表扬我了，他要面子，他不是要票子他要面子。"

吴仁宝接着说，大家做不到的我去做，这就叫面子，大家都去做的，我还比他们做得好的，看看是面子，这是没面子。吴仁宝的人生哲学，是永远不把自己的生活享受放在第一位。

无论是华西建村之初自力更生的艰难时，还是华西的年收入超过五百亿人民币，村民共同富裕后，吴仁宝都一样，幸福且快乐着。原因一是他在穷苦中跟共产党走看到幸福快乐的希望；二是他对自己的物质生活要求比较低；三是他看到努力有成果，百姓共同富裕成真；四是任何时候，无论遇到什么困难和挫折，他都有应对的方法，"方法总比困难多"，这是吴仁宝共同富裕实践中的法宝。

所以，走过坎坷后，看到华西村村民过上好日子；经过风雨后，见到彩虹，吴仁宝总是笑呵呵的。

吴仁宝是"三不倒"干部：再大的困难难不倒；再多的表扬夸不倒；威胁恐吓吓不倒。

吴仁宝始终保持一种"清廉是福、勤俭是福、简单是福"的理念，深刻认识精神生活幸福是一种更高层次、更持久的幸福，把精神生活幸福作为人生的基本追求，从而最大限度地实现自己的幸福。

吴仁宝的幸福观不在自身的物质满足，不在自己吃喝玩乐享受，是精神层面的。这一切，正是吴仁宝"共同富裕"思想的一个不可或缺的重要内容。即农民不仅要"口袋富"，还要"脑袋富"。他说，"口袋"和"脑袋"一齐富，中国农民才能在社会主义的道路上不断朝着"小康""中康"和"大康"的目标步步登高。吴仁宝的"两富理论"富到了农民的根子上。

从吴仁宝的立场，把共同富裕作为自己的人生理想和追求，将人民幸福置于个人幸福之上，是他个人幸福观的鲜明特征，他认为，这是共产党的干部必须具备的行为准则。共产党历来以人民的公仆设定党员干部地位，就需要像吴仁宝那样，把实现个人价值、追求个人幸福置于实现社会价值、追求人民幸福统一之下，更强调造福人民，以为民造福为荣，才能获得个人的真正幸福。

正因为不断追寻"老百姓幸福是我最大的满足"，吴仁宝一直追求自己的付出。他不断找理由，六十岁时候讲的，要争取干到八十岁，为什么要干到八十岁？主要年轻的时候呢，有效工作做得少，等到年纪大了，政策非常好，所以他认为："我要利用这个好政策，把我年轻时候耽误的工作要补回来。"

到后来，吴仁宝又改口了，又想要干到八十五岁了。为什么又要干到八十五岁呢？他给自己找了一条很好的理由，主要是各级领导的支持和鼓励。他说，那年"七一"到北京参加会议，时任总书记胡锦涛对他说，你为建设社会主义新农村做出了贡献，谢谢你，谢谢你。两句"谢谢你"让吴仁宝改变了主意，"我很受感动，很受鼓舞，所以我决定，要干到八十五岁。"

八十四岁那一年，吴仁宝为自己作评价："骂我不生气，夸奖不足喜，挫折不泄气，因为我是一名共产党员，我是中华人民共和国一个公民，我要为党为国争一口气"。

吴仁宝重新立下誓言："我原来讲的，干到八十五岁，那就只有一年了，所以我现在不讲干到多少岁了，改为两句话，叫生命不息，工作不止。"

正因为懂得了生命的可贵，生命的价值，吴仁宝把自己的生命投入了他热爱的事业，他信仰的事业，就是为了让全村人过得富裕幸福。看到华西村村民都过上好日子，吴仁宝快乐着，幸福着。

4. 父子上阵

打虎亲兄弟，上阵父子兵。华西村今天走上共同富裕之路，吴仁宝倾注了毕生的精力，除了有几年在县里任职县委书记时仍有三分之一的时间用于华西，他的人生百分之百的精力都投放在华西村的富裕以及思考更多人的共同富裕。不仅如此，吴仁宝还要求吴家人都能够尽其所能为华西村服务。

人丁兴旺是吴仁宝大家庭的特色，截至2017年，全家有41口人四世同堂（参考老书记原居家谱）。吴仁宝兴村有良方，治家也有良策。和睦团结、和谐相处是吴仁宝留下的吴家文化，华西成为"天下第一村"，吴家这个大家庭也是全国农民公认的第一"五好家庭"。四乡八邻都称道："老书记一家是千年难遇的兴旺之家。"其实，华西村家家户户富裕发达，人丁兴旺。老书记吴仁宝是华西村的当家人，他自己的家就是华西村的典范。

吴仁宝家谱：

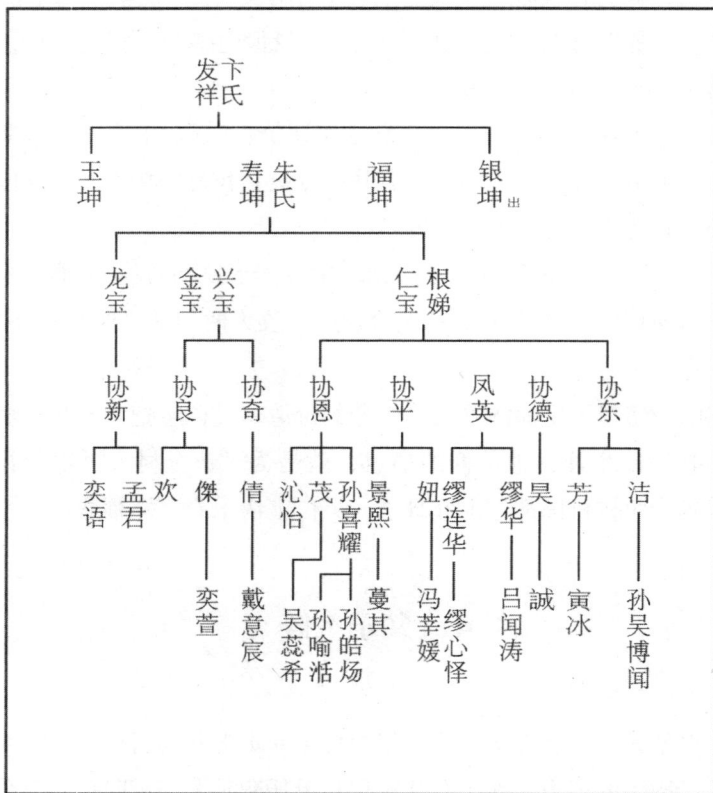

吴仁宝说："既建好'小家'，又奉献'大家'。凡是能勤劳守法的人，都能建好'小家'；凡是能建好'大家'的人，也都能建好'小家'。如果连'小家'都建不好，'大家'也无从谈起。"

老伴赵根娣，比吴仁宝小两岁。她所处村宅唐家巷与吴家的小吴家基咫尺之遥，自小与吴仁宝相识，经人介绍成为患难夫妻。赵根娣是无锡恒德织布厂工人，早年在工厂入党，上世纪七十年代退休。回到华西村相伴老书记，管理吴氏大家庭，一直是吴仁宝背后默默支持的女人。赵根娣给吴家生了四儿一女，后来儿女们又相继成家立业有了儿女，子女大都留在华西，人丁兴旺组成了一个二十八口的大家庭。

对子女管教甚严，是祖上的传统，吴仁宝不忘祖训并口耳相传。吴仁宝说："我们家庭的教育，特别是我的爷爷是比较聪明的人。到我父亲那一代，我父亲是非常善良的，他各方面是非常好的，他们经常教育我。原来有个泰清寺，我们的太公在那儿管钱财，一分钱不贪污的，最后我们一家兴旺发达。还有一个也是泰清寺管钱财的，负责沿山唐家巷，但他贪污，最后这家人家没有了。所以，我常提这个事进行家庭教育。"

别看吴仁宝见人总是笑盈盈，在村民面前，慈眉善目，和蔼可亲，有威严却可以广开言路听意见。在家里却是十足说一不二的大家长。在五个儿女逐渐成人的过程中，吴仁宝为他们逐一分工，子女的人生轨迹留有吴仁宝设计的痕迹。吴仁宝说，"大儿子协东做木匠，二儿子协德做泥瓦匠，女儿学裁缝。"从七岁开始站在板凳上为全家做饭的协平，后来学了烹饪。"荒年饿不死手艺人"，在农村生活，除了种地，这几样手艺已经是绝活儿了。当时赵根娣就认为，吴仁宝的安排很周到，让子女"有这几门手艺，家里可以自己盖房子、缝衣服，吃穿住都不愁"。

吴仁宝培养孩子的眼光长远。事实上，子女们学的手艺，在华西后来的发展过程中都派上了用场。当初几个子女在不同领域的学艺分工，随着华西集团的发展，都各有所长各负其责。大儿子协东主管建筑装潢公司；二儿子协德主政钢铁产业；女儿凤英身为服装公司总经理，而协平则开拓华西旅游市场，为旅游服务公司副总经理，主管餐饮等服务行业。

吴仁宝起家在华西，发展在华西，华西是他的人生，是他的所有。吴仁宝对华西倾注了情感，他要求儿女们也必须对这一片土地钟情。吴仁宝深知，共同富裕是要靠几代人的实践，要有几代人的努力，吴仁宝从自身做起，要求下一代也必须扎根故土、建设家园、服务乡亲。

即使不当县委书记了，吴仁宝也可以在地委工作，继续当他的城里干部。但他选择回到华西，还让儿女们也尽数回到华西。目的只有一个，让华西人过上好日子。当时，华西仍处于创业举步维艰期，需要齐心协力付出的人才啊！吴家个个都是壮劳力，都是有用之才。华西村的发展史上，吴仁宝的儿女们从来没有缺席过，都是华西"青年突击队""铁姑娘战斗队"的队员，一直随父亲左右，着力改造华西的天地。吴仁宝还不时调侃地说："这是肥水不流外人田啊！"

正因为是吴仁宝的后代，他们不可随心所欲，唯有把自己的命运和华西村相连在一起。做工也好、读书也好、出国也好，只要华西村需要，都二话不说归队，回到华西。吴仁宝的一家，为华西的共同富裕创造条件，上阵就是父子兵。

五个孩子都在父亲手下工作，携手为华西村以及更多的村民谋求共同富裕，心往一处想，力往一处使。作为五个孩子的父亲，既是一家之长又是一村之主，如何提携子女，该作如何取舍呢？

吴仁宝说，这两者之间有区别，也没有区别。有区别是因为我的子女是共产党的人，不是我吴仁宝的人。没有区别的是，作为我的子女，做父亲的责任是教育他们。教育他们爱党，爱中国特色社会主义。这一家子的纽带，有血缘关系，DNA相近，有亲情，是自家人；更有相同的理想，有同一抱负，共同的人生奋斗目标。

华西村的新一代，儿女们与吴仁宝无论在长相、性格、志向上都神似。各自都有远大的理想抱负，都希望投身社会，一展自己的才华，实现各自的人生价值。他们崭露头角时有诸多的机会找到适合自己的舞台。可以当干部，搞经营，在仕途上青云直上，在经济上成为一方富豪。全国知名的父亲以及华西的品牌效应，加上他们自身的条件，不在华西也能闯一条路创一番事业。但吴仁宝要求他们留下来，他们也愿意留下来，这一方水土养育了他们，和村民，与父辈一起实现共同富裕成为他们全家的理想和追求。

正是这样实在的抱负和无私的理想，华西村才有今天令世人都感到羡慕的幸福与富有。也正是华西村能交出共同富裕的实绩，华西村百姓走上了幸福与富有路的理由。

吴仁宝能坦然地直面关于华西村是否有他吴氏"家族制"的问题，华西村副书记中有他的子女，吴仁宝说："我想告诉大家的是：他们能当书记不是我的指定，他们都是通过数十年的工作，是在取得群众公认基础上，又经过党代会选举和上级组织考察批准后才当上书记的。不错，我吴仁宝家的子女确实在华西村都是官，但他们不是为我吴仁宝家做官，而是为华西村百姓在做官。"

吴仁宝的这段话是在中央电视台《新闻会客厅》中说的，他能面对十三亿中国人这样不加掩饰地袒露心声，以自己光明磊落、无私坦荡的足够底气接受众人的检验。

吴仁宝的长子吴协东是共和国的同龄人，他既见证了新中国的发展历程，也见证了华西创业、拓业、举业、展业的成长历史。可以说，吴协东的成长史是与华西发展史紧密结合在一起的。

和父亲一样，吴协东也曾荣获了全国劳动模范的称号，但他觉得，同样的奖项，含金量完全不一样。"父亲可谓是无人不知，无人不晓，他身上有许多耀眼的光环，在他之后要跟上他的思想、理念，甚至想脱颖而出，绝对不是一件容易的事。"可能一般人会觉得，作为吴仁宝的长子，一定会在父亲的"关照"下，人生没有坎坷地成长与发展。但事实上，吴协东一直承受着比普通人多得多的压力，付出了比别人更多的努力，也有着一般人所不能理解的喜怒哀乐、酸甜苦辣。所以，常有人说"吴仁宝不简单，做他的子女也不简单"。

吴仁宝的家教很严，亲戚朋友来了，怎么吃饭，怎么服务，都很严格。如果你错了一点，父亲当时就看看你，等客人走了，就要打了，逃都逃不了。吴协东说，从我们开始，一直到现在第三代、第四代，都是这样。当时可能有些不理解，但现在看来，家教严格对个人的发展是大有裨益的。

吴协德的记忆中，父亲从来没有顾过家，整天想着的就是集体。在工厂工作的母亲，也照顾不过来。协德从出生，就寄养在别人家里，1958年上学时，才回到家里。

"其实不仅是我，我家兄弟姐妹五个都有过被送出去寄养的经历。想想那时候真是'有家回不了，有娘见不得'。朱家姐妹从小把我当弟弟，我也把她们当姐姐，感情很深，就像亲姐弟。"协德很理解地说。

1980年协德从部队复员回家，开始被安排在江阴外贸公司。因为父亲在江阴当县委书记，怕别人说闲话，后来就调到了华士镇的动力机厂给领导做驾驶员。那个年代的驾驶员是一个很吃香的职业。但是没多久，到1981年，协德却被吴仁宝动员主动放弃了"铁饭碗"，回华西捧起"泥饭碗"。

1982年，华西支部改选。协德负责唱票，并不在候选人名单里。第一轮投票下来，却和其中的一名候选人吴富兴同时得了27票。既然这样，就重新选。再一轮投票下来，协德的票数领先，就这样被吸纳进了华西的领导班子队伍中来。

很多地方开始实行了"分田到户"，吴仁宝没有分。在这种情况下，他把兄弟姐妹都动员回来了。先是协德和阿三，后来是女婿缪洪达，都成为华西村的强劳力。

说起父亲吴仁宝，女儿吴凤英称：父爱如山，"我除了骄傲和自豪之外，更多的是尊重和敬畏。把家人当党员一样教育，把老百姓当家人一样关爱——这就是我的父亲吴仁宝。"

有些事情讲出来人家可能不会相信，吴凤英说，我爸爸对子女的爱和对华西的爱的确不一样。人家的父子关系都是很亲昵、很关爱的。而对我们来说，爸爸对整个华西就像是对自己的子女一样关爱，而对自己的子女却严格、苛刻得像是在考核优秀党员。

有一次，赵根娣发现吴仁宝的血糖有点偏高，她很奇怪给他配的药一直都在吃怎么会突然不管用？一问才知道，原来他早把药送给一个叫吴福兴的村民了。因为那年吴福兴出去办厂亏了本，回来以后吴仁宝对他特别关心，听说他血糖高，就把自己的药也送给了他。当然，吴仁宝不光是送药，只要有人需要，只要他有的都送。村里一家儿子溺水身亡，他实在没的安慰，没的送了，亲手把自己的小儿子阿四送给人家当儿子。吴凤英说，他对华西的老百姓，恨不得掏出心来给人家。其实不仅是对华西人，他对其他地方的人也是这样，每次出差到外地，看到穷苦人，他不但把自己身上的钱掏光，还要让随行的人也一起把钱拿出来给人家，有时候甚至连回来的路费都差点捐完。

就是这么一个对外人付出大爱的人，对儿女却严厉和苛刻得几乎不近人情。很多人都知道吴凤英的弟弟协平因为他管理的人买了劣质酱油，而被从经理一下子降到厨房打杂工的故事。这件事虽然过去很多年了，但是现在很多人说起来都为协平叫屈。"但父亲就是这样一个人，他要求我们讲党性，讲原则，总是强调'吴仁宝的子女要做华西人的榜样'，用这样的言行来教育我们，所以做吴仁宝的儿女既感到很光荣，也倍感重重压力。"

每年过年的时候，吴仁宝一家人都要向全村人拜年，他要求全村对吴家一家人进行监督。这么多年，吴仁宝的家庭成员不管是何种职务，都是一票一票通过村民选出来的，不会因为你是吴仁宝的子女大家才投你一票，而是要你实实在在拿出对华西村的贡献来，拿出对老百姓的关爱来。为了得到这一票，吴家子女每个人就要全心全意去付出、去努力。

吴协平被大家称为吴仁宝的儿子中最"调皮"的一个，其下属都喜欢亲切地称呼他为"三总"。外人看"三总"是老书记吴仁宝的三儿子，好像身份有一点特殊。"三总"却说，"从小到大，这份特殊，没给我带来什么好处，反而带来的都是比常人更无法忍受的严厉和苛刻。我常常和别人讲，'吴仁宝的儿子不好当！'"

协平说，父亲做了几十年的华西村书记。但是，从我记事起，我们兄弟姐妹五个就没有因为是吴仁宝的子女而受到特殊照顾，有的只是委屈和压力。年轻时候，我曾经非常不理解父亲的做法。不但是我，哥哥、姐姐、弟弟们也不理解，尤其是姐姐凤英，出嫁时才含泪喊了一声"爸"。正是因为心里委屈，倔强的姐姐才有这样让人痛心的一幕。

如今人到中年，当协德也在华西的领导岗位上为华西人工作了几十年后，才慢慢理解了父亲的那份胸怀大爱的无私精神。"不论是作为这个'小家'的家长，还是作为一个村的'大家'的家长，他老人家的确不易。我们这些做儿女的，应该更加理解他。"

对吴协平来说，一生难忘的是父亲的铁面无私。在担任南苑宾馆经理时，有一天，吴仁宝去那里吃馄饨。当他在碗里加了一点酱油后，一尝感觉味道不对，对这酱油做了调查后发现，原来是采购人员贪便宜买了假货。吴仁宝大为恼火，立即让协平停职检查，不仅撤了经理的职务，还让他下厨房洗三个月的碗。

深感不平，协平回到家里既委屈又羞愧，不吃不喝，一下就病倒了。吴仁宝就在协平的病床前，开了个家庭会议。他说，"这事要是放在别的干部身上，是不会处理这么重的。但是，吴仁宝的儿子犯这样的错误，不这样处理是不行的。我知道你觉得自己委屈。但谁让你是我吴仁宝的儿子？吴仁宝的儿子犯错误，必须从重。因为华西村村民和员工们几千双眼睛注视着我们呢！你们说这次错误是首犯，可以下不为例。可我说不行。为什么？华西有一百多名干部，每人搞一次下不为例，就有一百多次错误，这还了得？"

开始，尽管父亲这么说，协平还是耿耿于怀。但后来，慢慢地想开了。"因为我是吴仁宝的儿子，我就得负这个责任。"

从小就被"送人"的阿四吴协恩，是在父亲的目光下成长的，他人生中的重大决定，都是父亲吴仁宝做出的。那是因为父亲吴仁宝宽阔的胸怀，为华西共同富裕的目标，却也为吴协恩奠定了人生。

在吴仁宝为了华西的共同富裕做出决定后，家人的任何反抗都是无力的。以后，吴协恩的婚事、吴协恩承接华西村掌舵人的重担，吴仁宝都一一为他做出决定。

父子同心，其利断金。为华西村发展，为走向共同富裕的道路，吴仁宝率全家上阵，共创美好华西！

第九章　华西全面小康

华西村四十多年，我是这样总结的：六十年代打基础，七十年代小发展，八十年代中发展，九十年代快发展，二十一世纪新发展。正因为发展了，六十年代老百姓是温饱，七十年代是吃好，八十年代是小康有余，九十年代是中康，二十一世纪是大康！

——吴仁宝

1. 举旗定向

华西村中国特色的社会主义实践，树起了全面小康的标杆，全国各地前往参观、学习、取经的络绎不绝，甚至还吸引了外国友人，可谓名扬四海。吴仁宝也倾全力在传播华西经验、华西精神。

大家关心的是，如此成功的华西，其经验是否可以借鉴？"华西能否复制？"这样的问题，都会让吴仁宝沉思好一会儿，然后回答道："要看有没有能复制的人，这个人必须真正相信中国共产党，真正相信实事求是，真正相信中国特色社会主义。"有没有信仰社会主义、相信共产党的人，这才是关键。吴仁宝坚信，信仰，永远在第一位。

社会主义（英语：Socialism）是一套经济体系和政治理论。历史和现实各方对社会主义解释不一。一种解释是主张或提倡公共或是整个社会作为整体，来拥有和控制生产资料（产品、资本、土地、资产等），其管理和分配基于公众利益。其提倡由集体或政府拥有与管理生产工具，以及分配物资。

由马克思和恩格斯共同设计创造了一种社会主义制度，通过除去导致不合格与周期性生产过剩的无政府主义和资本主义生产，来允许广泛应用现代科技从而合理化经济活动。在十九世纪初时，社会主义还只是表明关注社会问题；到了十九世纪末时，社会主义已经成为建立基于社会共有的新体制的推动力，并站到了资本主义的对立面。

吴仁宝始终记得，年轻时有过一段苦日子，是共产党来了以后，以社会主义制度替代了中国半殖民地半封建的社会制度，才给了他可以按照自己的理想率领华西村村民去争取幸福日子的空间。这一切有自己的辛劳，但归根结底，离不开共产党，离不开社会主义制度。这一点，参观者中又有多少人感悟到，又有多少人会理解呢？在社会主义制度下一路走来，吴仁宝感觉到这才是能让华西充满活力的根源。

二十世纪七十年代末八十年代初，打着改革开放的幌子，一股否定社会主义的资产阶级自由化思潮飘来，以开放新潮自居笼罩着中国上空。吴仁宝不认同这股思潮，更不愿意华西坚定的社会主义方向受到影响。他下决心要在华西抵制否定社会主义的这股思潮，在党员、干部和村民中展开社会主义、共产主义理想信念教育。

要进行社会主义、共产主义理想信念教育，首先要弄清什么是社会主义。于是他组织党员、干部和村民进行了"什么是社会主义？""什么是共产主义？"的大讨论。

吴仁宝希望以最通俗易通，最简洁明了的方式告诉华西的农民兄弟，希望大家懂得，华西走过的路，是沿着社会主义建设的大道走来，华西的未来，也必须在社会主义的道路上前进。因为，走什么路，举什么旗，与华西人的幸福有关。

思来想去，吴仁宝结合实践琢磨出一条真理，他提出："人民幸福就是社会主义，全人类幸福就是共产主义"。

吴仁宝触及了让华西村村民能深切领会的社会主义本质，党员、干部和农民一听就懂、一记就牢的真理，更是华西数十年来走社会主义道路的经验总结。

吴仁宝大胆地从华西的实际出发，提出了从华西出发的社会主义、共产主义的土标准。吴仁宝解译社会主义很简单，"中央讲'马克思主义中国化'，我们就提出'中国特色社会主义华西化'，首先，要弄懂什么叫'社会主义'。什么叫社会主义？一句话，人民幸福就是社会主义。"吴仁宝还提出，什么叫共产主义？全人类幸福就是共产主义。人民不幸福，贫穷落后绝不是社会主义。

不过，让人民幸福不是空泛的口号，要落到实处，是实实在在的物质和精神生活的改善。对于幸福，吴仁宝按照华西发展的实际，又提出了他的标准，要让走在共同富裕发展路上的农民兄弟们都看得到，摸得着，有获得感。

什么是幸福？吴仁宝从实际出发，设计出华西幸福标准。他认为，作为一个人，既要有富裕的生活、健康的身体，还要有愉快的精神状态。华西幸福的三条土标准是：生活富裕，精神愉快，身体健康。这三条是吴仁宝衡量幸福的基本要素，缺一不行！

吴仁宝设定的幸福标准，符合他的追求，符合华西的实际。什么叫生活富裕？吴仁宝讲得也很具体，要在大力发展经济的前提下，大幅度提高村民的收入，实现共同富裕，改变生活质量。做到"吃讲营养，穿要漂亮，住有楼房，行有轿车，用要高档。楼上铺地毯，楼下铺地砖，吃水用开关，雨天村里走路不打伞（当然，这还是上个世纪八十年代的标准，现在又有了新的提高。比如，现在就不需要长廊了，家家都有汽车了，家里上车走天下）。"

什么叫精神愉快？四条标准，即"家庭和睦，邻里相亲，干群团结，上下齐心"。那是制度化的创造和谐环境，让村民有安全感，提高文明、文化的素质。当然，吴仁宝设定的精神愉快是建筑在村民思想境界不断提高基础上，建筑在处理好人际关系能力的提高基础上，人际关系和谐，精神就愉快。精神愉快，上下就容易齐心。为搞社会主义建设，齐心协力，人心齐泰山移。

什么叫身体健康？也是四条标准：日常增加营养，年老集体保养，孩子精心培养，文体活动形式多样。

吴仁宝概括条条有理，讲出来朗朗上口。

　　吴仁宝以华西社会主义实践取得的成果为经验，以提出的社会主义的土标准为载体，结合华西实际，结合华西经济发展、社会发展和农民生活的变化，经常对党员、干部和农民进行社会主义教育，不空泛地讲道理，而是将社会主义、共产主义理想信念，变成了简明通俗的语言，农民爱听好记，一听就懂，一记就牢，更便于实践共创辉煌。这是吴仁宝数十年来华西社会主义实践的经验总结，更有华西社会主义实践成果的检验。

　　自建村以来，华西坚定社会主义道路，走出自己的特色，争取自己的硕果。这个实践过程令吴仁宝很有感受。他表示："我对中国特色社会主义'特色'两个字非常认同。华西为什么成功？四个字，实事求是。中国特色社会主义，主要是特色。什么是特色？特色就是从实事求是出发，走自己的路，不是照跟。什么叫特色？是人家没有的你要有，这就叫特色，大家要一样，就没有特色了。我们很多农村干部对'特色'两个字没有搞清楚。改革开放一来，都实行分田到户；再过一段时间，又要向社会大户集中了。要分田到户，又要搞种田大户，又要一村一品，我们华西这个事情没有做。从改革开放以来，我们就抓住经济不放松。华西的特色就在这里。"

　　社会主义就是要富农民，按吴仁宝的讲法，怎么富怎么做。一路走来，吴仁宝牢牢抓住这一社会主义致富的本质，坚持社会主义制度，以集体经济的方式，让农民富起来。每一步，吴仁宝都站在发挥社会主义制度优越性的起点上，实现致富的本质。如果说，吴仁宝有什么高明或过人之处，那就是他始终坚持信仰，相信社会主义不动摇。

　　在现任华西村书记吴协恩看来，父亲吴仁宝的观念很开放，"共产主义、资本主义、社会主义"三个主义灵活运用得非常好，坚持信仰却不守旧，能够根据时代的发展，结合自身实际作出变化。"这应该是他得以成功的经验。"

　　走入吴仁宝主政的华西村，鲜明的"红色标识"令人印象深刻：老华西的民族大团结广场上，毛泽东、朱德、刘少奇、周恩来、邓小平的塑像十分显眼；离中心村不远处的"世界公园"山上便是仿造的"万里长城"和"天安门"。社会主义核心价值观的标语随处可见。

正是因为有社会主义制度作保障，1961年初建的华西村，为改变贫穷落后，在吴仁宝的带领下，得以用集体的力量，进行大规模的农田改造和新农村建设。1975年，华西村建成了连不少县城都少有的五层教育大楼，办起了幼儿园和中小学。1978年年底分配时，吴仁宝一家一户谈心，把年终分配的钱作为投入建厂，入股分红，从此逐步形成了具有华西特色的"少拿现金多入股"，以群众股份投入为主体的股份制新集体经济制度，造就了华西村今天的共同富裕。

在华西社会主义发展上，吴仁宝是坚持两手抓。"口袋富了不算富，脑袋富了才是富。物质上富裕起来的华西人时刻不忘精神文明建设。"吴仁宝说，"艰苦奋斗、团结奋进、服从分配、实绩到位"的华西精神是华西人的立业之根、创业之本、兴业之宝，"精神文明"是华西村共同富裕的保证。

为提高村民精神文明素质，华西村成立了精神文明开发公司，还成立了艺术团，吴仁宝亲任艺术团团长，这是吴仁宝实践社会主义的又一大特色。坚定不移地走社会主义道路，吴仁宝带领华西人实现了一个又一个跨越，真正是把华西村建成"生产发展、生活宽裕、乡风文明、村容整洁、管理民主"的社会主义新农村。

党的十八大报告强调，要高举中国特色社会主义伟大旗帜，既不走封闭僵化的老路，也不走改旗易帜的邪路。吴仁宝显得特别的兴奋。党的十八大代表、村党委书记吴协恩同志回村后，也一直忙于宣讲党的十八大精神。吴仁宝也没有闲着。他不仅要与干群一起学习讨论，而且每天平均要为来自全国各地的游客作三场专题报告。

通过学习领会，吴仁宝说，我感到报告最大的特点就是一个字——实，内容求实、含量厚实、举措切实。从五年成就到十年辉煌，从建设小康到建成小康，从深化改革到德才兼备用人标准，从繁荣文化到建设美丽中国，从加强党建到民主集中，从祖国统一到人类和平，字字重于千钧、句句饱含深意、段段有理有据。可以说，讲成绩理直气壮、摆问题直指要害、定发展一目了然。

结合自身的工作体会和华西共同富裕的路，吴仁宝认为走社会主义这条道路在任何时候都不能改变。"中国特色社会主义道路，就是一条正路、一条坦途。"

十八大会议期间，吴仁宝在华西，却成为许多记者到华西追访的对象。对照十八大，都想听听老书记讲华西长盛不衰的经验。吴仁宝对他们说："从十八大报告中就能找到答案。华西之所以能有今天，主要就是按中央精神办。如果全国的农村都按中央精神办，中国就不只一个华西村，就会有成千上万个华西村！"

曾经有位研究中国农民历史的学者说过：中国的农民可以创造历史的辉煌，但中国的农民却很难创造长时间的辉煌历史；中国农民可以依靠智慧和勤奋获得财富，却难于让财富变成永远的幸福与富裕。

吴仁宝和他的华西村成为例外。以他和华西村创造的神话做出了回答，关键还是走什么路，举什么旗。华西村坚持走集体经济之路，举社会主义的旗，可以长时期实践共同富裕，并不断有成果。

2. 亦土亦洋

到过华西村的，都会被中国江南农村的别墅洋房成排、高楼大厦入云、高级小车四处奔跑的场面震撼。华西够气派、够洋气。不过，洋气只是表象，吴仁宝提出再造华西的目标却是，"不土不洋，亦乡亦城，把华西建成富足的社会主义农民乐园"。

完成对华西村"造田""造厂"之后，吴仁宝又在华西"造城"。在集体经济不断壮大的基础上，开始引领农民们走向全面小康和向"中康"迈进的又一次历史性的登高。这期间，在吴仁宝"实事求是、艰苦奋斗"的思想意识里，又加进了"科学发展、超前规划"的理论内容。华西"造城"已具规模，农村城市化从理念到实践的探索，吴仁宝都做得像模像样。

看洋气，华西村艺术团为旅游景点创作的锡剧《天下稀奇看华西》中有句歌词说："早上在法国凯旋门口喝牛奶，中午到美国白宫去吃肯德基，晚上到澳大利亚吃海鲜，睡觉睡到英国伦敦皇宫里，一日游遍全世界，你说稀奇不稀奇。"这迷人的世界景色就在华西，是吴仁宝将世界风情移植到华西。

领略本土，五光十色的华西，收入眼帘的有百米金塔、幸福园、农民公园、世界公园、"沪宁中康山庄"，还有天下农民小区、龙西湖、龙东湖、山北高科技农业大棚、华西之路、荣誉馆等八十多个特色景点。实实在在的中国农村，也是实实在在的国际生活水平。

瞿满清说，一段时期，有人说吴仁宝吹牛，还画了一头牛丑化他。画面上，吴仁宝一把抓住一条长长的牛尾巴在使劲吹。"老书记说我不会吹的，我要实事求是做给他们看。"后来呢，华西大变样，确实做得很好，在农村土地上体现洋气。舆论又说华西是幸福大队。后来呢，发展更好了，又称华西是享福大队了。吴仁宝是以华西的发展让社会舆论心服口服。

开始，吴仁宝建造了一座华西金塔，另外开了一条龙西湖。华西在自己的土地上建起了一塔一湖。不怀好意的人又说三道四，讲吴仁宝一座塔一条湖，叫"一塌糊涂"。吴仁宝听到后很生气，他决心以行动"破解"。他规划，在村东，又开了一条龙东湖，再造了九座塔，吴仁宝称此项工程造就了华西的十全十美，"华西发展就是要十全十美"。

华西村发展到几百亿营收的规模，按照贪大求洋的思路完全有条件追求现代化高楼大厦的行政大楼、业务大楼、综合大楼等，向大城市看齐，那才叫显示气派，展示洋派。但吴仁宝不喜欢这些，华西归根结底还是农民的华西，他要的是中国农村特色。塔式建筑具中国传统文化特点，农民喜欢塔，对塔建筑容易接受。吴仁宝就主张建塔，以塔建筑取代各种高楼大厦，尽显"本土"。

建成后的华西"金塔"，造型颇为奇特。说它是中国传统风格的塔式建筑，那现代感十足、光亮通透的落地玻璃，似乎又多了那么些突显欧式的风格；如果说它展现了欧洲现代派建筑风情，不折不扣的却是那些道观风味十足的雕梁画栋，中国元素又是如此鲜明。红砖红瓦金顶色调，与广场上的"红色文化"又恰到好处地配合默契。

外表看，华西金塔以金碧辉煌为主色调。进入华西村，远远便见那高98米，七级十七层的"华西金塔"突出了华西农村的辉煌。大手笔之作的金塔得名于塔顶的金色葫芦，镀层总共耗去了3.5公斤黄金。它是集餐饮、娱乐、休闲、观光于一体的多功能综合大楼，是华西村具历史意义的重要标志性建筑之一。

走入内去，这里承载着华西不同时期发展的光辉历史。金塔顶楼是观光层，一览华西春色。满墙壁挂着中央领导人视察华西的照片和题词。在金塔十五楼，有江泽民题写的"华西金塔"四个字。李鹏则两次题词："华西村，中国农村的希望所在""华西村，真正的希望"。成为对华西的珍贵鼓励。

这里见证华西发展的成就。站在十五楼观光台可以一览华西村全景：华西北面，砂山、龟山紧依长江，华西村依江傍水在江山环抱之中。华西塔四周，也被农民村的别墅群环抱，生机勃勃。

塔周围，还有好几百对石狮，蔚为壮观。据说，这些石狮是金塔落成时友好单位和人士赠送的纪念物。没有记载的是，为什么大家都一齐赠送石狮子。塔顶上有金光闪闪的财神，财神明显是为招财引宝，但吴仁宝的理念又不一样。上面的说明是这样写的：市场经济的今天树立财神像，为的是让大家树立正确的金钱观，公正公平合理合法管理好家庭、企业和国家的财政。华西村的新财神，新理财观。

有城里人来到华西，他们住在金塔也参观了金塔，塔体现了中国文化，建筑宏伟有气派，又带有洋气。有人不解地脱口而出，"这塔怎么不土不洋呀？"吴仁宝当时就笑了，也不明说，留下悬念："你不是就住我们华西的金塔宾馆吗？这几天你就带着这个疑问好好参观参观我们华西，等你把我们华西的人文风情了解透了，你自然也就明白了。"其实，吴仁宝要的就是"不土不洋"或者是"又土又洋"的感觉。

华西村的一草一木都是吴仁宝和华西人用辛勤劳动和汗水浇灌出来的，同样，华西村的建筑也都渗透着吴仁宝的智慧和理念。华西金塔由吴仁宝构思，他亲自参与了创作和设计。四四方方的主题建筑像西式楼房，颇为洋派。每隔两层探出来的飞檐与塔顶的阁楼又突出中国文化，渗透着的中式元素又显本土。这种中西文化的融合，是吴仁宝的得意之作，可能就是他所要的感受和感觉。

走在华西村农民公园里，各色传统江南建筑、各种壁画和雕塑镶嵌其中，表达的都是中国传统故事；再到世界公园，复制的美国的白宫、法国的凯旋门、悉尼的歌剧院又惟妙惟肖，仿真度极高。吴仁宝向参观者介绍说："你看我们华西的公园，一个叫世界公园，这个公园呢是不土的。一个是农民公园，这个公园是不洋的，你看我们华西金塔，你从外面看是不洋的，到里面看是不土的。"

华西村走向社会主义新农村的过程中，上面各级领导都很关心。有的希望更农村化一些，可以接地气，有的会希望更西化一些，具现代特点。要求有土有洋，很难统一。吴仁宝来个折中，"我们改为要建设一个'不土不洋''不城不乡'，具有华西特色的社会主义新农村"。

不过，这样的不同看法还是从来没有间断过，直到前全国政协主席李瑞环来到华西，他为吴仁宝的"不土不洋"作了定调，这让吴仁宝很高兴："有的领导说我们太土，有的领导说我们太洋，干脆来个不土不洋，后来李瑞环来，评价为亦土亦洋，算是给我们平了反。"说起这些从未间断的争议，吴仁宝总会发出爽朗的笑声。

不土不洋，或者亦土亦洋；不乡不城，或者亦乡亦城，这当中是对立统一的辩证关系。中国改革开放，既要立足本土，又要放眼世界，既要开放引入国际文明，又不能丢弃自己的本源。吴仁宝的人生辩证法永远都摆在恰到好处的位置。

吴仁宝懂得，土和洋不是对立的，东西方是可以融合的，二者的结合才能展示最有特点的华西。追求现代，不忘本色，华西的路就是这么走过来，还要如此走下去。

所有这些哲学道理，处处都渗透着吴仁宝深邃的思考和精心的创意，这其中的深刻理念穿透辩证法的哲学境界，又深深扎根于实事求是的现实根基。"不土"其实就是一种追求，一种创新。是一种实事求是的主义和理想。中国改革开放多年，成果来自打破旧框框，创新创立新理念。不故步自封，不墨守成规，视为破"土"。

不土，代表着觉醒的农民摆脱了小农情怀，怀抱更远大的理想，甚至为百年计。吴仁宝指着那些让欧美人都羡慕的造价在几百万元的农民别墅，对参访者说："过去农民日子一好过，就是翻盖房屋，再多的财富积累也因一次次的建房而所剩无几。现在我们改变了思路，在再规划和盖房时，尽可能的超前，这样做从长远看，既达到了一百年'不土'的目的，又因优美的硬件建设，为吸引投资和聚集人才起了很好作用。"

华西自建村以来，信守与时俱进，走在新时代的前沿。无论是在平整土地改变环境的年代，还是坚持不分田到户、坚持不改制发展集体经济，都始终立足本土又追求创新。不土，是吴仁宝始终坚持的理念，改变历史创造一个新华西一直支撑着他奋斗一生。"不土又亦土"，表明吴仁宝在领导建设富足的华西村时，之所以被世人所称道和不失为中国农民的榜样标杆，就是因为他始终没有脱离农民的本质。

"不洋"中，体现的是吴仁宝不盲从，不冒进的思想理念。摒弃一种一开放就不由自主的盲目崇洋思想和教条主义。但吴仁宝不洋又亦洋，不盲目从洋，不冒进不追"先进"，但又不放弃任何向先进文明学习，引入世界文化的机会。而这里突出求"洋"，代表着吴仁宝和华西人善于吸收人类文明、文化先进成果、乐于接受新思想新事物的一种求进的意识。

不偏不倚，坚守原则，这是吴仁宝发展中的个性。即使在华西发展建设中也能很好地体现吴仁宝的理念。吴仁宝在多个场合表示，"我们有三句话：听中央的，不走样；听国外的，不走神；听老百姓的，不走偏。一切要从实际出发。"

具有华西村特色文化概念的"农民公园"，除了有绿荫和花丛间是小桥流水、扁舟穿梭与鸟语啼鸣的自然景观，最引游客注目的还是中国人熟识的"桃园结义亭""三顾茅庐"和"二十四孝"长亭等等景致，这些带历史典故和道德礼仪的风景，寓景观与知识和教育为一体。吴仁宝思考着小桥流水与"三顾茅庐"之间的关系，他认为，富裕了的农民离不开传统教育，既要向他们不断灌输现代文明思想，同时也绝对不能丢弃中华民族的传统文化教育，"仁义忠孝"是农民之本。

在华西北边砂山脚下是世界公园。矗立的美国"白宫"和英国式建筑、巴黎"凯旋门"、德国"天文台"等世界各国著名建筑物构成世界大观。置身其间，犹如站立在万国建筑大观中，异国风情迷倒众生，世界文化震撼来者。吴仁宝在华西引入这些世界著名建筑，是有他国际胸怀的，华西放眼世界，天下第一村饱览世界，也学习世界。

吴仁宝的设计、构思，无不体现理念。他解说：华西"这些建筑物，既有观赏性，又有实用性。建筑物内部就是一个豪华的宾馆，能吃、能住、能玩，从设施、菜肴、环境、情调，到服务人员的穿着打扮，礼仪接待，将全部具有所在国特色，使人置身其间，仿佛到了异国他乡。这一工程完工之后，能容纳三千人的食宿。农民生活水平提高了，外出旅游的人越来越多，如果到曲阜看孔府有上千里，到美国去观光，漂洋过海，路程更远，手续更多，花费更大。华西世界公园竣工后，农民进山一天可以游览几十个'国家'。可以早饭在印度吃，住宿到日本去。时间短，也可到美国或某一国吃了早饭回去上班。来一周，可以住七个国家。不仅免掉了出国手续，而且节省了大笔开支，还领略了西方现代文明，等于上了堂跨越时空的史地课，提高了自身文明程度，为走向世界做了准备"。

吴仁宝是设计者，他又是一个最好的讲解员、传播者，一整套发展理念，一大段景点解说，让人如身临其境。

"不土不洋"，又"土"又"洋"，"亦乡亦城"，吴仁宝的辩证法，让华西村无时不在这种传统与现代、历史和现实的东西方文化交融中享受着，思考着，前进着。

3. 最大幸福

在吴仁宝看来，华西村就是一个幸福大家庭。对吴仁宝来说，最大的幸福是让老百姓过上好日子。这些年来，富起来的华西村，农民、农村的变化都很大，原来农民夏天草鞋赤脚，现在凉鞋还穿袜；原来冬天穿蒲鞋，现在穿保暖鞋。服装原来是新三年、旧三年，缝缝补补又三年；现在是穿三套、藏三套，一年四季穿时髦。以前吃饭是填饱肚皮长力气，现在吃讲营养，讲膳食结构，是为了开发智力，健康长寿，价格高点儿，也舍得买。过去饭量大，"薄肚皮"，现在饭量小，"大肚皮"。吃的，荤素结合讲营养；穿的，中西结合求漂亮；用的，家具新老结合讲高档，已经引进红木家具；住的，土洋结合讲宽敞；行的，空中长廊上走人，下行车，上下结合更通畅。真正达到了"三化三园"："三化"是美化、绿化、净化；"三园"是远看像林园，近看像公园，细看是农民生活在幸福的乐园。吴仁宝可以一口气用他特有的语言讲出华西村农民这些年幸福生活的种种变化。

如何检验华西人的幸福生活，吴仁宝和华西村村民共同定出了具体标准。

什么叫"天下第一村？"详细的标准是什么？吴仁宝发动全村村民讨论，国务院、中宣部、中组部、农业部办的大型图片展上命名华西村为"天下第一村"，吴仁宝被称为"天下第一村"的带头人。如果华西欣然接受，那么到底什么叫"天下第一村"？其中别人无法比拟的又是什么？华西村村民自己是否看到优势？村民们你言我语，提出很多可供参考的表述。最后概括为两句话，叫作"美丽的华西村，幸福的华西人"。

当然，这还有更具体的演绎。吴仁宝说，什么叫美丽的华西村？也有具体的表述，我们建设"五容"：山容、河容、田容、厂容、村容。这"五容"的提升是长期，没有止境的。现在的华西，山北是粮仓，山南是钱庄，中间是"天堂"。不用看，听上去都是美丽的，美好的。

什么叫幸福的华西人？吴仁宝说，我们建设有"五子"：家家要有票子，要有较好的车子，要有档次较高级的房子，重点要培育好孩子，最终人人脸上长面子。现在，这"五子"华西人都有了，家家有存款，少的一百万元，多的上千万元；家家住别墅，小的四百多平方米，大的六百多平方米；家家开小汽车，少的一辆，多的三辆；村里的大学生、研究生和博士生越来越多，华西人获得的各种成绩和奖励，也使"天下第一村"的美称更加名副其实。

从景观到收入和生活质素，以及人才培养的未来事业，吴仁宝都列出具体标准。美丽华西村，幸福华西人不是一句空话。

已经建成，或者说永远在建设中的华西村满园春色，分为中心村、工业区和农业区，包括华西金塔、华西塔群、别墅群、幸福园、农民公园、华西世界公园、龙西湖桥文化、龙东湖、苗圃、文化产业中心、居民区等。整座村庄极其华丽和富饶，城市绿化和建设都相当优秀，更将美国国会大厦、法国凯旋门、中国万里长城和北京天安门城楼等世界各地的著名建筑再现村中，令每一位来客都击节叫好。

无论是春光明媚，还是秋风送爽，来到了拥有"天下第一村"美誉的华西村。映入眼帘的是造型为"三足鼎立，明珠置顶"的龙希国际大酒店，328米高矗空中，显得格外华丽。大酒店门前的九龙壁上雕刻着九条栩栩如生的龙，这是模仿北京故宫的九龙壁建造的。

走进了华西的"幸福园"，幸福园里矗立着九座金塔，这是华西村的标志性建筑之一。里面还有五个钟亭，呈五角形，一大四小，就好像是一面五星红旗，象征华西人爱党爱国，风华正茂。虽然这些都是有形的建筑，但却渗透着无形的理念。

在村党委请职工代表聚会时，安排演出了两出京剧折子戏：《将相和》《孙悟空》，华西艺术团团长计丽静说，这是老书记喜欢的节目。这些剧目，除了娱乐大家外，还有特别的寓意。吴仁宝为华西幸福动足脑筋。

而孙悟空呢，吴仁宝又有一番论述："他有七十二变，现在的华西村八十二变还不止。看《孙悟空》，还要学他忠心耿耿，保护唐僧去取经。我们华西人，要真正信仰共产党、信仰中国特色社会主义。这个过程中，也会像孙悟空那样遇到挫折，我的第三句话就是，'遇到挫折不泄气'。"华西村在变，会越变越美丽，华西人越变越幸福。

华西村的美誉，还有硬指标得到肯定。旗下的华西集团于1996年被农业部评定为全国大型一档乡镇企业，华西村还曾获得"全国文明村镇""全国文化典范村示范点"和"全国乡镇企业思想政治工作先进单位"等荣誉。一步步走来，华西获得的荣誉不断增加。

尽管在干着带领大家共同富裕的实事，可吴仁宝却并不十分强调"富裕华西"的优越，而是刻意强调"幸福华西"。"幸福"指路，使华西村在村容建设上始终坚持"既要金山银山，又要绿水青山"的发展理念，不断完善和提高华西"三化三园"的战略规划。

2001年，华西村在全国村级单位中，首家通过了ISO14001国际质量管理体系认证，被誉为"中华环保第一村"。

按照"能工则工、能商则商、能种则种"的原则，华西村党委动员不能进厂上班的富余劳动力负责绿化工作，一方面解决了大家的就业问题，促进了勤劳致富，另一方面则美化了华西的生存环境，可谓一举两得。

1993年以来，华西村投入绿化资金近千万元，建造了假山、凉亭、喷泉等景点；同时，还建起华西植物园，绿化了农民公园和世界公园。村民住宅掩映在绿荫之间。有位诗人参观华西之后，曾挥毫赋诗："人说天堂美，何美比华西？"

华西村现已基本达到美化、绿化、净化，和"远看像林园，近看像公园，细看是农民生活的乐园"的"三化、三园"的标准。

1994年8月，华西村组织四百位农民，分四批考察了新加坡、泰国等国家，重点考察新加坡的绿化状况。考察归来，村民们得出了结论：华西不但能在村级经济发展和繁荣程度方面超过新加坡，在村级绿化水平方面，也一定能在指标上赶超新加坡。原因又是很简单，华西有社会主义制度的集体优越性，有制度优越，也有齐心协力的优越。

从七十年代后期，华西在制订村规民约时就规定，绿化的树都建立档案，没有批准不能随便乱动的。开始种树还是考虑烧柴用，农民不用煤，主要烧柴火。后来富裕了，不用烧柴，改用煤气了。现在种树就是为了美丽华西和幸福华西。

有些村种树，却引不来鸟。华西保护绿化，规定：花不可采，鸟不能打。优美的生态环境，带来意想不到的效果。华西的绿林先后吸引了近百种、上万只鸟不断在华西村"安家落户"，大鸟大的都有两斤重。鸟鸣声此起彼落，为华西的宁静带来了欢声；鸟儿时起时落的身影在绿树间划出一道道美丽的曲线，惹得游客纷纷抬头欣赏，并端起照相机为它们拍照留影。

农村有一种说法，一个村子富不富就看种的树！哪个村子有树这个村是富的，哪个村子是"赤膊"的没绿化，这个村子一定是穷的。华西村绿葱葱，绿树成荫，注定富裕。

有参观华西的访问者来看鸟，走进林子，惊出满天飞鸟，叫人啧啧称奇。吴协东对来客说：谁说乡镇企业发展破坏了生态，你看看，乡镇企业发展了生态变好了，这个鸟过去没有的，我们小时候看不到这种鸟，它们都来了。

华西农民的生活是令人羡慕的。许多家庭楼下是地板，楼上是地毯，装潢考究的房间里摆着成套的红木家具。家家都装上了空调，用上了液化气，配备了浴缸和抽水马桶；洗澡时，龙头一开，热水就哗哗地流淌。家家有车，户户有车库。城里有的这里都有，城里没有的，这里也有。

千百年来，"土"字就是农民和农村的代名词。这么多年来，吴仁宝就是不知不觉地一步步走在改造农村、改变农民生活的路上。心怀要走出贫穷的强烈愿望，到立志让农民脱胎换骨的改造。以华西的"不土"填平城市与乡村之间的鸿沟，赢得农民的幸福。

如今的华西，体现幸福是多方面的。吴仁宝说：我看华西人啊，确实幸福，幸福在哪儿？第一，他发言有权，好的意见能有人采纳，民主成就好华西；第二，华西依法办事，法制观念比较强；第三，华西的人民有钱，这个钱是勤劳来的钱，是守法来的钱，这个钱能使他健康长寿，所以这个钱来的就是幸福；而这个钱来路不明，就不幸福，经常要提心吊胆；华西的人不用提心吊胆。

华西这个大家庭人丁兴旺。几十家村办企业里，华西的外来务工者占绝大多数，分别来自川、黔、豫、皖、赣等省。

吴仁宝要体现社会主义新农村大家庭的和谐，不管你从哪里来，在华西服务就能分享大家庭的利益。从1996年端午节起，吴仁宝年年都要举办规模盛大的"粽子宴"，把外地务工者请来，和华西本村村民一起欢度佳节，体现华西一家亲的幸福。

第一年欢庆端午办"粽子宴"时，吴仁宝把华西退休妇女都请来包粽子，齐心包了12500个粽子，用掉糯米1500公斤、白糖150公斤、赤豆100公斤。那天端午节中午，华西在村口的广场上摆下了五百张桌子，欢天喜地一片。四千名外来务工者欢聚在一堂，每人都可以领一瓶啤酒、两个咸鸭蛋、两个大粽子，老小无欺。华西村村民当上服务员，一千多个村民给外来工端茶送水。

吴仁宝笑盈盈地一桌一桌向外来小伙子和姑娘们敬酒。华西浓浓的乡情和华西一家亲的亲情让外来务工者和华西的村民融为一体。

吴仁宝解读，社会主义现代化的幸福，是要让所有在华西做贡献者都能感受到。如今，华西村的"粽子宴"已发展成为"千张桌，万人宴"，在同一个广场上，参加宴会的外来务工者的规模不断扩大，达到上万人。那场面，像这么融合外来人的声势浩大宴会，在中国农村堪称今古奇观，代表着吴仁宝、华西村的胸怀，代表着华西事业的兴旺发达。

吴仁宝不愧是一位非常高明的领导者，一个气势非凡的战略家。他高瞻远瞩，举重若轻，既善于审时度势，总揽大局，又能够独辟蹊径，出奇制胜。

"美丽的华西村，幸福的华西人"，从生活的环境和生活在这个环境中人的内在感受，简洁却寓意深刻地展现出华西的优越性。这是吴仁宝毕生从事社会主义现代化探索和实践的思想结晶，也是指导更多农民建设社会主义新农村的宝贵的精神财富。

4. 集体力量

从中国的行政级别看，华西村是最普通不过的基层单位，初看并没有与众不同之处。所不同的是，华西村之所以能不断发展壮大，秘诀是因为吴仁宝由始至终的坚持。法国思想家伏尔泰说过，"要在这个世界上获得成功，就必须坚持到底。"

吴仁宝坚持什么？自华西建村以来，数十年风云变幻，吴仁宝坚持着对共产主义信仰不变，坚定相信共产党不动摇；吴仁宝坚持集体经济不放弃，坚定要实现共同富裕。事实证明了吴仁宝的论述，华西村实现共同富裕的大事，就是因为坚持了集体经济的结果，"就能集中力量办大事"。

领头人吴仁宝在叙述华西为什么能发展好时说：因为，我们有一个信仰，就是信仰共产党，信仰共产主义、社会主义，始终坚持爱党、爱国、爱集体。坚持集体经济决不动摇。

吴仁宝常说一句话："华西村坚定不移地发展集体经济，目的就是为了让更多的人共同富裕起来，让已经富裕起来的人能够长久地、健康地、越来越好地富裕下去。这就是我吴仁宝一生的追求和愿望。"这就是支撑吴仁宝不断坚持的理念和理由。

集体经济的实质是合作经济，包括劳动联合和资本联合。然而，在集体经济发展的历史上，人们只承认集体经济是劳动者的劳动联合，弱化甚至否认了集体经济还具有劳动者资本联合的特征。否认了劳动者个人产权，是传统集体经济与合作经济的最大区别。所以，集体经济要还原其合作经济的本来特征，就必须对集体经济产权制度进行改革。在我国，集体经济是公有制经济的重要组成部分，集体经济体现着共同致富的原则，可以广泛吸收社会分散资金，缓解就业压力，增加公共财富和国家税收。吴仁宝集体经济在华西村的实践，基本上体现了集体经济的这一本质。

吴仁宝的认识很实在，他说：集体主义有两点，第一，我们的资产是集体所有，第二，我们这个团队有集体主义思想。如果只有集体资产，没有集体主义，这个资产也就没有了。物质精神是双富有，要说华西，我们既发展经济，以公有制为主，又加强思想教育，坚持走共同富裕的道路。这可能就是百年老店的基础和依据。

作为一位中国农村独树一帜的农民，吴仁宝还是企业家、思想家。吴仁宝在备受关注的同时，也伴随着备受争议。有关华西村，有关吴仁宝，这样的争议一直不曾平息过。尤其是在中国不同的发展阶段，对集体所有制的冲击、反思过程中，吴仁宝的毫不动摇，被认为是社会的"叛逆"。

然而，历史的争议声中，往往又在一个阶段后的结果中证明了吴仁宝所走的路的正确性和可行性。作为一个农民企业家的样板，透过吴仁宝的身影，正在揭开新时代中国特色社会主义新农村发展之路的谜思。

华西1961—1974年这个时期，以农业发展为主，初尝了集体经济、集体力量带来的欢喜。这段时期的中国农村发生着解散高级合作社，建立人民公社制度，而后进入"文化大革命"的变革。华西村通过先后两个发展规划，在计划经济条件下从一个没有工业的农业穷村，依靠自己的力量，收获粮食亩产超吨的高产，得到"全国农业先进集体"的殊荣。

1976—1992年这个时期，中国处于改革开放拉开序幕期。华西已经开始迈向以工养农的工业发展初期。此时的华西村，六十年代就偷偷搞工副业，"集体经济"已有了相当的尝试，建立的小五金厂也初具规模，获利丰厚。除了一百多万元的固定资产，还拥有一百多万元的现金存款。

中国大规模经济建设和改革开放从农村实行"家庭联产承包责任制"开始，华西村结合实际，没有分田到户，无论农业和工业发展，都坚持走集体经济的路，完成人民公社集体化农业向工业集体化转型的关键阶段。

1992年以后，华西进入工业规模生产的经济发展阶段，华西村坚持以集体的力量参与市场竞争，以制度创新的优势，实现工业规模经济。还在1978年改革开放政策推出，华西的村办企业乘势而上，创办了多家企业，完成了多数土地的工业转向，以大力度的改革发展，以集体的力量，在八十年代初，其村办企业工业产值已经占总产值的80%以上。

从1994年"江苏华西集团公司"挂牌，华西步入工业化集约形态。而市场经济下的私有化正冲击集体企业。九十年代后期被称作苏南模式的集体企业纷纷改制，规模小的改私营，规模大的成为股份公司。华西保留了集体财产，保留了集体经济制度。不改制，让华西稳固了一个精英管治的集体产权模式。

在经济发展的潮起潮伏中，华西村一直维持典型的集体经济形态。直到今天，华西村党委依旧是企业的直接管控者。应该指出的是，管控者只是管理者，村民才是财产的共同拥有者。华西村企业集团拥有上市公司，但华西村村民的股份却不具有多少流动性，吴仁宝等领导层也并没有在股权上成为绝对的控制人。

吴仁宝坚持集体主义，符合执政党公有制经济为主体的目标，保持政企合一，也有利于基层党组织保持对经济的掌控能力，相应的，华西村也就可望在土地、资金和政策上得到相当的保护，收获不少实惠。

多年中，华西的发展后劲十分强劲。借助吴仁宝独特的集体经济治村思路，他共同富裕的目标不断在实践着：华西村迅速富裕、大华西村的成形、企业尽快走入资本市场，与其说是华西村经营效益的体现，不如说主要还是华西村坚持集中领导和集体经济得到效率的收益。

吴仁宝构建的华西所有制方式，找到了中国特色社会主义新农村条件下把集体利益和农民自身利益有机结合的有效途径。华西村无疑就是发展集体经济、实现共同富裕的成功典型。吴仁宝的理念就是，"共同富先要集体富，共同富必致家家富"。这句话也可以看作是吴仁宝处理集体利益和农民自身利益的基本准则。

从上世纪八十年代开始，吴仁宝设定了"二八开"和"一三三三"分配方式。始终坚持集体保持绝对优势，留下"办大事"的空间。

有村民表示：第一次村里要求集资入股时，有的家庭因为一下子拿不出这么多钱，曾经不理解、反对过，最后迫不得已向亲戚、朋友借钱入股。三年之后，当原先的2000元涨为3500元时，大家明白，这是村领导为老百姓谋利益的事。所以，第二次集资，家家都积极投股，有的还愿意多交，因为入股比存银行的利息高得多，还能有保障。它也算本村人不必付出劳动而享有的一种特殊优惠的收益吧。

上述分配制度仅适用于华西村村民，对外来者则不适用。同时，它对离开村集体的村民也有规定：村民一旦离开华西村，即收转全家十年的福利待遇和令其放弃股金分红收入。

不过，这么多年来，离开华西的村民大约有十人，其中两个后来又返回归队了。

这一将村民财富与集体忠诚度捆绑的附加规定，常被外界批评为侵占私产和限制人身自由。华西村以其符合集体主义、共同富裕的制度内涵，加以反驳。

这一分配方法，源于吴仁宝在处理积累与分配制度上采取"少分配多积累、少拿现金多入股"的独特思路。不过，这些做法，开始一些人并不理解，吴仁宝认为，农民办企业要发展壮大，自我积累很重要，不能依赖国家的贷款，更不能搞高息集资，而要增强自身的造血功能。事实证明，从长远看，农民的家底越来越厚，华西的经济也始终处于良性循环。

吴仁宝在总结他的经验时表示："中国人都知道华西村是一个行之有效的社会主义集体：生产资料的公有不仅实现了人人平等，还让老百姓走上了共同富裕之路。居民们将他们的钱投入集体的锅里，共享他们购买的所有新企业的收益。由此，华西村创造了中国社会主义的奇迹。"

不断创新，不断调整，华西村的集体经济越来越有生机，越来越有活力，越来越有向心力。其实，在吴仁宝看来，集体多一点还是个人多一点，这并不重要，重要的是集体和个人的利益必须紧紧结合在一起，让集体壮大起来，才能让个人多得益。

2001年5月1日在华西村优秀工程技术人员表彰大会上，吴仁宝作了《信仰共产党决不含糊，坚持集体经济决不动摇》的讲话。吴仁宝告诫说："凡是哪个村把集体经济搞好的，这个村的党组织就有权威。像华士村，在镇上被个体户团团包围，但老百姓非常信仰集体，绝大多数村民强烈要求党支部不要搞个体，还是要把集体经济发展好！集体经济到底好不好呢？应该说，集体经济本身是好的，但在'转制''转私'的影响之下，有不少人把集体的钱捞光了，转到个人腰包里去了。"

吴仁宝对集体经济的流失表示遗憾，他说："我记得，在六七十年代的时候，每个村都有集体资产。为什么发展到现在，有的村一点资产也没有呢？甚至是资不抵债呢？我看，这主要是那里的人缺少了信仰，缺少了对党、对社会主义的信仰。有人对信仰有了失落感以后，往往就会贪赃枉法。

"这些信仰的动摇，很有可能会发生危机，坐牢，甚至被枪毙。最后，就造成了对广大人民根本利益的最大的不关心！现在有些人，人在党内，心在党外；居住在中国，心在美国。像这样的现象，很值得我们好好地深思。"

据统计，1998 年与 1996 年相比，中国集体企业数减少了 48%，多元投资主体企业迅速发展，平均年增长 70%。据 2000 年统计，一百多个县以上集体企业改制为股份合作制、有限责任公司的占企业总数的 78%，还有的组建企业集团实施联合、兼并、租赁、承包、中外合资、出售、合伙、私营、公有化民营等。

据国家统计局数据显示，2000 年与 1998 年相比，规模以上集体大幅度减少，而平均多数企业的资产由 1867 万元增加到 2682 万元，增长了 43.7%；企业发展速度加快，企业的经济效益大幅度提高。问题在于，提高的企业效益，获得的利益都由集体归个人了。中国一部分人先富起来了，却也拉开了贫富之间的距离。

这不是吴仁宝要的。吴仁宝带领华西村坚持发展集体经济，但在华西村，个体私营经济同样具有广阔的发展空间和良好环境。吴仁宝提出，华西村可以搞一村两制，但不许干部一家两制，更不搞一人两制。这是对华西村集体经济的又一次创新和发展。根据这个思路，华西村吸收了大量的外资，办了许多合资合作企业，还引进聘用了不少海外人才；根据这一思路，华西村出台了优惠措施，一条龙帮助投资者办理各种工商税务登记手续，减免各种收费，营造了一个有利于个体私营投资者经营办企业的良好环境。

以集体经济为主导，华西走出一条以集体经济为主、多种经济成分并存的经济发展新路子。华西今日的当家人吴协恩深有体会地告诉记者，在农村，没有集体经济，想为老百姓办事很多时候就是一句空话。吴仁宝从华西建村始就坚持走集体经济道路，目的就是为老百姓办事。

5. 五位一体

2017年10月18日，中国共产党第十九次全国代表大会在北京拉开帷幕，习近平总书记在党的十九大报告中指出，从现在起到2020年，是全面建成小康社会决胜期，中国要实现第一个百年奋斗目标。是中国走向富裕，走向现代化实现强国梦的重要一步。

1979年12月6日，邓小平在会见日本首相大平正芳时使用"小康"来描述中国式的现代化。他说："我们要实现四个现代化，是中国式的现代化。我们的四个现代化的概念，不是像你们那样的现代化的概念，而是'小康之家'。到本世纪末，中国的四个现代化即使达到了某种目标，我们的国民生产总值人均水平也还是很低的。要达到第三世界中比较富裕一点的国家的水平，比如国民生产总值人均一千美元，也还得付出很大的努力。中国到那时也还是一个小康的状态。" 1984年，邓小平提出"所谓小康，就是到本世纪末，国民生产总值人均800美元"。

2000年10月，中国国民生产总值人均800美元目标达到以后，党的十五届五中全会提出，从新世纪开始，中国进入了全面建设小康社会，加快推进社会主义现代化的新的发展阶段。

"小康社会"是由邓小平在二十世纪七十年代末八十年代初在规划中国经济社会发展蓝图时提出的战略构想。随着中国特色社会主义建设事业的深入，其内涵和意义不断地得到丰富和发展。

党的十八大，根据中国特色社会主义"五位一体"总体布局，将全面建设小康社会改为全面建成小康社会。"五位一体"是对"全面推进经济建设、政治建设、文化建设、社会建设、生态文明建设"的概括表述。

党的十九大将"习近平新时代中国特色社会主义思想"写入党章，与马列主义、毛泽东思想、邓小平理论、"三个代表"重要思想和科学发展观一起，确立为党的行动指南。"习近平新时代中国特色社会主义思想"内容包含五位一体、四个全面等治国理政的经验和思想。

这些治国理政经验和思想,是中国实现全面小康,更是中华民族复兴的指导思想。习近平强调,全面建成小康社会到基本实现现代化,再到全面建成社会主义现代化强国,是新时代中国特色社会主义发展的战略安排。

华西村在中央的总体部署下,踏实地走在实现全面小康的路上。在进入新世纪时,吴仁宝就提出了华西发展轨迹,他指出:"华西村四十多年,我是这样总结的:六十年代打基础,七十年代小发展,八十年代中发展,九十年代快发展,二十一世纪新发展。正因为发展了,六十年代老百姓是温饱,七十年代是吃好,八十年代是小康有余,九十年代是中康,二十一世纪是大康。"

走进华西村,如果不是公路旁"华西人民欢迎您"大幅标牌的提醒,人们很难把车窗外的景色与"农村"这个概念联系起来。华西村是一个充满梦幻、充满传奇的好地方。在华西生活的人也似乎真的沾了仙气,活在人间天堂了。如今的华西村不仅拥有现代化的工厂、富丽堂皇的别墅、园林式的环境,而且村民们个个精神风貌积极向上,处处洋溢着和谐幸福的氛围。

华西村村民的幸福富裕的小康生活也可以在龙希国际大酒店的餐厅感受到。每天早上,酒店的自助餐厅用餐者一早就是满满的,不少华西村村民一家老小都是到五星酒店用早餐的,生活得比城里人还有满足感。

吴协恩接棒的华西,2003年的销售收入达到106亿元,成为中国第一个百亿村,2004年,又达到260亿元,2005年达到307亿元。2010年实现销售收入512亿元,人均收入超过8.5万元。这里,家家户户住上了几百平方米的别墅,少有所教,老有所养,病有所医,五十五岁女性、六十岁男性可以退休养老,没有失业,没有犯罪,生活水平远远超过了小康;这里,有世界第一的钟王、鼓王、神龙、神牛,有农民公园等八十多个特色旅游景点,接待过一百五十多个国家和地区的外宾;这里不仅有天下第一塔——华西金塔,还有排名世界第十五位、国内第八高楼的龙希大酒店;这里,富不忘毗邻,合并了周围的村子，人口从原来的1500多人增加到现在的3.5万人，并在黑龙江、宁夏建起了两个"华西村"。

十八大以来，领会和落实十八大精神，华西从五年成就到十年辉煌，从建设小康到建成小康，迈向中康。从深化改革到德才兼备用人标准，从繁荣文化到建设美丽中国，从加强党建到民主集中，从祖国统一到人类和平，字字重于千钧、句句饱含深意、段段有理有据。让华西人清醒地明白了该举什么旗、走什么路、以什么样的精神状态朝着什么样的目标继续前进。

对于十八大提出的"全面建成小康社会，实现国内生产总值和城乡居民人均收入比2010年翻一番"，华西给出了自己的发展目标：在十八大到十九大这五年，确保效益翻一番，村民收入翻半番。

吴仁宝解读了这个目标：翻一番是中央对全国讲的，落实到每个地区，就不能"平均主义"，要实事求是、从实际出发。华西要实现这样的目标，就要持续推动科学发展、积极落实产业转型，做好"旅游唱好戏、工贸创好利、农建保好底、平安靠内需"的新文章。只有这样，才能更好地做到经济强村、民主治村、文化兴村、社会安村、生态美村、党建固村，达到"五位一体"、齐头并进、协调发展。

吴仁宝强调的"民主治村"有他的深刻的含义。他指出，什么是民主？我们的理解，依法办事，以约办事，这就是最大的民主，也就是"以人为本，制度管人，人管制度"。我们以《村民委员会组织法》来管理，对法律还不完备的细节，就发扬民主，如果有90%同意以后就制订《村规民约》。华西不断加强村务公开、财务公开、厂务公开，甚至是家庭财产公开。所以说，依法办事，这就是最大的民主。如果说是人管人，那就是最不讲民主了！

抚今追昔，在吴仁宝的带领下，华西村已经走在时代前列。华西人的富裕经验，已经成为建设中国特色社会主义的一笔宝贵财富。这是吴仁宝运用建设中国特色社会主义新农村理论，结合华西实践的结果。吴仁宝说："对于'教条主义'我改得比较好了。比如：中央讲'一国两制'，我们讲'一村两制'；中央讲'抓大放小'，我们讲

'抓大扶小'；中央讲'实现小康'，我们讲'实现中康'；邓小平理论讲'初级阶段'，我们讲'中级阶段'。"根据中央的精神，吴仁宝要求华西，总是提出更高的要求，听中央的不仅不走样，还要深入领会。

社会主义的"中级阶段"是什么水平？"中康"是什么概念？从收入指标看，"中康"应是人均收入在6000美元以上的水平吧！事实上，华西村今天的人均实际收入已经超过10000美元的水平。但在吴仁宝的心目中，"中康"何止是一个人均收入10000美元的概念，它还有更多生活的质量、精神的内容，以及对未来的信心和与周边村、与全国广大农村之间的关系。是"五位一体"的全面发展。

今天，华西新的领导班子，在老书记打下的坚实基础上，求实创新，奋发有为，通过改革创新，促进三个文明共同发展、和谐发展。正迎接新时代，翻开新的一页。

2017年10月18日，党的十九大召开，十九大代表、华西村党委书记吴协恩在会议期间为华西的中康发展作了概括。吴协恩表示，华西社会主义新农村这些年来的发展和变化，包括：

经济强村。十八大以来的五年，在党的引领下，中国农民口袋"鼓"了起来，腰杆"挺"了起来，尊严"立"了起来。吴协恩认为，十九大开幕式上总书记的报告，体现了"四个新"：新时代、新思想、新问题、新目标，老百姓听得懂，基层干部好操作！特别是"新时代中国特色社会主义思想"，为农民致富奔小康提出了更加明确的方向。

过去五年，华西完成的可用资金比上一个五年增11.29%，上缴税费增37.01%。服务业的利润贡献率由原来的不到50%，提升到了65%。围绕"强富美高"，江苏确立了"两聚一高"，不仅是全面建成小康，更要高水平全面建成小康。华西目前已经实现了小康，五年来村民的人均年收入从8万元提升到9.05万元，增幅达13.1%。今后要向中康、大康迈进。

文化兴村。文化兴国运兴，文化强中国强。习近平总书记说："要推动健康中国建设"。过去五年华西建起了文体活动中心、健康体检中心、老年活动中心等，通过送知识、送健康，让村民"精神比物质更丰富，脑袋比口袋更富有"。习近平总书记强调："要培养造就一支懂农业、爱农村、爱农民的'三农'工作队伍！"华西"双送"也不仅仅局限在本村，自2006年以来，华西与全国二十多个省、市、自治区开展互学交流，通过开展大学生村官、新型职业农民、少数民族村官等培训班，已为全国培训基层干部四十多万人次。华西现在每年对外帮扶的资金达一亿多元。未来还将通过智力扶贫、产业扶贫等，带动更多人富起来。

生态美村。绿水青山就是金山银山，要像对待生命一样对待生态环境。最近十多年里，华西先后关停了九家能耗高、效率低的企业，仅2013—2016年，在冶金上的技改就投入了11.6亿，实现了环保指标全部优于国家标准，使这一方真正望得见青山、看得见绿水、留得住乡愁！十九大报告提出"实施乡村振兴战略"，江苏开展了特色田园乡村建设，探索出了乡村复兴的新路径！习近平总书记强调："确保国家粮食安全，把中国人的饭碗牢牢端在自己手中！"我们华西建立了高质量稻米种植基地，选派七名大学生农民，发扬工匠精神种植一千亩生态有机大米。未来我们要通过产业示范、模式输出等，为国人的健康、食品的安全，起到推动和引导作用！今后五年，华西要建成一个"农村都市"，既要有都市质量，又不失农村特色。

社会安村。十九大报告指出："保持土地承包关系稳定并长久不变，第二轮土地承包到期后再延长三十年。"包括到"深化农村集体产权制度改革，保障农民财产权益，壮大集体经济"，以及"坚持农业农村优先发展，按照产业兴旺、生态宜居、乡风文明、治理有效、生活富裕的总要求"等。江苏今年也专门出台三十三条意见，从创业富民到多渠道增加居民财产性收入，使老百姓真正得实惠、得恩惠。习近平总书记指出：加强农村基层基础工作，健全自治、法治、德治相结合的乡村治理体系。华西，路不拾遗、夜不闭户，实际上就是"三治结合"的结果。美国的一位记者看了华西后感慨地说："这样的社会主义，我们美国也要！"

党建固村。江苏大力加强农村基层党组织建设，实施"双培育双提升"行动计划，推动全面从严治党向农村基层延伸。华西村通过"党员联户制度"，由95名骨干党员担任全村970户村民的联系人，每周入户学习、传达各级精神，倾听、讨论村民诉求，畅通了联系干群的"最后一米"，让干部进得了老百姓的门。

回顾十八大以来的这五年，华西的干部群众总结了两句话："总书记顶天，村书记立地！"

第十章 精神在华西就在

> 想的目标越远，精神越足，这叫精神的动力；如果想得
> 短了，就像我们年纪大的，想的是再过几年要走了，那可能
> 就挫伤积极性了。要想远点，干近点。
>
> ——吴仁宝

1. 今日华西

2017年10月24日，十九大闭幕，十九大代表、华西村党委书记吴协恩走出人民大会堂，马不停蹄往回赶，出席了江苏省"全省领导干部会议"后，又急着赶回华西与干部群众见面，学习传达十九大精神。他要把参加大会的感受第一时间告诉乡亲们。

党的十九大，吴协恩印象最深的，就是在10月18日开幕式上聆听习总书记的大会报告。这是一个接地气、让基层干部有底气的大会报告，这是一个继往开来明确未来的大会。谈到感受，吴协恩连说"三个好"：会议好、时代好、未来好。

党的十九大在中国改革开放历近四十年时召开，核心内容是确立了"习近平新时代中国特色社会主义思想"，指明了中国发展的旗帜和道路问题。吴协恩这三个"好"字，概括了此核心思想，因为旗帜和道路，是华西数十年安身立命的主轴。

对照十九大精神，华西就是党的十九大的实践者，华西一直以来的所言所行，就是十九大精神的具体体现。老书记吴仁宝的习惯，就是结合华西发展，体现中央精神在华西的实践和检验。

回到华西，吴协恩忙不停地宣讲十九大精神，有组织安排的，有单位找上门来，有他自己愿意去传授的，来者不拒。大家也爱听他讲，结合实际接地气。吴协恩很兴奋，华西一直做的，走在党中央要求的轨道上。回顾老书记吴仁宝走过的路，华西的历史变革，就是从"富口袋"转变到了"富脑袋"；华西的历史使命，就是打造"百年企业、百年村庄"；华西的基本方略，就是"快一拍，领着走"；华西的经济体系，就是"数量转质量、体力转脑力"；华西的民主政治，就是"不是少数人监督多数人，而是多数人监督少数人"；华西的文化建设，就是"送知识、送健康"；华西的社会治理，就是"依法治村、依法治企"；华西的生态文明，就是"美丽的华西村更美丽、幸福的华西人更幸福"；华西构建命运共同体，就是依托"利他就是利己"的独特理念；华西落实从严治党，就是践行老书记提出的"三正三平三守三能三不倒"的干部标准。

这十个方面，是华西落实中央精神的具体做法和有效经验。当然，没有最好，只有更好。根据十九大精神，我们会继续深化、继续推进、继续拓展，让"吃透两头、两头一致"的特色发展之路走得更宽、更广。讲这番话时，吴协恩显得很严肃，因为在他看来，这不是在显露华西的成就，而是一份华西牢牢把握发展方向的责任。

实践证明，十八大以来，贯彻中央富民政策和发展精神，华西的发展思路，谱写出与中央精神形成合拍的乐章。习近平总书记说："天上不会掉馅饼，努力奋斗才能梦想成真！"五年来，华西以"为民"之心，"听中央的不走样、听外国的不走神、听老百姓的不走偏"，在风浪起伏中波澜不惊，在变与不变中稳步前进，在紧密团结中和谐安定。

中共十八大至今的这五年，也是吴仁宝逝世离开华西的近五年。当年吴仁宝走了，个别媒体有一种华西的天要塌下来的焦虑。质疑、否定，怀疑没有吴仁宝的华西会走向哪里，褒扬贬责此起彼伏。

没有受外界的影响。今日华西，还是坚定共产党的信仰，坚定社会主义方向，坚定老书记吴仁宝为华西设定的改革路径。旗帜和道路确定了，华西不需要变，华西也不会变。集体经济，共同富裕的路会一直走下去。

过去的这些年，是中国发展的关键年。2014年11月10日，习近平主席在北京出席亚太经合组织领导人同工商咨询理事会代表对话会时指出：对中国而言，"中等收入陷阱"过是肯定要过去的，关键是什么时候迈过去、迈过去以后如何更好向前发展。我们有信心在改革发展稳定之间，以及稳增长、调结构、惠民生、促改革之间找到平衡点，使中国经济行稳致远。

"中等收入陷阱"是世界银行在《东亚经济发展报告（2006）》中提出的概念，是指当一个经济体的人均收入达到中等水平后，进一步的经济增长被原有的增长机制锁定，导致经济增长动力不足，出现经济停滞的状态，人均国民总收入难以突破中等收入水平的上限，迟迟不能进入高收入国家行列的一种状态。世界上有130多个国家，在跨入中等收入陷阱时经济止步，拉美国家一直在徘徊着。

中国已经步入了中等收入国家行列，是春天的希望，还是冬天的失望？面对国内外一些机构以及个人对中国发出谨慎规避"中等收入陷阱"的警告，习近平总书记明确指出中国肯定要迈过中等收入陷阱，坚定了信心。

华西的人均收入早就超过了联合国规定的中等收入指标，为国家跨越"中等收入陷阱"，迎来希望的春天作着贡献。虽然，跨越"中等收入陷阱"是一个国家层面的概念，但如果中国最基层的企业、团体都能持续取得发展优势，中国对世界的承诺就可以快些达到。

这些年，华西以改革完成转型，从农业、工业到服务业成为典型的中国特色的社会主义新农村。2016年，华西已拥有遍布世界和全国各地的企业256家，资产总额达533亿元，服务业和新兴产业的利润贡献率占65%，实现的可有资金比上一年增长3.75%，上缴税收13.20亿元，比上一年增长19.68%。

可以说"富口袋"的问题已经解决了。现在正通过"双送"：送知识、送健康，让村民的幸福感增加。华西村新建的文体活动中心设施更完善、健康体检中心功能更齐全、老年活动中心服务更贴心。文体中心大楼里，瑜伽教室、健身房、羽毛球馆、篮球馆等文娱设施一应俱全，电影院门口的海报上所展示的也是与国内同步的最新院线资讯。

让村民"精神比物质更丰富，脑袋比口袋更富有"，是这个时代华西村发展更为清晰的目标。

吴协恩接棒华西村后，看着富裕起来的华西，新时代发展理念的确立变得尤为重要。吴协恩说："一个人没有坚定的信仰，是干不成大事的，就算能做点事，也只是小事。"今日华西，坚定的信仰仍是安身立命之根，是华西村发展之魂。村党委始终坚持思想教育没有"淡季""旺季"，几十年如一日地抓。每月经济形势分析会在村两委和各企业负责人范围雷打不动，村民会议月月开，党员会议不跨季，学习党的路线方针政策不过夜。

虽然时代在变，华西坚持共产党的领导传统不能变。在华西，"党员联户小组制度"，既是党的传统又是新时期华西党建工作的创新。

华西中心村有970户人家，有95个优秀的共产党员，一个人负责8—10户人家，每个月都要和这些户人家开会、讨论、拉家常。有人问，华西为啥连拉家常还要这样有组织？吴协恩回答，这是以农村的方法，把党的要求，对干部的要求融入到实际生活中去。"这效果还非常好，群众看到了党员在为我们老百姓想办法出点子，办事情，党离群众就近。"

"一名党员就是一面旗帜！"吴协恩是围绕老书记这句经典话语深化开去。让党员干部有荣誉感、光荣感，做得好，大张旗鼓地宣传。

还有，华西要解决农村口袋鼓起来，精神文明也必须带起来的问题。过去，农村中，婆媳有点小矛小盾，邻里之间劝劝没事了。现在农村生活条件好了，邻里来往少了，遇到小矛盾就上村委、上法院。一旦到了法庭，意味着老死不相往来了。通过"党员联户小组"的平台，吴协恩要把思想工作的优良传统捡回来。"这样，既可以把中央和各级组织的精神传达到位，又可以通过拉拉家常把一些苗头性的问题扼杀在萌芽状态。更重要的，老百姓看到了党员干部在为他们干事，不仅是办大事，连小事都在为他们着想。在群众心目中，党的形象就高大了。"这一直是老书记吴仁宝的工作作风，吴协恩要让群众看到所有的党员身上，都留有老书记的影子。"我们所做的一切，都是老书记的期待。"

华西村第二代、第三代是在富裕中成长，没有经历过艰难贫苦的日子。为了让华西精神延续下去，让华西的年轻一代感受到坚定理想信念是重要基石。华西村党委依照共同富裕的理念，选派年轻人支贫，已经连续五年选派出一百七十多名年轻人到贵州、西藏等地的贫困地区，让华西青年既扶贫，又贡献才华，同时与村民"同吃同住同劳动"，品味生活，启迪人生。

华西村绝大多数年轻人都有理想求上进，积极靠拢党组织有追求。目前，华西村党委下设43个支部，共有2271名党员，35周岁以下的青年党员占36.9%。习总书记在报告中说"中国梦是我们这一代的，更是青年一代的"，发展的中国显露的生机勃勃，是因为年轻人参与共建共襄盛举成果，今日华西后继有人。

华西的活力还在于不仅懂得与时俱进，更深谙超时前进，不断调节走在时代的前面。面对新时代，华西村党委新书记吴协恩明白，"新时代就是要有新理念、新思想，不能简单地用过去的办法做现在的事，过去的钥匙打不开现在的锁。"

在迎接中国改革开放四十周年的重大喜庆中，华西村党委早在2017年就定为新一轮"改革元年"，开始实施制度、用人、股份三大改革。

吴协恩表示："在我看来，老办法、老路子是不行的，经验主义意味着守旧，不改变就会僵化，不行动就会封闭。总书记在十九大上提出的一系列新思想、新理念、新战略，我们华西人一定要善于学习、勇于创新、敢于变革，要创造出新的经验。不换思想就换人，不动脑子就动位子。所谓'继往开来'，我们华西不是'变'，只是'改'。不管是选派年轻人到贵州体验，还是选派干部到西藏锻炼，乃至举办青年智慧论坛，都是为了培养大家的创新精神、开拓精神、拼搏精神。"

其实，吴协恩接任村党委书记后，就开始进行华西村的产业结构调整，提出了转型的两个方向。一是从"数量"向"质量"转。数量转质量，就不能一味贪大，企业的目标追求不在规模而在品质；二是从"体力"向"脑力"转。产业以重资产为主力向轻资产发展，以智慧、知识、智能产生效益。

从量到质的转变，通过技术改造升级，按市场要求把产品做专做精，选择差异化发展。去旧增强，华西村先后自我淘汰了染料化工厂、电缆厂、线材厂等九家高耗能企业，同时，对一些传统产业进行了技术改造升级。这些年来，华西有节奏的去产能，升级改造也同步进行中，先后投入了11.6亿元人民币对华西的传统工业进行改造。环保为优先考虑，确保排放指标必须优于国家标准，让企业释放发展潜能。

十九大报告，贯穿一个"新"字，新时期、新形势、新格局、新成果、新胜利，突出的就是新时代。华西在产业调整中，不断拓展新领域，寻找新的经济增长点。金融投资、旅游服务、远洋海工、矿产资源、仓储物流、农产品批发市场等多元化拓展，形成了传统产业、服务业"两条腿、同步走"的新格局。

多元化加专业元整合多方资源，华西村农业、工业、服务业全面开花，走上国际市场。涉足金融领域，拿全了典当、担保、融资租赁、担保、小额贷款等金融牌照；优采日本农业种植技术发展农业，获得"江苏好大米"金奖；跻身电竞市场，集团下属的上海耀宇文化公司连续多年举办国际性电竞比赛，还正式登陆新三板。

走出去，是吴协恩对未来宏观的战略思考。始于2004年，华西走出了江阴，近年，华西又加速了走向全国的步伐。在云南开采大理石，去重庆、湖北建设农商城。还迈开了进军国际市场的步伐。到美国搞并购和芯片开发，到波斯湾开展海洋工程，到日本学种大米，到莫桑比克开采花岗岩，到秘鲁、阿根廷捕鱿鱼，到英国、意大利合作新能源项目。展现华西产业的多姿多彩。

在从体力向脑力转变的时代，市场、社会仍至国际竞争，最终都是人才竞争。站在更为广域的范围，华西海纳百川。通过"内培外引"，现在华西的企业高管中39%是外来的，中层干部中57%是外来的，员工队伍中超过92%是外来的。像华西股份金融平台招聘的员工，都是本科及硕士以上学历，核心岗位中有一半以上拥有工商管理硕士文凭或海外工作经历。吴协恩要求打破地域界限，改变狭隘的华西概念，树立"服务于华西就是华西人"的人才定位。没有外来者和原来者，奉行能者上、庸者下、平者让的人才原则。

吴仁宝的产业布局有句名言，"东方不亮西方亮，东方西方都不亮，还有星星在亮"。吴协恩接班上位就开始考虑转型关注新产业，华西的第三产业由此展示亮点，尤其是金融产业。金融资本板块成为了华西集团转型中一个最耀眼的亮点。

华西钢铁产业滑坡是市场环境的一时影响，在共同富裕的理念下，华西最难的就是轻言将亏损企业一关了之，这关系到多少人的生计！传统产业有为村民谋就业的便利，华西钢铁业容纳量达2.5万人。产业大调整要考虑村民就业，面对这一难题。吴协恩采取的方法是以时间换空间，等待转机。华西已经熬过来了，钢铁产业的转机正在出现，随着中国"一带一路"以及国内市场的趋暖，华西工业产业的困难时期过去了。

吴仁宝曾经回答记者提问，要复制华西模式，要有一个坚定信念、全心为民的带头人。如今，吴仁宝走了，新带头人接班，继续吴仁宝未竟事业不折不扣。吴协恩从2013年起只拿每月3500元的基本工资，把这些年上级批给他的一亿多元奖金全部留给了集体。他说："自己这样做不是为了装样子，而是为了做好表率，带动全体党员干部发挥模范作用。"在他的带动下，华西村的其他主要领导也坚持"明的少拿，暗的不拿"。

为保障村民充分行使知情权和监督权，华西实行信息公开：吴协恩的手机号码公开，干部的收入公开，党务、村务、厂务公开。凡此种种都增添了华西村村民主人翁意识和满满的获得感。

吴协恩推行新的分配方式，以股份改革取代华西中心村多年来的"二八分红"分配模式。过去，村民年终分配拥有的80%再投资，实际上是期权，另外20%是奖金。这种模式下，无论干好干坏，都不会影响到他的奖金，被质疑为新大锅饭。

2016年1月1日开始，华西中心村村民不再实行二八分红，而是通过股份改革，凭借持股享受全额现金分红，在企业中则与外来员工同工同酬。

比如在集团工作的中心村村民，按照以前的"二八模式"，假设一年有一百万的奖励，这里面二十万作为奖金以现金方式落口袋，剩下的再投资到村委会中。现在股份改革，把股份与奖励的关系理顺，村民竞聘上岗后，按照同工同酬原则，在企业获得相应的奖励，其作为中心村村民的优越性，则通过每年村委会对其持有的股份分红体现。

股份分红成为新的分配方式，华西集团股份由中心村村民间接持有的部分，一般维持在24%的水准，一段时间内不再增长。村民委员会集体控股部分，将预留给合伙人制、股权激励等，以健全吸引外部人才机制，集体控股的主轴不会变。

华西村的"吴仁宝时代"虽已过去，但他的精神依然照耀着"天下第一村"，那就是"艰苦奋斗、吃苦耐劳、永不服输、决不放弃"。吴仁宝精神在，华西就在。

2. 精神犹在

送别吴仁宝，华西村有过一阵子悲伤。如今悲伤慢慢淡去，怀念依然。村民们享受着吴仁宝给大家留下的美丽华西，沐浴在华西幸福生活的阳光中。这些，都是吴仁宝遗留下来的"财富"，带给华西安稳和温馨的家园。

华西金塔、别墅群、七十二层高的龙希国际大酒店宏伟依旧；世界公园、农民公园结伴的华西主题公园欢乐处处，华西人还是那么勤奋、那么努力去不断创造创新华西的辉煌，吴仁宝留下的宝贵财富不断增值。

时光飞逝中，吴仁宝似乎没有离去，时时处处都在。在华西，随时见到的吴仁宝照片、雕像，随处可见的吴仁宝箴言、大幅标语，华西人经常提到的还是老书记吴仁宝，代表着华西依然还是那个主旋律。流水的时间都在告诉世人，吴仁宝是华西的老书记，华西还是吴仁宝的华西。

华西村党委书记吴协恩感慨地说："父亲留给华西最宝贵的是精神，这种精神已经像血液一样流淌在华西村村民的脉搏里，成了华西永续发展的基因。"至今，吴仁宝精神仍然是华西村、华西人生命永续的力量。

到华西参观、学习、旅游的人络绎不绝，怀着对吴仁宝老书记的敬仰，不少游客出于好奇来到这里一探究竟，最终都叹服于华西村的成就。最最印象深刻的是踏入吴仁宝的故居，最最感同身受的是聆听"吴仁宝报告"。

华西村史馆后面，一栋简陋的老式楼房静静伫立。398号门牌是吴仁宝的故居，老书记在此生活了数十载。这还是华西村上世纪七十年代典型的民居样式，没有现代感，却布满着历史的痕迹，留下无数令人肃然起敬的历史故事。

吴仁宝故居按原样保留着，干净整洁。村里一直没有拆除这座和华西成排别墅极不相衬的旧屋，一方面是出于对老书记的敬仰，另一方面所有人都不愿抹去那一段深刻的历史记忆。留下的吴仁宝信物，让曾经与老书记朝夕相处的村民仍然感受到那活生生的气息，那是吴仁宝精神，一股仍然伴随着华西走向共同富裕的力量。

吴仁宝子女们共同修缮整建了五处关于父亲的遗址，为后人留作纪念场所。包括"父母亲原居纪念屋""吴仁宝、赵根娣夫妇现居纪念屋""老书记吴仁宝箴言选碑室""名人大师华西村留言选碑屋"和"仁宝阁"等。作为华西村永远的历史纪念，前两处，设在华西村万米长廊掩映的吴仁宝旧居前后；后三处，则在风景如画的华西村"幸福园"内。

吴仁宝旧居的庭院里，一棵榉树枝繁叶茂，挺拔的树干显得精神，见证了昔日华西的历史沧桑，代表着今日华西欣欣向荣。这棵榉树是吴仁宝1963年亲手种下的，是吴仁宝建立华西村以后所有艰难曲折和繁荣景象的见证，它和华西一起茁壮，共同成长。

吴仁宝夫妇的雕像面部流淌着慈爱的微笑，似乎表示出对今日华西发展的肯定。这里集中了以原貌、原物展现的吴仁宝老书记平凡而伟大的一生。

进入屋内，有老书记的汉白玉半身塑像和领导题字；屋内的所有的物件都按原样摆放，最大的装饰就是满墙的照片，记录着吴仁宝和各级领导在不同时期合影留下的记忆，还原了吴仁宝在不同时段与不同领导、政要、专家互动的历史时刻。

吴仁宝踏上中国社会主义新农村之路的心路历程都在此历历在目。这里有上世纪七十年代《人民日报》头版头条、《新华日报》头版头条刊登的《农民爱这样的社会主义——欣欣向荣的江阴县华西大队》和《一个欣欣向荣的生产大队——江阴县华士公社华西大队学大寨调查报告》，有2012年4月3日吴仁宝以"华西新市村党委、村委、集团公司总办公室"名义发表的《奉献诚信 发展为民 科学转型 党建先进》讲话稿，都是极有历史意义的文献，特别用大幅展板安置在醒目处。

居室墙上，温馨的家庭照展示老书记一家人时不时的欢声笑语。在"原居纪念屋"二楼房间里，老书记生前时常戴的老花镜，用过的"咏梅"牌半导体收音机，和平时爱翻阅的农业科技书籍与古典题材连环画，按原貌摆放着。睹物思人，信物勾勒出老书记生前生活的画面。

新设的展柜，整齐摆放着多位著名作家撰写的关于老书记的书籍、杂志、文章，记录着历史也透示着未来。历年各级领导寄给老书记的贺年卡、首日封和亲笔信，显示这是一位受人尊重的农民。可以触摸到大量吴仁宝生活、工作的点点滴滴，一个从平凡中走出的伟人。

老书记的居所，就是一部吴仁宝奋发人生的历史汇编，一部吴仁宝丰功伟绩的立体传记。故人音容历历在目，时代气息扑面而来。在中国共产党领导下，举社会主义集体经济之旗，走共同富裕之路，吴仁宝思想、精神；吴仁宝智慧、品格；吴仁宝经验、坎坷；华西村取得的丰硕成果都在此一览无遗。曾任国务院副秘书长、无锡市委书记刘济民认为"那是一个政治宝藏，那是思想的富矿，那是巨大的精神财富，需要人们深入挖掘，继续研究，奋力传承"。

华西村幸福园草木葱茏，红顶点缀。入口处有这样一幅醒目的标语写着吴仁宝的至理名言："美丽的华西村，幸福的华西人"。幸福园内宏伟而又充满艺术感的塔群、充满历史感和人文气息的风雨廊，代表着吴仁宝的一个时代向后来者诉说着华西栉风沐雨、砥砺前进的奋斗历程；精美的别墅群、生机勃勃的院落，是华西人幸福生活的缩影。这里，满是吴仁宝的时代烙印。

为纪念老书记的不朽功绩，弘扬仁宝精神，安放吴仁宝老书记汉白玉雕像的特建仁宝阁、吴仁宝老书记箴言选碑室、名人大师华西村留言选碑屋，三处弘扬吴仁宝精神的建筑呈三足鼎立之势，以此将老书记留下来的精神财富世代相传。

面积3.18万平方米的华西文体活动中心，2016年投入使用。最引人注目的是文体中心内可容纳2500人的报告厅，仍然保持着华西村已故老书记吴仁宝生前沿袭下来的传统，每个月的经济分析会议、村民大会等都是照常在此地定期举行。

虽然老书记吴仁宝千古，他最受观摩者欢迎的"报告会"没有中断，由华西村委会副主任周丽接棒"吴仁宝报告"成为观摩访问者最受欢迎的节目之一。和吴仁宝生前一样，介绍吴仁宝思想，讲述华西发展历程和成功经验，每天起码一场的"报告"，在文体中心内的报告厅延续和坚持了下来。

这是吴仁宝生前起码坚持了十年的"报告会"，也是吴仁宝思想的传播会。每天给到访者作报告，讲讲华西的发展，聊聊自己的想法，是吴仁宝退居二线后最赏心悦目的生活内容。

周丽是吴仁宝的孙媳妇，一直担任吴仁宝的翻译，吴仁宝在国内开会、作报告时，周丽就在一旁为吴仁宝浓重地方口音以普通话即时解划。

在吴仁宝生命的最后时刻，尤其是2011年为作报告而摔了一跤跌断手骨以后，吴仁宝已经不能每场报告都亲力亲为了。那时就由周丽代讲，吴仁宝还亲临现场去听了几场。周丽讲得顺畅，将吴仁宝的一些信息准确传递给听众，他很放心。吴仁宝走得突然，但吴仁宝思想的报告会一直延续。

冥冥中，喜闻乐见的老书记报告，赴华西参观学习者最受欢迎的思想享受也得到妥善安排，传承下来了。

报告会的形式与老书记生前一模一样，演讲、演出。从讲吴仁宝的思想，到怀念老书记，接上了没有老书记的"吴仁宝报告会"。

吴仁宝在时，报告内容每年年初都会有些调整，总体思路是讲吴仁宝的思想，每年加一些新发展情况，突出吴仁宝的思想在新时代的传承，在华西的政治、经济、社会、文化中的体现。吴仁宝思想活跃，故事生动，听来不枯燥。

近几年，接班的吴协恩书记率领华西走出去战略做得好，产业遍布世界各地。报告中以叙述和视频结合的方式作了今日华西的介绍，报告内容在二十至二十四分钟。周丽介绍，阐述老书记的思想，吴协恩书记要求把握三条主轴：一是要学老书记的坚定信仰；二是要弘扬他的奉献精神；三是阐述他的思想精髓。

最近，华西村的王牌报告又与时俱进新增了内容，增加了吴仁宝后的华西变与不变，结合国家四个全面建设，归结到新书记吴协恩的传承，面对新时代新书记吴协恩的创新特质，两个一百年的梦想带给华西的变化。党的十九大以后，又结合吴协恩参加十九大的心得体会，把"吴仁宝报告"越讲越活，越讲越有时代感。

"吴仁宝报告"主题不变，每天来到文体中心报告厅的听众也没有很大变化，热情依然。报告前都会用MTV放一首怀念吴仁宝的歌，歌名"好书记"，歌词和画面把老书记的情怀、担当都传神般演绎出来了。讲者也身临其境，"就像老书记在一旁，我还在做翻译"。报告生动，听者似乎也感受到老书记就在现场一样。

周丽学老书记的做法，每天早早来到会场，了解当天听众的情况。报告马虎不得，因为听众不马虎，每一场都是全情投入。五年来不间断，每天起码一场，讲了一千多场次，听者多时超过一千人，少则一二百。

有些在老书记生前一直想来而没来的，满心期待这一场报告会。有听众听到了传神般的"吴仁宝报告"，激动地走到后台对报告人周丽说，听了这场报告弥补了一个遗憾，好像看到真实的老书记，他用思想和精神让人感受到他的存在。

"华西人对老书记的怀念始终没有变，老书记的精神还是在百姓心中。没有老书记，就没有华西村，就没有今天美丽的华西村、幸福的华西人。"讲起吴仁宝，华西食品酿造厂厂长瞿小兴情不自禁说出一番话来。

瞿小兴跟随吴仁宝整整十六年，他一直为老书记开车，现在他负责华西食品企业。每每出了自己家门，看到华西有这么大的变化，就想到老书记了。"老书记他就是为民办事，为百姓谋幸福，他为的就是让华西的老百姓过上幸福生活。"

讲起吴仁宝老书记，瞿小兴就有一肚子说不完的话。"老书记的箴言，说的话，做的事，都贴心于老百姓，都说到了老百姓的心坎里。"比如说，一开始造房子，造的房子还要有车库，老百姓不理解了，怎么还有车库？我们是农民，农民要什么车库。到了后来，车库不够了，现在家家户户一个车库还不够用。华西一户人家，最起码有两辆车，起码要两个车库。瞿小兴佩服老书记看得很远很远，"因为他知道华西村能过上好日子"。

华西的党员联户组，每个月都要聚在一起，一个组一般二三十个人。瞿小兴说，大家聚在一起，一谈就谈到老书记，无论走在华西的哪一处，每到一个地方，印象当中都有老书记。

2017年10月1日，在华西村任会计的何芦苇突然想起吴仁宝老书记。以前的国庆节、五一节，华西的会计，除了坐镇办公室算账，还有的要抽调下去，去开观光车，去兼职做导游，给游客讲解。为什么要让会计到旅游第一线呢？这也是老书记吴仁宝的安排，他随时可以打电话了解假期游客安排。吴仁宝知道会计对数字比较敏感，容易沟通。他要问幸福园的门票卖了多少？世界公园总共卖出去多少票？

何芦苇来自河南，在浙江大学毕业后和华西女孩结下良缘后落户华西村。他至今都不会忘记和华西村"大人物"吴仁宝在电梯中邂逅的一幕。

那一天，何芦苇和吴仁宝同一电梯上楼，说了一声"老书记好"。出电梯的时候，吴仁宝说："你等等。"并问，"你叫什么名字？"何芦苇报上名字，吴仁宝一直问到何芦苇的岳父、岳母，才弄清楚是谁家的女婿。还关心地问在哪里工作，是否习惯？问一个月拿多少工资，等等。

吴仁宝的询问和关心是真诚的，这让刚来几个月的华西上门女婿内心有一种亲切感。问华西村村民，怕不怕吴仁宝？大家想一想，都说不会怕他，而是一种敬仰，非常地敬仰，非常地敬重。不因为吴仁宝是领导，而因为他做的一切，就像一个大家长，对待华西这样一个大家庭，他跟华西所有的百姓都有感情。

吴仁宝和村民之间深厚的感情，导致了他对老百姓发自内心地关心，也导致了老百姓对老书记心悦诚服，这种心悦诚服也是发自内心的。

吴仁宝、吴仁宝精神是华西的定海神针。从不能让村民过苦日子，到"人民生活幸福就是社会主义"。何芦苇说，这其实也是吴仁宝老书记的管理理念。要让老百姓过上幸福的日子，不要回到以前那种穷苦的日子成为他的出发点，这个出发点和老百姓内心的想法、目标一致。

"我们村里绝对不会有老百姓、管理者和老书记之间有任何的矛盾。大家即使一时对他的一些做法不理解，但大家心里还是有数的。我们的见识没有老书记的见识渊博，没有老书记的眼光那么长远。但是我们，不管现在理不理解老书记的用意，都宁愿相信他是为了我们好，为了村子好，他是绝对不会有私心的。"何芦苇信誓旦旦地说着。看得出，这发自他内心深处。

华西人对吴仁宝的忠诚，对华西的忠诚，来自于数十年来吴仁宝点点滴滴，处理一件件一桩桩大小事情累积的信誉，构筑了村民们对他的信任。他被人尊重的根基不是因为他的地位，或者社会上对他的崇高敬意，而是因为凡与村民利益有关的芝麻点小事他都会记在心里，都会关心。奠定了老百姓对他信任的基础，华西村村民几乎一致觉得吴仁宝做的事情一定不会错。

金秋的华西，繁忙而有序。华西村党委书记、华西集团董事长吴协恩告诉来访者："是老书记为我们奠定了科学发展的基础，但更宝贵的是，他给我们留下了丰厚的精神食粮。他不寻常的'群众观'，不是高不可攀的'空中楼阁'，更不是喊喊口号的'作秀'，而是实实在在地走到群众中倾听呼声、解决难题的行动，这将成为华西村党委班子今后开展所有工作的'座右铭'。"

3. 永远光耀

华西村广场上，红底黄字的标语永远那么耀眼："一个共产党员为人民利益的一面旗帜"，这是吴仁宝生前对华西村共产党员的要求。吴仁宝是共产党员，他一生为人民谋利益，这面高举在华西的旗帜，无论他在或不在，永远飘扬着。他是华西村永远的老书记。

虽然说，一千个人的眼中有一千个哈姆雷特，每一个人可能都有他自己眼中的吴仁宝，都有他自己对华西村的看法，不同的人站在自己的角度去审视，都有他对华西价值观的烙印。但华西人眼中只有一个老书记，吴仁宝，永远敬仰的老书记。

清明是对最敬爱的人送上寄托的时候。2015年清明那天，迎着阳光，华士实验中学"仁宝中队"队员来了，列队来到华西村幸福园"仁宝阁"，深情缅怀老书记吴仁宝。安静的仁宝阁，年少的队员缓缓入内。春日暖阳的映衬下，仁宝阁内肃穆、庄严的氛围，令人肃然起敬。那天，黄色、白色的菊花环绕着，老书记的雕像看上去特别精神。青年学生向老书记吴仁宝行注目礼，表达深深的缅怀之情。

华士实验中学"仁宝中队"成立于2010年，虽然一届届的学生毕业离开，但"仁宝中队"的旗帜代代相传。当天下午，九十名学生来到老书记的塑像前，深切缅怀老书记，重温他对"仁宝中队"的寄语，"爱国爱乡，诚信富；仁义德才，代代传"，寄托了老书记生前对年轻一代的期待。站在老书记面前，"仁宝中队"队员们立志继承仁宝精神，为建设美丽家乡而努力学习。祭扫活动结束后，队员们还列队参观了老书记生前工作、居住的地方，细细体会老书记为党为国为人民的高尚情怀。老书记的精神，在年轻一代中代代相传。

忘不了吴仁宝创下的共同富裕奇迹，即使他不在了，前来看望他的仍然络绎不绝。每逢周年纪念日，一些老领导、老朋友也都会来电，要来看看老书记，希望安排讨论会、纪念活动。故地重游，专程远道前来看望吴仁宝，成为不少人一年一度的人生必修课。

有记者在华西广场上采访了来自陕西的一名游客老卢。他说自己今年七十多岁，是老党员，退休前是县城单位的公务员，一直崇拜吴仁宝书记，吴仁宝去世时没有赶来吊唁，就特别在他的纪念日，与家人提前几天赶到江南，在吴仁宝逝世周年纪念日到华西村走走看看，怀念这位中国农民领导的典范。这位老人说，他最大的感受就是希望农村干部要像吴仁宝那样走好群众路线，带领农民致富，实现"中国梦"。

华西村党委书记吴协恩说："回顾老书记的一生，他为华西人创造了不凡业绩、为中国农村做出了杰出贡献、为这个时代留下了高贵品质。从华西来说，老书记的深远影响，不仅反映在前五十年，也会延续到后五十年。"

历史见证，吴仁宝创下的华西今日，造福几代人；现实展示，吴仁宝的共同富裕思想、理念和实践被越来越多的仁人志士接受，并在中华大地广为传播；未来可以用事实向世人广为告知，吴仁宝创造的华西辉煌，将是中华民族伟大复兴的重要序曲。

老书记长子吴协东撰文《父亲，我们的骄傲》中说："我常常梦中与他相见，就像生前一样，父亲还在和我们讨论华西的发展，还见他走在华西的田野工厂。父亲一直活在我的心中，活在华西人的心中，大家都记着他的思想、形象。记着他的为人和他所创造的业绩。全国很多地方的人，我常常遇到的朋友，也有很多不相识的远方人只要提起华西村，都会在我面前提起他的名字，敬佩他所创的事业，重复着听他讲过的语言，诉说着'常人难以办到，他能办到'的传说。"

吴仁宝的传说具有如此的魅力、如此的生命力，是因为，在华西人和敬仰者看来，老书记是盏明灯、老书记是股力量、老书记是种关爱、老书记是善人、老书记让你记得永远要思考。

怀念，不仅是儿女情长，更因为感恩老书记这盏华西村数十年来的指路明灯，是华西发展主心骨。从华西创立至今，老书记为华西树立的信仰信念，坚定不移走社会主义集体发展之路，坚持共同富裕，成为华西发展的主旋律。回头看，近六十年走过的路，吴仁宝率领华西农业创高产、工业创增收、集体经济创效益等每一个节点，始终以富裕为目标，始终以百姓的利益为考虑等实践之路的思考很明确。老书记这些相关的理念、理论、理想都非常亮堂，为华西发展方向的指示十分明确。

过上好日子的村民们都会说：没有老书记，就没有华西、没有华西人的今日。这不仅是一句简单的感恩话，还是实实在在对华西发展的历史和现况的概述。

从华西建村平整土地、学习大寨战天斗地时就跟着吴仁宝的赵毛妹说，那时候，老书记给我们希望，心里想着有一天华西的面貌改变了，我们的命运也就彻底改写了，所以虽然很辛苦、很劳累，但从心底里高兴、开心。事实证明，我们华西人的辛苦没有白费。以前说"东一村西一村，家家都是种地人"，现在是"东边没有村，西边没有村，只剩一个社会主义新农村"。赵毛妹很认真地说："中国有总设计师邓小平，而我们华西的总设计师是老书记吴仁宝。没有吴仁宝，就没有我们今天的华西。实事求是地讲，他真正了不起。"这么多年，从风风雨雨中走过来，吴仁宝不愧为中国农民的典范。

无锡市委常委、江阴市委书记陈金虎多次来到华西村，他评述老书记吴仁宝，是江阴人民引以为傲的精神丰碑。"他以一个共产党人的博大胸怀、非凡胆略和宏大气魄，带领华西人民高举旗帜、开拓进取，创新实践出了一条符合华西发展的康庄大道，也为中国特色社会主义新农村建设探索了道路、做出了示范；他以强大的人格魅力、先进的思想理念、务实的行为表率，影响、感染、激励了一代又一代江阴人激情超越、不懈奋斗，为江阴当好全国县域经济发展的排头兵激发了豪情、鼓舞了斗志、注入了动力。尽管吴仁宝老书记已经离开了我们，但他的精神永存、思想永在，他发展华西的卓越贡献、造福群众的光辉业绩和为民务实清廉的优良作风，都深深铭记在每一个江阴人的心中，永远值得学习和缅怀。"

如今，老书记这盏明灯始终以其思想、理念，以其精神的光辉在引领华西的新时代。

都说，榜样的力量是无穷的，老书记就是一股力量，他为华西人，为中国社会主义新农村建设树立精神丰碑，给予后继者以强大的动力。艰苦的建设时期，老书记一直走在最前，富裕的享受时光，老书记却又始终走在最后。他坚守信仰克服挑战，他坚持"有福民先享，有难官先当"。

华西金塔南大门前，至今耸立的那一块巨幅标语牌闪闪发亮，上面写着："家有黄金数吨，一天也只能吃三顿；豪华房子独占鳌头，一人也只占一个床位。"这是吴仁宝警示自己、教育村民的名言，也是吴仁宝立党为公、执政为民的生动写照。寥寥数语，形象生动，深入浅出，发人深省。他始终把人民的利益放在首位，赢得了干部群众的真心拥护和爱戴。

其实，在吴仁宝的奋斗人生中，不乏艰难困苦时，他度过了很多常人难以理解的、难以忍受的艰难时刻，但打击不了他的积极性，改变不了他的人生观。吴协东说，"我父亲的一生是充满着追求，充满着希望，他坚定自己共产党员的信仰，任何人任何事都打击不了他。"就是因为信仰、信念，让吴仁宝有坚定不移的理想，有坚韧不拔的意志，一股追求的力量。

其实，华西可以留住人凝聚力量，不在于华西的别墅、华西的小车，而在于人性，在于关爱。老书记吴仁宝就是一种关爱，村民们每每说起，对老书记的怀念就是一种被关爱熏陶的真情流露。

五十一岁的孙翠芬并不是土生土长在华西村。多年前她由长江对岸的泰州靖江嫁到了华西村。丈夫数年前因病去世，虽然失去了家庭支柱的依靠，但她多次得到了老书记及村里的关照。吃住都不用愁，村里分配的别墅，面积达四百八十平方米。两个女儿大学毕业后均回到华西村工作。

"1981年，老书记让我这个外地人入了华西户籍，还参与了村里分红。"孙翠芬始终记得加入华西大家庭的过程。"跟其他地方比起来，我们条件太好了，中午都不做饭，村办企业里给我们免费提供。过年过节，老书记还会拿出自己的奖金给每家每户发红包，他还两次救了我丈夫的性命。"谈到往事,孙翠芬的眼里泛起泪光。

数十年前开始,华西富起来后,村民们就从来没有为缺钱担心过。这样的幸福日子,没有吴仁宝就不会有。用孙翠芬的话说,在华西村,村民哪家哪户有困难,老书记知道了就会出现,他一定是你生活中最及时的救星。

年近四十岁的赵凤英来自河南许昌小吕镇大吕村,来到华西村已经十年了,她在华西村经营禹州小吃店。老书记每天都早起,小吃店也早早开门,赵凤英也习惯称吴仁宝为老书记,她说,老书记经常从店门口走过,我们不期而遇时,他每次都会主动打招呼,关心我们的生活。

赵凤英的丈夫在钢铁厂上班,每月收入有四千多元,儿子当兵,八岁的小女儿在华西村出生,虽然户籍不在华西,但上学受到当地人同样的待遇。"我从来没把自己当外地人。"老书记留给赵凤英印象最深的一句话就是:"华西人富了,你们外地人也要跟着富。"共同富裕,是老书记留给赵凤英最重要的话。

对本村人,对外来人,对老人,对小孩,老书记的关爱都一样,无论大事,小事,他遇上了都要关心。

"在我印象中,老书记就是一个语言大师,有大智慧,懂经营。对自己和亲属要求很严,但对我们年轻干部很谦和,很低调,像一个普通的老人,没有架子,和他交谈,根本看不到他身上的名人光环。"在华西股份做会计的何芦苇回忆吴仁宝时说,"老书记就是一个善人,善良,善意,善待所有人。"

华西人对老书记的怀念没有变,始终没有变,老书记的音容笑貌、老书记精神似乎深深地嵌入百姓的心中。每一个华西人或者是在华西工作的外村、外来人,与老书记接触过,随便都能讲出几个老书记感人的故事。

会计小朱说,那次过年分配之后去取钱。老书记见到他,和蔼地问:"这个小伙子你是谁?"小朱是周边村的,老书记说,"不认识"。他又问,"你的父亲是谁?""不认识"。老书记再问,"你说说,爷爷是谁?"小朱说了后。老书记说,认识,还知道他爷爷的外号。老书记这一番话，就把小朱面对大领导心存的恐惧挤走了。老书记关切地问，"你今天来干吗？"小朱是要取钱，准备买一辆车子，但有签字权的领导又不在。当时正好缪洪达副书记在一旁，吴仁宝就特别关照："洪达你去帮他签一下吧，把这件事情给办了。"

小朱原来属于大华西的周边村村民。但这么多年在华西，他感觉华西是把他真正当家人的。一个非常平凡岗位上的员工，一件这么小的事情，老书记都倾情而为。小朱至今还是深深地感动，一件并不是大事，迟一两天都可以。但老书记把村民的小事都看成大事，任何时候都不让百姓有难处。"他就是一个大善人！"

善人也有生气时，老书记生气时怎样？他生气往往就是恨铁不成钢，希望华西人争气。何芦苇认识老书记时，老书记八十多岁了，他观察，"老书记对着华西的厂长经理讲话，就真的把他们当成他的子辈、孙辈，像对孩子一样说话。"有人说吴仁宝是家长制，甚至还有人说是家族制。不过，仔细观察吴仁宝，他不是家族制，但确实有点"家长"方式。社会不理解，但这很管用，又很有效率。作为华西大家长，他了解每一家的祖谱，甚至和每一家都有渊源。老书记是以家人的情感，以亲情来循循善诱，和你谈心，融化你。

城里居住的市民讲到村民，就是与农民画等号，认为是一个"知识文化不全、面朝黄土背朝天"的群体。去了华西，你会恍然大悟。不要说华西的村民有知识，懂文明，年轻人多数大学毕业，不少是海外留学归来。他们和城里人一样上下班，自驾车代步，电脑操作。即使种地，也安坐空调房，看着大屏幕，远程遥控机械。

在华西村，最特殊的学习方式就是每天有个村领导班子碰头会，每月有村民例会，每月有党委学习例会。这个学习方式持续了几十年，年年如此，已经成为村民们生活的一部分。有人说，这是一种特殊的 "脑力激荡"方式，让华西村的学习气氛像大学校园一样浓厚。这些都是老书记的杰作。

"睿智的老书记要让你记得永远要学习、要思考。"一直跟随老书记做翻译的周丽说，平时，老书记也会出些题考考年轻人。她说，现在吃到"大蒜炒肉丝"都会想到老书记。就是这盘菜，老书记曾经考过周丽。他要周丽给这道菜取一个有教育意义的名字。虽然是道家常菜，蒜、瘦（精）肉都切得很细，该取什么有意义名字？大家苦思不得其解。老书记笑着发话了，取了一个极有趣味的名字：这叫"精打细算"。

老书记的思想无处不在，无论是农田干活儿、工业发展、生活改善，他都会把一些小事升华到一个高度。周丽表示："老书记的思想看上去并不阳春白雪，甚至还有些农民的狡猾。但那份生动的语言，就是那么通俗易懂。"

马克思著书立说，理论丰富，讲过名言无数，知道大概意思就是背不下来。老书记讲的，好记、好懂，甚至有时觉得在好笑中体现丰富的哲理，句句都能应用到生活中。"五十多年来，他讲的我们都相信，他的思想本来就是指向未来的。"周丽斩钉截铁地表示。

十八大前，老书记吴仁宝就讲过，十八大以后一定是抓党建，我们平时管得严没有什么，以前松了几十年的要"吃生活（被整）"了，他看得很准。

在二十世纪八九十年代，曾任国务院副秘书长、中共无锡市委书记刘济民，八十岁了，还在写文章、出书，追忆他在几十年的从政生涯中亲历亲见的那些激动人心的往事，以及一些相关的重要人物。刘济民说，近几年思念最多、写得最多的一个人，就是华西村老书记吴仁宝。在吴仁宝去世后的四年中，刘济民已经写了三篇纪念文章。

在党的十九大前夕，刘济民特别怀念吴仁宝同志，他说，"这位老党员，是中共十大、十一大、十七大的代表。他离开我们四年多了，不仅给我们留下了中国共产党领导农民实现共同富裕、建设社会主义现代化新农村的宝贵经验，尤其给人们留下了特别珍贵的巨大的精神财富。"

自上世纪五十年代加入中国共产党以来，吴仁宝就按照党的要求，无论是率领华西村村民走出贫困，还是富裕起来过上好日子，都坚持社会主义方向，坚持集体经济，走共同富裕之路。实践的是一条中国特色社会主义新农村的发展之路。习近平总书记说："能否提出具有全局性、战略性、前瞻性的行动纲领，事关党和国家事业继往开来，事关中国特色社会主义前途命运，事关最广大人民根本利益。我们党要明确宣示举什么旗、走什么路、以什么样的精神状态、担负什么样的历史使命、实现什么样的奋斗目标。"

刘济民认为："吴仁宝老书记是敢于担当的楷模。"华西村曾经是一个贫穷落后的小村庄，吴仁宝担任华西村的领导人后，自觉地担起了一份责任，担起了一种使命。那就是一定要使华西村村民彻底摆脱贫穷落后面貌的崇高责任，那就是下决心要使华西村村民真正实现共同富裕的神圣使命。刘济民说："1984年我第一次到华西村看望老书记，那时候华西就是没有贫困户，没有暴发户，家家都是万元户。当时的万元户，就是富裕户了。到2016年，华西村村民的人均收入达到九万元，更富裕了。"

刘济民用了"六个一"评价吴仁宝老书记："他是一面旗帜，他是一盏明灯，他是一部经典，他是一座丰碑，他是一位伟人，他还是一个深厚的政治思想宝藏。"

吴仁宝生前说过："在我有生之年，一定要把什么叫共产主义做给全国人民看看。"老书记确实是把他的整个生命贡献给了他毕生追求的伟大的共产主义事业。刘济民认为，人们在华西村看到了正在喷薄欲出的共产主义的曙光！

"华西村是离天堂最近的村庄。"刘济民说：华西村已经不是社会主义初级阶段，华西正在向共产主义初级阶段迈进，正在把中华民族伟大复兴的梦想变成现实。

4. 承上启下

人们已经习惯地把吴仁宝叫作"老书记"，把接班的华西村党委书记吴协恩称作"新书记"。老书记不在了，新书记会和老书记有哪些不同？会有哪些改变？这些疑问不胫而走，时常有人提出，却又让时间给出了很好的回答。

华西村151号，欧式别墅中住着村民赵吉安一家，这是村里的普通人家，但不普通的，是因为家里有一位百岁老人李秀珍。以往，每年农历除夕夜，老书记都会上门看望百岁老人，还送上红包。这是老书记吴仁宝定下的敬老规矩，理念是"只有老年人幸福了，才是真正的幸福"！还把敬老订入《村规民约》。

这些年，每到农历除夕夜，新书记吴协恩顾不上自家的年夜饭，一定要先去看望华西村的老年人。不仅因为承上启下，更是内心出于对老年人和村民的关爱，他认同"老人幸福是最大的幸福"。

那晚，除夕之夜阵阵鞭炮声响，百岁老人李秀珍的孙子赵绍良从厨房端上来华西村的传家菜，一大盆热气腾腾的"全家福"。

赵吉安端起酒杯站起来说，"来，让我们一起敬敬咱们的老寿星。祝她福如东海长流水，寿比南山不老松！"欢声笑语中，一家人其乐融融地吃起了年夜饭。此时，新书记吴协恩推门而入，他正一家一户来看望华西村的老人。

家人连忙张罗着请他坐下。吴协恩摇摇手，"不用麻烦啦，我就是来给村里的百岁老人祝个寿、拜个年，待会我还要去其他村民家。"吴协恩握着老人的手说，"您不仅是你们家里的寿星，也是我们村里的福星！"又转头对家人说，"你们一定要好好照顾她，让她生活一天，幸福一天！"

前一天，在华西人自己的"村晚"现场，华西村党委书记吴协恩，还代表村里向这位百岁老人一家颁发了敬老奖。

老书记敬老，新书记尊老，"老人的幸福才是真正的幸福"。新书记沿着老书记走过的路，一步一个脚印。

处于大发展又竞争激烈，求变求新又风险与机遇并存的时代，接班需要勇气，接好班更需要智慧。身处不同的时代，华西对发展的不同要求，新书记吴协恩接任掌门人十多年，真正的考验还是老书记走后的这几年。千斤重担他必须一肩挑起，老书记已经没有可能扶上马再送一程。更何况，外界对华西村的关注从未降低，在千变万化的市场竞争下，看你华西到底变还是不变，怎么变，都是对继任者的考验。

对吴协恩来说，担当新时代华西的引领人，既幸运又是极大的挑战。幸运的是，老书记创下的华西村如殿堂，华西人安享幸福，发展方向明确，可以坐享其成。华西村内道路旁、楼宇间标识着坚定社会主义信心的豪迈以及处处可见的老书记箴言，令华西的核心价值一目了然。吴协恩清楚："父亲留给华西最宝贵的是精神。"

社会变迁中，时代的要求、村民的期待又不一样，老书记的宝贵遗产如何在新时代科学运用，继续绽放光芒，是智慧、是艺术，更是挑战。吴协恩必须以自己的实践和华西的发展来证明，吴仁宝思想和追求是经得起时代和历史的考验；华西走过的社会主义道路是坚定踏实的，是共同富裕的阳光道。更要以新时代、新华西来证明，吴仁宝精神代代相传，华西后继有人。

吴协恩也习惯称父亲为"老书记"，在他的心里，这是父亲，更是他人生追求和事业发展的领路人和偶像。吴协恩说，"以前说学老书记，实际上是跟着走，他说什么我们去实施罢了。老书记走了以后，这个担子都在我的肩上，有很多领导、朋友关心我，说'你现在压力大，不容易，怎么样？'爸爸走的那段时间，我就想了很多，创业难，守业更难，难在一个'守'字上，'守'是守不住的，只有往前走。把老书记的思想、做法真正学到手，再结合新形势，你就会有出路。我想明白了，就有了自信。"

吴协恩很懂得变与不变的辩证法。他牢记初心，提出了华西继续前进路途"变与不变"的哲学思想："变的是能力和创新，不变的是根基和底线；变的是体制和机制，不变的是责任和使命。"

哲学家都说，万物变是绝对的，不变是相对的，新书记从华西发展的轨迹和老书记留下的精神遗产，提出了恰恰相反的哲学道理。在共产党的领导下，老书记吴仁宝以信仰奠定了华西发展的方向，"原则不变、道路不变、旗帜不变。不变才是绝对的！"

习近平总书记在十九大报告中指出："不忘初心，牢记使命，高举中国特色社会主义伟大旗帜，决胜全面建成小康社会，夺取新时代中国特色社会主义伟大胜利，为实现中华民族伟大复兴的中国梦不懈奋斗。"

老书记吴仁宝说："我坚信一点，共产党是要为大多数人民谋幸福的，正是凭着这个信念，我走过了大半辈子。"

总结老书记走过的大半辈子，盘点华西在坎坷曲折中一路追求的那一缕阳光，吴协恩说："华西成功的因素很多，最重要的一条，就是始终重视加强党性教育，始终坚定对党的信仰，始终坚持走华西特色的社会主义共同富裕之路，这是我们的根本。"吴协恩这三个"始终"，就是不忘"初心"，就是牢记"使命"。

首先不变的就是新书记吴协恩坚定的共产主义信仰，是新书记吴协恩从老书记那儿得到的真传，他一路学老书记，一路也在寻找与老书记之间的差距。老书记那么坚定，是因为他坚信社会主义制度能够富华西，也能够富中国的农民。老书记这一辈子讲得最多的一句话是：什么最难？实事求是最难。和老书记这种理想信念的坚定相比，吴协恩感觉到这一代人和老一辈是有距离的，"所以对党的信仰，要去深入地了解和理解，乃至应用到工作当中去。你用得越多，做得越多，你对党的信仰才更坚定"。吴协恩体悟到，老书记的信仰是在实践中的感悟，是在实践中的坚定，不是空话、套话。

看似新书记如老书记般每年放下家庭团圆吃年夜饭的时光，继承了看望老人的做法，关心老人幸福。实际上，新书记传承的是老书记在实践中关心群众、联系群众的感情。"我去走走、看看，到老百姓家里吃一顿年夜饭，实际上我也是作为基层干部，作为一个党员做应该去做的事情。老书记就是从点点滴滴开始的，他看到了我们共产党是为老百姓做事的，既然共产党就是为老百姓做事的，他就坚定了这种信仰和信念。"

"社会主义道路在华西的实践，最起码大家是认可的，是成功的。既然是成功的，我为啥要改变呢？"吴协恩向提问者反问。从华西村的实践看，共产主义不仅是理想，还是可以实践的。华西的现实写就了答案，无论从生产、生活还是分配，华西走向共产主义目标，并正在接近中。吴协恩在大会上理直气壮地说，上帝有没有不知道，起码你要到天堂才知道，人间是没有的。我们信仰共产主义，共产主义的理想是可能实现的，有希望实现的，为什么要丢掉这个信仰？新书记最坚定继承老书记的精神遗产，无外乎就是信仰不变、道路不变、共同富裕的决心不变。

华西是一座丰碑，老书记吴仁宝是一个伟人，不少文章撰写都肯定了这一点。新书记吴协恩在传承老书记留下的精神遗产中更深深体会到这一点。常人看吴仁宝，学老书记触及的可能仅是皮毛，甚至有人还害怕学习，觉得深不可测，高不可攀，太难了！

吴协恩在多个场合表露自己接班，学习老书记的心路历程。

开始学老书记，更多的是跟着走。老书记不同时期讲的话，特别是语言生动，你会被经典打动。老书记离世了，吴协恩才在实践中真正地去感悟，"我真正开始学习老书记，他每讲的一句话，都有针对性，有现实和历史意义。"

吴协恩举例，原来提倡"有福民享，有难官当"，但老书记作了些调整，强调的是"有福民先享，有难官先当"。那时，经济开始发展，有干部都眼红了，与民争利，与民争福。"让一部分人先富起来"，成为一些干部争富的理由。老书记是看到了中国富起来的趋势，也看到了有与民争富的现象，在那个背景下面，对党员干部提出了"有福民先享，有难官先当"的新要求，让干部更明确该当什么样的干部。"我现在越来越理解老书记，他那种抓问题的敏锐性，始终贯彻的是党的建设。"正是这样的信仰和理念支撑，华西越做越大，名声越来越响，却没有党员干部因为腐败而受处罚的。

用心学老书记，才能学到精华，才能得到真传。新书记和老书记一样，不拿最高奖金，不拿最高工资，坚持"有福民先享，有难官先当"的理念。

老书记吴仁宝讲"解放思想要有思想，改革开放要有方向"。吴协恩理解，老书记是在抓党建，是在理清思路。

"解放思想大家都知道，怎么去解放就不一定全知道。"吴协恩谈起自己的体会，因为你首先是个明白人，自己有思想你才能解放思想，你自己没有思想怎么去解放思想？那就是一句口号。改革开放不也是如此，改什么？放什么？你如果自己没有一个目标方向，那不都是一句空话吗？

最让人佩服的是，老书记对中央精神理解非常透彻，所以才叫

"解放思想要有思想，改革开放要有方向"。在党的建设当中，老书记不断地在完善结合华西村的村情，对中央及农村两头保持一致方面，两头政策吃透，吴协恩深深感到"老书记对中央精神的理解能力不是一般人能理解的"。这是继任者的宝贵财富。

学习吴仁宝，要用心，要放在中国发展的大理想、大目标中去深思。吴协恩认为，老书记举的旗就是共产党的旗，很鲜明；老书记走的路就是社会主义的路，很敞亮；老书记的目标是共同富裕，很明确。"社会主义路的最终本质就是要共同富裕，他就是这样去实践的。"

在吴仁宝离世五周年，吴协恩向华西的党员干部和村民提出要求，要重新认识老书记、重新学习老书记。要把老书记的思想变成每个华西人的文化，因为只有文化才能传承。老书记的思想如果能变成华西人的文化了，那么华西不就健康长寿了吗？吴协恩很坚定地说，"华西最大的竞争力，华西最大的凝聚力，就是老书记的精神财富。这一点必须明确，否则今后的路很难走，甚至会跑偏。"

吴仁宝老书记的思想，不断点滴在他的行动上，感染群众。吴协恩至今都不会忘记老书记和百姓互动的细节，不会忘记老书记无数感动百姓的故事。

因为经常陪老书记访贫问苦，老书记看到贫困中的农民，受苦的百姓，就心疼。每次出门扶贫，一定要到贫困农民家去坐坐。吴协恩感悟：为啥？他就是心里装着老百姓。

那次在江苏淮安，吴协恩和老书记扶贫来到一家农户。门框很矮，里面黑乎乎的。这家男主人癌病，全家因病而贫。大娘看到来客，赶快让座。她拿出两个大碗，倒了白开水以后，还加了点糖。这一家子，是以最好的礼遇来招待客人了。

坐在这样一户贫困农家，昏晚的光线下喝下一口糖水，让吴协恩感慨，"什么大红袍，哪有这一碗糖水好喝，因为这碗糖水里面是浸透着一个农民的感情。虽然穷，村民并没有忘记待人之道。"

跟着老书记潜移默化受到影响，"他到任何时候，心里都是装着老百姓，还不仅仅是华西的老百姓，真正意义上装着的是全国老百姓。说得土一点，没有忘本，一点都没有忘。"

有一名记者，带着父母亲来看华西村，华西的一景一物都让他们惊奇、兴奋。想想接受共产党的教育，一辈子的奋斗就是为了追求这个社会主义的梦。回去以后，老两口又亲手做了一床被子，专门叫女儿送过来给老书记，表达他们的感激之情。因为看到华西活生生的社会主义成果，华西村村民在社会主义制度下的幸福生活，老书记实现了他们的梦想，令理想者感激不尽。吴协恩受教育了，这一床被子是对老书记的肯定，更是对他体现社会主义优越的感激。耳濡目染中，吴协恩更坚定了自己的信仰和人生。

和老书记一样，吴协恩坚持看《新闻联播》，不过他都是晚上十二点看，"因为，有时中央一些重大信息都是晚上发布的"。随着华西走出去，他更关心国际新闻。对只拿基本工资，上交华士镇颁发的奖金，吴协恩回答记者提问时讲得很实在，在这个位置上，就要做给大家看。"我不是为个人牟利，我是要为整个村庄牟利。我相信华西好了，我的家庭差不到哪里去！"新书记和老书记有相同的价值观，同样意识到，榜样的力量。

回顾执掌华西村的历程，吴协恩说："生命不等于呼吸，重在精神的延续。我和父亲的管理方式有很大差别，不同时代发展的思路也不同，但我们的信仰是相同的，带领大家共同富裕的目的是一致的。"

守护老书记和华西人打造的这座精神"高地"，又有社会时刻盯着的眼睛，吴协恩必须谦卑也主动接受监督。要求村民遵守的事项，他和他的家人都率先做到。他也恪守村规和父亲的嘱托，他和他的家人、直系亲属都不担任主办会计一职。

该改的还是要改。吴协恩接班上任的第一件事情就是让权钱分明。财务交由财务公司来主管，下属的厂长经理也是这样，会计归集团管，工资奖金由集团发。"因为产业领域、地域都在不断扩大，我没办法像父亲那样事事亲力亲为，我更注重分工明确，更强调各司其职。这是我和父亲最大的不同。"

对领导层，吴协恩也动了大手术，村党委精兵简政，改选后的华西村党委副书记从十八人减至八人，这已是华西村党委副书记第二次大幅削减名额，此前最多时达四十二人。吴协恩说："我想我减了这么多名额，担任书记后又得罪不少人，我的选票可能也会掉一两票。但出乎我的意料，还是全票当选。这也说明村民还是信任我。"

承接老书记的"十穷十富"，新书记根据新时代新发展，编辑"新十穷十富"箴言告诫村民以作警示：

新十穷戒词

逐渐穷，安于现状不行动。

容易穷，家有钱财手头松。

懒惰穷，朝朝睡到日头红。

无才穷，碌碌无为人无用。

心散穷，家庭不和常内讧。

受骗穷，误入陷阱钱财空。

违法穷，违纪枉法进牢笼。

无度穷，招摇挥霍耍威风。

失算穷，谋事不周一世穷。

三害穷，吸毒嫖赌彻底穷。

新十富赞歌

创新富，新时代要新思路。

团结富，邻里乡亲户帮户。

守信富，恪守信用聚财富。

文化富，知识健康都兼顾。

利他富，为人着想共进步。

生态富，农村都市有温度。

育才富，育好后代才有福。

精神富，脑袋更比口袋富。

共同富，集体事业再巩固。

爱国富，家国情怀心永驻。

中国改革开放四十年，华西不断有改革动作。在党的十九大设定的中国发展目标下，沿着老书记确定的华西之路，在吴协恩书记的率领下，华西承上启下，以不变之信仰，走在不变的社会主义新农村康庄大道，朝向不变的目标。

迎接新时代，吴协恩创新观念，改的更有活力；产业调整，改得更为合理；制度完善，改得更具科学。社会主义新时代，吴协恩立志率领华西走出一条新路。

5. 百年华西

党的十九大，习近平总书记指出，从现在到2020年，是全面建成小康社会"决胜期"。从十九大到二十大，是"两个一百年"奋斗目标的历史交汇期，"我们既要全面建成小康社会、实现第一个百年奋斗目标，又要乘势而上开启全面建设社会主义现代化国家新征程，向第二个百年奋斗目标进军"。

"两个一百年"是习近平总书记于十八大中提出的奋斗目标，属于中国梦的具体化陈述之一。第一个一百年，到中国共产党成立100年时实现全面建成小康社会的目标。第二个一百年，到新中国成立100年时实现中华民族伟大复兴的梦想。

作为中国梦的一部分，吴仁宝也曾提出百年老店、百年华西的华西梦。2012年，吴仁宝在谈到中华民族伟大复兴，谈到"中国梦"时说："每个人都有梦，有乱梦、好梦，有坏梦，梦也有个方向。什么方向？就是一定要坚持中国特色社会主义。"

在不断创造富裕奇迹之后，华西村发展可持续，保持长久优势成为绕不过的一个话题。华人的历史故事不断演绎着"富不过三代"的宿命，在共同富裕的追求中行走了五十多年，吴仁宝提出了把华西建成"百年老店"的重要命题，逐梦华西，让华西版的"中国梦"推陈出新，实现华西的可持续发展。

华西的百年并不是不能实现的梦。吴仁宝明白，华西村要创造

"百年老店"，就更需以人为鉴，可以明得失；以史为鉴，可以知兴替。从华西村现有的三个"百年品牌"，他要让华西人明白：华西要始终坚守一份责任，对传统文化负责；坚持一种理念，对历史经验尊重；坚信一种态度，对诚信品牌推崇。同时让华西人明白：百年老店，并不是简单的一个时间跨度。如果没有底线、不讲原则、无法创新，时间再久的品牌也会消亡在历史长河中。这就是所谓的"只能风光一时，不能风光一世"。

吴仁宝在世时，曾给新班子定下"努力一千天，创造一千亿"的目标。不过，吴协恩把目标定得更为长远，更为战略。"早在2003年，华西村就已经做到百亿了，但我看到的是风险。"华西逐梦，不仅是要强、要大，还有远方和诗，要更持久，更有品质。

吴协恩看到的风险是不同阶段的竞争，不同阶段的不同要求。做大了，其优势不在体量，而在体质。华西做大做强后，一个问题萦绕在吴协恩脑际，"过去，我思考比较多的是如何让华西更成功；现在，我思考比较多的是如何让华西更长久。因为只有长久的，才是成功的。"

处于不同时代，对发展的要求不一样。父辈那个时代穷怕了，只想什么都抓在手上，揣在怀里才放心。"父亲更喜欢那些看得见、摸得着的实业。我起初不理解，但现在也能体会他的心思。没有的时候，敢闯敢试；有了以后，就怕失误。他一辈子的心血都在华西村，不能有半点疏忽。"

不过，未来是需要开创的。"未来，赚钱要'智'取，靠创新，靠人才。"吴协恩说，"我理想中的华西是一个没有工厂也能赚钱的华西，但目前我们还不能脱离实际，我们还有大量村民需要在工厂就业。"

华西村的追求不只是"百亿""百强"的大而强，华西还要追求品质优秀的"百年企业"和幸福欢乐的"百年村庄"，这是吴协恩的梦，是华西面对新时代必须思考的"中国梦"和"华西梦"。

"我有两个梦想，一个是建设百年企业，一个是建设百年村庄。一句话，就是要让华西村实现可持续发展！"这是2016年2月，华西村的党委书记吴协恩在CCTV2015年度"三农"人物颁奖典礼上演讲时做出的庄严承诺。这是近年来吴协恩挥之不去的思考,是华西下一个民更富、村更美、旗帜更红、道路更宽的"天下第一村"的目标,镌刻下中国社会主义新农村的新高度。

"华西要打造成为'百年企业、百年村庄',必须要以新理念来谋求新发展。不能简单地用过去的办法,来做现在的事情,而要用新思维应对新变化,以新举措创造新优势。"吴协恩清楚这是一条新路。"脑袋富了,口袋就一定能鼓起来。"在华西进入另一个上升轨道,不盲目求大,而是求好求强,吴协恩踏踏实实做好一个百年企业,打造一个百年华西的思路越来越清晰了。

打造华西"百年企业、百年村庄",要靠时代好环境,要靠国家好政策,更要靠自己谋发展。作为十九大代表,吴协恩走出人民大会堂,抑制不住激动的心情。他在十九大精神报告会上以三个"前所未有"来形容这次大会的收获。"作为党代表光荣出席,深受鼓舞、倍感振奋,收获的荣誉感前所未有、收获的自信心前所未有、收获的正能量前所未有!"

党中央提出的诸多战略思考和战略目标,都对华西正在进行和未来发展目标极有指导意义。习近平总书记在报告中提到,中国特色社会主义进入新时代,中国社会主要矛盾已经转化为人民日益增长的美好生活需要和不平衡不充分的发展之间的矛盾。一言以蔽之,中国社会的"平衡"和"充分"问题,实质上是改革开放后中国富起来了,如何实现共同富裕的问题。这个是华西长期发展中追寻的主旋律。

十九大第一次提出一个崭新的战略,就是实施乡村振兴战略。中央对乡村振兴战略最核心的政策要求是,要按照坚持农业、农村优先发展,要按照产业兴旺、生态宜居、乡风文明、治理有效、生活富裕的总体要求,建立健全城乡融合发展的体制机制和政策体系,加快推进农业、农村的现代化。

十九大的战略布局,为华西的未来发展,为华西实现两个百年的目标做出了最有效的支持。吴协恩早前提出,把华西建成一个"农村都市"的构想，与中央的乡村振兴战略正合拍。吴协恩提出，"华西未来，既要有都市品质，又不失农村特色，要让老百姓享受到城市里的公共设施。"并为此制订了八条标准：发展更高品质、管理更具规范、生态更加宜居、文化更促繁荣、人才更大舞台、社会更多包容、幸福更有温度、干群更讲正气。

"农村都市"，核心还在"农"字上。都市的特点是人口集聚，产生效益集聚，文明文化集聚。吴协恩不是要把华西变为城市，而是在新的时代，华西创造的奇迹向都市看齐，华西村要有都市的集聚效益；华西村要有都市的现代文明文化；华西人要有都市的生活品质；华西未来要有城市的辐射和带动作用，让更多的人富起来。华西要成为一个有文化、讲文明、创效益的农村都市。

在十九大精神宣讲中，吴协恩表示，中央按照"短中长"的原则部署工作，我们华西同样如此，既要跑好百米"冲刺赛"，也要跑好全程"马拉松"。短期目标，就是收好今年尾，开好明年头；中期目标，就是把华西打造成"农村都市"；长期目标，就是建设"百年老店"。

借十九大之力，吴协恩为华西制订工作坐标：2018年，是改革开放40周年，也是老书记逝世五周年、诞辰90周年。2019年，是中华人民共和国成立七十周年，也是华西"三项改革"试行期完成之年。2020年，是全面建成小康社会之年，也是华西建设"农村都市"，向中康、大康迈进之年。2021年，是中国共产党成立一百周年，也是华西建村六十周年。

立足六十年，瞄准一百年。确定的目标，不管征程多艰难，就是要把华西打造成"百年企业、百年村庄"。

后　记

华西村老书记吴仁宝是伟人、是瑰宝，吴仁宝的思想是永远值得探觅的经典。

著名作家撰写吴仁宝的著作不计其数，再写一本吴仁宝创造华西辉煌的著作，要写得出人头地自知很难。

中共十九大代表、华西村党委书记吴协恩希望重新认识老书记，学习吴仁宝生命经验的核心价值，作为他离世五周年、冥寿九十周年的纪念。自知学疏才浅，力不从心，难以胜任。秉承用心学习老书记的态度，还是欣然接受这一使命，这是重新认识吴仁宝、学习吴仁宝的开始。

吴仁宝的人生和他为世界的贡献是个宝库，华西村致富的秘诀是个宝藏，值得研究，值得探觅。尤其是十九大提出的思想路线和中华民族伟大复兴目标，都再一次验证了吴仁宝言行、华西村道路的不偏不倚。让我有机会系统地了解了吴仁宝老书记的思想和价值观，因为，他的生命经验是用一生撰写的著作。

《信仰》是要揭示老书记吴仁宝缔造出华西奇迹的秘密武器，吴仁宝以自己的信仰、信念，以数十年的实践孕育催化的华西价值观。这是华西建村五十六年来安身立命、矢志奋斗、持续发展的核心价值，更是华西未来迎向百年建树的"奇珍异宝"。

《信仰》是想告诉世人在改革开放四十年后的今天，究竟应该以什么样的视角去认识吴仁宝，去审视他创下"天下第一"的华西村；更想通过吴仁宝及华西村在数十年的探索，揭开究竟是什么力量支撑吴仁宝坚守着"美丽华西村，幸福华西人"事业的。

《信仰》是期望展现有"天下第一村"美誉的华西村，是老书记吴仁宝以毕生精力带领村民精雕细琢的社会主义新农村作品。思想指导行动，境界决定高度，格局引领结局。今天老书记吴仁宝虽已离去，但吴仁宝多年来植下的建设"天下第一村"的理念和梦想早已融入了华西村的事业，并仍在不断生根、发芽、结果。

现在，吴仁宝身后的华西村继续在稳步前行，华西村的每一个新故事，仿佛仍是吴仁宝在娓娓讲述，殷殷嘱托……华西村的今天证明，只要老书记吴仁宝的精神还在，价值观不倒，华西村就依然是我们熟悉的"天下第一村"。

这正是重谈华西村的变迁，聚焦吴仁宝价值观的意义。

华西村党委书记吴协恩不仅支持写作还多次接受访问提示要点、华西村党委副书记吴协东几个小时的长谈和鼓励，给写作以信心；

华西村党委副书记孙海燕以及他的宣传团队精心安排，华西村十多位创业元老和年轻精英给予大力支持，让写作变得顺畅；

刘济民曾任国务院副秘书长、无锡市委书记，他专程赶到华西村，给予学习吴仁宝的启示，并为《信仰》写序；中共上海市委党校周东华教授、香港学者马超为撰写本书提供了诸多的方便和意见，奠定了将吴仁宝宝贵思想呈现给读者的基础。

建设中国特色社会主义新农村是长期的任务，重新认识吴仁宝、学习老书记还只是刚刚开始。

作　者
二〇一七年十二月于香港

图书在版编目（CIP）数据

信仰 / 纪硕鸣 著. -- 北京：作家出版社，2018.2
ISBN 978-7-5063-9928-9

Ⅰ. ①信… Ⅱ. ①纪… Ⅲ. ①报告文学 – 中国 – 当代
Ⅳ. ①I25

中国版本图书馆CIP数据核字（2018）第030988号

信　仰

作　　者：纪硕鸣
责任编辑：丁文梅
装帧设计：意匠文化·丁奔亮
出版发行：作家出版社
社　　址：北京农展馆南里10号　　邮　　编：100125
电话传真：86-10-65930756（出版发行部）
　　　　　86-10-65004079（总编室）
　　　　　86-10-65015116（邮购部）
E-mail:zuojia@zuojia.net.cn
http://www.haozuojia.com（作家在线）
印　　刷：河北鹏润印刷有限公司
成品尺寸：152×230
字　　数：270千
印　　张：19
版　　次：2018年3月第1版
印　　次：2018年3月第1次印刷
ISBN 978-7-5063-9928-9
定　　价：43.00元